NOTRE-DAME

DE PARIS

II

TYPOGRAPHIE DE CH. LAHURE

Imprimeur du Sénat et de la Cour de Cassation

rue de Vaugirard, 9

VICTOR HUGO

NOTRE-DAME

DE PARIS

II

NOUVELLE ÉDITION

PARIS

LIBRAIRIE DE L. HACHETTE ET Cᵢₑ

RUE PIERRE-SARRAZIN, Nº 14

1858

NOTRE-DAME
DE PARIS

LIVRE SEPTIÈME

I

DU DANGER DE CONFIER SON SECRET A UNE CHÈVRE.

Plusieurs semaines s'étaient écoulées. On était aux premiers jours de mars. Le soleil, que Dubartas, ce classique ancêtre de la périphrase, n'avait pas encore nommé le *grand duc des chandelles*, n'en était pas moins joyeux et rayonnant pour cela. C'était une de ces journées de printemps qui ont tant de douceur et de de beauté que tout Paris, répandu dans les places et les promenades, les fête comme des dimanches. Dans ces jours de clarté, de chaleur et de sérénité, il y a une certaine heure, surtout, où il faut aller admirer le portail de Notre-Dame. C'est le moment où le soleil, déjà incliné vers le couchant, regarde presque en face la cathédrale. Ses rayons, de plus en plus horizontaux, se retirent lentement du pavé de la place, et remontent le long de la façade à pic, dont ils font saillir les mille rondes bosses sur leur ombre, tandis que la grande rose centrale flamboie comme un œil de cyclope enflammé des réverbérations de la forge. On était à cette heure-là.

Vis-à-vis la haute cathédrale, rougie par le couchant, sur le balcon de pierre pratiqué au-dessus du porche d'une

riche maison gothique qui faisait l'angle de la place et de
la rue du Parvis, quelques belles jeunes filles riaient et
devisaient avec toute sorte de grâce et de folie. A la longueur du voile qui tombait du sommet de leur coiffe poin-
tue, enroulée de perles, jusqu'à leurs talons, à la finesse
de la chemisette brodée qui couvrait leurs épaules en laissant voir, selon la mode engageante d'alors, la naissance
de leurs belles gorges de vierge, à l'opulence de leurs jupes
de dessous, plus précieuses encore que leur surtout (recherche merveilleuse!), à la gaze, à la soie, au velours
dont tout cela était étoffé, et surtout à la blancheur de
leurs mains, qui les attestait oisives et paresseuses, il était
aisé de deviner de nobles et riches héritières. C'était en
effet damoiselle Fleur-de-Lis de Gondelaurier et ses
compagnes, Diane de Christeuil, Amelotte de Montmichel,
Colombe de Gaillefontaine, et la petite de Champchevrier;
toutes filles de bonne maison, réunies en ce moment chez
la dame veuve de Gondelaurier, à cause de monseigneur de
Beaujeu et de madame sa femme, qui devaient venir au
mois d'avril à Paris, et y choisir des accompagneresses
d'honneur pour madame la dauphine Marguerite, lorsqu'on l'irait recevoir en Picardie des mains des Flamands.
Or, tous les hobereaux de trente lieues à la ronde briguaient
cette faveur pour leurs filles, et bon nombre d'entre eux
les avaient déjà amenées ou envoyées à Paris. Celles-ci
avaient été confiées par leurs parents à la garde discrète
et vénérable de madame Aloïse de Gondelaurier, veuve
d'un ancien maître des arbalétriers du roi, retirée, avec
sa fille unique, en sa maison de la place du Parvis-Notre-
Dame, à Paris.

Le balcon où étaient ces jeunes filles s'ouvrait sur une
chambre richement tapissée d'un cuir de Flandre de couleur fauve, imprimé à rinceaux d'or. Les solives, qui
rayaient parallèlement le plafond, amusaient l'œil par

mille bizarres sculptures peintes et dorées. Sur des bahuts
ciselés de splendides émaux chatoyaient çà et là; une hure
de sanglier en faïence couronnait un dressoir magnifique,
dont les deux degrés annonçaient que la maîtresse du logis
était femme ou veuve d'un chevalier banneret. Au fond, à
côté d'une haute cheminée armoriée et blasonnée du haut
en bas, était assise, dans un riche fauteuil de velours
rouge, la dame de Gondelaurier, dont les cinquante-cinq
ans n'étaient pas moins écrits sur son vêtement que sur
son visage. A côté d'elle se tenait debout un jeune homme
d'assez fière mine, quoique un peu vaine et bravache, un de
ces beaux garçons dont toutes les femmes tombent d'accord,
bien que les hommes graves et physionomistes en haussent
les épaules. Ce jeune cavalier portait le brillant habit de
capitaine des archers de l'ordonnance du roi, lequel ressemble beaucoup trop au costume de Jupiter, qu'on a déjà
pu admirer au premier livre de cette histoire, pour que
nous en fatiguions le lecteur d'une seconde description.

Les damoiselles étaient assises, partie dans la chambre,
partie sur le balcon, les unes sur des carreaux de velours
d'Utrecht à cornières d'or, les autres sur des escabeaux de
bois de chêne sculpté à fleurs et à figures. Chacune d'elles
tenait sur ses genoux un pan d'une grande tapisserie à
l'aiguille, à laquelle elles travaillaient en commun, et dont
un bon bout traînait sur la natte qui couvrait le plancher.

Elles causaient entre elles avec cette voix chuchotante
et ces demi-rires étouffés d'un conciliabule de jeunes filles
au milieu desquelles il y a un jeune homme. Le jeune
homme, dont la présence suffisait pour mette en jeu tous
ces amours-propres féminins, paraissait, lui, s'en soucier
médiocrement; et, tandis que c'était parmi les belles filles
à qui attirerait son attention, il paraissait surtout occupé
à fourbir, avec son gant de peau de daim, l'ardillon de son
ceinturon.

De temps en temps la vieille dame lui adressait la parole tout bas, et il lui répondait de son mieux avec une sorte de politesse gauche et contrainte. Aux sourires, aux petits signes d'intelligence de madame Aloïse, aux clins d'yeux qu'elle détachait vers sa fille Fleur-de-Lis, en parlant bas au capitaine, il était facile de voir qu'il s'agissait de quelque fiançaille consommée, de quelque mariage, prochain sans doute, entre le jeune homme et Fleur-de-Lis. Et, à la froideur embarrassée de l'officier, il était facile de voir que, de son côté du moins, il ne s'agissait plus d'amour. Toute sa mine exprimait une pensée de gêne et d'ennui que nos sous-lieutenants de garnison traduiraient admirablement aujourd'hui par : Quelle chienne de corvée!

La bonne dame, fort entêtée de sa fille, comme une pauvre mère qu'elle était, ne s'apercevait pas du peu d'enthousiasme de l'officier, et s'évertuait· à lui faire remarquer tout bas les perfections infinies avec lesquelles Fleur-de-Lis piquait son aiguille ou dévidait son écheveau.

— Tenez, petit cousin, lui disait-elle en le tirant par la manche pour lui parler à l'oreille. Regardez-la donc, la voilà qui se baisse.

— En effet, répondait le jeune homme. Et il retombait dans son silence distrait et glacial.

Un moment après il fallait se pencher de nouveau, et dame Aloïse lui disait : — Avez-vous jamais vu figure plus avenante et plus égayée que votre accordée? Est-on plus blanche et plus blonde? ne sont-ce pas là des mains accomplies? et ce cou-là ne prend-il pas, à ravir, toutes les façons d'un cygne? Que je vous envie par moments! et que vous êtes heureux d'être homme, vilain libertin que vous êtes! N'est-ce pas que ma Fleur-de-Lis est belle par adoration et que vous en êtes éperdu?

— Sans doute, répondit-il tout en pensant à autre chose.

— Mais parlez-lui donc, dit tout à coup madame Aloïse
en le poussant par l'épaule; dites-lui donc quelque chose;
vous êtes devenu bien timide !

Nous pouvons affirmer à nos lecteurs que la timidité
n'était ni la vertu ni le défaut du capitaine. Il essaya pourtant de faire ce qu'on lui demandait.

— Belle cousine, dit-il en s'approchant de Fleur-de-Lis,
quel est le sujet de cet ouvrage de tapisserie que vous façonnez?

— Beau cousin, répondit Fleur-de-Lis avec un accent
de dépit, je vous l'ai déjà dit trois fois : c'est la grotte de
Neptunus.

Il était évident que Fleur-de-Lis voyait beaucoup plus
clair que sa mère aux manières froides et distraites du
capitaine. Il sentit la nécessité de faire quelque conversation.

— Et pour qui toute cette neptunerie? demanda-t-il.

— Pour l'abbaye Saint-Antoine-des-Champs, dit Fleur-
de-Lis sans lever les yeux.

Le capitaine prit un coin de la tapisserie :

— Qu'est-ce que c'est, ma belle cousine, que ce gros
gendarme qui soufle à pleines joues dans une trompette?

— C'est Trito, répondit-elle.

Il y avait toujours une intonation un peu boudeuse dans
les brèves paroles de Fleur-de-Lis. Le jeune homme comprit qu'il était indispensable de lui dire quelque chose à
l'oreille, une fadaise, une galanterie, n'importe quoi. Il se
pencha donc, mais il ne put rien trouver dans son imagination de plus tendre et de plus intime que ceci : — Pourquoi votre mère porte-t-elle toujours une cotte-hardie armoriée comme nos grand'-mères du temps de Charles VII?
Dites-lui donc, belle cousine, que ce n'est plus l'élégance
d'à présent, et que son gond et son laurier brodés en blason sur sa robe lui donnent l'air d'un manteau de chemi-

née qui marche. En vérité, on ne s'assied plus ainsi sur sa bannière, je vous jure

Fleur-de-Lis leva sur lui ses beaux yeux pleins de reproche : — Est-ce là tout ce que vous me jurez? dit-elle à voix basse.

Cependant la bonne dame Aloïse, ravie de les voir ainsi penchés et chuchotant, disait en jouant avec les fermoirs de son livre d'heures :

— Touchant tableau d'amour !

Le capitaine, de plus en plus gêné, se rabattit sur la tapisserie : — C'est vraiment un charmant travail ! s'écria-t-il.

A ce propos, Colombe de Gaillefontaine, une autre belle blonde à peau blanche, bien colletée de damas bleu, hasarda timidement une parole qu'elle adressa à Fleur-de-Lis, dans l'espoir que le beau capitaine y répondrait : — Ma chère Gondelaurier, avez-vous vu les tapisseries de l'hôtel de la Roche-Guyon?

— N'est-ce pas l'hôtel où est enclos le jardin de la lingère du Louvre? demanda en riant Diane de Christeuil, qui avait de belles dents et par conséquent riait à tout propos. — Et où il y a cette grosse vieille tour de l'ancienne muraille de Paris? ajouta Amelotte de Montmichel, jolie brune bouclée et fraîche, qui avait l'habitude de soupirer comme l'autre riait, sans savoir pourquoi.

— Ma chère Colombe, reprit dame Aloïse, voulez-vous pas parler de l'hôtel qui était à monsieur de Bacqueville, sous le roi Charles VI? il y a en effet de bien superbes tapisseries de haute lice.

— Charles VI! le roi Charles VI! grommela le jeune capitaine en retroussant sa moustache. Mon Dieu! que la bonne dame a souvenir de vieilles choses!

Madame de Gondelaurier poursuivait : — Belles tapisseries, en vérité. Un travail si estimé, qu'il passe pour singulier !

En ce moment, Bérangère de Champchevrier, svelte petite fille de sept ans, qui regardait dans la place par les trèfles du balcon, s'écria : — Oh! voyez, belle marraine Fleur-de-Lis! la jolie danseuse qui danse là sur le pavé, et qui tambourine au milieu des bourgeois manants!

En effet, on entendait le frissonnement sonore d'un tambour de basque.

— Quelque égyptienne de Bohême, dit Fleur-de-Lis en se détournant nonchalamment vers la place.

— Voyons! voyons! crièrent ses vives compagnes; et elles coururent toutes au bord du balcon, tandis que Fleur-de-Lis, rêveuse de la froideur de son fiancé, les suivait lentement, et que celui-ci, soulagé par cet incident qui coupait court à une conversation embarrassée, s'en revenait au fond de l'appartement de l'air satisfait d'un soldat relevé de service. C'était pourtant un charmant et gentil service que celui de la belle Fleur-de-Lis, et il lui avait paru tel autrefois; mais le capitaine s'était blasé peu à peu; la perspective d'un mariage prochain le refroidissait davantage de jour en jour. D'ailleurs, il était d'humeur inconstante, et, faut-il le dire? de goût un peu vulgaire. Quoique de fort noble naissance, il avait contracté sous le harnais plus d'une habitude de soudard. La taverne lui plaisait, et ce qui s'ensuit. Il n'était à l'aise que parmi les gros mots, les galanteries militaires, les faciles beautés et les faciles succès. Il avait pourtant reçu de sa famille quelque éducation et quelques manières; mais il avait trop jeune couru le pays, trop jeune tenu garnison, et tous les jours le vernis du gentilhomme s'effaçait au dur frottement de son baudrier de gendarme. Tout en la visitant encore de temps en temps par un reste de respect humain, il se sentait doublement gêné chez Fleur-de-Lis; d'abord parce qu'à force de disperser son amour dans toutes sortes de lieux il en avait fort peu réservé pour elle; ensuite parce qu'au mi-

lieu de tant de belles dames roides, épinglées et décentes,
il tremblait sans cesse que sa bouche habituée aux jurons
ne prit tout d'un coup le mors aux dents et s'échappât en
propos de taverne. Qu'on se figure le bel effet!

Du reste, tout cela se mêlait chez lui à de grandes pré-
tentions d'élégance, de toilette et de belle mine. Qu'on ar-
range ces choses comme on pourra. Je ne suis qu'historien.

Il se tenait donc depuis quelques moments, pensant ou
ne pensant pas, appuyé en silence au chambranle sculpté
de la cheminée, quand Fleur-de-Lis, se tournant soudain,
lui adressa la parole. Après tout, la pauvre jeune fille ne
le boudait qu'à son cœur défendant.

— Beau cousin, ne nous avez-vous pas parlé d'une petite
bohémienne que vous avez sauvée, il y a deux mois, en faisant le contre-guet la nuit, des mains d'une douzaine de
voleurs?

— Je crois que oui, belle cousine, dit le capitaine.

— Eh bien! reprit-elle, c'est peut-être cette bohémienne
qui danse là dans le parvis. Venez voir si vous la reconnaissez, beau cousin Phœbus.

Il perçait un secret désir de réconciliation dans cette
douce invitation qu'elle lui adressait de venir près d'elle, et
dans ce soin de l'appeler par son nom. Le capitaine Phœbus de Châteaupers (car c'est lui que le lecteur a sous les
yeux depuis le commencement de ce chapitre) s'approcha
à pas lents du balcon. — Tenez, lui dit Fleur-de-Lis en posant tendrement sa main sur le bras de Phœbus. Regardez
cette petite qui danse là dans ce rond. Est-ce votre bohémienne?

Phœbus regarda, et dit:

— Oui, je la reconnais à sa chèvre.

— Oh! la jolie petite chèvre en effet! dit Amelotte en
joignant les mains d'admiration.

— Est-ce que ses cornes sont en or de vrai? demanda Bérangère.

Sans bouger de son fauteuil, dame Aloïse prit la parole :

— N'est-ce pas une de ces bohémiennes qui sont arrivées l'an passé par la porte Gibard?

— Madame ma mère, dit doucement Fleur-de-Lis, cette porte s'appelle aujourd'hui porte d'Enfer.

Mademoiselle de Gondelaurier savait à quel point le capitaine était choqué des façons de parler surannées de sa mère. En effet il commençait à ricaner en disant entre ses dents : Porte Gibard! porte Gibard! c'est pour faire passer le roi Charles VI !

— Marraine, s'écria Bérangère, dont les yeux sans cesse en mouvement s'étaient levés tout à coup vers le sommet des tours de Notre-Dame, qu'est-ce que c'est que cet homme noir qui est là-haut?

Toutes les jeunes filles levèrent les yeux. Un homme en effet était accoudé sur la balustrade culminante de la tour septentrionale, donnant sur la Grève. C'était un prêtre. On distinguait nettement son costume, et son visage appuyé sur ses deux mains. Du reste, il ne bougeait non plus qu'une statue. Son œil fixe plongeait dans la place. C'était quelque chose de l'immobilité d'un milan qui vient de découvrir un nid de moineaux et qui le regarde.

— C'est monsieur l'archidiacre de Josas, dit Fleur-de-Lis.

— Vous avez de bons yeux si vous le reconnaissez d'ici, observa la Gaillefontaine.

— Comme il regarde la petite danseuse! reprit Diane de Christeuil.

— Gare à l'égyptienne, dit Fleur-de-Lis. Car il n'aime pas l'Egypte.

— C'est bien dommage que cet homme la regarde ainsi,

ajouta Amelotte de Montmichel ; car elle danse à éblouir.

— Beau cousin Phœbus, dit tout à coup Fleur-de-Lis, puisque vous connaissez cette petite bohémienne, faites-lui donc signe de monter. Cela nous amusera.

— Oh oui ! s'écrièrent toutes les jeunes filles en battant des mains.

— Mais c'est une folie, répondit Phœbus. Elle m'a sans doute oublié, et je ne sais seulement pas son nom. Cependant, puisque vous le souhaitez, mesdamoiselles, je vais essayer. Et, se penchant à la balustrade du balcon, il se mit à crier : Petite !

La danseuse ne tambourinait pas en ce moment. Elle tourna la tête vers le point d'où lui venait cet appel, son regard brillant se fixa sur Phœbus, et elle s'arrêta tout court.

— Petite ! répéta le capitaine ; et il lui fit signe du doigt de venir.

La jeune fille le regarda encore, puis elle rougit comme si une flamme lui était montée dans les joues, et, prenant son tambourin sous son bras, elle se dirigea, à travers les spectateurs ébahis, vers la porte de la maison où Phœbus l'appelait, à pas lents, chancelante, et avec le regard troublé d'un oiseau qui cède à la fascination d'un serpent.

Un moment après, la portière de tapisserie se souleva, et la bohémienne parut sur le seuil de la chambre, rouge, interdite, essoufflée, ses grands yeux baissés, et n'osant faire un pas de plus.

Bérangère battit des mains.

Cependant la danseuse restait immobile sur le seuil de la porte. Son apparition avait produit sur ce groupe de jeunes filles un effet singulier. Il est certain qu'un vague et indistinct désir de plaire au bel officier les animait toutes à la fois, que le splendide uniforme était le point de mire de toutes leurs coquetteries, et que, depuis qu'il

était présent, il y avait entre elles une certaine rivalité secrète, sourde, qu'elles s'avouaient à peine à elles-mêmes,
mais qui n'en éclatait pas moins à chaque instant dans
leurs gestes et leurs propos. Néanmoins, comme elles
étaient toutes à peu près dans la même mesure de beauté,
elles luttaient à armes égales, et chacune pouvait espérer la
victoire. L'arrivée de la bohémienne rompit brusquement
cet équilibre. Elle était d'une beauté si rare, que, au moment où elle parut à l'entrée de l'appartement, il sembla
qu'elle y répandait une sorte de lumière qui lui était propre. Dans cette chambre resserrée, sous ce sombre enca-
drement de tentures et de boiseries, elle était incompara-
blement plus belle et plus rayonnante que dans la place
publique. C'était comme un flambeau qu'on venait d'apporter du grand jour dans l'ombre. Les nobles damoiselles
en furent malgré elles éblouies. Chacune se sentit en quelque sorte blessée dans sa beauté. Aussi leur front de bataille (qu'on nous passe l'expression) changea-t-il sur-
le-champ, sans qu'elles se dissent un seul mot. Mais elles
s'entendaient à merveille. Les instincts de femmes se com-
prennent et se répondent plus vite que les intelligences
d'hommes. Il venait de leur arriver une ennemie : toutes
le sentaient, toutes se ralliaient. Il suffit d'une goutte de
vin pour rougir tout un verre d'eau ; pour teindre d'une
certaine humeur toute une assemblée de jolies femmes, il
suffit de la survenue d'une femme plus jolie, — surtout
lorsqu'il n'y a qu'un homme.

Aussi l'accueil fait à la bohémienne fut-il merveilleuse-
ment glacial. Elles la considérèrent du haut en bas, puis
s'entre-regardèrent, et tout fut dit : elles s'étaient compri-
ses. Cependant la jeune fille attendait qu'on lui parlât, tellement émue qu'elle n'osait lever les paupières.

Le capitaine rompit le silence le premier.

— Sur ma parole, dit-il avec son ton d'intrépide fatuité,

2.

voilà une charmante créature ! Qu'en pensez-vous, belle cousine?

Cette observation, qu'un admirateur plus délicat eût du moins faite à voix basse, n'était pas de nature à dissiper les jalousies féminines qui se tenaient en observation devant la bohémienne.

Fleur-de-Lis répondit au capitaine avec une doucereuse affectation de dédain : — Pas mal.

Les autres chuchotaient.

Enfin, madame Aloïse, qui n'était pas la moins jalouse, parce qu'elle l'était pour sa fille, adressa la parole à la danseuse : — Approchez, petite.

— Approchez, petite! répéta avec une dignité comique Bérangère, qui lui fût venue à la hanche.

L'égyptienne s'avança vers la noble dame.

— Belle enfant, dit Phœbus avec emphase en faisant de son côté quelques pas vers elle, je ne sais si j'ai le suprême bonheur d'être reconnu de vous...

Elle l'interrompit en levant sur lui un sourire et un regard pleins d'une douceur infinie : — Oh! oui, dit-elle.

— Elle a bonne mémoire, observa Fleur-de-Lis.

— Or çà, reprit Phœbus, vous vous êtes bien prestement échappée l'autre soir. Est-ce que je vous fais peur?

— Oh! non, dit la bohémienne.

Il y avait dans l'accent dont cet *oh! non*, fut prononcé à la suite de cet *oh! oui*, quelque chose d'ineffable dont Fleur-de-Lis fut blessée.

— Vous m'avez laissé en votre lieu, ma belle, poursuivit le capitaine, dont la langue se déliait en parlant à une fille des rues, un assez rechigné drôle, borgne et bossu, le sonneur de cloches de l'évêque, à ce que je crois. On m'a dit qu'il était bâtard d'un archidiacre et diable de naissance. Il a un plaisant nom : il s'appelle Quatre-Temps,

Pâques-Fleuries, Mardi-Gras, je ne sais plus! Un nom de
fête carillonnée, enfin! Il se permettait donc de vous enlever, comme si vous étiez faite pour des bedeaux! cela
est fort. Que diable vous voulait-il donc, ce chat-huant?
Hein, dites!

— Je ne sais, répondit-elle.

— Conçoit-on l'insolence! un sonneur de cloches enlever une fille, comme un vicomte! un manant braconner
sur le gibier des gentilshommes! voilà qui est rare. Au
demeurant, il l'a payé cher. Maître Pierrat Torterue est le
plus rude palefrenier qui ait jamais étrillé un maraud; et
je vous dirai, si cela peut vous être agréable, que le cuir
de votre sonneur lui a galamment passé par les mains.

— Pauvre homme! dit la bohémienne, chez qui ces paroles ravivaient le souvenir de la scène du pilori.

Le capitaine éclata de rire. — Corne-de-bœuf! voilà de
la pitié aussi bien placée qu'une plume au cul d'un porc!
Je veux être ventru comme un pape, si...

Il s'arrêta tout court.

— Pardon, mesdames! je crois que j'allais lâcher quelque sottise.

— Fi, monsieur! dit la Gaillefontaine.

— Il parle sa langue à cette créature! ajouta à demi-
voix Fleur-de-Lis, dont le dépit croissait de moment en
moment. Ce dépit ne diminua point quand elle vit le capitaine, enchanté de la bohémienne et surtout de lui-même,
pirouetter sur le talon en répétant avec une grosse galanterie naïve et soldatesque : — Une belle fille, sur mon
âme!

— Assez sauvagement vêtue, dit Diane de Christeuil,
avec son sourire de belles dents.

Cette réflexion fut un trait de lumière pour les autres.
Elle leur fit voir le côté attaquable de l'égyptienne : ne

pouvant mordre sur sa beauté, elles se jetèrent sur son costume.

— Mais cela est vrai, petite, dit la Montmichel; où as-tu pris de courir ainsi par les rues sans guimpe ni gorge-rette?

— Voilà une jupe courte à faire trembler, ajouta la Gaillefontaine.

— Ma chère, poursuivit assez aigrement Fleur-de-Lis, vous vous ferez ramasser par les sergents de la douzaine pour votre ceinture dorée.

—Petite, petite, reprit la Christeuil avec un sourire im-placable, si tu mettais honnêtement une manche sur ton bras, il serait moins brûlé par le soleil.

C'était vraiment un spectacle digne d'un spectateur plus intelligent que Phœbus de voir comme ces belles filles, avec leurs langues envenimées et irritées, serpentaient, glissaient et se tordaient autour de la danseuse des rues; elles étaient cruelles et gracieuses; elles fouillaient, elles furetaient malignement dans sa pauvre et folle toilette de paillettes et d'oripeaux. C'étaient des rires, des ironies, des humiliations sans fin. Les sarcasmes pleuvaient sur l'égyp-tienne, et la bienveillance hautaine, et les regards mé-chants. On eût cru voir de ces jeunes dames romaines qui s'amusaient à enfoncer des épingles d'or dans le sein d'une belle esclave. On eût dit d'élégantes levrettes chasseresses tournant, les narines ouvertes, les yeux ardents, autour d'une pauvre biche des bois, que le regard du maître leur interdit de dévorer.

Qu'était-ce, après tout, devant ces filles de grande mai-son, qu'une misérable danseuse de place publique? Elles ne semblaient tenir aucun compte de sa présence; et par-laient d'elle, devant elle, à elle-même, à haute voix, comme de quelque chose d'assez malpropre, d'assez abject et d'as-sez joli.

La bohémienne n'était pas insensible à ces piqûres d'épingle. De temps en temps une pourpre de honte, un éclair de colère, enflammaient ses yeux et ses joues; une parole dédaigneuse semblait hésiter sur ses lèvres; elle faisait avec mépris cette petite grimace que le lecteur lui connaît; mais elle se tenait immobile; elle attachait sur Phœbus un regard résigné, triste et doux. Il y avait aussi du bonheur et de la tendresse dans ce regard. On eût dit qu'elle se contenait, de peur d'être chassée.

Phœbus, lui, riait, et prenait le parti de la bohémienne avec un mélange d'impertinence et de pitié. — Laissez-les dire, petite! répétait-il souvent en faisant sonner ses éperons d'or; sans doute, votre toilette est un peu extravagante et farouche; mais, charmante fille comme vous êtes, qu'est-ce que cela fait?

— Mon Dieu! s'écria la blonde Gaillefontaine en redressant son cou de cygne avec un sourire amer, je vois que messieurs les archers de l'ordonnance du roi prennent aisément feu aux beaux yeux égyptiens.

— Pourquoi non? dit Phœbus.

A cette réponse, nonchalamment jetée par le capitaine comme une pierre perdue qu'on ne regarde même pas tomber, Colombe se prit à rire, et Diane, et Amelotte, et Fleur-de-Lis, à qui il vint en même temps une larme dans les yeux.

La bohémienne, qui avait baissé à terre son regard aux paroles de Colombe de Gaillefontaine, le releva rayonnant de joie et de fierté, et le fixa de nouveau sur Phœbus. Elle était bien belle en ce moment.

La vieille dame, qui observait cette scène, se sentait offensée et ne comprenait pas.

— Sainte-Vierge! cria-t-elle tout à coup, qu'ai-je donc là qui me remue dans les jambes? Ahi! la vilaine bête!

C'était la chèvre qui venait d'arriver à la recherche de sa maîtresse, et qui, en se précipitant vers elle, avait commencé par embarrasser ses cornes dans le monceau d'étoffe que les vêtements de la noble dame entassaient sur ses pieds quand elle était assise.

Ce fut une diversion. La bohémienne, sans dire une parole, la dégagea.

— Oh ! voilà la petite chevrette qui a des pattes d'or, s'écria Bérangère en sautant de joie.

La bohémienne s'accroupit à genoux, et appuya contre sa joue la tête caressante de la chèvre. On eût dit qu'elle lui demandait pardon de l'avoir quittée ainsi.

Cependant Diane s'était penchée à l'oreille de Colombe.
— Eh ! mon Dieu, comment n'y ai-je pas songé plus tôt ? C'est la bohémienne à la chèvre. On la dit sorcière, et que sa chèvre fait des momeries très-miraculeuses.

— Eh bien ! dit Colombe, il faut que la chèvre nous divertisse à son tour et nous fasse un miracle.

Diane et Colombe s'adressèrent vivement à l'égyptienne :
— Petite, fais donc faire un miracle à ta chèvre.

— Je ne sais ce que vous voulez dire, répondit la danseuse.

— Un miracle, une magie, une sorcellerie enfin.

— Je ne sais; et elle se remit à caresser sa jolie bête en répétant : Djali ! Djali !

En ce moment Fleur-de-Lis remarqua un sachet de cuir brodé suspendu au cou de la chèvre.—Qu'est-ce que cela ? demanda-t-elle à l'égyptienne.

L'égyptienne leva ses grands yeux vers elle, et lui répondit gravement : — C'est mon secret.

— Je voudrais bien savoir ce que c'est que ton secret, pensa Fleur-de-Lis.

Cependant la bonne dame s'était levée avec humeur.

— Or çà, la bohémienne, si toi ni ta chèvre n'avez rien à nous danser, que faites-vous céans?

La bohémienne, sans répondre, se dirigea lentement vers la porte. Mais, plus elle en approchait, plus son pas se ralentissait. Un invincible aimant semblait la retenir. Tout à coup elle tourna ses yeux humides de larmes sur Phœbus et s'arrêta.

— Vrai Dieu! s'écria le capitaine, on ne s'en va pas ainsi. Revenez et dansez-nous quelque chose. A propos, belle d'amour, comment vous appelez-vous?

— La Esmeralda, dit la danseuse sans le quitter du regard.

A ce nom étrange, un fou rire éclata parmi les jeunes filles.

— Voilà, dit Diane, un terrible nom pour une demoiselle.

— Vous voyez bien, reprit Amelotte, que c'est une charmeresse.

— Ma chère, s'écria solennellement dame Aloïse, vos parents ne vous ont pas pêché ce nom-là dans le bénitier du baptême.

Cependant, depuis quelques minutes, sans qu'on fît attention à elle, Bérangère avait attiré la chèvre dans un coin de la chambre avec un massepain. En un instant, elles avaient été toutes deux bonnes amies. La curieuse enfant avait détaché le sachet suspendu au cou de la chèvre, l'avait ouvert, et avait vidé sur la natte ce qu'il contenait : c'était un alphabet dont chaque lettre était inscrite séparément sur une petite tablette de buis. A peine ces joujoux furent-ils étalés sur la natte, que l'enfant vit avec surprise la chèvre, dont c'était là sans doute un des *miracles*, tirer certaines lettres avec sa patte d'or et les disposer, en les poussant doucement, dans un ordre particulier. Au bout d'un instant cela fit un mot que la chèvre semblait exercée à écrire, tant elle hésita peu à le former, et Bérangère s'écria tout à coup en joignant les mains avec admiration :

— Marraine Fleur-de-Lis, voyez donc ce que la chèvre vient de faire.

Fleur-de-Lis accourut et tressaillit. Les lettres disposées sur le plancher formaient ce mot :

PHOEBUS.

— C'est la chèvre qui a écrit cela ? demanda-t-elle d'une voix altérée.

— Oui, marraine, répondit Bérangère. Il était impossible d'en douter : l'enfant ne savait pas écrire.

— Voilà le secret ! pensa Fleur-de-Lis.

Cependant, au cri de l'enfant, tout le monde était accouru, et la mère, et les jeunes filles, et la bohémienne, et l'officier.

La bohémienne vit la sottise que venait de faire la chèvre. Elle devint rouge, puis pâle, et se mit à trembler comme une coupable devant le capitaine, qui la regardait avec un sourire de satisfaction et d'étonnement.

— *Phœbus !* chuchotaient les jeunes filles stupéfaites ; c'est le nom du capitaine !

— Vous avez une merveilleuse mémoire ! dit Fleur-de-Lis à la bohémienne pétrifiée. Puis, éclatant en sanglots : Oh ! balbutia-t-elle douloureusement en se cachant le visage dans ses deux belles mains, c'est une magicienne ! Et elle entendait une voix plus amère encore lui dire au fond du cœur : C'est une rivale.

Elle tomba évanouie.

— Ma fille ! ma fille ! cria la mère effrayée. Va-t'en, bohémienne de l'enfer.

La Esmeralda ramassa en un clin d'œil les malencou-
treuses lettres, fit signe à Djali, et sortit par une porte,
tandis qu'on emportait Fleur-de-Lis par l'autre.

Le capitaine Phœbus, resté seul, hésita un moment entre les deux portes ; puis il suivit la bohémienne.

II

QU'UN PRÊTRE ET UN PHILOSOPHE SONT DEUX.

Le prêtre que les jeunes filles avaient remarqué au haut
de la tour septentrionale, penché sur la place et si attentif
à la danse de la bohémienne, c'était en effet l'archidiacre
Claude Frollo.

Nos lecteurs n'ont pas oublié la cellule mystérieuse que
l'archidiacre s'était réservée dans cette tour. (Je ne sais,
pour le dire en passant, si ce n'est pas la même dont on
peut voir encore aujourd'hui l'intérieur par une petite lucarne carrée, ouverte au levant à hauteur d'homme, sur la
plate-forme d'où s'élancent les tours : un bouge, à présent
nu, vide et délabré, dont les murs mal plâtrés sont *ornés*
çà et là, à l'heure qu'il est, de quelques méchantes gra-

vures jaunes représentant des façades de cathédrales. Je
présume que ce trou est habité concurremment par les
chauves-souris et les araignées, et que par conséquent il
s'y fait aux mouches une double guerre d'extermina-
tion.)

Tous les jours, une heure avant le coucher du soleil,
l'archidiacre montait l'escalier de la tour, et s'enfermait
dans cette cellule, où il passait quelquefois des nuits entières. Ce jour-là, au moment où, parvenu devant la porte
basse du réduit, il mettait dans la serrure la petite clef
compliquée qu'il portait toujours sur lui dans l'escarcelle
pendue à son côté, un bruit de tambourin et de castagnettes était arrivé à son oreille. Ce bruit venait de la place du
Parvis. La cellule, nous l'avons déjà dit, n'avait qu'une lucarne donnant sur la croupe de l'église. Claude Frollo
avait repris précipitamment la clef, et un instant après il
était sur le sommet de la tour, dans l'attitude sombre et
recueillie où les damoiselles l'avaient aperçu.

Il était là, grave, immobile, absorbé dans un regard et
dans une pensée. Tout Paris était sous ses pieds, avec les
mille flèches de ses édifices et son circulaire horizon de
molles collines, avec son fleuve qui serpente sous ses
ponts et son peuple qui ondule dans ses rues, avec le
nuage de ses fumées, avec la chaine montueuse de ses
toits qui presse Notre-Dame de ses mailles redoublées;
mais dans toute cette ville l'archidiacre ne regardait qu'un
point du pavé : la place du Parvis; dans toute cette foule,
qu'une figure : la bohémienne.

Il eût été difficile de dire de quelle nature était ce regard, et d'où venait la flamme qui en jaillissait. C'était un
regard fixe, et pourtant plein de trouble et de tumulte. Et,
à l'immobilité profonde de tout son corps à peine agité par
intervalles d'un frisson machinal, comme un arbre au vent,
à la roideur de ses coudes, plus marbre que la rampe où

ils s'appuyaient, à voir le sourire pétrifié qui contractait son visage, on eût dit qu'il n'y avait plus dans Claude Frollo que les yeux de vivants.

La bohémienne dansait ; elle faisait tourner son tambourin à la pointe de son doigt, et le jetait en l'air en dansant des sarabandes provençales ; agile, légère, joyeuse, et ne sentant pas le poids du regard redoutable qui tombait à plomb sur sa tête.

La foule fourmillait autour d'elle ; de temps en temps, un homme accoutré d'une casaque jaune et rouge faisait faire le cercle, puis revenait s'asseoir sur une chaise à quelques pas de la danseuse, et prenait la tête de la chèvre sur ses genoux. Cet homme semblait être le compagnon de la bohémienne. Claude Frollo, du point élevé où il était placé, ne pouvait distinguer ses traits.

Du moment où l'archidiacre eut aperçu cet inconnu, son attention sembla se partager entre la danseuse et lui, et son visage devint de plus en plus sombre. Tout à coup il se redressa, et un tremblement parcourut tout son corps :
— Qu'est-ce que c'est que cet homme ? dit-il entre ses dents ; je l'avais toujours vue seule !

Alors il se replongea sous la voûte tortueuse de l'escalier en spirale, et redescendit. En passant devant la porte de la sonnerie, qui était entr'ouverte, il vit une chose qui le frappa : il vit Quasimodo qui, penché à une ouverture de ces auvents d'ardoises qui ressemblent à d'énormes jalousies, regardait aussi, lui, dans la place. Il était en proie à une contemplation si profonde, qu'il ne prit pas garde au passage de son père adoptif. Son œil sauvage avait une expression singulière : c'était un regard charmé et doux.
— Voilà qui est étrange ! murmura Claude. Est-ce que c'est l'égyptienne qu'il regarde ainsi ? Il continua de descendre. Au bout de quelques minutes, le soucieux archidiacre sortit dans la place par la porte qui est au bas de la tour.

— Qu'est donc devenue la bohémienne ? dit-il en se mêlant au groupe des spectateurs que le tambourin avait amassés.

— Je ne sais, répondit un de ses voisins, elle vient de disparaître. Je crois qu'elle est allée faire quelque fandangue dans la maison en face, où ils l'ont appelée.

A la place de l'égyptienne, sur ce même tapis dont les arabesques s'effaçaient le moment d'auparavant sous le dessin capricieux de sa danse, l'archidiacre ne vit plus que l'homme rouge et jaune qui, pour gagner à son tour quelques testons, se promenait autour du cercle, les coudes sur les hanches, la tête renversée, la face rouge, le cou tendu, avec une chaise entre les dents. Sur cette chaise il avait attaché un chat qu'une voisine avait prêté, et qui jurait fort effrayé.

— Notre-Dame ! s'écria l'archidiacre au moment où le saltimbanque, suant à grosses gouttes, passa devant lui avec sa pyramide de chaise et de chat, que fait là maître Pierre Gringoire ?

La voix sévère de l'archidiacre frappa le pauvre diable d'une telle commotion, qu'il perdit l'équilibre avec tout son édifice, et que la chaise et le chat tombèrent pêle-mêle sur la tête des assistants, au milieu d'une huée inextinguible.

Il est probable que maître Pierre Gringoire (car c'était bien lui) aurait eu un fâcheux compte à solder avec la voisine au chat, et toutes les faces contuses et égratignées qui l'entouraient, s'il ne se fût hâté de profiter du tumulte pour se réfugier dans l'église, où Claude Frollo lui avait fait signe de le suivre.

La cathédrale était déjà obscure et déserte ; les contrenefs étaient pleines de ténèbres, et les lampes des chapelles commençaient à s'étoiler, tant les voûtes devenaient noires. Seulement la grande rose de la façade, dont les mille couleurs étaient trempées d'un rayon du soleil horizontal, re-

luisait dans l'ombre comme un fouillis de diamants, et répercutait à l'autre bout de la nef son spectre éblouissant.

Quand ils eurent fait quelques pas, dom Claude s'adossa
à un pilier et regarda Gringoire fixement. Ce regard n'é-
tait pas celui que Gringoire craignait, honteux qu'il était
d'avoir été surpris par une personne grave et docte dans
ce costume de baladin. Le coup d'œil du prêtre n'avait rien
de moqueur et d'ironique; il était sérieux, tranquille et
perçant. L'archidiacre rompit le silence le premier.

— Venez çà, maître Pierre. Vous m'allez expliquer bien
des choses. Et d'abord d'où vient qu'on ne vous a pas vu
depuis tantôt deux mois, et qu'on vous retrouve dans les
carrefours en bel équipage, vraiment! mi-parti de jaune
et de rouge, comme une pomme de Caudebec?

— Messire, dit piteusement Gringoire, c'est en effet un
prodigieux accoutrement, et vous m'en voyez plus penaud
qu'un chat coiffé d'une calebasse. C'est bien mal fait, je le
sens, d'exposer messieurs les sergents du guet à bâtonner
sous cette casaque l'humérus d'un philosophe pythagori-
cien. Mais que voulez-vous, mon révérend maître? la faute
en est à mon ancien justaucorps, qui m'a lâchement abandonné au commencement de l'hiver, sous prétexte qu'il
tombait en loques et qu'il avait besoin de s'aller reposer
dans la hotte du chiffonnier. Que faire? la civilisation n'en
est pas encore arrivée au point que l'on puisse aller tout
nu, comme le voulait l'ancien Diogènes Ajoutez qu'il ven-
tait un vent très-froid, et ce n'est pas au mois de janvier
qu'on peut essayer avec succès de faire faire ce nouveau
pas à l'humanité Cette casaque s'est présentée, je l'ai prise,
et j'ai laissé là ma vieille souquenille noire, laquelle, pour
un hermétique comme moi, était fort peu hermétique-
ment close. Me voilà donc en habit d'histrion, comme
saint Genest. Que voulez-vous? c'est une éclipse. Apollo a
bien gardé les gorrines chez Admétès.

— Vous faites là un beau métier! reprit l'archidiacre.

— Je conviens, mon maître, qu'il vaut mieux philoso-
pher et poétiser, souffler la flamme dans le fourneau ou la
recevoir du ciel, que de porter des chats sur le pavois.
Aussi, quand vous m'avez apostrophé, ai-je été aussi sot
qu'un âne devant un tourne-broche. Mais que voulez-vous,
messire? il faut vivre tous les jours, et les plus beaux vers
alexandrins ne valent pas sous la dent un morceau de fromage de Brie. Or j'ai fait pour madame Marguerite de
Flandres ce fameux épithalame que vous savez, et la ville
ne me le paye pas, sous prétexte qu'il n'était pas excellent,
comme si l'on pouvait donner pour quatre écus une tragédie de Sophocle. J'allais donc mourir de faim. Heureusement je me suis trouvé un peu fort du côté de la mâchoire, et je lui ai dit à cette mâchoire : Fais des tours de
force et d'équilibre; nourris-toi toi-même. *Ale te ipsam.*
Un tas de gueux qui sont devenus mes bons amis, m'ont
appris vingt sortes de tours herculéens, et maintenant je
donne tous les soirs à mes dents le pain qu'elles ont gagné
dans la journée à la sueur de mon front. Après tout, *con-
cedo*, je concède que c'est un triste emploi de mes facultés
intellectuelles, et que l'homme n'est pas fait pour passer
sa vie à tambouriner et à mordre des chaises. Mais, révérend maître, il ne suffit pas de passer sa vie, il faut la
gagner.

Dom Claude écoutait en silence. Tout à coup son œil
enfoncé prit une telle expression sagace et pénétrante,
que Gringoire se sentit, pour ainsi dire, fouillé jusqu'au
fond de l'âme par ce regard.

— Fort bien, maître Pierre; mais d'où vient que vous
êtes maintenant en compagnie de cette danseuse d'Egypte?

— Ma foi, dit Gringoire, c'est qu'elle est ma femme et
que je suis son mari.

L'œil ténébreux du prêtre s'enflamma.

— Aurais-tu fait cela, misérable? cria-t-il en saisissant avec fureur le bras de Gringoire; aurais-tu été assez abandonné de Dieu pour porter la main sur cette fille?

— Sur ma part de paradis, monseigneur, répondit Gringoire tremblant de tous ses membres, je vous jure que je ne l'ai pas touchée, si c'est là ce qui vous inquiète.

— Et que parles-tu donc de mari et de femme! dit le prêtre.

Gringoire se hâta de lui conter le plus succinctement possible tout ce que le lecteur sait déjà, son aventure de la Cour des Miracles et son mariage au pot cassé. Il paraît du reste que ce mariage n'avait eu encore aucun résultat, et que chaque soir la bohémienne lui escamotait sa nuit de noces comme le premier jour. — C'est un déboire, dit-il en terminant, mais cela tient à ce que j'ai eu le malheur d'épouser une vierge.

— Que voulez-vous dire? demanda l'archidiacre, qui s'était apaisé par degrés à ce récit.

— C'est assez difficile à expliquer, répondit le poëte. C'est une superstition. Ma femme est, à ce que m'a dit un vieux peigre qu'on appelle chez nous le duc d'Egypte, un enfant trouvé ou perdu, ce qui est la même chose. Elle porte au cou une amulette qui, assure-t-on, lui fera un jour rencontrer ses parents, mais qui perdrait sa vertu si la jeune fille perdait la sienne. Il suit de là que nous demeurons tous deux très-vertueux.

— Donc, reprit Claude, dont le front s'éclaircissait de plus en plus, vous croyez, maître Pierre, que cette créature n'a été approchée d'aucun homme?

— Que voulez-vous, dom Claude, qu'un homme fasse à une superstition! Elle a cela dans la tête. J'estime que c'est à coup sûr une rareté que cette pruderie de nonne qui se conserve farouche au milieu de ces filles bohêmes, si facilement apprivoisées. Mais elle a pour se protéger trois

F2

choses : le duc d'Egypte, qui l'a prise sous sa sauvegarde,
comptant peut-être la vendre à quelque damp abbé ; toute
sa tribu, qui la tient en vénération singulière, comme une
Notre-Dame ; et un certain poignard mignon, que la luronne
porte toujours sur elle dans quelque coin, malgré les ordonnances du prévôt, et qu'on lui fait sortir aux mains en
lui pressant la taille. C'est une fière guêpe, allez !

L'archidiacre serra Gringoire de questions.

La Esmeralda était, au jugement de Gringoire, une créature inoffensive et charmante, jolie, à cela près d'une moue
qui lui était particulière, une fille naïve et passionnée,
ignorante de tout, et enthousiaste de tout ; ne sachant pas
encore la différence d'une femme à un homme, même en
rêve ; faite comme cela ; folle surtout de danse, de bruit,
de grand air ; une espèce de femme abeille, ayant des ailes
invisibles aux pieds, et vivant dans un tourbillon. Elle devait cette nature à la vie errante qu'elle avait toujours menée. Gringoire était parvenu à savoir que, tout enfant, elle
avait parcouru l'Espagne et la Catalogne, jusqu'en Sicile ;
il croyait même qu'elle avait été emmenée, par la cara-
vane de zingari dont elle faisait partie, dans le royaume
d'Alger, pays situé en Achaïe, laquelle Achaïe touche d'un
côté à la petite Albanie et à la Grèce, de l'autre à la mer
des Siciles, qui est le chemin de Constantinople. Les Bohê
mes, disait Gringoire, étaient vassaux du roi d'Alger, en
sa qualité de chef de la nation des Maures blancs. Ce qui
était certain, c'est que la Esmeralda était venue en France
très-jeune encore, par la Hongrie. De tous ces pays, la jeune
fille avait rapporté des lambeaux de jargons bizarres, des
chants et des idées étrangères, qui faisaient de son langage
quelque chose d'aussi bizarre que son costume moitié pa-
risien, moitié africain. Du reste, le peuple des quartiers
qu'elle fréquentait l'aimait pour sa gaieté, pour sa gentillesse, pour ses vives allures, pour ses danses et pour ses

chansons. Dans toute la ville, elle ne se croyait haïe que de deux personnes, dont elle parlait souvent avec effroi : la sachette de la Tour-Roland, une vilaine recluse qui avait on ne sait quelle rancune aux égyptiennes, et qui maudissait la pauvre danseuse chaque fois qu'elle passait devant sa lucarne; et un prêtre qui ne la rencontrait jamais sans lui jeter des regards et des paroles qui lui faisaient peur. Cette dernière circonstance troubla fort l'archidiacre, sans que Gringoire fît grande attention à ce trouble; tant il avait suffi de deux mois pour faire oublier à l'insouciant poëte les détails singuliers de cette soirée où il avait fait la rencontre de l'égyptienne, et la présence de l'archidiacre dans tout cela. Au demeurant, la petite danseuse ne craignait rien; elle ne disait point la bonne aventure, ce qui la mettait à l'abri de ces procès de magie si fréquemment intentés aux bohémiennes. Et puis, Gringoire lui tenait lieu de frère, sinon de mari. Après tout, le philosophe supportait très-patiemment cette espèce de mariage platonique. C'était toujours un gîte et du pain. Chaque matin il partait de la truanderie, le plus souvent avec l'égyptienne; il l'aidait à faire dans les carrefours sa récolte de targes et de petits-blancs; chaque soir il rentrait avec elle sous le même toit, la laissait se verrouiller dans sa logette, et s'endormait du sommeil du juste. Existence fort douce, à tout prendre, disait-il, et fort propre à la rêverie. Et puis, en son âme et conscience, le philosophe n'était pas très-sûr d'être éperdument amoureux de la bohémienne. Il aimait presque autant sa chèvre. C'était une charmante bête, douce, intelligente, sp. rituelle, une chèvre savante. Rien de plus commun au moyen âge que ces animaux savants dont on s'émerveillait fort, et qui menaient fréquemment leurs instructeurs au fagot. Pourtant les sorcelleries de la chèvre aux pattes dorées étaient de bien innocentes malices. Gringoire les expliqua à l'archidiacre, que ces détails paraissaient vivement intéresser. Il suffisait dans la plupart des cas de présenter le tambourin à la chèvre de telle ou telle façon pour obtenir d'elle la momerie qu'on souhaitait. Elle avait été dressée à cela par la bohémienne, qui avait à ces finesses un talent si rare, qu'il lui avait suffi de deux mois pour enseigner à la chèvre à écrire avec des lettres mobiles le mot *Phœbus*.

— *Phœbus!* dit le prêtre; pourquoi *Phœbus?*

— Je ne sais, répondit Gringoire. C'est peut-être un mot qu'elle croit doué de quelque vertu magique et secrète. Elle le répète souvent à demi-voix quand elle se croit seule.

— Etes-vous sûr, reprit Claude avec son regard pénétrant, que ce n'est qu'un mot et que ce n'est pas un nom?

— Nom de qui? dit le poëte.

— Que sais-je? dit le prêtre.

— Voilà ce que j'imagine, messire. Ces bohêmes sont un peu guèbres et adorent le soleil. De là Phœbus.

— Cela ne me semble pas si clair qu'à vous, maître Pierre.

— Au demeurant, cela ne m'importe. Qu'elle marmotte son Phœbus à son aise. Ce qui est sûr, c'est que Djali m'aime déjà presque autant qu'elle..

— Qu'est-ce que cette Djali?

— C'est la chèvre.

L'archidiacre posa son menton sur sa main, et parut un moment rêveur. Tout à coup il se retourna brusquement vers Gringoire.

— Et tu me jures que tu ne lui as pas touché?

— A qui? dit Gringoire; à la chèvre?

— Non, à cette femme.

— A ma femme? Je vous jure que non.

— Et tu es souvent seul avec elle?

— Tous les soirs, une bonne heure.

Dom Claude fronça le sourcil.

— Oh! oh! *Solus cum sola non cogitabuntur orare Pater noster.*

— Sur mon âme, je pourrais dire le *Pater*, et l'*Ave Maria*, et le *Credo in Deum patrem omnipotentem*, sans qu'elle fit plus d'attention à moi qu'une poule à une église.

— Jure-moi par le ventre de ta mère, répéta l'archidiacre avec violence, que tu n'as pas touché à cette créature du bout du doigt.

— Je le jurerais aussi par la tête de mon père; car les deux choses ont plus d'un rapport. Mais, mon révérend maître, permettez-moi à mon tour une question.

— Parlez, monsieur.

— Qu'est-ce que cela vous fait?

La pâle figure de l'archidiacre devint rouge comme la la joue d'une jeune fille. Il resta un moment sans répondre, puis avec un embarras visible :

— Ecoutez, maître Pierre Gringoire. Vous n'êtes pas encore damné, que je sache. Je m'intéresse à vous et vous veux du bien. Or, le moindre contact avec cette égyptienne du démon vous ferait vassal de Satanas. Vous savez que 'est toujours le corps qui perd l'âme. Malheur à vous si ous approchez cette femme! Voilà tout.

— J'ai essayé une fois, dit Gringoire en se grattant l'oreille; c'était le premier jour : mais je me suis piqué.

— Vous avez eu cette effronterie, maître Pierre?

Et le front du prêtre se rembrunit.

— Une autre fois, continua le poëte en souriant, j'ai regardé avant de me coucher par le trou de sa serrure, et j'ai bien vu la plus délicieuse dame en chemise qui ait jamais fait crier la sangle d'un lit sous son pied nu.

— Va-t'en au diable! cria le prêtre avec un regard terrible, et, poussant par les épaules Gringoire émerveillé, il s'enfonça à grands pas sous les plus sombres arcades de la cathédrale.

III

LES CLOCHES.

Depuis la matinée du pilori, les voisins de Notre-Dame avaient cru remarquer que l'ardeur carillonneuse de Quasimodo s'était fort refroidie. Auparavant c'étaient des sonneries à tout propos, de longues aubades qui duraient de Primes à Complies, des volées de beffroi pour une grand'messe, de riches gammes promenées sur les clochettes pour un mariage, pour un baptême, et s'entremêlant dans l'air comme une broderie de toute sorte de sons charmants. La vieille église, toute vibrante et toute sonore, était dans une perpétuelle joie de cloches. On y sentait sans cesse la présence d'un esprit de bruit et de caprice qui chantait par toutes ces bouches de cuivre. Maintenant cet esprit semblait avoir disparu ; la cathédrale paraissait morne et garder volontiers le silence ; les fêtes et les enterrements avaient leur simple sonnerie, sèche et nue, ce que le rituel exigeait, rien de plus ; du double bruit que fait une église, l'orgue au dedans, la cloche au dehors, il ne restait que l'orgue. On eût dit qu'il n'y avait plus de musiciens dans les clochers. Quasimodo y était toujours pourtant ; que s'était-il donc passé en lui ? était-ce que la honte et le désespoir du pilori duraient encore au fond de son cœur, que les coups de fouet du tourmenteur se répercutaient sans fin dans son âme, et que la tristesse d'un pareil traitement avait tout éteint chez lui, jusqu'à sa passion pour les cloches ? ou bien, était-ce que Marie avait une rivale dans le cœur du sonneur de Notre-Dame, et que la grosse cloche et ses quatorze sœurs étaient négligées pour quelque chose de plus aimable et de plus beau ?

Il arriva que, dans cette gracieuse année 1482, l'Annonciation tomba un mardi 25 mars. Ce jour-là l'air était si pur et si léger, que Quasimodo se sentit revenir quelque amour de ses cloches. Il monta donc dans la tour septentrionale, tandis qu'en bas le bedeau ouvrait toutes larges les portes de l'église, lesquelles étaient alors d'énormes panneaux de fort bois couvert de cuir, bordés de clous de fer doré et encadrés de sculptures « fort artificiellement « élabourées. »

Parvenu dans la haute cage de la sonnerie, Quasimodo considéra quelque temps avec un triste hochement de tête les six campanilles, comme s'il gémissait de quelque chose d'étranger qui s'était interposé dans son cœur entre elles et lui. Mais, quand il les eut mises en branle; quand il sentit cette grappe de cloches remuer sous sa main; quand il vit, car il ne l'entendait pas, l'octave palpitante monter et descendre sur cette échelle sonore comme un oiseau qui saute de branche en branche; quand le diable-musique, ce démon qui secoue un trousseau étincelant de strettes, de trilles et d'arpéges, se fut emparé du pauvre sourd, alors il redevint heureux, il oublia tout, et son cœur qui se dilatait fit épanouir son visage.

Il allait et venait, il frappait des mains, il courait d'une corde à l'autre, il animait les six chanteurs de la voix et du geste, comme un chef d'orchestre qui éperonne des virtuoses intelligents.

— Va, disait-il, va, Gabrielle, verse tout ton bruit dans la place, c'est aujourd'hui fête. — Thibauld, pas de paresse, tu te ralentis; va, va donc, est-ce que tu t'es rouillé, fainéant? — C'est bien ! vite ! vite ! qu'on ne voie pas le battant. Rends-les tous sourds comme moi. — C'est cela, Thibauld, bravement! Guillaume! Guillaume ! tu es le plus gros, et Pasquier est le plus petit, et Pasquier va le mieux. Gageons que ceux qui entendent l'entendent mieux que

toi. — Bien ! bien ! ma Gabrielle, fort ! plus fort ! — Hé !
que faites-vous donc là-haut tous deux, les Moineaux ! Je
ne vous vois pas faire le plus petit bruit. — Qu'est-ce que
c'est que ces becs de cuivre-là qui ont l'air de bâiller quand
il faut chanter ? Ça, qu'on travaille ! c'est l'Annonciation.
Il y a un beau soleil, il faut un beau carillon. — Pauvre
Guillaume ! te voilà tout essoufflé, mon gros ! .

Il était tout occupé d'aiguillonner ses cloches, qui sautaient toutes les six à qui mieux mieux, et secouaient leurs
croupes luisantes comme un bruyant attelage de mules es-
pagnoles piqué çà et là par les apostrophes du sagal.

Tout à coup, en laissant tomber son regard entre les
larges écailles ardoisées qui recouvrent à une certaine hauteur le mur à pic du clocher, il vit dans la place une jeune
fille bizarrement accoutrée, qui s'arrêtait, qui développait
à terre un tapis où une petite chèvre venait se poser ; et
un groupe de spectateurs qui s'arrondissait alentour.
Cette vue changea subitement le cours de ses idées, et
figea son enthousiasme musical comme un souffle d'air fige
une résine en fusion. Il s'arrêta, tourna le dos au carillon, s'accroupit derrière l'auvent d'ardoise, en fixant sur
la danseuse ce regard rêveur, tendre et doux qui avait déjà
une fois étonné l'archidiacre. Cependant les cloches ou-
bliées s'éteignirent brusquement toutes à la fois, au grand
désappointement des amateurs de sonnerie, lesquels écoutaient de bonne foi le carillon de dessus le Pont-au-
Change, et s'en allèrent stupéfaits comme un chien à qui
l'on a montré un os et à qui l'on donne une pierre.

IV

ΑΝΑΓΚΗ.

Il advint que, par une belle matinée de ce même mois de mars, je crois que c'était le samedi 29, jour de Saint-Eustache, notre jeune ami l'écolier Jehan Frollo du Moulin s'aperçut en s'habillant que ses grégues, qui contenaient sa bourse, ne rendaient aucun son métallique. — Pauvre bourse! dit-il en la tirant de son gousset, quoi! pas le moindre petit parisis! comme les dés, les pots de bière et Vénus t'ont cruellement éventrée! comme te voilà vide, ridée et flasque! tu ressembles à la gorge d'une furie! Je vous le demande, messer Cicero et messer Seneca, dont je vois les exemplaires tout racornis épars sur le carreau, que me sert de savoir, mieux qu'un général des monnaies ou qu'un juif du Pont-aux-Changeurs, qu'un écu d'or à la couronne vaut trente-cinq unzains de vingt-cinq sous huit deniers parisis chaque, et qu'un écu au croissant vaut trente-six unzains de vingt-six sous et six deniers tournois pièce, si je n'ai pas un misérable liard noir à risquer sur le double-six! Oh! consul Cicero! ce n'est pas là une calamité dont on se tire avec des périphrases, des *quemadmodum* et des *verumenimvero!*

Il s'habilla tristement. Une pensée lui était venue tout en ficelant ses bottines, mais il la repoussa d'abord; cependant elle revint, et il mit son gilet à l'envers, signe évident d'un violent combat intérieur. Enfin, il jeta rudement son bonnet à terre et s'écria : Tant pis! il en sera ce qu'il pourra. Je vais aller chez mon frère! J'attraperai un sermon, mais j'attraperai un écu.

Alors il endossa précipitamment sa casaque à mahoîtres fourrées, ramassa son bonnet et sortit en désespéré.

Il descendit la rue de la Harpe vers la Cité. En passant devant la rue de la Huchette, l'odeur de ces admirables broches qui y tournaient incessamment vint chatouiller son appareil olfactif, et il donna un regard d'amour à la cyclopéenne rôtisserie qui arracha un jour au cordelier Calatagirone cette pathétique exclamation : *Veramente, queste rotisserie sono cosa stupenda!* Mais Jehan n'avait pas de quoi déjeuner, et il s'enfonça avec un profond soupir sous la porte du Petit-Châtelet, cet énorme double-trèfle de tours massives qui gardait l'entrée de la Cité.

Il ne prit pas même le temps de jeter une pierre en passant, comme c'était l'usage, à la misérable statue de ce Périnet Leclerc, qui avait livré le Paris de Charles VI aux Anglais, crime que son effigie, la face écrasée de pierres et souillée de boue, a expié pendant trois siècles, au coin des rues de la Harpe et de Bussy, comme à un pilori éternel.

Le Petit-Pont traversé, la rue neuve Sainte-Geneviève enjambée, Jehan de Molendino se trouva devant Notre-Dame. Alors, son indécision le reprit, et il se promena quelques instants autour de la statue de monsieur Legris, en se répétant avec angoisse : Le sermon est sûr, l'écu est douteux!

Il arrêta un bedeau qui sortait du cloître. — Où est monsieur l'archidiacre de Josas ?

— Je crois qu'il est dans sa cachette de la tour, dit le bedeau, et je ne vous conseille pas de l'y déranger, à moins que vous ne veniez de la part de quelqu'un comme le pape ou monsieur le roi.

Jehan frappa dans ses mains. — Bédiable! voilà une magnifique occasion de voir la fameuse logette aux sorcelleries.

Déterminé par cette réflexion, il s'enfonça résolûment

sous la petite porte noire, et se mit à monter la vis-de-
saint-Gilles, qui mène aux étages supérieurs de la tour. —
Je vais voir! se disait-il chemin faisant. Par les corbi-
gnolles de la sainte Vierge! ce doit être chose curieuse
que cette cellule que mon révérend frère cache comme son
pudendum! On dit qu'il y allume des cuisines d'enfer, et
qu'il y fait cuire à gros feu la pierre philosophale. Bédieu!
je me soucie de la pierre philosophale comme d'un caillou,
et j'aimerais mieux trouver sur son fourneau une ome-
lette d'œufs de Pâques au lard que la plus grosse pierre
philosophale du monde!

Parvenu sur la galerie des colonnettes, il souffla un moment, et jura contre l'interminable escalier par je ne sais
combien de millions de charretées de diables; puis il reprit
son ascension par l'étroite porte de la tour septentrionale,
aujourd'hui interdite au public. Quelques moments après
avoir dépassé la cage aux cloches, il rencontra un petit
palier pratiqué dans un renfoncement latéral, et sous la
voûte une basse-porte ogive, dont une meurtrière, percée
en face dans la paroi circulaire de l'escalier, lui permit d'observer l'énorme serrure et la puissante armature de fer.
Les personnes qui seraient curieuses aujourd'hui de visiter
cette porte la reconnaîtront à cette inscription, gravée en
lettres blanches dans la muraille noire : J'ADORE CORALIE,
1823, SIGNÉ UGÈNE. *Signé* est dans le texte.

— Ouf! dit l'écolier; c'est sans doute ici. La clef était
dans la serrure. La porte était tout contre ; il la poussa
mollement, et passa sa tête par l'entr'ouverture.

Le lecteur n'est pas sans avoir feuilleté l'œuvre admirable
de Rembrandt, ce Shakspeare de la peinture. Parmi tant
de merveilleuses gravures, il y a en particulier une eau-
forte qui représente, à ce qu'on suppose, le docteur Faust,
et qu'il est impossible de contempler sans éblouissement.
C'est une sombre cellule; au milieu est une table chargée

d'objets hideux : têtes de morts, sphéres, alambics, compas, parchemins hiéroglyphiques. Le docteur est devant cette table, vêtu de sa grosse houppelande et coiffé jusqu'aux sourcils de son bonnet fourré. On ne le voit qu'à mi-corps. Il est à demi levé de son immense fauteuil, ses poings crispés s'appuient sur la table, et il considère, avec curiosité et terreur, un grand cercle lumineux, formé de lettres magiques, qui brille sur le mur du fond comme le spectre solaire dans la chambre noire. Ce soleil cabalistique semble trembler à l'œil et remplit la blafarde cellule de son rayonnement mystérieux. C'est horrible et c'est beau.

Quelque chose d'assez semblable à la cellule de Faust s'offrit à la vue de Jehan, quand il eut hasardé sa tête par la porte entre-bâillée. C'était de même un réduit sombre et à peine éclairé. Il y avait aussi un grand fauteuil et une grande table, des compas, des alambics, des squelettes d'animaux pendus au plafond, une sphère roulant sur le pavé, des hippocéphales pêle-mêle avec des bocaux où tremblaient des feuilles d'or, des têtes de morts posées sur des vélins bigarrés de figures et de caractères, de gros manuscrits empilés tout ouverts, sans pitié pour les angles cassants du parchemin ; enfin, toutes les ordures de la science, et partout sur ce fouillis de la poussière et des toiles d'araignées ; mais il n'y avait point de cercles de lettres lumineuses, point de docteur en extase, contemplant la flamboyante vision, comme l'aigle regarde son soleil.

Pourtant la cellule n'était point déserte. Un homme était assis dans le fauteuil et courbé sur la table. Jehan, auquel il tournait le dos, ne pouvait voir que ses épaules et le derrière de son crâne ; mais il n'eut pas de peine à reconnaître cette tête chauve, à laquelle la nature avait fait une tonsure éternelle, comme si elle avait voulu marquer, par ce symbole extérieur, l'irrésistible vocation cléricale de l'archidiacre.

Jehan reconnut donc son frère; mais la porte s'était ouverte si doucement, que rien n'avait averti dom Claude de
sa présence. Le curieux écolier en profita pour examiner
quelques instants à loisir la cellule. Un large fourneau,
qu'il n'avait pas remarqué au premier abord, était à gauche
du fauteuil, au-dessous de la lucarne. Le rayon du jour
qui pénétrait par cette ouverture traversait une ronde toile
d'araignée, qui inscrivait avec goût sa rosace délicate dans
l'ogive de la lucarne, et au centre de laquelle l'insecte ar-
chitecte se tenait immobile comme le moyeu de cette roue
de dentelle. Sur le fourneau étaient accumulés en désordre
toutes sortes de vases, des fioles de grès, des cornues de
verre, des matras de charbon. Jehan observa en soupirant
qu'il n'y avait pas un poêlon. — Elle est fraîche, la batterie de cuisine! pensa-t-il.

Du reste, il n'y avait pas de feu dans le fourneau, et il
paraissait même qu'on n'en avait pas allumé depuis longtemps. Un masque de verre, que Jehan remarqua parmi les
ustensiles d'alchimie, et qui servait sans doute à préser-
ver le visage de l'archidiacre lorsqu'il élaborait quelque
substance redoutable, était dans un coin, couvert de poussière, et comme oublié. A côté gisait un soufflet non moins
poudreux, et dont la feuille supérieure portait cette lé-
gende incrustée en lettres de cuivre : SPIRA, SPERA.

D'autres légendes étaient écrites, selon la mode des her-
métiques, en grand nombre sur les murs; les unes tracées
à l'encre, les autres gravées avec une pointe de métal. Du
reste, lettres gothiques, lettres hébraïques, lettres grecques
et lettres romaines, pêle-mêle; les inscriptions débordant
au hasard, celles-ci sur celles-là, les plus fraîches effa-
çant les plus anciennes, et toutes s'enchevêtrant les unes
dans les autres comme les branches d'une broussaille,
comme les piques d'une mêlée. C'était, en effet, une assez
confuse mêlée de toutes les philosophies, de toutes les rê-

veries, de toutes les sagesses humaines. Il y en avait une
çà et là qui brillait sur les autres comme un drapeau parmi
les fers de lances. C'était, la plupart du temps, une brève
devise latine ou grecque, comme les formulait si bien le
moyen âge : — *Undè? indè ?* — *Homo homini monstrum.*
— *Astra, castra, nomen, numen.* — Μέγα βιβλιον, μέγα
χαχόν. — *Sapere aude.* — *Flat ubi vult,* — etc.; quelquefois un mot dénué de tout sens apparent : Αναγχοφαγία ; —
ce qui cachait peut-être une allusion amère au régime du
cloître; quelquefois enfin une simple maxime de discipline
cléricale formulée en un hexamètre réglementaire : *Cœles-
tem dominum, terrestrem dicito domnum.* Il y avait aussi
passim des grimoires hébraïques, auxquels Jehan, déjà
fort peu grec, ne comprenait rien, et le tout était traversé
à tout propos par des étoiles, des figures d'hommes ou d'a-
nimaux et des triangles qui s'intersectaient, ce qui ne con-
tribuait pas peu à faire ressembler la muraille barbouillée
de la cellule à une feuille de papier sur laquelle un singe
aurait promené une plume chargée d'encre.

L'ensemble de la logette, du reste, présentait un aspect
général d'abandon et de délabrement; et le mauvais état
des ustensiles laissait supposer que le maître était déjà depuis assez longtemps distrait de ses travaux par d'autres
préoccupations.

Ce maître cependant, penché sur un vaste manuscrit
orné de peintures bizarres, paraissait tourmenté par une
idée qui venait sans cesse se mêler à ses méditations. C'est
du moins ce que Jehan jugea en l'entendant s'écrier, avec
les intermittences pensives d'un songe creux qui rêve tout
haut :

— Oui, Manou le dit et Zoroastre l'enseignait! le soleil
naît du feu, la lune du soleil; le feu est l'âme du grand
tout; ses atomes élémentaires s'épanchent et ruissellent incessamment sur le monde par courants infinis! Aux points

où ces courants s'entrecoupent dans le ciel, ils produisent la lumière; à leurs points d'intersection dans la terre, ils produisent l'or. — La lumière, l'or; même chose! — Du feu à l'état concret. — La différence du visible au palpable, du fluide au solide pour la même substance, de la vapeur d'eau à la glace, rien de plus. — Ce ne sont point là des rêves, — c'est la loi générale de la nature. — Mais comment faire pour soutirer dans la science le secret de cette loi générale? Quoi! cette lumière qui inonde ma main, c'est de l'or! ces mêmes atomes, dilatés selon une certaine loi, il ne s'agit que de les condenser selon une certaine autre loi. — Comment faire? — Quelques-uns ont imaginé d'enfouir un rayon du soleil. — Averroës, — oui, c'est Averroës, — Averroës en a enterré un sous le premier pilier de gauche du sanctuaire du koran, dans la grande mahomerie de Cordoue; mais on ne pourra ouvrir le caveau pour voir si l'opération a réussi que dans huit mille ans.

— Diable, dit Jehan à part lui, voilà qui est longtemps attendre un écu.

— .... D'autres ont pensé, continua l'archidiacre rêveur, qu'il valait mieux opérer sur un rayon de Sirius. Mais il est bien malaisé d'avoir ce rayon pur, à cause de la présence simultanée des autres étoiles qui viennent s'y mêler. Flamel estime qu'il est plus simple d'opérer sur le feu terrestre. — Flamel! quel nom de prédestiné, *Flamma!* — Oui, le feu. Voilà tout. — Le diamant est dans le charbon, l'or est dans le feu. — Mais comment l'en tirer? — Magistri affirme qu'il y a de certains noms de femme d'un charme si doux et si mystérieux, qu'il suffit de les prononcer pendant l'opération. — Lisons ce qu'en dit Manou : « Où les femmes sont honorées, les divinités sont réjouies; « où elles sont méprisées, il est inutile de prier Dieu. — La « bouche d'une femme est constamment pure; c'est une

27.

« eau courante, c'est un rayon de soleil. — Le nom d'une
« femme doit être agréable, doux, imaginaire; finir par
« des voyelles longues et ressembler à des mots de béné-
« dictions. »—... Oui, le sage a raison; en effet, la Maria,
la Sophia, la Esmeral... — Damnation! toujours cette
pensée!

Et il ferma le livre avec violence.

Il passa la main sur son front, comme pour chasser l'i-
dée qui l'obsédait; puis il prit sur la table un clou et un
petit marteau dont le manche était curieusement peint de
lettres cabalistiques.

— Depuis quelque temps, dit-il avec un sourire amer,
j'échoue dans toutes mes expériences! l'idée fixe me possède et me flétrit le cerveau comme un trèfle de feu. Je
n'ai seulement pu retrouver le secret de Cassiodore, dont
la lampe brûlait sans mèche et sans huile. Chose simple
pourtant.

— Peste! dit Jehan dans sa barbe.

— ... Il suffit donc, continua le prêtre, d'une seule misérable pensée pour rendre un homme faible et fou! Oh!
que Claude Pernelle rirait de moi, elle qui n'a pu détourner un moment Nicolas Flamel de la poursuite du grand
œuvre! Quoi! je tiens dans ma main le marteau magique
de Zéchiélé! à chaque coup que le redoutable rabbin, du
fond de sa cellule, frappait sur ce clou avec ce marteau,
celui de ses ennemis qu'il avait condamné, eût-il été à
deux mille lieues, s'enfonçait d'une coudée dans la terre
qui le dévorait. Le roi de France lui-même, pour avoir un
soir heurté inconsidérément à la porte du thaumaturge,
entra dans son pavé de Paris jusqu'aux genoux. — Ceci
s'est passé il n'y a pas trois siècles. — Eh bien! j'ai le
marteau et le clou, et ce ne sont pas outils plus formidables dans mes mains qu'un hutin aux mains d'un tail-
landier.—Pourtant il ne s'agit que de retrouver le mot

magique que prononçait Zéchiélé en frappant sur son clou.

— Bagatelle ! pensa Jehan.

— Voyons, essayons, reprit vivement l'archidiacre. Si je réussis, je verrai l'étincelle bleue jaillir de la tête du clou. — Emen-Hétan ! Emen-Hétan ! — Ce n'est pas cela. — Sigéani ! Sigéani ! — Que ce clou ouvre la tombe à quiconque porte le nom de Phœbus ! — Malédiction ! toujours, encore, éternellement la même idée !

Et il jeta le marteau avec colère. Puis il s'affaissa tellement sur le fauteuil et sur la table, que Jehan le perdit de vue derrière l'énorme dossier. Pendant quelques minutes, il ne vit plus que son poing convulsif crispé sur un livre. Tout à coup dom Claude se leva, prit un compas, et grava en silence sur la muraille en lettres capitales ce mot grec : ἈΝΆΓΚΗ.

— Mon frère est fou, dit Jehan en lui-même ; il eût été bien plus simple d'écrire : *Fatum;* tout le monde n'est pas obligé de savoir le grec.

L'archidiacre vint se rasseoir dans son fauteuil, et posa sa tête sur ses deux mains, comme fait un malade dont le front est lourd et brûlant.

L'écolier observait son frère avec surprise. Il ne savait pas, lui qui mettait son cœur en plein air, lui qui n'observait de loi au monde que la bonne loi de nature, lui qui laissait s'écouler ses passions par ses penchants, et chez qui le lac des grandes émotions était toujours à sec, tant il y pratiquait largement chaque matin de nouvelles rigoles, il ne savait pas avec quelle furie cette mer des passions humaines fermente et bouillonne lorsqu'on lui refuse toute issue, comme elle s'amasse, comme elle s'enfle, comme elle déborde, comme elle creuse le cœur, comme elle éclate en sanglots intérieurs et en sourdes convulsions, jusqu'à ce qu'elle ait déchiré ses digues et crevé son lit. L'enveloppe austère et glaciale de Claude Frollo, cette froide surface de vertu escarpée et inaccessible, avait toujours trompé Jehan. Le joyeux écolier n'avait jamais songé à ce qu'il y a de lave bouillante, furieuse et profonde sous le front de neige de l'Etna.

Nous ne savons s'il se rendit compte subitement de ces idées ; mais, tout évaporé qu'il était, il comprit qu'il avait vu ce qu'il n'aurait pas dû voir, qu'il venait de surprendre l'âme de son frère aîné dans une de ses plus secrètes attitudes, et qu'il ne fallait pas que Claude s'en aperçût. Voyant que l'archidiacre était retombé dans son immobilité première, il retira sa tête très-doucement, et fit quelque bruit de pas derrière la porte, comme quelqu'un qui arrive et qui avertit de son arrivée.

—Entrez ! cria l'archidiacre de l'intérieur de la cellule ; je vous attendais. J'ai laissé exprès la clef après la porte ; entrez, maître Jacques.

L'écolier entra hardiment. L'archidiacre, qu'une pareille visite gênait fort en pareil lieu, tressaillit sur son fauteuil.

— Quoi ! c'est vous, Jehan ?

— C'est toujours un J., dit l'écolier avec sa face rouge, effrontée et joyeuse.

Le visage de dom Claude avait repris son expression sévère. — Que venez-vous faire ici ?

— Mon frère, répondit l'écolier en s'efforçant d'atteindre une mine décente, piteuse et modeste, et en tournant son bicoquet dans ses mains avec un air d'innocence, je venais vous demander...

— Quoi ?

— Un peu de morale dont j'ai grand besoin. Jehan n'osa ajouter tout haut : Et un peu d'argent, dont j'ai plus grand besoin encore. Ce dernier membre de sa phrase resta inédit.

— Monsieur, dit l'archidiacre d'un ton froid, je suis très-mécontent de vous.

— Hélas! soupira l'écolier.

Dom Claude fit décrire un quart de cercle à son fauteuil, et regarda Jehan fixement. — Je suis bien aise de vous voir.

C'était un exorde redoutable. Jehan se prépara à un rude choc.

— Jehan, on m'apporte tous les jours des doléances de vous. Qu'est-ce que c'est que cette batterie où vous avez contus de bastonnade un petit vicomte Albert de Ramon-champ?

— Oh! dit Jehan, grand'chose! un méchant page qui s'amusait à escailbotter les écoliers en faisant courir son cheval dans les boues!

— Qu'est-ce que c'est, reprit l'archidiacre, que ce Ma-hiet Fargel, dont vous avez déchiré la robe? *Tunicam dechiraverunt*, dit la plainte.

— Ah bah! une mauvaise cappette de Montaigu! voilà-t-il pas?

— La plainte dit *tunicam* et non *cappettam*. Savez-vous le latin?

Jehan ne répondit pas.

— Oui, poursuivit le prêtre en secouant la tête. Voilà où en sont les études et les lettres maintenant. La langue latine est à peine entendue, la syriaque inconnue, la grec-que tellement odieuse, que ce n'est pas ignorance aux plus savants de sauter un mot grec sans le lire, et qu'on dit : *Græcum est, non legitur.*

L'écolier releva résolûment les yeux. — Monsieur mon frère, vous plaît-il que je vous explique en bon parler fran-çais ce mot grec qui est écrit là sur le mur?

— Quel mot?

— ἈΝΆΓΚΗ.

Une légère rougeur vint s'épanouir sur les joues pomme-lées de l'archidiacre, comme la bouffée de fumée qui an-

nonce au dehors les secrétes commotions d'un volcan.
L'écolier le remarqua à peine.

— Eh bien ! Jehan, balbutia le frère aîné avec effort,
qu'est-ce que ce mot veut dire ?

—Fatalité.

Dom Claude redevint pâle, et l'écolier poursuivit avec
insouciance : — Et ce mot qui est au-dessous, gravé par
la même main, Ἀναγνεία, signifie *impureté* Vous voyez
qu'on sait son grec.

L'archidiacre demeurait silencieux. Cette leçon de grec
l'avait rendu rêveur. Le petit Jehan, qui avait toutes les
finesses d'un enfant gâté, jugea le moment favorable pour
hasarder sa requête. Il prit donc une voix extrêmement
douce et commença :

— Mon bon frère, est-ce que vous m'avez en haine à ce
point de me faire farouche mine pour quelques méchantes
giffles et pugnalades distribuées en bonne guerre à je ne
sais quels garçons et marmousets, *quibusdam marmo-
setis :* — Vous voyez, bon frère Claude, qu'on sait son
latin.

Mais toute cette caressante hypocrisie n'eut point sur le
sévère grand frère son effet accoutumé. Cerbère ne mordit
pas au gâteau de miel. Le front de l'archidiacre ne se dé-
rida pas d'un pli. — Où voulez-vous en venir ? dit-il d'un
ton sec.

— Eh bien, au fait ! voici ! répondit bravement Jehan ;
j'ai besoin d'argent.

A cette déclaration effrontée, la physionomie de l'archidiacre prit tout à fait l'expression pédagogique et paternelle.

— Vous savez, monsieur Jehan, que notre fief de Tirechappe ne rapporte, en mettant en bloc le cens et les rentes
des vingt-une maisons, que trente-neuf livres onze sous
six deniers parisis. C'est moitié plus que du temps des
frères Paclet, mais ce n'est pas beaucoup.

— J'ai besoin d'argent, dit stoïquement Jehan.

— Vous savez que l'official a décidé que nos vingt-une maisons mouvaient en plein fief de l'évêché, et que nous ne pourrions racheter cet hommage qu'en payant au révérend évêque deux marcs d'argent doré du prix de six livres parisis. Or, ces deux marcs, je n'ai encore pu les amasser. Vous le savez.

— Je sais que j'ai besoin d'argent, répéta Jehan pour la troisième fois.

— Et qu'en voulez-vous faire?

Cette question fit briller une lueur d'espoir aux yeux de Jehan. Il reprit sa mine chatte et doucereuse.

— Tenez, cher frère Claude, je ne m'adresserais pas à vous en mauvaise intention. Il ne s'agit pas de faire le beau dans les tavernes avec vos unzains et de me promener dans les rues de Paris en caparaçon de brocart d'or, avec mon laquais, *cum meo laquasio*. Non, mon frère, c'est pour une bonne œuvre.

— Quelle bonne œuvre? demanda Claude un peu surpris.

— Il y a deux de mes amis qui voudraient acheter une layette à l'enfant d'une pauvre veuve haudriette. C'est une charité. Cela coûtera trois florins, et je voudrais mettre le mien.

— Comment s'appellent vos deux amis?

— Pierre-l'Assommeur et Baptiste-Croque-Oison.

— Hum! dit l'archidiacre; voilà des noms qui vont à une bonne œuvre comme une bombarde sur un maître-autel.

Il est certain que Jehan avait très-mal choisi ses deux noms d'amis. Il le sentit trop tard.

— Et puis, poursuivit le sagace Claude, qu'est-ce que c'est qu'une layette qui doit coûter trois florins, et cela pour l'enfant d'une haudriette? Depuis quand les veuves haudriettes ont-elles des marmots au maillot?

Jehan rompit la glace encore une fois. — Eh bien, oui :
j'ai besoin d'argent pour aller voir ce soir Isabeau-la-Thierrye au Val-d'Amour !

— Misérable impur ! s'écria le prêtre.

— Ἀναγνεία, dit Jehan.

Cette citation, que l'écolier empruntait, peut-être avec
malice, à la muraille de la cellule, fit sur le prêtre un effet
singulier. Il se mordit les lèvres, et sa colère s'éteignit
dans la rougeur.

— Allez-vous-en, dit-il alors à Jehan. J'attends quelqu'un.

L'écolier tenta encore un effort. — Frère Claude, don-
nez-moi au moins un petit parisis pour manger.

— Où en êtes-vous des décrétales de Gratien ? demanda
dom Claude.

— J'ai perdu mes cahiers.

— Où en êtes-vous des humanités latines ?

— On m'a volé mon exemplaire d'Horatius.

— Où en êtes-vous d'Aristoteles ?

— Ma foi ! frère, quel est donc ce père de l'Eglise qui dit
que les erreurs des hérétiques ont, de tout temps, eu pour
repaire les broussailles de la métaphysique d'Aristoteles ?
Foin d'Aristoteles ! je ne veux pas déchirer ma religion et
sa métaphysique.

— Jeune homme, reprit l'archidiacre, il y avait à la dernière entrée du roi un gentilhomme appelé Philippe de
Commines, qui portait brodée sur la houssure de son cheval sa devise, que je vous conseille de méditer : *Qui non
laborat non manducet.*

L'écolier resta un moment silencieux, le doigt à l'oreille,
l'œil fixé à terre, et la mine fâchée. Tout à coup il se retourna vers Claude avec la vive prestesse d'un hoche-queue.

— Ainsi, bon frère, vous me refusez un sou parisis pour
acheter une croûte chez un talmellier ?

— *Qui non laborat non manducet.*

A cette réponse de l'inflexible archidiacre, Jehan cacha sa tête dans ses mains, comme une femme qui sanglote, et s'écria avec une expression de désespoir : — Ο τοτοτοτοτοῖ !

— Qu'est-ce que cela veut dire, monsieur ? demanda Claude surpris de cette incartade.

— Eh bien quoi ! dit l'écolier ; et il relevait sur Claude des yeux effrontés dans lesquels il venait d'enfoncer ses poings pour leur donner la rougeur des larmes : c'est du grec ! c'est un anapeste d'Eschyles qui exprime parfaitement la douleur.

Et ici il partit d'un éclat de rire si bouffon et si violent, qu'il en fit sourire l'archidiacre. C'était la faute de Claude en effet : pourquoi avait-il tant gâté cet enfant ?

— Oh ! bon frère Claude, reprit Jehan enhardi par ce sourire, voyez mes brodequins percés. Y a-t-il cothurne plus tragique au monde que des bottines dont la semelle tire la langue ?

L'archidiacre était promptement revenu à sa sévérité première. — Je vous enverrai des bottines neuves, mais point d'argent.

— Rien qu'un pauvre petit parisis, frère, poursuivit le suppliant Jehan. J'apprendrai Gratien par cœur, je croirai bien en Dieu, je serai un véritable Pythagoras de science et de vertu. Mais un petit parisis, par grâce ! Voulez-vous que la famine me morde avec sa gueule qui est là, béante, devant moi, plus noire, plus puante, plus profonde qu'un Tartare ou que le nez d'un moine ?

Dom Claude hocha son chef ridé. — *Qui non laborat...*

Jehan ne le laissa pas achever.

— Eh bien ! cria-t-il, au diable ! vive la joie ! Je m'entavernerai, je me battrai, je casserai les pots et j'irai voir les filles !

Et sur ce, il jeta son bonnet au mur, et fit claquer ses doigts comme des castagnettes.

L'archidiacre le regarda d'un air sombre.

— Jehan, vous n'avez point d'âme.

— En ce cas, selon Epicurius, je manque d'un je ne sais quoi fait de quelque chose qui n'a pas de nom.

— Jehan, il faut songer sérieusement à vous corriger.

— Ah çà! cria l'écolier en regardant tour à tour son frère et les alambics du fourneau, tout est donc cornu ici, les idées et les bouteilles!

— Jehan, vous êtes sur une pente bien glissante. Savez-vous où vous allez?

— Au cabaret, dit Jehan.

— Le cabaret mène au pilori.

— C'est une lanterne comme une autre, et c'est peut-être avec celle-là que Diogène eût trouvé son homme.

— Le pilori mène à la potence.

— La potence est une balance qui a un homme à un bout et toute la terre à l'autre. Il est beau d'être l'homme.

— La potence mène à l'enfer.

— C'est un gros feu.

— Jehan, Jehan! la fin sera mauvaise.

— Le commencement aura été bon.

En ce moment, le bruit d'un pas se fit entendre dans l'escalier.

— Silence! dit l'archidiacre en mettant un doigt sur sa bouche, voici maître Jacques. Ecoutez, Jehan, ajouta-t-il à voix basse : gardez-vous de parler jamais de ce que vous aurez vu et entendu ici. Cachez-vous vite sous ce fourneau, et ne soufflez pas.

L'écolier se blottit sous le fourneau; là il lui vint une idée féconde.

— A propos, frère Claude, un florin pour que je ne souffle pas.

— Silence ! je vous le promets.

— Il faut me le donner.

— Prends donc ! dit l'archidiacre en lui jetant avec colère son escarcelle. Jehan se renfonça sous le fourneau, et
la porte s'ouvrit.

V

LES DEUX HOMMES VÊTUS DE NOIR.

Le personnage qui entra avait une robe noire et la mine
sombre. Ce qui frappa au premier coup d'œil notre ami
Jehan (qui, comme on s'en doute bien, s'était arrangé dans
son coin de manière à pouvoir tout voir et tout entendre
selon son bon plaisir), c'était la parfaite tristesse du vêtement et du visage de ce nouveau venu. Il y avait pourtant
quelque douceur répandue sur cette figure, mais une douceur de chat ou de juge, une douceur doucereuse. Il était
fort gris, ridé, touchait aux soixante ans, clignait des
yeux, avait le sourcil blanc, la lèvre pendante et de grosses mains. Quand Jehan vit que ce n'était que cela, c'est-
à-dire sans doute un médecin ou un magistrat, et que cet
homme avait le nez très-loin de la bouche, signe de bêtise,
il se rencoigna dans son trou, désespéré d'avoir à passer
un temps indéfini en si gênante posture et en si mauvaise
compagnie.

L'archidiacre cependant ne s'était pas même levé pour
ce personnage. Il lui avait fait signe de s'asseoir sur un
escabeau voisin de la porte, et, après quelques moments
d'un silence qui semblait continuer une méditation antérieure, il lui avait dit avec quelque protection : — Bonjour,
maître Jacques.

— Salut, maître, avait répondu l'homme noir.

F3

Il y avait dans les deux manières dont fut prononcé d'une part ce *maître Jacques*, de l'autre ce *maître* par excellence, la différence de monseigneur au monsieur, du *domine* au *domne*. C'était évidemment l'abord du docteur et du disciple.

— Eh bien! reprit l'archidiacre après un nouveau silence que maître Jacques se garda de troubler, réussissez-vous?

— Hélas! mon maître, dit l'autre avec un sourire triste, je souffle toujours. De la cendre tant que j'en veux. Mais pas une étincelle d'or.

Dom Claude fit un geste d'impatience.— Je ne vous parle pas de cela, maître Jacques Charmolue, mais du procès de votre magicien. N'est-ce pas Marc Cenaine que vous le nommez? le sommelier de la Cour des comptes? Avoue-t-il sa magie? La question vous a-t-elle réussi?

— Hélas! non, répondit maître Jacques toujours avec son sourire triste; nous n'avons pas cette consolation. Cet homme est un caillou; nous le ferons bouillir au Marché-aux-Pourceaux avant qu'il ait rien dit. Cependant nous n'épargnons rien pour arriver à la vérité; il est déjà tout disloqué, nous y mettons toutes les herbes de la Saint-Jean, comme dit le vieux comique Plautus :

> *Advorsum stimulos, laminas, crucesque, compedesque,*
> *Nervos, catenas, carceres, numellas, pedicas, boias.*

Rien n'y fait; cet homme est terrible. J'y perds mon latin.

— Vous n'avez rien trouvé de nouveau dans sa maison?

— Si fait, dit maître Jacques en fouillant dans son escarcelle : ce parchemin. Il y a des mots dessus que nous ne comprenons pas. Monsieur l'avocat criminel, Philippe Lheulier, sait pourtant un peu d'hébreu qu'il a appris dans l'affaire des Juifs de la rue Kantersten à Bruxelles.

En parlant ainsi, maître Jacques déroulait un parchemin. — Donnez, dit l'archidiacre. Et jetant les yeux sur cette pancarte : — Pure magie, maître Jacques! s'écriat-il. *Emen-Hétan!* c'est le cri des striges quand elles arrivent au sabbat. *Per ipsum, et cum ipso, et in ipso!* c'est le commandement qui recadenasse le diable en enfer. *Hax, pax, max!* ceci est de la médecine. Une formule contre la morsure des chiens enragés. Maître Jacques! vous êtes procureur du roi en cour d'église : ce parchemin est abominable.

— Nous remettrons l'homme à la question. Voici encore, ajouta maître Jacques en fouillant de nouveau dans sa sacoche, ce que nous avons trouvé chez Marc Cenaine.

C'était un vase de la famille de ceux qui couvraient le fourneau de dom Claude. — Ah! dit l'archidiacre, un creuset d'alchimie.

— Je vous avouerai, reprit maître Jacques avec son sourire timide et gauche, que je l'ai essayé sur le fourneau, mais je n'ai pas mieux réussi qu'avec le mien.

L'archidiacre se mit à examiner le vase. — Qu'a-t-il gravé sur son creuset! *Och! och!* le mot qui chasse les puces! Ce Marc Cenaine est ignorant! Je le crois bien, que vous ne ferez pas d'or avec ceci! c'est bon à mettre dans votre alcôve, l'été, et voilà tout!

— Puisque nous en sommes aux erreurs, dit le procureur du roi, je viens d'étudier le portail d'en bas avant de monter; Votre Révérence est-elle bien sûre que l'ouverture de l'ouvrage de physique y est figurée du côté de l'Hôtel-Dieu, et que, dans les sept figures nues qui sont aux pieds de Notre-Dame, celle qui a des ailes aux talons est Mercurius?

— Oui, répondit le prêtre; c'est Augustin Nifo qui l'écrit, ce docteur italien qui avait un démon barbu, lequel lui apprenait toute chose. Au reste, nous allons descendre, et je vous expliquerai cela sur le texte.

— Merci, mon maître, dit Charmolue en s'inclinant jusqu'à terre. — A propos, j'oubliais! Quand vous plait-il que je fasse appréhender la petite magicienne?

— Quelle magicienne?

— Cette bohémienne que vous savez bien, qui vient tous les jours baller sur le parvis malgré la défense de l'official! Elle a une chèvre possédée qui a des cornes du diable, qui lit, écrit, qui sait la mathématique comme Picatrix, et qui suffirait à faire pendre toute la bohême. Le procés est tout prêt; il sera bientôt fait, allez! Une jolie créature, sur mon âme, que cette danseuse! les plus beaux yeux noirs! deux escarboucles d'Egypte! Quand commençons-nous?

L'archidiacre était excessivement pâle.

— Je vous dirai cela, balbutia-t-il d'une voix à peine articulée; puis il reprit avec effort : Occupez-vous de Marc Cenaine.

— Soyez tranquille, dit en souriant Charmolue : je vais le faire reboucler sur le lit de cuir en rentrant. Mais c'est un diable d'homme : il fatigue Pierrat Toiterue lui-même, qui a les mains plus grosses que moi. Comme dit ce bon Plautus,

Nudus vinctus, centum pondo, es quando pendes per pedes.

La question au treuil! c'est ce que nous avons de mieux. Il y passera.

Dom Claude semblait plongé dans une sombre distraction. Il se tourna vers Charmolue.

— Maître Pierrat... maître Jacques, veux-je dire, occupez-vous de Marc Cenaine.

— Oui, oui, dom Claude. Pauvre homme! il aura souffert comme Mummol. Quelle idée aussi, d'aller au sabbat! un sommelier de la Cour des comptes, qui devrait connaître le texte de Charlemagne, *Striga vel masca!* — Quant à la petite, — Smeralda, — comme ils l'appellent, — j'at-

tendrai vos ordres. — Ah! en passant sous le portail, vous
m'expliquerez aussi ce que veut dire le jardinier de plate
peinture qu'on voit en entrant dans l'église. N'est-ce pas
le Semeur? — Hé! maître, à quoi pensez-vous donc?

Dom Claude, abîmé en lui-même, ne l'écoutait plus.
Charmolue, en suivant la direction de son regard, vit qu'il
s'était fixé machinalement à la grande toile d'araignée qui
tapissait la lucarne. En ce moment une mouche étourdie,
qui cherchait le soleil de mars, vint se jeter à travers ce
filet et s'y englua. A l'ébranlement de sa toile, l'énorme
araignée fit un mouvement brusque hors de sa cellule centrale, puis d'un bond, elle se précipita sur la mouche,
qu'elle plia en deux avec ses antennes de devant, tandis
que sa trompe hideuse lui fouillait la tête. — Pauvre mouche! dit le procureur du roi en cour d'église, et il leva la
main pour la sauver. L'archidiacre, comme réveillé en sursaut, lui retint le bras avec une violence convulsive.

— Maître Jacques, cria-t-il, laissez faire la fatalité.

Le procureur se retourna effaré; il lui semblait qu'une
pince de fer lui avait pris le bras. L'œil du prêtre était
fixe, hagard, flamboyant, et restait attaché au petit groupe
horrible de la mouche et de l'araignée.

— Oh! oui, continua le prêtre avec une voix qu'on eût
dit venir de ses entrailles; voilà un symbole de tout. Elle
vole, elle est joyeuse, elle vient de naître; elle cherche le
printemps, le grand air, la liberté; oh! oui : mais qu'elle
se heurte à la rosace fatale, l'araignée en sort! l'araignée
hideuse! Pauvre danseuse! pauvre mouche prédestinée!
Maître Jacques, laissez faire! c'est la fatalité! — Hélas!
Claude, tu es l'araignée. Claude, tu es la mouche aussi! —
Tu volais à la science, à la lumière, au soleil, tu n'avais
souci que d'arriver au grand air, au grand jour de la vérité
éternelle; mais en te précipitant vers la lucarne éblouissante qui donne sur l'autre monde, sur le monde de la

clarté, de l'intelligence et de la science, mouche aveugle, docteur insensé, tu n'as pas vu cette subtile toile d'araignée tendue par le destin entre la lumière et toi, tu t'y es jeté à corps perdu, misérable fou, et maintenant tu te débats, la tête brisée et les ailes arrachées, entre les antennes de fer de la fatalité! — Maître Jacques! maître Jacques! laissez faire l'araignée!

— Je vous assure, dit Charmolue, qui le regardait sans comprendre, que je n'y toucherai pas. Mais lâchez-moi le bras, maître, de grâce! vous avez une main de tenaille.

L'archidiacre ne l'entendait pas. — Oh! insensé! reprit-il sans quitter la lucarne des yeux. Et quand tu l'aurais pu rompre, cette toile redoutable, avec tes ailes de moucheron, tu crois que tu aurais pu atteindre à la lumière! Hélas! cette vitre qui est plus loin, cet obstacle transparent, cette muraille de cristal plus dur que l'airain, qui sépare toutes les philosophies de la vérité, comment l'aurais-tu franchie? O vanité de la science! que de sages viennent de bien loin en voletant s'y briser le front! Que de systèmes pêle-mêle se heurtent en bourdonnant à cette vitre éternelle!

Il se tut. Ces dernières idées, qui l'avaient insensiblement ramené de lui-même à la science, paraissaient l'avoir calmé. Jacques Charmolue le fit tout à fait revenir au sentiment de la réalité, en lui adressant cette question : — Or çà, mon maître, quand viendrez-vous m'aider à faire de l'or? il me tarde de réussir.

L'archidiacre hocha la tête avec un sourire amer.

— Maître Jacques, lisez Michel Psellus, *Dialogus de energia et operatione dæmonum*. Ce que nous faisons n'est pas tout à fait innocent.

— Plus bas, maître! Je m'en doute, dit Charmolue. Mais il faut bien faire un peu d'hermétique quand on n'est que procureur du roi en cour d'église, à trente écus tournois par an. Seulement parlons bas.

En ce moment un bruit de mâchoire et de mastication qui partait de dessous le fourneau vint frapper l'oreille inquiète de Charmolue.

— Qu'est cela? demanda-t-il.

C'était l'écolier qui, fort gêné et fort ennuyé dans sa cachette, était parvenu à y découvrir une vieille croûte et un triangle de fromage moisi, et s'était mis à manger le tout sans façon, en guise de consolation et de déjeuner. Comme il avait grand'faim il faisait grand bruit, et il accentuait fortement chaque bouchée, ce qui avait donné l'éveil et l'alarme au procureur.

— C'est un mien chat, dit vivement l'archidiacre, qui se régale, là-dessous, de quelque souris.

Cette explication satisfit Charmolue.

— En effet, maître, répondit-il avec un sourire respectueux, tous les grands philosophes ont eu leur bête familière. Vous savez ce que dit Servius : *Nullus enim locus sine genio est.*

Cependant dom Claude, qui craignait quelque nouvelle algarade de Jehan, rappela à son digne disciple qu'ils avaient quelques figures du portail à étudier ensemble, et tous deux sortirent de la cellule, au grand *ouf!* de l'écolier, qui commençait à craindre sérieusement que son genou ne prît l'empreinte de son menton.

VI

EFFET QUE PEUVENT PRODUIRE SEPT JURONS EN PLEIN AIR.

— *Te Deum laudamus!* s'écria maître Jehan en sortant de son trou, voilà les deux chats-huants partis! Och! och! Hax! pax! max! les puces! les chiens enragés! le

diable! j'en ai assez de leur conversation! la tête me bour-
donne comme un clocher. Du fromage moisi par-dessus le
marché! sus! descendons, prenons l'escarcelle du grand
frère, et convertissons toutes ces monnaies en bouteilles!

Il jeta un coup d'œil de tendresse et d'admiration dans
l'intérieur de la précieuse escarcelle, rajusta sa toilette,
frotta ses bottines, épousseta ses pauvres manches-mahoî-
tres toutes grises de cendres, siffla un air, pirouetta une
gambade, examina s'il ne restait pas quelque chose à prendre dans la cellule, grapilla çà et là sur le fourneau quelque amulette de verroterie, bonne à donner en guise de
bijoux à Isabeau-la-Thierrye, enfin poussa la porte, que
son frère avait laissée ouverte par une dernière indulgence,
et qu'il laissa ouverte à son tour par une dernière malice,
et descendit l'escalier circulaire en sautillant comme un
oiseau.

Au milieu des ténèbres de la vis, il coudoya quelque
chose qui se rangea en grognant; il présuma que c'était
Quasimodo, et cela lui parut si drôle, qu'il descendit le
reste de l'escalier en se tenant les côtes de rire. En débouchant sur la place, il riait encore.

Il frappa du pied quand il se retrouva à terre. — Oh!
dit-il, bon et honorable pavé de Paris! maudit escalier à
essouffler les anges de l'échelle Jacob! A quoi pensais-je
de m'aller fourrer dans cette vrille de pierre qui perce le
ciel; le tout pour manger du fromage barbu, et pour voir
les clochers de Paris par une lucarne!

Il fit quelques pas, et aperçut les deux chats-huants,
c'est-à-dire, dom Claude et maître Jacques Charmolue, en
contemplation devant une sculpture du portail. Il s'approcha d'eux sur la pointe des pieds, et entendit l'archidiacre
qui disait tout bas à Charmolue: — C'est Guillaume de
Paris qui a fait graver un Job sur cette pierre couleur la-
pis-lazuli, dorée par les bords. Job figure la pierre philo-

sophale, qui doit être éprouvée et martyrisée aussi pour devenir parfaite, comme dit Raymond Lulle : *Sub conservatione formœ specificœ salva anima.*

— Cela m'est bien égal, dit Jehan, c'est moi qui ai la bourse.

En ce moment il entendit une voix forte et sonore articuler derrière lui une série formidable de jurons.

— Sang-Dieu ! ventre-Dieu ! bédieu ! corps-de-Dieu ! nombril de Belzébuth ! nom d'un pape ! corne et tonnerre !

— Sur mon âme ! s'écria Jehan, ce ne peut-être que mon ami le capitaine Phœbus !

Ce nom de Phœbus arriva aux oreilles de l'archidiacre au moment où il expliquait au procureur du roi le dragon qui cache sa queue dans un bain d'où sort de la fumée et une tête de roi. Dom Claude tressaillit, s'interrompit, à la grande stupeur de Charmolue, se retourna, et vit son frère Jehan qui abordait un grand officier à la porte du logis Gondelaurier.

C'était en effet monsieur le capitaine Phœbus de Châteaupers. Il était adossé à l'angle de la maison de sa fiancée, et jurait comme un païen.

— Ma foi ! capitaine Phœbus, dit Jehan en lui prenant la main, vous sacrez avec une verve admirable.

— Corne et tonnerre ! répondit le capitaine.

— Corne et tonnerre vous-même ! répliqua l'écolier. Or çà, gentil capitaine, d'où vous vient ce débordement de belles paroles?

— Pardon, bon camarade Jehan ! s'écria Phœbus en lui secouant la main, cheval lancé ne s'arrête pas court. Or je jurais au grand galop. Je viens de chez ces bégueules, et quand j'en sors, j'ai toujours la gorge pleine de juremens; il faut que je les crache, ou j'étoufferais, ventre et tonnerre !

— Voulez-vous venir boire ? demanda l'écolier

Cette proposition calma le capitaine.

— Je veux bien, mais je n'ai pas d'argent.

— J'en ai, moi !

— Bah ! voyons ?

Jehan étala l'escarcelle aux yeux du capitaine, avec majesté et simplicité. Cependant l'archidiacre, qui avait laissé
là Charmolue ébahi, était venu jusqu'à eux et s'était arrêté
à quelques pas, les observant tous deux sans qu'ils prissent
garde à lui, tant la contemplation de l'escarcelle les ab-
sorbait.

Phœbus s'écria : — Une bourse dans votre poche, Jehan ! c'est la lune dans un seau d'eau. On l'y voit, mais
elle n'y est pas. Il n'y en a que l'ombre ! Pardieu ! gageons
que ce sont des cailloux !

Jehan répondit froidement : — Voilà les cailloux dont
je cailloute mon gousset.

Et, sans ajouter une parole, il vida l'escarcelle sur une
borne voisine, de l'air d'un Romain sauvant la patrie.

— Vrai-Dieu ! grommela Phœbus, des targes, des grands-
blancs, des petits-blancs, des mailles d'un tournois les
deux, des deniers parisis ! de vrais liards à l'aigle ! C'est
éblouissant !

Jehan demeurait digne et impassible. Quelques liards
avaient roulé dans la boue ; le capitaine, dans son enthousiasme, se baissa pour les ramasser. Jehan le retint : —
Fi, capitaine Phœbus de Châteaupers !

Phœbus compta la monnaie, et se tournant avec solennité vers Jehan : — Savez-vous, Jehan, qu'il y a vingt-
trois sous parisis ! Qui avez-vous donc dévalisé cette nuit,
rue Coupe-Gueule ?

Jehan rejeta en arrière sa tête blonde et bouclée, et dit
en fermant à demi des yeux dédaigneux : — On a un frère
archidiacre et imbécile.

— Corne-de-Dieu! s'écria Phœbus, le digne homme!

— Allons boire, dit Jehan.

— Où irons-nous? dit Phœbus; *à la Pomme d'Eve?*

— Non, capitaine, allons *à la Vieille Science.* Une vieille qui scie une anse, c'est un rébus, j'aime cela.

— Foin des rébus. Jehan! le vin est meilleur *à la Pomme d'Eve,* et puis, à côté de la porte il y a une vigne au soleil qui m'égaye quand je bois.

— Eh bien! va pour Eve et sa pomme, dit l'écolier; et prenant le bras de Phœbus: — A propos, mon cher capitaine, vous avez dit tout à l'heure la rue Coupe-Gueule. C'est fort mal parler; on n'est plus si barbare à présent. On dit la rue Coupe-Gorge.

Les deux amis se mirent en route vers *la Pomme d'Eve.* Il est inutile de dire qu'ils avaient d'abord ramassé l'argent et que l'archidiacre les suivait.

L'archidiacre les suivait, sombre et hagard. Etait-ce là le Phœbus dont le nom maudit, depuis son entrevue avec Gringoire, se mêlait à toutes ses pensées? il ne le savait, mais enfin, c'était un Phœbus, et ce nom magique suffisait pour que l'archidiacre suivît à pas de loup les deux insouciants compagnons, écoutant leurs paroles et observant leurs moindres gestes avec une anxiété attentive. Du reste, rien de plus facile que d'entendre tout ce qu'ils disaient, tant ils parlaient haut, fort peu gênés de mettre les passants de moitié dans leurs confidences. Ils parlaient duels, filles, cruches, folies.

Au détour d'une rue, le bruit d'un tambour de basque leur vint d'un carrefour voisin. Dom Claude entendit l'officier qui disait à l'écolier:

— Tonnerre! doublons le pas.

— Pourquoi, Phœbus?

— J'ai peur que la bohémienne ne me voie.

— Quelle bohémienne?

-- La petite qui a une chèvre.

— La Smeralda?

— Justement, Jehan. J'oublie toujours son diable de nom. Dépêchons, elle me reconnaîtrait. Je ne veux pas que cette fille m'accoste dans la rue.

— Est-ce que vous la connaissez, Phœbus?

Ici l'archidiacre vit Phœbus ricaner, se pencher à l'oreille de Jehan, et lui dire quelques mots tout bas; puis Phœbus éclata de rire et secoua la tête d'un air triomphant.

— En vérité? dit Jehan.

— Sur mon âme! dit Phœbus.

— Ce soir?

— Ce soir.

— Etes-vous sûr qu'elle viendra?

— Mais êtes-vous fou, Jehan? est-ce qu'on doute de ces choses-là?

— Capitaine Phœbus, vous êtes un heureux gendarme!

— L'archidiacre entendit toute cette conversation. Ses dents claquèrent; un frisson, visible aux yeux, parcourut tout son corps. Il s'arrêta un moment, s'appuya à une borne comme un homme ivre, puis il reprit la piste des deux joyeux drôles.

Au moment où il les rejoignit, ils avaient changé de conversation. Il les entendit chanter à tue-tête le vieux refrain :

> Les enfants des Petits-Carreaux
> Se font pendre comme des veaux.

VII

LE MOINE BOURRU.

L'illustre cabaret de *la Pomme d'Eve* était situé dans l'Université, au coin de la rue de la Rondelle et de la rue du Bâtonnier. C'était une salle au rez-de-chaussée, assez vaste et fort basse, avec une voûte dont la retombée centrale s'appuyait·sur un gros pilier de bois peint en jaune, des tables partout, de luisants brocs d'étain accrochés au mur, toujours force buveurs, des filles à foison, un vitrage sur la rue, une vigne à la porte, et au-dessus de cette porte une criarde planche de tôle, enluminée d'une pomme et d'une femme, rouillée par la pluie et tournant au vent sur une broche de fer. Cette façon de girouette qui regardait le pavé était l'enseigne.

La nuit tombait : le carrefour était noir; le cabaret plein de chandelles flamboyait de loin comme une forge dans l'ombre; on entendait le bruit des verres, des ripailles, des jurements, des querelles, qui s'échappait par les carreaux cassés. A travers la brume que la chaleur de la salle répandait sur la devanture vitrée, on voyait fourmiller cent figures confuses, et de temps en temps un éclat de rire sonore s'en détachait. Les passants qui allaient à leurs affaires longeaient, sans y jeter les yeux, cette vitre tumultueuse. Seulement, par intervalles, quelque petit garçon en guenilles se haussait sur la pointe des pieds jusqu'à l'appui de la devanture, et jetait dans le cabaret la vieille huée goguenarde dont on poursuivait alors les ivrognes : Aux Houls, saouls, saouls, saouls !

Un homme cependant se promenait imperturbablement devant la bruyante taverne, y regardant sans cesse, et ne

s'en écartant pas plus qu'un piquier de sa guérite. Il avait
un manteau jusqu'au nez. Ce manteau, il venait de l'acheter au fripier qui avoisinait *la Pomme d'Eve*, sans doute
pour se garantir du froid des soirées de mars, peut-être pour
cacher son costume. De temps en temps il s'arrêtait devant
le vitrage trouble à mailles de plomb, il écoutait, regardait et frappait du pied.

Enfin la porte du cabaret s'ouvrit. C'est ce qu'il paraissait attendre. Deux buveurs en sortirent. Le rayon de lumière qui s'échappait de la porte empourpra un moment
leurs joviales figures. L'homme au manteau s'alla mettre
en observation sous un porche de l'autre côté de la rue.

— Corne et tonnerre ! dit l'un des deux buveurs. Sept
heures vont toquer. C'est l'heure de mon rendez-vous.

— Je vous dis, reprenait son compagnon avec une langue épaisse, que je ne demeure pas rue des Mauvaises-Pa-
roles, *indignus qui inter mala verba habitat*. J'ai logis
rue Jean-Pain-Mollet, *in vico Johannis-Pain-Mollet*. —
Vous êtes plus cornu qu'un unicorne, si vous dites le contraire. — Chacun sait que qui monte une fois sur un ours
n'a jamais peur ; mais vous avez le nez tourné à la frian-
dise, comme Saint-Jacques-de-l'Hôpital.

— Jehan, mon ami, vous êtes ivre, disait l'autre.

L'autre répondit en chancelant : — Cela vous plaît à
dire, Phœbus ; mais il est prouvé que Platon avait le profil d'un chien de chasse.

Le lecteur a sans doute déjà reconnu nos deux braves
amis, le capitaine et l'écolier. Il paraît que l'homme qui
les guettait dans l'ombre les avait reconnus aussi, car il
suivait à pas lents tous les zigzags que l'écolier faisait
faire au capitaine, lequel, buveur plus aguerri, avait conservé tout son sang-froid. En les écoutant attentivement,
l'homme au manteau put saisir dans son entier l'intéres-
sante conversation que voici :

— Corbacque! tâchez donc de marcher droit, monsieur le bachelier; vous savez qu'il faut que je vous quitte. Voilà sept heures. J'ai rendez-vous avec une femme.

— Laissez-moi donc, vous! Je vois des étoiles et des lances de feu. Vous êtes comme le château de Dampmartin qui crève de rire.

— Par les verrues de ma grand'mère, Jehan, c'est déraisonner avec trop d'acharnement. — A propos, Jehan, est-ce qu'il ne vous reste plus d'argent?

— Monsieur le recteur, il n'y a pas de faute, la petite boucherie, *parva boucheria*.

— Jehan, mon ami Jehan, vous savez que j'ai donné rendez-vous à cette petite au bout du pont Saint-Michel, que je ne puis la mener que chez la Falourdel, la vilotière du pont, et qu'il faudra payer la chambre. La vieille ribaude à moustaches blanches ne me fera pas crédit. Jehan! de grâce, est-ce que nous avons bu toute l'escarcelle du curé? est-ce qu'il ne vous reste plus un parisis?

— La conscience d'avoir bien dépensé les autres heures est un juste et savoureux condiment de table.

— Ventre et boyaux, trêve aux billevesées! Dites-moi, Jehan du diable, vous reste-t-il quelque monnaie? Donnez, bédieu! ou je vais vous fouiller, fussiez-vous lépreux comme Job et galeux comme César.

— Monsieur, la rue Galiache est une rue qui a un bout rue de la Verrerie, et l'autre rue de la Tixeranderie.

— Eh bien! oui, mon bon ami Jehan, mon pauvre camarade, la rue Galiache, c'est bien, c'est très-bien. Mais, au nom du ciel, revenez à vous. Il ne me faut qu'un sou parisis, et c'est pour sept heures.

— Silence à la ronde, et attention au refrain :

> Quand les rats mangeront les cas,
> Le roi sera seigneur d'Arras;

29.

> Quand la mer, qui est grande et lée,
> Sera à la Saint-Jean gelée,
> On verra par-dessus la glace,
> Sortir ceux d'Arras de leur place.

— Eh bien! écolier de l'Antechrist, puisses-tu etre étranglé avec les tripes de ta mère! s'écria Phœbus; et il poussa rudement l'écolier ivre, lequel glissa contre le mur et tomba mollement sur le pavé de Philippe-Auguste. Par un reste de cette pitié fraternelle qui n'abandonne jamais le cœur d'un buveur, Phœbus roula Jehan avec le pied sur un de ces oreillers du pauvre que la Providence tient prêts au coin de toutes les bornes de Paris, et que les riches flétrissent dédaigneusement du nom de *tas d'ordures*. Le capitaine arrangea la tête de Jehan sur un pan incliné de trognons de choux, et à l'instant même l'écolier se mit à ronfler avec une basse-taille magnifique. Cependant toute rancune n'était pas éteinte au cœur du capitaine. — Tant pis si la charrette du diable te ramasse en passant! dit-il au pauvre clerc endormi; et il s'éloigna.

L'homme au manteau, qui n'avait cessé de le suivre, s'arrêta un moment devant l'écolier gisant, comme si une indécision l'agitait; puis, poussant un profond soupir, il s'éloigna aussi à la suite du capitaine.

Nous laisserons, comme eux, Jehan dormir sous le regard bienveillant de la belle étoile, et nous les suivrons aussi, s'il plait au lecteur.

En débouchant dans la rue Saint-André-des-Arcs, le capitaine Phœbus s'aperçut que quelqu'un le suivait. Il vit, en détournant par hasard les yeux, une espèce d'ombre qui rampait derrière lui le long des murs. Il s'arrêta, elle s'arrêta; il se remit en marche, l'ombre se remit en marche. Cela ne l'inquiéta que fort médiocrement. — Ah bah! se dit-il en lui-même, je n'ai pas le sou.

Devant la façade du collège d'Autun il fit halte. C'est à

ce collége qu'il avait ébauché ce qu'il appelait ses études,
et, par une habitude d'écolier taquin qui lui était restée,
il ne passait jamais devant la façade sans faire subir à la
statue du cardinal Pierre Bertrand, sculptée à droite du
portail, l'espéce d'affront dont se plaint si amérement
Priape dans la satire d'Horace *Olim truncus eram ficul-*
nus. Il y avait mis tant d'acharnement, que l'inscription
eduensis episcopus en était presque effacée. Il s'arrêta
donc devant la statue comme à son ordinaire. La rue était
tout à fait déserte. Au moment où il renouait nonchalamment ses aiguillettes, le nez au vent, il vit l'ombre qui
s'approchait de lui à pas lents, si lents, qu'il eut tout le
temps d'observer que cette ombre avait un manteau et un
chapeau. Arrivée près de lui, elle s'arrêta et demeura plus
immobile que la statue du cardinal Bertrand. Cependant,
elle attachait sur Phœbus des yeux fixes pleins de cette
lumière vague qui sort la nuit de la prunelle d'un chat.

Le capitaine était brave et se serait fort peu soucié d'un
larron l'estoc au poing. Mais cette statue qui marchait,
cet homme pétrifié, le glacèrent. Il courait alors par le
monde je ne sais quelles histoires du moine bourru, rô-
deur nocturne des rues de Paris, qui lui revinrent confusément en mémoire. Il resta quelques minutes stupéfait, et
rompit enfin le silence en s'efforçant de rire : — Monsieur,
si vous êtes un voleur, comme je l'espère, vous me faites
l'effet d'un héron qui s'attaque à une coquille de noix. Je
suis un fils de famille ruiné, mon cher. Adressez-vous à
côté. Il y a dans la chapelle de ce collége du bois de la
vraie croix, qui est dans de l'argenterie.

La main de l'ombre sortit de dessous son manteau, et
s'abattit sur le bras de Phœbus, avec la pesanteur d'une
serre d'aigle. En même temps l'ombre parla : — Capitaine
Phœbus de Châteaupers !

— Comment diable! dit Phœbus, vous savez mon nom.

— Je ne sais pas seulement votre nom, reprit l'homme au manteau avec sa voix de sépulcre. Vous avez un rendez-vous ce soir.

— Oui, répondit Phœbus stupéfait.

— A sept heures.

— Dans un quart d'heure.

— Chez la Falourdel.

— Précisément.

— La vilotière du pont Saint-Michel.

— De Saint-Michel archange, comme dit la patenôtre.

— Impie! grommela le spectre. — Avec une femme?

— *Confiteor.*

— Qui s'appelle...

— La Smeralda, dit Phœbus allégrement. Toute son insouciance lui était revenue par degrés.

A ce nom, la serre de l'ombre secoua avec fureur le bras de Phœbus. — Capitaine Phœbus de Châteaupers, tu mens!

Qui eût pu voir en ce moment le visage enflammé du capitaine, le bond qu'il fit en arrière, si violent, qu'il se dégagea de la tenaille qui l'avait saisi, la fière mine dont il jeta sa main à la garde de son épée, et devant cette colère la morne immobilité de l'homme au manteau, qui eût vu cela eût été effrayé. C'était quelque chose du combat de don Juan et de la statue.

— Christ et Satan! cria le capitaine. Voilà une parole qui s'attaque rarement à l'oreille d'un Châteaupers! tu n'oserais pas la répéter.

— Tu mens! dit l'ombre froidement.

Le capitaine grinça des dents. Moine-bourru, fantôme, superstitions, il avait tout oublié en ce moment. Il ne voyait plus qu'un homme et qu'une insulte. — Ah! voilà qui va bien, balbutia-t-il d'une voix étouffée de rage. Il tira son épée, puis, bégayant, car la colère fait trembler comme la peur : — Ici! tout de suite ! sus! les épées ! les épées! du sang sur ces pavés!

Cependant l'autre ne bougeait. Quand il vit son adversaire en garde et prêt à se fendre : — Capitaine Phœbus, dit-il, et son accent vibrait avec amertume, vous oubliez votre rendez-vous.

Les emportements des hommes comme Phœbus sont des soupes au lait dont une goutte d'eau froide affaisse l'ébullition. Cette simple parole fit baisser l'épée qui étincelait à la main du capitaine.

- Capitaine, poursuivit l'homme, demain, après-demain, dans un mois, dans dix ans, vous me retrouverez prêt à vous couper la gorge; mais allez d'abord à votre rendez-vous.

— En effet, dit Phœbus comme s'il cherchait à capituler avec lui-même, ce sont deux choses charmantes à rencontrer en un rendez-vous qu'une épée et qu'une fille; mais je ne vois pas pourquoi je manquerais l'une pour l'autre quand je puis avoir les deux.

Il remit l'épée au fourreau.

— Allez à votre rendez-vous, reprit l'inconnu.

— Monsieur, répondit Phœbus avec quelque embarras, grand merci de votre courtoisie. Au fait, il sera toujours temps demain de nous découper à taillades et boutonnières le pourpoint du père Adam. Je vous sais gré de me permettre de passer encore un quart d'heure agréable. J'espérais bien vous coucher dans le ruisseau, et arriver encore à temps pour la belle, d'autant mieux qu'il est de bon air de faire attendre un peu les femmes en pareil cas. Mais vous m'avez l'air d'un gaillard, et il est plus sûr de remettre la partie à demain. Je vais donc à mon rendez-vous; c'est pour sept heures, comme vous savez.—Ici Phœbus se gratta l'oreille.—Ah ! corne-Dieu ! j'oubliais ! je n'ai pas un sou pour acquitter le truage du galetas, et

la vieille matrulle voudra être payée d'avance. Elle se défie de moi.

— Voici de quoi payer.

Phœbus sentit la main froide de l'inconnu glisser dans
la sienne une large pièce de monnaie. Il ne put s'empêcher de prendre cet argent et de serrer cette main.

— Vrai Dieu! s'écria-t-il, vous êtes un bon enfant.

— Une condition, dit l'homme. Prouvez-moi que j'ai
eu tort et que vous disiez vrai. Cachez-moi dans quelque
coin d'où je puisse voir si cette femme est vraiment celle
dont vous avez dit le nom.

— Oh! répondit Phœbus, cela m'est bien égal. Nous
prendrons la chambre à Sainte-Marthe; vous pourrez voir
à votre aise du chenil qui est à côté.

— Venez donc, reprit l'ombre.

— A votre service, dit le capitaine. Je ne sais si vous
n'êtes pas messer Diabolus en propre personne; mais
soyons bons amis ce soir, demain je vous payerai toutes
mes dettes de la bourse et de l'épée.

Ils se remirent à marcher rapidement. Au bout de quelques minutes, le bruit de la rivière leur annonça qu'ils
étaient sur le pont Saint-Michel, alors chargé de maisons.
— Je vais d'abord vous introduire, dit Phœbus à son compagnon, j'irai ensuite chercher la belle, qui doit m'attendre près du Petit-Châtelet. Le compagnon ne répondit
rien; depuis qu'ils marchaient côte à côte il n'avait dit
mot. Phœbus s'arrêta devant une porte basse et heurta
rudement, une lumière parut aux fentes de la porte. —
Qui est là? cria une voix édentée. — Corps-Dieu! tête-
Dieu! ventre-Dieu! répondit le capitaine. La porte s'ouvrit sur-le-champ, et laissa voir aux arrivants une vieille
femme et une vieille lampe qui tremblaient toutes deux.
La vieille était pliée en deux, vêtue de guenilles, bran-
lante du chef, percée à petits yeux, coiffée d'un torchon,

ridée partout, aux mains, à la face, au cou ; ses lèvres ren-
traient sous ses gencives, et elle avait tout autour de la
bouche des pinceaux de poils blancs qui lui donnaient la
mine embabouinée d'un chat. L'intérieur du bouge n'était
pas moins délabré qu'elle ; c'étaient des murs de craie,
des solives noires au plafond, une cheminée démantelée,
des toiles d'araignées à tous les coins ; au milieu, un troupeau chancelant de tables et d'escabelles boiteuses, un enfant sale dans les cendres, et dans le fond un escalier ou
plutôt une échelle de bois, qui aboutissait à une trappe au
plafond. En pénétrant dans ce repaire, le mystérieux compagnon de Phœbus haussa son manteau jusqu'à ses yeux.
Cependant le capitaine, tout en jurant comme un Sarrasin, se hâta de *faire dans un écu reluire le soleil*, comme
dit notre admirable Régnier. — La chambre à Sainte-Marthe, dit-il.

La vieille le traita de monseigneur, et serra l'écu dans
un tiroir. C'était la pièce que l'homme au manteau noir
avait donnée à Phœbus. Pendant qu'elle tournait le dos, le
petit garçon chevelu et déguenillé qui jouait dans les
cendres s'approcha adroitement du tiroir, y prit l'écu, et
mit à la place une feuille sèche qu'il avait arrachée d'un
fagot.

La vieille fit signe aux deux gentilshommes, comme elle
les nommait, de la suivre, et monta l'échelle devant eux.
Parvenue à l'étage supérieur, elle posa sa lampe sur un
coffre, et Phœbus, en habitué de la maison, ouvrit une
porte qui donnait sur un bouge obscur. — Entrez là, mon
cher, dit-il à son compagnon. L'homme au manteau obéit
sans répondre une parole ; la porte retomba sur lui ; il entendit Phœbus la refermer au verrou, et, un moment après,
redescendre l'escalier avec la vieille. La lumière avait disparu.

VIII

UTILITÉ DES FENÊTRES QUI DONNENT SUR LA RIVIÈRE.

Claude Frollo (car nous présumons que le lecteur, plus intelligent que Phœbus, n'a vu dans toute cette aventure d'autre moine-bourru que l'archidiacre), Claude Frollo tâtonna quelques instants dans le réduit ténébreux où le capitaine l'avait verrouillé. C'était un de ces recoins comme les architectes en réservent quelquefois au point de jonction du toit et du mur d'appui. La coupe verticale de ce chenil, comme l'avait si bien nommé Phœbus, eût donné un triangle. Du reste, il n'y avait ni fenêtre ni lucarne, et le plan incliné du toit empêchait qu'on s'y tînt debout. Claude s'accroupit donc dans la poussière et dans les plâtras qui s'écrasaient sous lui ; sa tête était brûlante ; en furetant autour de lui avec ses mains, il trouva à terre un morceau de vitre cassée, qu'il appuya sur son front et dont la fraîcheur le soulagea un peu.

Que se passait-il en ce moment dans l'âme obscure de l'archidiacre ? lui et Dieu seul l'ont pu savoir.

Selon quel ordre fatal disposait-il dans sa pensée la Esmeralda, Phœbus, Jacques Charmolue, son jeune frère si aimé, abandonné par lui dans la boue, sa soutane d'archidiacre, sa réputation peut-être, traînée chez la Falourdel, toutes ces images, toutes ces aventures ? Je ne pourrais le dire. Mais il est certain que ces idées formaient dans son esprit un groupe horrible.

Il attendait depuis un quart d'heure ; il lui semblait avoir vieilli d'un siècle. Tout à coup il entendit craquer les ais de l'escalier de bois ; quelqu'un montait. La trappe se rouvrit ; une lumière reparut. Il y avait à la porte ver-

moulue de son bouge une fente assez large : il y colla son
visage. De cette façon il pouvait voir tout ce qui se passait
dans la chambre voisine. La vieille à face de chat sortit
d'abord de la trappe, sa lampe à la main; puis Phœbus
retroussant sa moustache, puis une troisième personne,
cette belle et gracieuse figure, la Esmeralda. Le prêtre la
vit sortir de terre comme une éblouissante apparition.
Claude trembla, un nuage se répandit sur ses yeux, ses
artères battirent avec force, tout bruissait et tournait autour de lui; il ne vit et n'entendit plus rien.

Quand il revint à lui, Phœbus et la Esmeralda étaient
seuls, assis sur le coffre de bois à côté de la lampe qui faisait saillir aux yeux de l'archidiacre ces deux jeunes figures,
et un misérable grabat au fond du galetas.

A côté du grabat il y avait une fenêtre dont le vitrail,
défoncé comme une toile d'araignée sur laquelle la pluie
a tombé, laissait voir, à travers ses mailles rompues, un
coin du ciel et la lune couchée au loin sur un édredon de
molles nuées.

La jeune fille était rouge, interdite, palpitante. Ses longs
cils baissés ombrageaient ses joues de pourpre. L'officier,
sur lequel elle n'osait lever les yeux, rayonnait. Machinalement, et avec un geste charmant de gaucherie, elle traçait du bout du doigt, sur le banc, des lignes incohérentes,
et elle regardait son doigt. On ne voyait pas son pied, la
petite chèvre était accroupie dessus.

Le capitaine était mis fort galamment; il avait au col et
aux poignets des touffes de doreloterie : grande élégance
d'alors.

Dom Claude ne parvint pas sans peine à entendre ce
qu'ils se disaient, à travers le bourdonnement de son sang,
qui bouillait dans ses tempes.

(Chose assez banale qu'une causerie d'amoureux. C'est
un *je vous aime* perpétuel. Phrase musicale fort nue et

fort insipide pour les indifférents qui écoutent quand elle
n'est pas ornée de quelque *floriture;* mais Claude n'écoutait pas en indifférent.)

— Oh! disait la jeune fille sans lever les yeux, ne me
méprisez pas, monseigneur Phœbus. Je sens que ce que je
fais est mal.

— Vous mépriser, belle enfant! répondait l'officier d'un
air de galanterie supérieure et distinguée, vous mépriser,
tête Dieu! et pourquoi?

— Pour vous avoir suivi.

— Sur ce propos, ma belle, nous ne nous entendons pas.
Je ne devrais pas vous mépriser, mais vous haïr.

La jeune fille le regarda avec effroi : — Me haïr! qu'ai-je
donc fait?

— Pour vous être tant fait prier.

— Hélas! dit-elle... c'est que je manque à un vœu... Je
ne retrouverai pas mes parents... l'amulette perdra sa
vertu. — Mais qu'importe? qu'ai-je besoin de père et de
mère à présent?

En parlant ainsi, elle fixait sur le capitaine ses grands
yeux noirs humides de joie et de tendresse.

— Du diable si je vous comprends! s'écria Phœbus.

La Esmeralda resta un moment silencieuse, puis une
larme sortit de ses yeux, un soupir de ses lèvres, et elle
dit : — Oh! monseigneur, je vous aime.

Il y avait autour de la jeune fille un tel parfum de chasteté, un tel charme de vertu, que Phœbus ne se sentait pas
complétement à l'aise auprès d'elle. Cependant cette parole
l'enhardit. — Vous m'aimez! dit-il avec transport; et il
jeta son bras autour de la taille de l'égyptienne. Il n'attendait que cette occasion.

Le prêtre le vit, et essaya du bout du doigt la pointe
d'un poignard qu'il tenait caché dans sa poitrine.

— Phœbus, poursuivit la bohémienne en détachant dou-

cement de sa ceinture les mains tenaces du capitaine, vous
êtes bon, vous êtes généreux, vous êtes beau; vous m'avez
sauvée, moi qui ne suis qu'une pauvre enfant perdue en
Bohême. Il y a longtemps que je rêve d'un officier qui me
sauve la vie. C'était de vous que je rêvais avant de vous
connaître, mon Phœbus; mon rêve avait une belle livrée comme vous, une grande mine, une épée; vous vous
appelez Phœbus, c'est un beau nom, j'aime votre nom,
j'aime votre épée. Tirez donc votre épée, Phœbus, que je
la voie.

— Enfant! dit le capitaine; et il dégaîna sa rapière en
souriant. L'égyptienne regarda la poignée, la lame, examina avec une curiosité adorable le chiffre de la garde, et
baisa l'épée en lui disant : — Vous êtes l'épée d'un brave.
J'aime mon capitaine.

Phœbus profita encore de l'occasion pour déposer sur
son beau cou ployé un baiser qui fit redresser la jeune fille
écarlate comme une cerise. Le prêtre en grinça des dents
ans ses ténèbres.

— Phœbus, reprit l'égyptienne, laissez-moi vous parler.
Marchez donc un peu, que je vous voie tout grand et que
*entende sonner vos éperons. Comme vous êtes beau!

Le capitaine se leva pour lui complaire, en la grondant
avec un sourire de satisfaction : — Mais êtes-vous enfant!
— A propos, charmante, m'avez-vous vu en hoqueton de
cérémonie?

— Hélas! non, répondit-elle.

— C'est cela qui est beau!

Phœbus vint se rasseoir près d'elle, mais beaucoup plus
près qu'auparavant.

— Ecoutez, ma chère...

L'égyptienne lui donna quelques petits coups de sa jolie
main sur la bouche, avec un enfantillage plein de folie, de
grâce et de gaieté. — Non, non, je ne vous écouterai pas.

F4

M'aimez-vous? Je veux que vous me disiez si vous m'aimez.

— Si je t'aime, ange de ma vie! s'écria le capitaine en s'agenouillant à demi. Mon corps, mon sang, mon âme, tout est à toi, tout est pour toi. Je t'aime, et n'ai jamais aimé que toi.

Le capitaine avait tant de fois répété cette phrase en mainte conjoncture pareille, qu'il la débita tout d'une haleine, sans faire une seule faute de mémoire. A cette déclaration passionnée, l'égyptienne leva au sale plafond qui tenait lieu de ciel un regard plein d'un bonheur angélique.
— Oh! murmura-t-elle, voilà le moment où l'on devrait mourir! — Phœbus trouva « le moment » bon pour lui dérober un nouveau baiser qui alla torturer dans son coin le misérable archidiacre.

— Mourir! s'écria l'amoureux capitaine. Qu'est-ce que vous dites donc là, bel ange? c'est le cas de vivre, ou Jupiter n'est qu'un polisson! mourir au commencement d'une si douce chose! Corne-de-bœuf, quelle plaisanterie! — Ce n'est pas cela. — Ecoutez, ma chère Similar... Esmenarda... Pardon! mais vous avez un nom si prodigieusement sarrasin, que je ne puis m'en dépêtrer. C'est une broussaille qui m'arrête tout court.

— Mon Dieu, dit la pauvre fille, moi qui croyais ce nom joli pour sa singularité! Mais, puisqu'il vous déplait, je voudrais m'appeler Goton.

— Ah! ne pleurons pas pour si peu, ma gracieuse! c'est un nom auquel il faut s'accoutumer, voilà tout. Une fois que je le saurai par cœur, cela ira tout seul. — Ecoutez donc, ma chère Similar : je vous adore à la passion. Je vous aime vraiment que c'est miraculeux. Je sais une petite qui en crève de rage...

La jalouse fille l'interrompit : — Qui donc?

— Qu'est-ce que cela nous fait? dit Phœbus· m'aimez-vous?

— Oh!... dit-elle.

— Eh bien! c'est tout. Vous verrez comme je vous aime aussi. Je veux que le grand diable Neptunus m'enfourche si je ne vous rends pas la plus heureuse créature du monde. Nous aurons une jolie petite logette quelque part. Je ferai parader mes archers sous vos fenêtres. Ils sont tous à cheval et font la nargue à ceux du capitaine Mignon. Il y a des voulguiers, des cranequiniers et des coulevriniers à main. Je vous conduirai aux grandes monstres des Parisiens à la grange de Rully. C'est très-magnifique. Quatre-vingt mille têtes armées; trente mille harnais blancs, jaques ou brigandines; les soixante-sept bannières des métiers; les étendards du parlement, de la chambre des comptes, du trésor des généraux, des aides des monnaies; un arroi du diable enfin! Je vous mènerai voir les Lions de l'Hôtel du Roi qui sont des bêtes fauves. Toutes les femmes aiment cela.

Depuis quelques instants la jeune fille, absorbée dans ses charmantes pensées, rêvait au son de sa voix sans écouter le sens de ses paroles.

— Oh! vous serez heureuse! continua le capitaine; et en même temps il déboucla doucement la ceinture de l'égyptienne. — Que faites-vous donc? dit-elle vivement. Cette *voie de fait* l'avait arrachée à sa rêverie.

— Rien, répondit Phœbus; je disais seulement qu'il faudrait quitter toute cette toilette de folie et de coin de rue quand vous serez avec moi.

— Quand je serai avec toi, mon Phœbus! dit la jeune fille tendrement.

Elle redevint pensive et silencieuse.

Le capitaine, enhardi par sa douceur, lui prit la taille sans qu'elle résistât, puis se mit à délacer à petit bruit le corsage de la pauvre enfant, et dérangea si fort sa gorgerette, que le prêtre haletant vit sortir de la gaze la belle épaule nue

de la bohémienne, ronde et brune, comme la lune qui se
lève dans la brume à l'horizon.

La jeune fille laissait faire Phœbus. Elle ne paraissait
pas s'en apercevoir. L'œil du hardi capitaine étincelait.

Tout à coup elle se tourna vers lui : — Phœbus, dit-elle
avec une expression d'amour infinie, instruis-moi dans ta
religion.

— Ma religion! s'écria le capitaine éclatant de rire. Moi
vous instruire dans ma religion! Corne et tonnerre! qu'est-
ce·que vous voulez faire de ma religion?

— C'est pour nous marier, répondit-elle.

La figure du capitaine prit une expression mélangée de
surprise, de dédain, d'insouciance et de passion libertine.
— Ah bah! dit-il, est-ce qu'on se marie?

La bohémienne devint pâle, et laissa tristement retomber sa tête sur sa poitrine. — Belle amoureuse, reprit tendrement Phœbus, qu'est-ce que c'est que ces folies-là?
Grand'chose que le mariage! est-on moins bien aimant
pour n'avoir pas craché du latin dans la boutique d'un
prêtre? En parlant ainsi de sa voix la plus douce, il s'approchait extrêmement près de l'égyptienne, ses mains caressantes avaient repris leur poste autour de cette taille si fine
et si souple, son œil s'allumait de plus en plus, et tout annonçait que monsieur Phœbus touchait évidemment à l'un
de ces moments où Jupiter lui-même fait tant de sottises,
que le bon Homère est obligé d'appeler un nuage à son secours.

Dom Claude cependant voyait tout. La porte était faite
de douves de poinçon toutes pourries, qui laissaient entre
elles de larges passages à son regard d'oiseau de proie. Ce
prêtre à peau brune et à larges épaules, jusque-là condamné
à l'austère virginité du cloître, frissonnait et bouillait devant cette scène d'amour, de nuit et de volupté. La jeune
et belle fille livrée en désordre à cet ardent jeune homme

lui faisait couler du plomb fondu dans les veines. Il se passait en lui des mouvements extraordinaires; son œil plongeait avec une jalousie lascive sous toutes ces épingles dé-
faites. Qui eût pu voir en ce moment la figure du malheureux collée aux barreaux vermoulus, eût cru voir une face
de tigre regardant du fond d'une cage quelque chacal qui
dévore une gazelle. Sa prunelle éclatait comme une chandelle à travers les fentes de la porte.

Tout à coup Phœbus enleva d'un geste rapide la gorgerette de l'égyptienne. La pauvre enfant, qui était restée
pâle et rêveuse, se réveilla comme en sursaut; elle s'éloigna brusquement de l'entreprenant officier, et, jetant un
regard sur sa gorge et ses épaules nues, rouge et confuse,
et muette de honte, elle croisa ses deux beaux bras sur son
sein pour le cacher. Sans la flamme qui embrasait ses
joues, à la voir ainsi silencieuse et immobile, on eût dit
une statue de la Pudeur. Ses yeux restaient baissés.

Cependant le geste du capitaine avait mis à découvert
l'amulette mystérieuse qu'elle portait au cou. — Qu'est-ce
que cela? dit-il en saisissant ce prétexte pour se rapprocher de la belle créature qu'il venait d'effaroucher.

— N'y touchez pas! répondit-elle vivement, c'est ma
gardienne. C'est elle qui me fera retrouver ma famille si
j'en reste digne. Oh! laissez-moi, monsieur le capitaine!
ma mère! ma pauvre mère! ma mère! où es-tu? à mon
secours! Grâce, monsieur Phœbus! rendez-moi ma gorgerette!

Phœbus recula et dit d'un ton froid : — Oh! mademoiselle! que je vois bien que vous ne m'aimez pas.

— Je ne l'aime pas! s'écria la pauvre malheureuse enfant; et en même temps elle se pendit au capitaine
qu'elle fit asseoir près d'elle. Je ne t'aime pas, mon Phœbus! Qu'est-ce que tu dis là, méchant, pour me déchirer
le cœur? Oh! va! prends-moi, prends tout! fais ce que tu

voudras de moi, je suis à toi. Que m'importe l'amulette?
que m'importe ma mère? c'est toi qui es ma mère, puisque
je t'aime! Phœbus, mon Phœbus bien-aimé, me vois-tu?
c'est moi, regarde-moi; c'est cette petite que tu veux bien
ne pas repousser, qui vient, qui vient elle-même te chercher. Mon âme, ma vie, mon corps, ma personne, tout
cela est une chose qui est à vous, mon capitaine. Eh bien,
non! ne nous marions pas, cela t'ennuie; et puis, qu'est-ce
que je suis, moi? une misérable fille du ruisseau, tandis
que toi, mon Phœbus! tu es gentilhomme. Belle chose,
vraiment! une danseuse épouser un officier! j'étais folle.
Non, Phœbus, non; je serai ta maîtresse, ton amusement,
ton plaisir, quand tu voudras, une fille qui sera à toi. Je
ne suis faite que pour cela, souillée, méprisée, déshono-
rée, mais qu'importe! aimée. Je serai la plus fière et la
plus joyeuse des femmes. Et, quand je serai vieille ou laide,
Phœbus, quand je ne serai plus bonne pour vous aimer,
monseigneur, vous me souffrirez encore pour vous servir.
D'autres vous broderont des écharpes; c'est moi, la ser-
vante, qui en aurai soin. Vous me laisserez fourbir vos
éperons, brosser votre hoqueton, épousseter vos bottes de
cheval. N'est-ce pas, mon Phœbus, que vous aurez cette
pitié? En attendant, prends moi! Tiens, Phœbus, tout cela
t'appartient, aime-moi seulement! Nous autres égyptiennes, il ne nous faut que cela, de l'air et de l'amour.

En parlant ainsi, elle jetait ses bras autour du cou de
l'officier; elle le regardait du bas en haut, suppliante, et
avec un beau sourire tout en pleurs. Sa gorge délicate se
frottait au pourpoint de drap et aux rudes broderies. Elle
tordait sur ses genoux son beau corps demi-nu. Le capitaine enivré colla ses lèvres ardentes à ces belles épaules
africaines. La jeune fille, les yeux perdus au plafond, renversée en arrière, frémissait toute palpitante sous ce baiser.

Tout à coup, au-dessus de la tête de Phœbus, elle vit une

UTILITÉ DES FENÊTRES QUI DONNENT
SUR LA RIVIÈRE.

autre tête; une figure livide, verte, convulsive, avec un regard de damné; près de cette figure il y avait une main qui tenait un poignard. C'était la figure et la main du prêtre; il avait brisé la porte, et il était là. Phœbus ne pouvait le voir. La jeune fille resta immobile, glacée, muette, sous l'épouvantable apparition, comme une colombe qui lèverait la tête au moment où l'orfraie regarde dans son nid avec ses yeux ronds.

Elle ne put même pousser un cri. Elle vit le poignard s'abaisser sur Phœbus et se relever fumant.—Malédiction! dit le capitaine; et il tomba.

Elle s'évanouit.

Au moment où ses yeux se fermaient, où tout sentimen se dispersait en elle, elle crut sentir s'imprimer sur ses lèvres un attouchement de feu, un baiser plus brûlant que le fer rouge du bourreau.

Quand elle reprit ses sens, elle était entourée de soldats du guet. On emportait le capitaine baigné dans son sang, le prêtre avait disparu; la fenêtre du fond de la chambre, qui donnait sur la rivière, était toute grande ouverte; on ramassait un manteau qu'on supposait appartenir à l'officier, et elle entendait dire autour d'elle : — C'est une sorcière qui a poignardé un capitaine.

LIVRE HUITIÈME

I

L'ÉCU CHANGÉ EN FEUILLE SÈCHE.

Gringoire et toute la Cour des Miracles étaient dans une mortelle inquiétude. On ne savait depuis un grand mois ce qu'était devenue la Esmeralda, ce qui contristait fort le duc d'Egypte et ses amis les truands, ni ce qu'était devenue sa chèvre, ce qui redoublait la douleur de Gringoire. Un soir l'égyptienne avait disparu, et depuis lors n'avait plus donné signe de vie. Toutes recherches avaient été inutiles. Quelques sabouleux taquins disaient à Gringoire l'avoir rencontrée ce soir-là aux environs du pont Saint-Michel, s'en allant avec un officier; mais ce mari à la mode de Bohème était un philosophe incrédule, et d'ailleurs, il savait mieux que personne à quel point sa femme était vierge. Il avait pu juger quelle pudeur inexpugnable résultait des deux vertus combinées de l'amulette et de l'égyptienne, et il avait mathématiquement calculé la résistance de cette chasteté à la seconde puissance. Il était donc tranquille de ce côté.

Aussi ne pouvait-il s'expliquer cette disparition. C'était un chagrin profond. Il en eût maigri, si la chose eût été possible; il en avait tout oublié, jusqu'à ses goûts littéraires, jusqu'à son grand ouvrage *de Figuris regula-ribus et irregularibus*, qu'il comptait faire imprimer au premier argent qu'il aurait. (Car il radotait d'imprimerie depuis qu'il avait vu le Didascalon de Hugues de Saint-Victor imprimé avec les célèbres caractères de Vindelin de Spire.)

Un jour qu'il passait tristement devant la Tournelle criminelle, il aperçut quelque foule à l'une des portes du Palais de Justice. — Qu'est cela? demanda-t-il à un jeune homme qui en sortait.

— Je ne sais pas, monsieur, répondit le jeune homme. On dit qu'on juge une femme qui a assassiné un gendarme. Comme il paraît qu'il y a de la sorcellerie là-dessous, l'évêque et l'official sont intervenus dans la cause, et mon frère, qui est archidiacre de Josas, y passe sa vie. Or, je voulais lui parler, mais je n'ai pu arriver jusqu'à lui à cause de la foule, ce qui me contrarie fort, car j'ai besoin d'argent.

— Hélas! monsieur, dit Gringoire, je voudrais pouvoir vous en prêter; mais, si mes grègues sont trouées, ce n'est pas par les écus.

Il n'osa pas dire au jeune homme qu'il connaissait son frère l'archidiacre, vers lequel il n'était pas retourné depuis la scène de l'église; négligence qui l'embarrassait.

L'écolier passa son chemin, et Gringoire se mit à suivre la foule qui montait l'escalier de la grand'chambre. Il estimait qu'il n'est rien de tel que le spectacle d'un procès criminel pour dissiper la mélancolie, tant les juges sont ordinairement d'une bêtise réjouissante. Le peuple, auquel il s'était mêlé, marchait et se coudoyait en silence. Après un lent et insipide piétinement sous un long couloir sombre, qui serpentait dans le palais comme le canal intestinal du vieil édifice, il parvint auprès d'une porte basse qui

débouchait sur une salle que sa haute taille lui permit
d'explorer du regard par-dessus les têtes ondoyantes de la
cohue.

La salle était vaste et sombre, ce qui la faisait paraître
plus vaste encore. Le jour tombait; les longues fenêtres
ogives ne laissaient plus pénétrer qu'un pâle rayon qui
s'éteignait avant d'atteindre jusqu'à la voûte, énorme
treillis de charpentes sculptées, dont les mille figures
semblaient remuer confusément dans l'ombre. Il y avait
déjà plusieurs chandelles allumées çà et là sur des tables,
et rayonnant sur des têtes de greffiers affaissés dans des
paperasses. La partie antérieure de la salle était occupée
par la foule; à droite et à gauche il y avait des hommes
de robe à des tables; au fond, sur une estrade, force juges
dont les dernières rangées s'enfonçaient dans les ténèbres;
faces immobiles et sinistres. Les murs étaient semés de
fleurs-de-lis sans nombre. On distinguait vaguement un
grand christ au-dessus des juges, et partout des piques et
des hallebardes au bout desquelles la lumière des chandelles mettait des pointes de feu.

— Monsieur, demanda Gringoire à l'un de ses voisins,
qu'est-ce que c'est donc que toutes ces personnes rangées
là-bas comme prélats en concile?

— Monsieur, dit le voisin, ce sont les conseillers de la
grand'chambre à droite, et les conseillers des enquêtes à
gauche; les maîtres en robes noires, et les messires en robes rouges.

— Là, au-dessus d'eux, reprit Gringoire, qu'est-ce que
c'est que ce gros rouge qui sue?

— C'est monsieur le président.

— Et ces moutons derrière lui? poursuivit Gringoire, lequel, nous l'avons déjà dit, n'aimait pas la magistrature.
Ce qui tenait peut-être à la rancune qu'il gardait au Palais
de Justice depuis sa mésaventure dramatique.

— Ce sont messieurs les maîtres des requêtes de l'Hôtel
du roi.

— Et devant lui, ce sanglier?

— C'est monsieur le greffier de la cour du parlement.

— Et à droite, ce crocodile?

— Maître Philippe Lheulier, avocat du roi extraordinaire.

— Et à gauche, ce gros chat noir?

— Maître Jacques Charmolue, procureur du roi en cour
d'église, avec messieurs de l'officialité.

— Or çà, monsieur, dit Gringoire, que font donc tous
ces braves gens-là?

— Ils jugent.

— Ils jugent qui? je ne vois pas d'accusé.

— C'est une femme, monsieur. Vous ne pouvez la voir.
Elle nous tourne le dos, et elle nous est cachée par la
foule. Tenez, elle est là où vous voyez un groupe de pertuisanes.

— Qu'est-ce que cette femme? demanda Gringoire. Savez-vous son nom?

— Non, monsieur; je ne fais que d'arriver. Je présume
seulement qu'il y a de la sorcellerie, parce que l'official
assiste au procès.

— Allons! dit notre philosophe, nous allons voir tous
ces gens de robe manger de la chair humaine. C'est un
spectacle comme un autre.

— Monsieur, observa le voisin, est-ce que vous ne trouvez pas que maître Jacques Charmolue a l'air très-doux?

— Hum! répondit Gringoire. Je me défie d'une douceur
qui a les narines pincées et les lèvres minces.

Ici les voisins imposèrent silence aux deux causeurs. On
écoutait une déposition importante.

— Messeigneurs, disait, au milieu de la salle, une vieille
dont le visage disparaissait tellement sous ses vêtements

qu'on eût dit un monceau de guenilles qui marchait ;
messeigneurs, la chose est aussi vraie qu'il est vrai que
c'est moi qui suis la Falourdel, établie depuis quarante ans
au pont Saint-Michel, et payant exactement rentes, lods et
censives, la porte vis-à-vis la maison de Tassin-Caillart, le
teinturier, qui est du côté d'amont l'eau. — Une pauvre
vieille à présent, une jolie fille autrefois, messeigneurs ! —
On me disait depuis quelques jours : La Falourdel, ne
filez pas trop votre rouet le soir ; le diable aime peigner
avec ses cornes la quenouille des vieilles femmes. Il est sûr
que le moine-bourru, qui était l'an passé du côté du Temple, rôde maintenant dans la Cité. La Falourdel, prenez
garde qu'il ne cogne à votre porte.—Un soir, je filais mon
rouet ; on cogne à ma porte, je demande qui? On jure.
J'ouvre. Deux hommes entrent. Un noir avec un bel officier. On ne voyait que les yeux du noir, deux braises. Tout
le reste était manteau et chapeau. — Voilà ce qu'ils me
disent : La chambre à Sainte-Marthe. — C'est ma chambre d'en haut, messeigneurs, ma plus propre. — Ils me
donnent un écu. Je serre l'écu dans mon tiroir, et je dis :
Ce sera pour acheter demain des tripes à l'écorcherie de la
Gloriette. — Nous montons. — Arrivés à la chambre d'en
haut, pendant que je tournais le dos, l'homme noir dispa-
raît. Cela m'ébahit un peu. L'officier, qui était beau comme
un grand seigneur, redescend avec moi. Il sort. Le temps
de filer un quart d'écheveau, il rentre avec une belle jeune
fille, une poupée qui eût brillé comme un soleil si elle eût
été coiffée. Elle avait avec elle un bouc, un grand bouc,
noir ou blanc, je ne sais plus. Voilà qui me fait songer. La
fille, cela ne me regarde pas, mais le bouc !... Je n'aime
pas ces bêtes-là, elles ont une barbe et des cornes. Cela
ressemble à un homme. Et puis, cela sent le samedi. Cependant, je ne dis rien. J'avais l'écu. C'est juste ; n'est-ce
pas monsieur le juge? Je fais monter la fille et le capitaine

à la chambre d'en haut, et je les laisse seuls, c'est-à-dire avec le bouc. Je descends et je me remets à filer. — Il faut vous dire que ma maison a un rez-de-chaussée et un premier ; elle donne par derrière sur la rivière, comme les autres maisons du pont, et la fenêtre du rez-de-chaussée et la fenêtre du premier s'ouvrent sur l'eau. — J'étais donc en train de filer. Je ne sais pourquoi je pensais à ce moine-bourru que le bouc m'avait remis en tête, et puis la belle fille était un peu farouchement attifée. — Tout à coup, j'entends un cri en haut, et choir quelque chose sur le carreau, et que la fenêtre s'ouvre. Je cours à la mienne qui est au-dessous, et je vois passer devant mes yeux une masse noire qui tombe dans l'eau. C'était un fantôme habillé en prêtre. Il faisait clair de lune. Je l'ai très-bien vu. Il nageait du côté de la Cité. Alors, toute tremblante, j'appelle le guet. Ces messieurs de la douzaine entrent, et même dans le premier moment, ne sachant pas de quoi il s'agissait, comme ils étaient en joie, ils m'ont battue. Je leur ai expliqué. Nous montons, et qu'est-ce que nous trouvons ? ma pauvre chambre tout en sang, le capitaine étendu de son long avec un poignard dans le cou, la fille faisant la morte, et le bouc tout effarouché. — Bon, dis-je, j'en aurai pour plus de quinze jours à laver le plancher. Il faudra gratter, ce sera terrible. — On a emporté l'officier, pauvre jeune homme ! et la fille toute débraillée. — Attendez. Le pire, c'est que le lendemain, quand j'ai voulu prendre l'écu pour acheter les tripes, j'ai trouvé une feuille sèche à la place.

La vieille se tut. Un murmure d'horreur circula dans l'auditoire. — Ce fantôme, ce bouc, tout cela sent la magie, dit un voisin de Gringoire. — Et cette feuille sèche ! ajouta un autre. — Nul doute, reprit un troisième, c'est une sorcière qui a des commerces avec le moine-bourru pour dévaliser les officiers. — Gringoire lui-même n'était

pas éloigné de trouver tout cet ensemble effrayant et vrai-
semblable.

— Femme Falourdel, dit monsieur le président avec majesté, n'avez-vous rien de plus à dire à la justice?

— Non, monseigneur, répondit la vieille, sinon que dans
le rapport on a traité ma maison de masure tortue et
puante; ce qui est outrageusement parler. Les maisons du
pont n'ont pas grande mine, parce qu'il y a foison de peuple, mais néanmoins les bouchers ne laissent pas d'y demeurer, qui sont gens riches et mariés à de belles femmes
fort propres.

Le magistrat qui avait fait à Gringoire l'effet d'un crocodile se leva. — Paix! dit-il. Je prie messieurs de ne pas
perdre de vue qu'on a trouvé un poignard sur l'accusée.
— Femme Falourdel, avez-vous apporté cette feuille en laquelle s'est transformé l'écu que le démon vous avait donné?

— Oui, monseigneur, répondit-elle; je l'ai retrouvée. La
voici.

Un huissier transmit la feuille morte au crocodile, qui fit
un signe de tête lugubre, et la passa au président, qui la
renvoya au procureur du roi en cour d'église, de façon
qu'elle fit le tour de la salle. — C'est une feuille de bou-
leau, dit maître Jacques Charmolue. Nouvelle preuve de la
magie.

Un conseiller prit la parole. — Témoin, deux hommes
sont montés en même temps chez vous. L'homme noir,
que vous avez vu d'abord disparaître, puis nager en Seine
avec des habits de prêtre, et l'officier. — Lequel des deux
vous a remis l'écu?

La vieille réfléchit un moment et dit : — C'est l'officier.

Une rumeur parcourut la foule.

— Ah! pensa Gringoire, voilà qui fait hésiter ma con-
viction.

Cependant maître Philippe Lheulier, l'avocat extraordinaire du roi, intervint de nouveau. — Je rappelle à messieurs que, dans sa déposition écrite à son chevet, l'officier assassiné, en déclarant qu'il avait eu vaguement la pensée, au moment où l'homme noir l'avait accosté, que ce pourrait fort bien être le moine-bourru, ajoutait que le fantôme l'avait vivement pressé de s'aller accointer avec l'accusée; et, sur l'observation de lui, capitaine, qu'il était sans argent, lui avait donné l'écu dont ledit officier a payé la Falourdel. Donc l'écu est une monnaie de l'enfer.

Cette observation concluante parut dissiper tous les doutes de Gringoire et des autres sceptiques de l'auditoire.

— Messieurs ont le dossier des pièces, ajouta l'avocat du roi en s'asseyant; ils peuvent consulter le dire de Phœbus de Châteaupers.

A ce nom l'accusée se leva; sa tête dépassa la foule. Gringoire épouvanté reconnut la Esmeralda.

Elle était pâle, ses cheveux, autrefois si gracieusement nattés et pailletés de sequins, tombaient en désordre; ses lèvres étaient bleues, ses yeux creux effrayaient. Hélas!

— Phœbus! dit-elle avec égarement, où est-il? O messeigneurs! avant de me tuer, par grâce, dites-moi s'il vit encore!

— Taisez-vous, femme, répondit le président; ce n'est pas là notre affaire.

— Oh! par pitié, dites-moi s'il est vivant! reprit-elle en joignant ses belles mains amaigries; et l'on entendait ses chaînes frissonner le long de sa robe.

— Eh bien! dit sèchement l'avocat du roi, il se meurt. — Etes-vous contente?

La malheureuse retomba sur sa sellette, sans voix, sans larmes, blanche comme une figure de cire.

Le président se baissa vers un homme placé à ses pieds, qui avait un bonnet d'or et une robe noire, une chaîne

au cou et une verge à la main. — Huissier, introduisez la
seconde accusée.

Tous les yeux se tournèrent vers une petite porte qui
s'ouvrit, et, à la grande palpitation de Gringoire, donna
passage à une jolie chèvre aux cornes et aux pieds d'or.
L'élégante bête s'arrêta un moment sur le seuil, tendant le
cou, comme si, dressée à la pointe d'une roche, elle eût
eu sous les yeux un immense horizon. Tout à coup elle
aperçut la bohémienne, et, sautant par-dessus la table et
la tête d'un greffier, en deux bonds elle fut à ses genoux;
puis elle se roula gracieusement sur les pieds de sa maîtresse, sollicitant un mot ou une caresse; mais l'accusée
resta immobile, et la pauvre Djali elle-même n'eut pas un
regard.

— Eh! mais... c'est ma vilaine bête, dit la vieille Falourdel, et je les reconnais bellement toutes deux!

Jacques Charmolue intervint. — S'il plaît à messieurs,
nous procéderons à l'interrogatoire de la chèvre

C'était en effet la seconde accusée. Rien de plus simple
alors qu'un procès de sorcellerie intenté à un animal. On
trouve, entre autres, dans les Comptes de la prévôté
pour 1466, un curieux détail des frais du procès de Gillet-
Soulart et de sa truie, *exécutés pour leurs démérites à
Corbeil.* Tout y est, le coût des fosses pour mettre la truie,
les cinq cents bourrées de cotrets pris sur le port de Mor-
sant, les trois pintes de vin et le pain, dernier repas du
patient fraternellement partagé par le bourreau, jusqu'aux
onze jours de garde et de nourriture de la truie, à huit deniers parisis chaque. Quelquefois même on allait plus loin
que les bêtes. Les capitulaires de Charlemagne et de Louis-
le-Débonnaire infligent de graves peines aux fantômes en-
flammés qui se permettraient de paraître dans l'air.

Cependant le procureur en cour d'église s'était écrié:—
Si le démon qui possède cette chèvre et qui a résisté à

tous les exorcismes persiste dans ses maléfices, s'il en épouvante la cour, nous le prévenons que nous serons forcés de requérir contre lui le gibet ou le bûcher.

Gringoire eut la sueur froide. Charmolue prit sur une table le tambour de basque de la bohémienne, et, le présentant d'une certaine façon à la chèvre, il lui demanda : — Quelle heure est-il?

La chèvre le regarda d'un œil intelligent, leva son pied doré et frappa sept coups. Il était en effet sept heures. Un mouvement de terreur parcourut la foule. Gringoire n'y put tenir.

— Elle se perd! cria-t-il tout haut, vous voyez bien qu'elle ne sait ce qu'elle fait.

— Silence aux manants du bout de la salle! dit aigrement l'huissier.

Jacques Charmolue, à l'aide des mêmes manœuvres du tambourin, fit faire à la chèvre plusieurs autres momeries sur la date du jour, le mois de l'année, etc., dont le lecteur a déjà été témoin. Et, par une illusion d'optique propre aux débats judiciaires, ces mêmes spectateurs, qui peut-être avaient plus d'une fois applaudi dans le carrefour aux innocentes malices de Djali, en furent effrayés sous les voûtes du Palais de Justice. La chèvre était décidément le diable.

Ce fut bien pis encore quand, le procureur du roi ayant vidé sur le carreau un certain sac de cuir plein de lettres mobiles, que Djali avait au cou, on vit la chèvre extraire avec sa patte de l'alphabet épars le nom fatal : *Phœbus*Les sortiléges dont le capitaine avait été victime parurent irrésistiblement démontrés, et, aux yeux de tous, la bohémienne, cette ravissante danseuse qui avait tant de fois ébloui les passants de sa grâce, ne fut plus qu'une effroyable strige.

Du reste, elle ne donnait aucun signe de vie; ni les

gracieuses évolutions de Djali, ni les menaces du parquet, ni les sourdes imprécations de l'auditoire, rien n'arrivait plus à sa pensée.

Il fallut, pour la réveiller, qu'un sergent la secouât sans pitié et que le président élevât solennellement la voix : — Fille, vous êtes de race bohême, adonnée aux maléfices. Vous avez, de complicité avec la chèvre ensorcelée impliquée au procès, dans la nuit du 29 mars dernier, meurtri et poignardé, de concert avec les puissances des ténèbres, à l'aide de charmes et de pratiques, un capitaine des archers de l'ordonnance du roi, Phœbus de Châteaupers. Persistez-vous à nier?

— Horreur! cria la jeune fille en cachant son visage de ses mains. Mon Phœbus! Oh! c'est l'enfer!

— Persistez-vous à nier? demanda froidement le président.

— Si je le nie! dit-elle d'un accent terrible; et elle s'était levée, et son œil étincelait.

Le président continua carrément : — Alors comment expliquez-vous les faits à votre charge?

Elle répondit d'une voix entrecoupée : — Je l'ai déjà dit. Je ne sais pas. C'est un prêtre, un prêtre que je ne connais pas; un prêtre infernal qui me poursuit!

— C'est cela, reprit le juge : le moine-bourru.

— O! messeigneurs, ayez pitié! je ne suis qu'une pauvre fille...

— D'Egypte, dit le juge.

Maître Jacques Charmolue prit la parole avec douceur : — Attendu l'obstination douloureuse de l'accusée, je requiers l'application de la question.

— Accordé, dit le président.

La malheureuse frémit de tout son corps. Elle se leva pourtant à l'ordre des pertuisaniers, et marcha d'un pas assez ferme, précédée de Charmolue et des prêtres de l'of-

ficialité, entre deux rangs de hallebardes, vers une porte
bâtarde, qui s'ouvrit subitement et se referma sur elle, ce
qui fit au triste Gringoire l'effet d'une gueule horrible qui
venait de la dévorer.

Quand elle disparut on entendit un bêlement plaintif.
C'était la petite chèvre qui pleurait.

L'audience fut suspendue. Un conseiller ayant fait observer que messieurs étaient fatigués, et que ce serait bien
long d'attendre jusqu'à la fin de la torture, le président
répondit qu'un magistrat doit savoir se sacrifier à son devoir.

— La fâcheuse et déplaisante drôlesse, dit un vieux juge,
qui se fait donner la question quand on n'a pas soupé !

II

SUITE DE L'ÉCU CHANGÉ EN FEUILLE SÈCHE.

Après quelques degrés montés et descendus dans des
couloirs si sombres qu'on les éclairait de lampes en plein
jour, la Esmeralda, toujours entourée de son lugubre cortége, fut poussée par les sergents du palais dans une chambre sinistre. Cette chambre, de forme ronde, occupait le
rez-de-chaussée de l'une de ces grosses tours qui percent
encore, dans notre siècle, la couche d'édifices modernes
dont le nouveau Paris a recouvert l'ancien. Pas de fenêtres à ce caveau; pas d'autre ouverture que l'entrée, basse
et battue d'une énorme porte de fer. La clarté cependant
n'y manquait point; un four était pratiqué dans l'épaisseur du mur; un gros feu y était allumé, qui remplissait
le caveau de ses rouges réverbérations, et dépouillait de
tout rayonnement une misérable chandelle posée dans un

coin. La herse de fer qui servait à fermer le four, levée en
ce moment, ne laissait voir, à l'orifice du soupirail flamboyant sur le mur ténébreux, que l'extrémité inférieure
de ses barreaux, comme une rangée de dents noires, ai-
guës et espacées; ce qui faisait ressembler la fournaise à
l'une de ces bouches de dragon qui jettent des flammes
dans les légendes. A la lumière qui s'en échappait, la prisonnière vit tout autour de la chambre des instruments
effroyables dont elle ne comprenait pas l'usage. Au milieu
gisait un matelas de cuir presque posé à terre, sur lequel
pendait une courroie à boucle, rattachée à un anneau de
cuivre que mordait un monstre camard, sculpté dans la
clef de la voûte. Des tenailles, des pinces, de larges fers
de charrue, encombraient l'intérieur du four et rougis-
saient pêle-mêle sur la braise. La sanglante lueur de la
fournaise n'éclairait dans toute la chambre qu'un fouillis
de choses horribles.

Ce Tartare s'appelait simplement la *chambre de la question.*

Sur le lit était nonchalamment assis Pierrat Torterue,
le tourmenteur juré. Ses valets, deux gnomes à face carrée, à tablier de cuir, à braies de toile, remuaient la ferraille sur les charbons.

La pauvre fille avait eu beau recueillir son courage; en
pénétrant dans cette chambre, elle eut horreur.

Les sergents du bailli du Palais se rangèrent d'un côté,
les prêtres de l'officialité de l'autre. Un greffier, une écri-
toire et une table, étaient dans un coin. Maître Jacques
Charmolue s'approcha de l'égyptienne avec un sourire très-
doux. — Ma chère enfant, dit-il, vous persistez donc à nier?

— Oui, répondit-elle d'une voix déjà éteinte.

— En ce cas, reprit Charmolue, il sera bien doulou-
reux pour nous de vous questionner avec plus d'instance
que nous ne le voudrions. — Veuillez prendre la peine de

vous asseoir sur ce lit. — Maître Pierrat, faites place à madamoiselle, et fermez la porte.

Pierrat se leva avec un grognement. — Si je ferme la porte, murmura-t-il, mon feu va s'éteindre.

— Eh bien, mon cher, reprit Charmolue, laissez-la ouverte.

Cependant la Esmeralda restait debout. Ce lit de cuir où s'étaient tordus tant de misérables l'épouvantait. La terreur lui glaçait la moelle des os ; elle était là effarée et stupide. A un signe de Charmolue, les deux valets la prirent et la posèrent assise sur le lit. Ils ne lui firent aucun mal ; mais, quand ces hommes la touchèrent, quand ce cuir la toucha, elle sentit tout son sang refluer vers son cœur. Elle jeta un regard égaré autour de la chambre. Il lui sembla voir se mouvoir et marcher de toutes parts vers elle, pour lui grimper le long du corps et la mordre et la pincer, tous ces difformes outils de la torture, qui étaient, parmi les instruments de tout genre qu'elle avait vus jusqu'alors, ce que sont les chauves-souris, les mille-pieds et les araignées parmi les insectes et les oiseaux.

— Où est le médecin ? demanda Charmolue.

— Ici, répondit une robe noire qu'elle n'avait pas encore aperçue.

Elle frissonna.

— Madamoiselle, reprit la voix caressante du procureur en cour d'église, pour la troisième fois, persistez-vous à nier les faits dont vous êtes accusée ?

Cette fois elle ne put que faire un signe de tête. La voix lui manqua.

— Vous persistez ? dit Jacques Charmolue. Alors j'en suis désespéré, mais il faut que je remplisse le devoir de mon office.

— Monsieur le procureur du roi, dit brusquement Pierrat, par où commencerons-nous ?

Charmolue hésita un moment avec la grimace ambiguë
d'un poëte qui cherche une rime. — Par le brodequin, dit-
il enfin.

L'infortunée se sentit si profondément abandonnée de
Dieu et des hommes, que sa tête tomba sur sa poitrine
comme une chose inerte qui n'a pas de force en soi.

Le tourmenteur et le médecin s'approchèrent d'elle à la
fois. En même temps les deux valets se mirent à fouiller
dans leur hideux arsenal. Au cliquetis de cette affreuse
ferraille, la malheureuse enfant tressaillit comme une gre-
nouille morte qu'on galvanise. — Oh! murmura-t-elle si
bas, que nul ne l'entendit, ô mon Phœbus! — Puis elle se
replongea dans son immobilité et dans son silence de
marbre. Ce spectacle eût déchiré tout autre cœur que des
cœurs de juges. On eût dit une pauvre âme pécheresse ques-
tionnée par Satan sous l'écarlate guichet de l'enfer. Le
misérable corps auquel allait se cramponner cette effroyable fourmilière de scies, de roues et de chevalets, l'être
qu'allaient manier ces âpres mains de bourreaux et de tenailles, c'était donc cette douce, blanche et fragile créature, pauvre grain de mil que la justice humaine donnait
à moudre aux épouvantables meules de la torture !

Cependant les mains calleuses des valets de Pierrat Torterue avaient brutalement mis à nu cette jambe charmante, ce petit pied qui avaient tant de fois émerveillé
les passants de leur gentillesse et de leur beauté dans les
carrefours de Paris. — C'est dommage! grommela le tourmenteur en considérant ces formes si gracieuses et si délicates. Si l'archidiacre eût été présent, certes il se fût souvenu en ce moment de son symbole de l'araignée et de la
mouche. Bientôt la malheureuse vit, à travers un nuage
qui se répandait sur ses yeux, approcher le *brodequin*,
bientôt elle vit son pied emboîté entre les ais ferrés disparaître sous l'effrayant appareil. Alors la terreur lui rendit

de la force. — Otez-moi cela! cria-t-elle avec emportement; et, se dressant tout échevelée : Grâce !

Elle s'élança hors du lit pour se jeter aux pieds du procureur du roi, mais sa jambe était prise dans le lourd bloc
de chêne et de ferrures, et elle s'affaissa sur le brodequin,
plus brisée qu'une abeille qui aurait un plomb sur l'aile.

A un signe de Charmolue, on la replaça sur le lit, et
deux grosses mains assujettirent à sa fine ceinture la courroie qui pendait de la voûte.

— Une dernière fois, avouez-vous les faits de la cause ?
demanda Charmolue avec son imperturbable bénignité.

— Je suis innocente.

— Alors, madamoiselle, comment expliquez-vous les
circonstances à votre charge ?

— Hélas! monseigneur, je ne sais.

— Vous niez donc?

— Tout.

— Faites, dit Charmolue à Pierrat.

Pierrat tourna la poignée du cric, le brodequin se res-
serra, et la malheureuse poussa un de ces horribles cris
qui n'ont d'orthographe dans aucune langue humaine.

— Arrêtez! dit Charmolue à Pierrat. — Avouez-vous?
dit-il à l'égyptienne.

— Tout, s'écria la misérable fille. J'avoue! j'avoue! grâce!

Elle n'avait pas calculé ses forces en affrontant la question. Pauvre enfant dont la vie jusqu'alors avait été si
joyeuse, si suave, si douce, la première douleur l'avait
vaincue.

— L'humanité m'oblige à vous dire, observa le procureur du roi, qu'en avouant c'est la mort que vous devez
attendre.

— Je l'espère bien, dit-elle. Et elle retomba sur le lit
de cuir, mourante, pliée en deux, se laissant pendre à la
courroie bouclée sur sa poitrine.

32

— Sus, ma belle, soutenez-vous un peu, dit maître Pier
rat en la relevant. Vous avez l'air du mouton d'or qui est
au cou de monsieur de Bourgogne.

Jacques Charmolue éleva la voix.

— Greffier, écrivez. — Jeune fille bohême, vous avouez
votre participation aux agapes, sabbats et maléfices de
l'enfer, avec les larves, les masques et les striges? Répondez.

— Oui, dit-elle si bas que sa parole se perdait dans son
souffle.

— Vous avouez avoir vu le bélier que Béelzébuth fait
paraître dans les nuées pour rassembler le sabbat, et qui
n'est vu que des sorciers.

— Oui.

— Vous confessez avoir adoré les têtes de Bophomet,
ces abominables idoles des templiers?

— Oui.

— Avoir eu commerce habituel avec le diable sous la
forme d'une chèvre familière, jointe au procès?

— Oui.

— Enfin, vous avouez et confessez avoir, à l'aide du démon et du fantôme vulgairement appelé le moine-bourru,
dans la nuit du vingt-neuvième mars dernier, meurtri et
assassiné un capitaine nommé Phœbus de Châteaupers ?

Elle leva sur le magistrat ses grands yeux fixes, et répondit comme machinalement, sans convulsion et sans secousse : — Oui. Il était évident que tout était brisé en elle.

— Écrivez, greffier, dit Charmolue. Et, s'adressant aux
tortionnaires : — Qu'on détache la prisonnière et qu'on la
ramène à l'audience. Quand la prisonnière fut *déchaussée*,
le procureur en cour d'église examina son pied encore engourdi par la douleur. — Allons, dit-il, il n'y a pas grand
mal. Vous avez crié à temps. Vous pourriez encore danser,
la belle ! Puis il se tourna vers ses acolytes de l'officialité :

— Voilà enfin la justice éclairée ! Cela soulage, messieurs. Madamoiselle nous rendra ce témoignage que nous avons agi avec toute la douceur possible.

III

FIN DE L'ÉCU CHANGÉ EN FEUILLE SÈCHE.

Quand elle rentra, pâle et boitant, dans la salle d'audience, un murmure général de plaisir l'accueillit. De la part de l'auditoire, c'était ce sentiment d'impatience satisfaite qu'on éprouve au théâtre, à l'expiration du dernier entr'acte de la comédie, lorsque la toile se relève et que la fin va commencer. De la part des juges, c'était espoir de bientôt souper. La petite chèvre aussi bêla de joie. Elle voulut courir vers sa maîtresse, mais on l'avait attachée au banc.

La nuit était tout à fait venue. Les chandelles, dont on n'avait pas augmenté le nombre, jetaient si peu de lumière, qu'on ne voyait pas les murs de la salle. Les ténèbres y enveloppaient tous les objets d'une sorte de brume. Quelques faces apathiques de juges y ressortaient à peine. Vis-à-vis d'eux, à l'extrémité de la longue salle, ils pouvaient voir un point de blancheur vague se détacher sur le fond sombre. C'était l'accusée.

Elle s'était traînée à sa place. Quand Charmolue se fut installé magistralement à la sienne, il s'assit, puis se releva, et dit, sans laisser percer trop de vanité de son succès : L'accusée a tout avoué.

— Fille bohême, reprit le président, vous avez avoué tous vos faits de magie, de prostitution et d'assassinat sur Phœbus de Châteaupers !

Son cœur se serra. On l'entendit sangloter dans l'ombre. — Tout ce que vous voudrez, répondit-elle faiblement, mais tuez-moi vite!

— Monsieur le procureur du roi en cour d'église, dit le président, la chambre est prête à vous entendre en vos réquisitions.

Maître Charmolue exhiba un effrayant cahier, et se mit à lire avec force gestes et l'accentuation exagérée de la plaidoirie une oraison en latin où toutes les preuves du procès s'échafaudaient sur des périphrases cicéroniennes, flanquées de citations de Plaute, son comique favori. Nous regrettons de ne pouvoir offrir à nos lecteurs ce morceau remarquable. L'orateur le débitait avec une action merveilleuse. Il n'avait pas achevé l'exorde que déjà la sueur lui sortait du front et les yeux de la tête. Tout à coup, au beau milieu d'une période, il s'interrompit, et son regard, d'ordinaire assez doux et même assez bête, devint foudroyant. — Messieurs, s'écria-t-il (cette fois en français, car ce n'était pas dans le cahier), Satan est tellement mêlé dans cette affaire, que le voilà qui assiste à nos débats et fait singerie de leur majesté. Voyez! En parlant ainsi, il désignait de la main la petite chèvre, qui, voyant gesticuler Charmolue, avait cru en effet qu'il était à propos d'en faire autant, et s'était assise sur le derrière, reproduisant de son mieux avec ses pattes de devant et sa tête barbue, la pantomime pathétique du procureur du roi en cour d'église. C'était, si l'on s'en souvient, un de ses plus gentils talents. Cet incident, cette dernière *preuve*, fit grand effet. On lia les pattes à la chèvre, et le procureur du roi reprit le fil de son éloquence. Cela fut très long, mais la péroraison était admirable. En voici la dernière phrase; qu'on y ajoute la voix enrouée et le geste essoufflé de maître Charmolue: —
Ideo, domini, coram stryga demonstrata, crimine patente, intentione criminis existente, in nomine sanctæ Ec-

*clesiæ Nostræ-Dominæ parisiensis quæ est in saisina ha-
bendi omnimodam altam et bassam justitiam in illa hac
intemerata Civitatis insula, tenore præsentium declara-
mus nos requirere, primo, aliquamdam pecuniariam in-
demnitatem; secundo, amendationem honorabilem ante
portalium maximum Nostræ-Dominæ, ecclesiæ cathe-
dralis; tertio, sententiam in virtute cujus ista stryga
cum sua capella, seu in trivio vulgariter dicto* la Grève,
*seu in insula exeunte in fluvio Secanæ, juxta pointam
jardini regalis, executatæ sint!*

Il remit son bonnet, et se rassit.

— *Eheu!* soupira Gringoire navré, *bassa latinitas!*

Un autre homme en robe noire se leva près de l'accusée; c'était son avocat. Les juges, à jeun, commencèrent à
murmurer.

— Avocat, soyez bref, dit le président.

— Monsieur le président, répondit l'avocat, puisque la
défenderesse a confessé le crime, je n'ai plus qu'un mot à
dire à messieurs. Voici un texte de la salique : « Si une
« stryge a mangé un homme, et qu'elle en soit convaincue,
« elle payera une amende de huit mille deniers qui font
« deux cents sous d'or. » Plaise à la chambre de condamner ma cliente à l'amende.

— Texte abrogé, dit l'avocat du roi extraordinaire.

— *Nego,* répliqua l'avocat.

— Aux voix! dit un conseiller; le crime est patent, et
il est tard.

On alla aux voix sans quitter la salle. Les juges *opinè-
rent du bonnet;* ils étaient pressés. On voyait leurs têtes
chaperonnées se découvrir l'une après l'autre dans l'ombre, à la question lugubre que leur adressait tout bas le
président. La pauvre accusée avait l'air de les regarder,
mais son œil trouble ne voyait plus.

Puis le greffier se mit à écrire; puis il passa au prési-

dent un long parchemin. Alors la malheureuse entendit le
peuple se remuer, les piques s'entrechoquer, une voix glaciale qui disait :

— Fille Bohême, le jour qu'il plaira au roi notre sire,
à l'heure de midi, vous serez menée dans un tombereau,
en chemise, pieds nus, la corde au cou, devant le grand
portail de Notre-Dame, et y ferez amende honorable avec
une torche de cire du poids de deux livres à la main, et de
là serez menée en place de Grève, où vous serez pendue et
étranglée au gibet de la ville ; et cette votre chèvre pareillement ; et payerez à l'official trois lions d'or, en répara-
tion des crimes, par vous commis et par vous confessés,
de sorcellerie, de magie, de luxure et de meurtre sur la
personne du sieur Phœbus de Châteaupers. Dieu ait votre
âme !

— Oh ! c'est un rêve ! murmura-t-elle ; et elle sentit de
rudes mains qui l'emportaient.

IV

LASCIATE OGNI SPERANZA.

Au moyen âge, quand un édifice était complet, il y en
avait presque autant dans la terre que dehors. A moins d'ê-
tre bâtis sur pilotis, comme Notre-Dame, un palais, une
forteresse, une église, avaient toujours un double fond.
Dans les cathédrales, c'était en quelque sorte une autre cathédrale souterraine, basse, obscure, mystérieuse, aveugle
et muette, sous la nef supérieure qui regorgeait de lumière
et retentissait d'orgues et de cloches jour et nuit, quelquefois c'était un sépulcre. Dans les palais, dans les bastilles,
c'était une prison, quelquefois aussi un sépulcre, quelquefois les deux ensemble. Ces puissantes bâtisses, dont nous

avons expliqué ailleurs le mode de formation et de *végéta-
tion*, n'avaient pas simplement des fondations, mais, pour
ainsi dire, des racines qui s'allaient ramifiant dans le sol
en chambres, en galeries, en escaliers, comme la construc-
tion d'en haut. Ainsi, églises, palais, bastilles, avaient de la
terre à mi-corps. Les caves d'un édifice étaient un autre
édifice où l'on descendait au lieu de monter, et qui appli-
quait ses étages souterrains sous le monceau d'étages exté-
rieurs du monument, comme ces forêts et ces montagnes
qui se renversent dans l'eau miroitante d'un lac au-dessous des forêts et des montagnes du bord.

A la bastille Saint-Antoine, au Palais de Justice de Paris, au Louvre, ces édifices souterrains étaient des prisons.
Les étages de ces prisons, en s'enfonçant dans le sol, allaient se rétrécissant et s'assombrissant. C'étaient autant
de zones où s'échelonnaient les nuances de l'horreur. Dante
n'a rien pu trouver de mieux pour son enfer. Ces enton-
noirs de cachots aboutissaient d'ordinaire à un cul de
basse-fosse à fond de cuve où Dante a mis Satan, où la société mettait le condamné à mort. Une fois une misérable
existence enterrée là, adieu le jour, l'air, la vie, *ogni spe-
ranza;* elle n'en sortait que pour le gibet ou le bûcher.
Quelquefois elle y pourrissait; la justice humaine appelait
cela *oublier.* Entre les hommes et lui, le condamné sentait
peser sur sa tête un entassement de pierres et de geôliers;
et la prison tout entière, la massive bastille, n'était plus
qu'une énorme serrure compliquée qui le cadenassait hors
du monde vivant.

C'est dans un fond de cuve de ce genre, dans les ou-
bliettes creusées par saint Louis, dans l'*in pace* de la Tournelle, qu'on avait, de peur d'évasion sans doute, déposé
la Esmeralda condamnée au gibet, avec le colossal Palais
de Justice sur la tête. Pauvre mouche qui n'eût pu remuer le moindre de ses moellons!

Certes, la Providence et la société avaient été également injustes, un tel luxe de malheur et de torture n'était pas nécessaire pour briser une si frêle créature.

Elle était là, perdue dans les ténèbres, ensevelie, enfouie, murée. Qui l'eût pu voir en cet état, après l'avoir vue rire et danser au soleil, eût frémi. Froide comme la nuit, froide comme la mort, plus un soufle d'air dans ses cheveux, plus un bruit humain à son oreille, plus une lueur de jour dans ses yeux; brisée en deux, écrasée de chaines, accroupie près d'une cruche et d'un pain sur un peu de paille dans la mare d'eau qui se formait sous elle des suintements du cachot, sans mouvement, presque sans haleine; elle n'en était même plus à souffrir. Phœbus, le soleil, midi, le grand air, les rues de Paris, les danses aux applaudissements, les doux babillages d'amour avec l'officier; puis le prêtre, la matrulle, le poignard, le sang, la torture, le gibet : tout cela repassait bien encore dans son esprit, tantôt comme une vision chantante et dorée, tantôt comme un cauchemar difforme; mais ce n'était plus qu'une lutte horrible et vague qui se perdait dans les ténèbres, ou qu'une musique lointaine qui se jouait là-haut sur la terre et qu'on n'entendait plus à la profondeur où la malheureuse était tombée. Depuis qu'elle était là, elle ne veillait ni ne dormait. Dans cette infortune, dans ce cachot, elle ne pouvait pas plus distinguer la veille du sommeil, le rêve de la réalité que le jour de la nuit. Tout cela était mêlé, brisé, flottant, répandu confusément dans sa pensée. Elle ne sentait plus, elle ne savait plus, elle ne pensait plus; tout au plus elle songeait. Jamais créature vivante n'avait été engagée si avant dans le néant.

Ainsi engourdie, gelée, pétrifiée, à peine avait-elle remarqué deux ou trois fois le bruit d'une trappe qui s'était ouverte quelque part au-dessus d'elle, sans même laisser passer un peu de lumière, et par laquelle une main lui

avait jeté une croûte de pain noir. C'était pourtant l'unique communication qui lui restât avec les hommes, la visite périodique du geôlier. Une seule chose occupait encore machinalement son oreille : au-dessus de sa tête
l'humidité filtrait à travers les pierres moisies de la voûte,
et à intervalles égaux une goutte d'eau s'en détachait. Elle
écoutait stupidement le bruit que faisait cette goutte d'eau
en tombant dans la mare à côté d'elle.

Cette goutte d'eau tombant dans cette mare, c'était là
le seul mouvement qui remuât encore autour d'elle, la
seule horloge qui marquât le temps, le seul bruit qui vînt
jusqu'à elle de tout le bruit qui se fait sur la surface de la
terre.

Pour tout dire, elle sentait aussi de temps en temps,
dans ce cloaque de fange et de ténébres, quelque chose de
froid qui lui passait çà et là sur le pied ou sur le bras, et
elle frissonnait.

Depuis combien de temps y était-elle? elle ne le savait.
Elle avait souvenir d'un arrêt de mort prononcé quelque
part contre quelqu'un, puis qu'on l'avait emportée, elle,
et qu'elle s'était réveillée dans la nuit et dans le silence,
glacée. Elle s'était traînée sur les mains; alors des anneaux de fer lui avaient coupé la cheville du pied, et des
chaînes avaient sonné. Elle avait reconnu que tout était
muraille autour d'elle, qu'il y avait au-dessous d'elle une
dalle couverte d'eau, et une botte de paille. Mais ni lampe
ni soupirail. Alors, elle s'était assise sur cette paille, et
quelquefois, pour changer de posture, sur la dernière marche d'un degré de pierre qu'il y avait dans son cachot. Un
moment elle avait essayé de compter les noires minutes
que lui mesurait la goutte d'eau, mais bientôt ce triste travail d'un cerveau malade s'était rompu de lui-même dans
sa tête et l'avait laissée dans la stupeur.

Un jour enfin ou une nuit (car minuit et midi avaient

même couleur dans ce sépulcre), elle entendit au-dessus
d'elle un bruit plus fort que celui que faisait d'ordinaire le
guichetier quand il lui apportait son pain et sa cruche. Elle
leva la tête, et vit un rayon rougeâtre passer à travers les
fentes de l'espèce de porte ou de trappe pratiquée dans la
voûte de l'*in pace*. En même temps la lourde serrure cria,
la trappe grinça sur ses gonds rouillés, tourna, et elle vit
une lanterne, une main et la partie inférieure du corps de
deux hommes, la porte étant trop basse pour qu'elle pût
apercevoir leurs têtes. La lumière la blessa si vivement,
qu'elle ferma les yeux.

Quand elle les rouvrit, la porte était refermée, le falot
était posé sur un degré de l'escalier, un homme, seul, était
debout devant elle. Une cagoule noire lui tombait jusqu'aux
pieds, un caffardum de même couleur lui cachait le visage.
On ne voyait rien de sa personne, ni sa face ni ses mains.
C'était un long suaire noir qui se tenait debout, et sous lequel on sentait remuer quelque chose. Elle regarda fixement
quelques minutes cette espèce de spectre. Cependant elle ni
lui ne parlaient. On eût dit deux statues qui se confrontaient.
Deux choses seulement semblaient vivre dans le caveau :
la mèche de la lanterne, qui petillait à cause de l'humidité
de l'atmosphère, et la goutte d'eau de la voûte, qui coupait
cette crépitation irrégulière de son clapotement monotone, et faisait trembler la lumière de la lanterne en moi-
res concentriques sur l'eau huileuse de la mare.

Enfin, la prisonnière rompit le silence : — Qui êtes-
vous?

— Un prêtre.

Le mot, l'accent, le son de voix, la firent tressaillir.

Le prêtre poursuivit en articulant sourdement : — Êtes-
vous préparée?

— A quoi?

— A mourir.

— Oh! dit-elle, sera-ce bientôt?

— Demain.

Sa tête, qui s'était levée avec joie, revint frapper sa poitrine. — C'est encore bien long! murmura-t-elle; qu'est-ce que cela leur faisait, aujourd'hui?

— Vous êtes donc très-malheureuse? demanda le prêtre après un silence.

— J'ai bien froid! répondit-elle.

Elle prit ses pieds avec ses mains, geste habituel aux malheureux qui ont froid, et que nous avons déjà vu faire à la recluse de la Tour-Roland, et ses dents claquaient.

Le prêtre parut promener, de dessous son capuchon, ses yeux dans le cachot. — Sans lumière! sans feu! dans l'eau! c'est horrible!

— Oui, répondit-elle avec l'air étonné que le malheur lui avait donné. Le jour est à tout le monde. Pourquoi ne me donne-t-on que la nuit?

— Savez-vous, reprit le prêtre après un nouveau silence, pourquoi vous êtes ici?

— Je crois que je l'ai su, dit-elle en passant ses doigts maigres sur ses sourcils comme pour aider sa mémoire, mais je ne le sais plus.

Tout à coup elle se mit à pleurer comme un enfant. — Je voudrais sortir d'ici, monsieur. J'ai froid, j'ai peur, et il y a des bêtes qui me montent le long du corps.

— Eh bien! suivez-moi.

En parlant ainsi, le prêtre lui prit le bras. La malheureuse était gelée jusque dans les entrailles. Cependant cette main lui fit une impression de froid.

— Oh! murmura-t-elle, c'est la main glacée de la mort. — Qui êtes-vous donc?

Le prêtre releva son capuchon; elle regarda. C'était ce visage sinistre qui la poursuivait depuis si longtemps, cette tête de démon qui lui était apparue chez la Falourdel au-

dessus de la tête adorée de son Phœbus, cet œil qu'elle
avait vu pour la première fois briller près d'un poignard.

Cette apparition, toujours si fatale pour elle, et qui l'a-
vait ainsi poussée de malheur en malheur jusqu'au supplice, la tira de son engourdissement. Il lui sembla que
l'espèce de voile qui s'était épaissi sur sa mémoire se déchirait. Tous les détails de sa lugubre aventure, depuis la
scène nocturne chez la Falourdel jusqu'à sa condamnation
à la Tournelle, lui revinrent à la fois dans l'esprit, non pas
vagues et confus, comme jusqu'alors, mais distincts, crus,
tranchés, palpitants, terribles. Ces souvenirs à demi effa-
cés, et presque oblitérés par l'excès de la souffrance, la
sombre figure qu'elle avait devant elle les raviva, comme
l'approche du feu fait ressortir toutes fraiches sur le papier
blanc les lettres invisibles qu'on y a tracées avec de l'encre
sympathique. Il lui sembla que toutes les plaies de son
cœur se rouvraient et saignaient à la fois.

— Ah! cria-t-elle, les mains sur ses yeux et avec un
tremblement convulsif, c'est le prêtre!

Puis elle laissa tomber ses bras découragés, et resta assise, la tête baissée, l'œil fixé à terre, muette, et conti-
nuant de trembler.

Le prêtre la regardait de l'œil d'un milan qui a longtemps plané en rond du plus haut du ciel autour d'une
pauvre alouette tapie dans les blés, qui a longtemps rétréci
en silence les cercles formidables de son vol, et tout à
coup s'est abattu sur sa proie comme la flèche de l'éclair,
et la tient pantelante dans sa griffe.

Elle se mit à murmurer tout bas : — Achevez! achevez!
le dernier coup! Et elle enfonçait sa tête avec terreur
entre ses épaules, comme la brebis qui attend le coup de
massue du boucher.

— Je vous fais donc horreur? dit-il enfin. Elle ne répondit pas.

— Est-ce que je vous fais horreur? répéta-t-il.

Ses lèvres se contractèrent comme si elle souriait. — Oui, dit-elle, le bourreau raille le condamné. Voilà des mois qu'il me poursuit, qu'il me menace, qu'il m'épouvante! Sans lui, mon Dieu! que j'étais heureuse! c'est lui qui m'a jetée dans cet abîme! O ciel! c'est lui qui a tué... c'est lui qui l'a tué! mon Phœbus! Ici, éclatant en sanglots et levant les yeux sur le prêtre:—Oh! misérable! qui êtes-vous? que vous ai-je fait? vous me haïssez donc bien? Hélas! qu'avez-vous contre moi?

— Je t'aime! cria le prêtre.

Ses larmes s'arrêtèrent subitement, elle le regarda avec un regard d'idiot. Lui était tombé à genoux et la couvait d'un œil de flamme.

— Entends-tu? je t'aime! cria-t-il encore.

— Quel amour! dit la malheureuse en frémissant.

Il reprit : — L'amour d'un damné.

Tous deux restèrent quelques minutes silencieux, écrasés sous la pesanteur de leurs émotions, lui insensé, elle stupide.

— Ecoute, dit enfin le prêtre, et un calme singulier lui était revenu; tu vas tout savoir. Je vais te dire ce que jusqu'ici j'ai à peine osé me dire à moi-même lorsque j'interrogeais furtivement ma conscience à ces heures profondes de la nuit où il y a tant de ténèbres qu'il semble que Dieu ne nous voit plus. Ecoute. Avant de te rencontrer, jeune fille, j'étais heureux.

— Et moi! soupira-t-elle faiblement.

— Ne m'interromps pas. — Oui, j'étais heureux; je croyais l'être, du moins. J'étais pur, j'avais l'âme pleine d'une clarté limpide. Pas de tête qui s'élevât plus fière et plus radieuse que la mienne. Les prêtres me consultaient sur la chasteté, les docteurs sur la doctrine. Oui, la science était tout pour moi; c'était une sœur, et une sœur me suffisait. Ce n'est pas qu'avec l'âge il ne me fût venu d'autres idées. Plus d'une fois ma chair s'était émue au passage d'une forme de femme. Cette force du sexe et du sang de l'homme, que, fol adolescent, j'avais cru étouffer pour la vie, avait plus d'une fois soulevé convulsivement la chaîne des vœux de fer qui me scellent, misérable, aux froides pierres de l'autel. Mais le jeûne, la prière, l'étude, les macérations du cloître, avaient refait l'âme maîtresse du corps. Et puis, j'évitais les femmes. D'ailleurs, je n'avais qu'à ouvrir un livre pour que toutes les impures fumées de mon cerveau s'évanouissent devant la splendeur de la science. En peu de minutes, je sentais fuir au loin les choses épaisses de la terre, et je me retrouvais calme, ébloui et serein en présence du rayonnement tranquille de la vérité éternelle. Tant que le démon n'envoya pour m'attaquer que des vagues ombres de femmes qui passaient éparses sous mes yeux, dans l'église, dans les rues, dans les prés, et qui revenaient à peine dans mes songes, je le vainquis aisément. Hélas ! si la victoire ne m'est pas restée, la faute en est à Dieu, qui n'a pas fait l'homme et le démon de force égale. — Ecoute. Un jour...

Ici le prêtre s'arrêta, et la prisonnière entendit sortir de sa poitrine des soupirs qui faisaient un bruit de râle et d'arrachement. Il reprit :

—...Un jour, j'étais appuyé à la fenêtre de ma cellule... — Quel livre lisais-je donc? Oh ! tout cela est un tourbillon dans ma tête.— Je lisais. La fenêtre donnait sur une place. J'entends un bruit de tambour et de musique. Fâché d'être ainsi troublé dans ma rêverie, je regarde dans la place. Ce que je vis, il y en avait d'autres que moi qui le voyaient, et pourtant ce n'était pas un spectacle fait pour des yeux humains. Là, au milieu du pavé, — il était midi, — un grand soleil, — une créature dansait. Une créature si belle que Dieu l'eût préférée à la Vierge, et l'eût choisie pour sa

mère, et eût voulu naître d'elle si elle eût existé quand il
se fit homme! Ses yeux étaient noirs et splendides; au milieu de sa chevelure noire quelques cheveux, que pénétrait
le soleil, blondissaient comme des fils d'or. Ses pieds dis-
paraissaient dans leur mouvement comme les rayons d'une
roue qui tourne rapidement. Autour de sa tête, dans ses
nattes noires, il y avait des plaques de métal qui pétillaient
au soleil et faisaient à son front une couronne d'étoiles. Sa
robe, semée de paillettes, scintillait, bleue et piquée de
mille étincelles comme une nuit d'été. Ses bras souples et
bruns se nouaient et se dénouaient autour de sa taille
comme deux écharpes. La forme de son corps était surpre-
nante de beauté. Oh! la resplendissante figure qui se détachait comme quelque chose de lumineux dans la lumière
même du soleil!... — Hélas! jeune fille, c'était toi. — Surpris, enivré, charmé, je me laissai aller à te regarder. Je
te regardai tant, que tout à coup je frissonnai d'épouvante:
je sentis que le sort me saisissait.

Le prêtre, oppressé, s'arrêta encore un moment. Puis il
continua :

— Déjà à demi fasciné, j'essayai de me cramponner a
quelque chose et de me retenir dans ma chute. Je me rap-
pelai les embûches que Satan m'avait déjà tendues. La
créature qui était sous mes yeux avait cette beauté surhumaine qui ne peut venir que du ciel ou de l'enfer. Ce n'é-
tait pas là une simple fille faite avec un peu de notre terre,
et pauvrement éclairée à l'intérieur par le vacillant rayon
d'une âme de femme. C'était un ange! mais de ténèbres;
mais de flamme, et non de lumière. Au moment où je
pensais cela, je vis près de toi une chèvre, une bête du
sabbat, qui me regardait en riant. Le soleil de midi lui
faisait des cornes de feu. Alors j'entrevis le piége du démon, et je ne doutai plus que tu ne vinsses de l'enfer et
que tu ne vinsses pour ma perdition. Je le crus.

Ici le prêtre regarda en face la prisonnière, et ajouta froidement : — Je le crois encore. — Cependant le charme opérait peu à peu; ta danse me tournoyait dans le cerveau; je sentais le mystérieux maléfice s'accomplir en moi. Tout ce qui aurait dû veiller s'endormait dans mon âme; et, comme ceux qui meurent dans la neige, je trouvais du plaisir à laisser venir ce sommeil. Tout à coup tu te mis à chanter. Que pouvais-je faire, misérable? Ton chant était plus charmant encore que ta danse. Je voulus fuir. Impossible. J'étais cloué, j'étais enraciné dans le sol. Il me semblait que le marbre de la dalle m'était monté jusqu'aux genoux. Il fallut rester jusqu'au bout. Mes pieds étaient de glace, ma tête bouillonnait. Enfin, tu eus peut-être pitié de moi, tu cessas de chanter, tu disparus. Le reflet de l'éblouissante vision, le retentissement de la musique enchanteresse, s'évanouirent par degrés dans mes yeux et dans mes oreilles. Alors je tombai dans l'encoignure de la fenêtre plus roide et plus faible qu'une statue descellée. La cloche de vêpres me réveilla. Je me relevai; je m'enfuis; mais, hélas! il y avait en moi quelque chose de tombé qui ne pouvait se relever, quelque chose de survenu que je ne pouvais fuir.

Il fit encore une pause et poursuivit : — Oui, à dater de ce jour, il y eut en moi un homme que je ne connaissais pas. Je voulus user de tous mes remèdes : le cloître, l'autel, le travail, les livres. Folies! Oh! que la science sonne creux quand on y vient heurter avec désespoir une tête pleine de passions! Sais-tu, jeune fille, ce que je voyais toujours désormais entre le livre et moi? Toi, ton ombre, l'image de l'apparition lumineuse qui avait un jour traversé l'espace devant moi. Mais cette image n'avait plus la même couleur; elle était sombre, funèbre, ténébreuse, comme le cercle noir qui poursuit longtemps la vue de l'imprudent qui a regardé fixement le soleil.

Ne pouvant m'en débarrasser, entendant toujours ta chanson bourdonner dans ma tête, voyant toujours tes pieds danser sur mon bréviaire, sentant toujours la nuit, en songe, ta forme glisser sur ma chair, je voulus te revoir, te toucher, savoir qui tu étais, voir si je te retrouverais bien pareille à l'image idéale qui m'était restée de toi, briser peut-être mon rêve avec la réalité. En tout cas, j'espérais qu'une impression nouvelle effacerait la première, et la première m'était devenue insupportable. Je te cherchai. Je te revis. Malheur! Quand je t'eus vue deux fois, je voulus te voir mille, je voulus te voir toujours. Alors, — comment enrayer sur cette pente de l'enfer? — alors je ne m'appartins plus. L'autre bout du fil que le démon m'avait attaché aux ailes, il l'avait noué à son pied. Je devins vague et errant comme toi. Je t'attendais sous les porches, je t'épiais au coin des rues, je te guettais du haut de ma tour. Chaque soir, je rentrais en moi-même plus acharné, plus désespéré, plus ensorcelé, plus perdu!

J'avais su qui tu étais; égyptienne, bohémienne, gitane, zingara. Comment douter de la magie? Ecoute. J'espérais qu'un procès me débarrasserait du charme. Une sorcière avait enchanté Bruno d'Ast; il la fit brûler, et fut guéri. Je le savais. Je voulus essayer du remède. J'essayai d'abord de te faire interdire le parvis Notre-Dame, espérant t'oublier si tu ne revenais plus. Tu n'en tins compte. Tu revins. Puis il me vint l'idée de t'enlever. Une nuit je le tentai. Nous étions deux. Nous te tenions déjà quand ce misérable officier survint. Il te délivra. Il commençait ainsi ton malheur, le mien et le sien. Enfin, ne sachant plus que faire et que devenir, je te dénonçai à l'official. Je pensais que je serais guéri comme Bruno d'Ast. Je pensais aussi confusément qu'un procès te livrerait à moi, que dans une prison je te tiendrais, je t'aurais; que là tu ne pourrais m'échapper; que tu me possédais depuis assez

33.

longtemps pour que je te possédasse aussi à mon tour.
Quand on fait le mal, il faut faire tout le mal. Démence
de s'arrêter à un milieu dans le monstrueux! L'extrémité
du crime a des délires de joie. Un prêtre et une sorciere
peuvent s'y fondre en délices sur la botte de paille d'un
cachot.

Je te dénonçai donc. C'est alors que je t'épouvantais
dans mes rencontres. Le complot que je tramais contre
toi, l'orage que j'amoncelais sur ta tête s'échappait de moi
en menaces et en éclairs. Cependant j'hésitais encore.
Mon projet avait des côtés effroyables qui me faisaient
reculer.

Peut-être y aurais-je renoncé; peut-être ma hideuse
pensée se serait-elle desséchée dans mon cerveau sans porter son fruit. Je croyais qu'il dépendrait toujours de moi
de suivre ou de rompre ce procès. Mais toute mauvaise
pensée est inexorable et veut devenir un fait; mais, là où
je me croyais tout puissant, la fatalité était plus puissante
que moi. Hélas! hélas! c'est elle qui t'a prise et qui t'a
livrée au rouage terrible de la machine que j'avais téné-
breusement construite! — Ecoute. Je touche à la fin.

Un jour, — par un autre beau soleil, — je vois passer
devant moi un homme qui prononce ton nom et qui rit,
et qui a la luxure dans les yeux. Damnation! je l'ai suivi.
Tu sais le reste.

Il se tut. La jeune fille ne put trouver qu'une parole:
— O mon Phœbus!

— Pas ce nom! dit le prêtre en lui saisissant le bras
avec violence. Ne prononce pas ce nom! Oh! misérables
que nous sommes, c'est ce nom qui nous a perdus! — Ou
plutôt nous nous sommes tous perdus les uns les autres,
par l'inexplicable jeu de la fatalité. — Tu souffres, n'est-ce
pas? tu as froid, la nuit te fait aveugle, le cachot t'enveloppe; mais peut-être as-tu encore quelque lumière au

fond de toi, ne fût-ce que ton amour d'enfant pour cet homme vide qui jouait avec ton cœur ! Tandis que moi je porte le cachot au dedans de moi ; au dedans de moi est l'hiver, la glace, le désespoir ; j'ai la nuit dans l'âme. Sais-tu tout ce que j'ai souffert? J'ai assisté à ton procès. J'étais assis sur le banc de l'official. Oui, sous l'un de ces capuces de prêtre il y avait les contorsions d'un damné. Quand on t'a amenée, j'étais là ; quand on t'a interrogée, j'étais là. — Caverne de loups ! — C'était mon crime, c'é-tait mon gibet que je voyais se dresser lentement sur ton front. A chaque témoin, à chaque preuve, à chaque plai-doirie, j'étais là ; j'ai pu compter chacun de tes pas dans la voie douloureuse ; j'étais là encore quand cette bête fé-roce... — Oh ! je n'avais pas prévu la torture. — Ecoute. Je t'ai suivie dans la chambre de douleur. Je t'ai vu dés-habiller et manier demi-nue par les mains infâmes du tourmenteur. J'ai vu ton pied, ce pied où j'eusse voulu pour un empire déposer un seul baiser et mourir, ce pied sous lequel je sentirais avec tant de délices s'écraser ma tête, je l'ai vu enserrer dans l'horrible brodequin qui fait des membres d'un être vivant une boue sanglante. Oh ! misérable, pendant que je voyais cela, j'avais sous mon suaire un poignard dont je me labourais la poitrine. Au cri que tu as poussé, je l'ai enfoncé dans ma chair ; à un second cri, il m'entrait dans le cœur. Regarde. Je crois que cela saigne encore.

Il ouvrit sa soutane. Sa poitrine en effet était déchirée comme par une griffe de tigre, et il avait au flanc une plaie assez large et mal fermée.

La prisonnière recula d'horreur.

— Oh ! dit le prêtre, jeune fille, aie pitié de moi. Tu te crois malheureuse : hélas ! hélas ! tu ne sais pas ce que c'est que le malheur. Oh ! aimer une femme, être prêtre, être haï ! l'aimer de toutes les fureurs de son âme ; sentir

qu'on donnerait pour le moindre de ses sourires son sang,
ses entrailles, sa renommée, son salut, l'immortalité et
l'éternité, cette vie et l'autre; regretter de ne pas être roi,
génie, empereur, archange, Dieu, pour lui mettre un plus
grand esclave sous les pieds; l'étreindre nuit et jour de
ses rêves et de ses pensées; et la voir amoureuse d'une
livrée de soldat! et n'avoir à lui offrir qu'une sale soutane
de prêtre dont elle aura peur et dégoût. Être présent avec
sa jalousie et sa rage, tandis qu'elle prodigue à un misérable fanfaron imbécile des trésors d'amour et de beauté!
Voir ce corps dont la forme vous brûle, ce sein qui a tant
de douceur, cette chair palpiter et rougir sous les baisers
d'un autre! O ciel! aimer son pied, son bras, son épaule ;
songer à ses veines bleues, à sa peau brune, jusqu'à s'en
tordre des nuits entières sur le pavé de sa cellule, et voir
toutes les caresses qu'on a rêvées pour elle aboutir à la
torture! N'avoir réussi qu'à la coucher sur le lit de cuir!
Oh! ce sont là les véritables tenailles rougies au feu de
l'enfer. Oh! bienheureux celui qu'on scie entre deux planches, et qu'on écartelle à quatre chevaux! Sais-tu ce que
c'est que ce supplice que vous font subir, durant les longues nuits, vos artères qui bouillonnent, votre cœur qui
crève, votre tête qui rompt, vos dents qui mordent vos
mains; tourmenteurs acharnés qui vous retournent sans
relâche, comme sur un gril ardent, sur une pensée d'a-
mour, de jalousie et de désespoir! Jeune fille, grâce!
trêve un moment! Un peu de cendre sur cette braise. Es-
suie, je t'en conjure, la sueur qui ruisselle à grosses gouttes
de mon front! Enfant, torture-moi d'une main, mais ca-
resse-moi de l'autre. Aie pitié, jeune fille, aie pitié de moi!

Le prêtre se roulait dans l'eau de la dalle et se martelait
le crâne aux angles des marches de pierre. La jeune fille
l'écoutait, le regardait. Quand il se tut, épuisé et haletant,
elle répéta à demi-voix: O mon Phœbus!

Le prêtre se traîna vers elle à deux genoux.

— Je t'en supplie, cria-t-il, si tu as des entrailles, ne me repousse pas. Oh! je t'aime, je suis un misérable! Quand tu dis ce nom, malheureuse, c'est comme si tu broyais entre les dents toutes les fibres de mon cœur. Grâce! si tu viens de l'enfer, j'y vais avec toi. J'ai tout fait pour cela. L'enfer où tu seras, c'est mon paradis; ta vue est plus charmante que celle de Dieu! Oh! dis, tu ne veux donc pas de moi? Le jour où une femme repousserait un pareil amour, j'aurais cru que les montagnes remue-raient. Oh! si tu voulais!... Oh! que nous pourrions être heureux! Nous fuirions, — je te ferais fuir, — nous irions quelque part, nous chercherions l'endroit sur la terre où il y a le plus de soleil, le plus d'arbres, le plus de ciel bleu. Nous nous aimerions, nous verserions nos deux âmes l'une dans l'autre, et nous aurions une soif inextin-guible de nous-mêmes que nous étancherions en commun et sans cesse à cette coupe d'intarissable amour.

Elle l'interrompit avec un rire terrible et éclatant. — Re-gardez donc, mon père! vous avez du sang après les on-gles!

Le prêtre demeura quelques instants comme pétrifié, l'œil fixé sur sa main.

— Eh bien, oui! reprit-il enfin avec une douceur étrange, outrage-moi, raille-moi, accable-moi! mais viens, viens. Hâtons-nous. C'est pour demain, te dis-je. Le gibet de la Grève, tu sais! il est toujours prêt. C'est horrible! te voir marcher dans ce tombereau! Oh! grâce! — Je n'avais ja-mais senti comme à présent à quel point je t'aimais. Oh! suis-moi. Tu prendras le temps de m'aimer après que je t'aurai sauvée. Tu me haïras aussi longtemps que tu vou-dras. Mais viens. Demain! demain! le gibet! ton supplice! Oh! sauve-toi! épargne-moi!

Il lui prit le bras, il était égaré, il voulut l'entraîner

Elle attacha sur lui son œil fixe. — Qu'est devenu mon Phœbus?

— Ah! dit le prêtre en lui lâchant le bras, vous êtes sans pitié!

— Qu'est devenu Phœbus? répéta-t-elle froidement.

— Il est mort! cria le prêtre.

— Mort! dit-elle toujours glaciale et immobile; alors, que me parlez-vous de vivre?

Lui ne l'écoutait pas. — Oh, oui! disait-il comme se parlant à lui-même, il doit être bien mort. La lame est entrée très-avant. Je crois que j'ai touché le cœur avec la pointe. Oh! je vivais jusqu'au bout du poignard!

La jeune fille se jeta sur lui comme une tigresse furieuse, et le poussa sur les marches de l'escalier avec une force surnaturelle. — Va-t'en, monstre, va-t'en, assassin! laisse-moi mourir! Que notre sang à tous deux te fasse au front une tache éternelle! Etre à toi, prêtre! jamais! jamais! rien ne nous réunira! pas même l'enfer! Va, maudit! jamais!

Le prêtre avait trébuché à l'escalier. Il dégagea, en silence, ses pieds des plis de sa robe, reprit sa lanterne, et se mit à monter lentement les marches qui menaient à la porte; il rouvrit cette porte, et sortit. Tout à coup la jeune fille vit reparaître sa tête; elle avait une expression épouvantable, et il lui cria, avec un râle de rage et de désespoir : — Je te dis qu'il est mort!

Elle tomba la face contre terre, et l'on n'entendit plus, dans le cachot, d'autre bruit que le soupir de la goutte d'eau qui faisait palpiter la mare dans les ténèbres.

V

LA MÈRE

Je ne crois pas qu'il y ait rien au monde de plus riant que les idées qui s'éveillent dans le cœur d'une mère à la vue du petit soulier de son enfant; surtout si c'est le soulier de fête, des dimanches, du baptême; le soulier brodé jusque sous la semelle; un soulier avec lequel l'enfant n'a pas encore fait un pas. Ce soulier-là a tant de grâce et de petitesse, il lui est si impossible de marcher, que c'est pour la mère comme si elle voyait son enfant. Elle lui sourit, elle le baise, elle lui parle; elle se demande s'il se peut, en effet, qu'un pied soit si petit; et, l'enfant fût-il absent, il suffit du joli soulier pour lui remettre sous les yeux la douce et fragile créature. Elle croit le voir, elle le voit tout entier, vivant, joyeux, avec ses mains délicates, sa tête ronde, ses lèvres pures, ses yeux sereins dont le blanc est bleu. Si c'est l'hiver, il est là, il rampe sur le tapis, il escalade laborieusement un tabouret, et la mère tremble qu'il n'approche du feu. Si c'est l'été, il se traîne dans la cour, dans le jardin, arrache l'herbe d'entre les pavés, regarde naïvement les grands chiens, les grands chevaux, sans peur, joue avec les coquillages, avec les fleurs, et fait gronder le jardinier, qui trouve le sable dans les plates-bandes et la terre dans les allées. Tout rit, tout brille, tout joue autour de lui comme lui, jusqu'au souffle d'air et au rayon de soleil qui s'ébattent à l'envi dans les boucles follettes de ses cheveux. Le soulier montre tout cela à la mère, et lui fait fondre le cœur comme le feu une cire.

Mais, quand l'enfant est perdu, ces mille images de joie,

de charme, de tendresse, qui se pressent autour du petit
soulier, deviennent autant de choses horribles. Le joli soulier brodé n'est plus qu'un instrument de torture qui broie
éternellement le cœur de la mère. C'est toujours la même
fibre qui vibre, la fibre la plus profonde et la plus sensible; mais, au lieu d'un ange qui la caresse, c'est un démon
qui la pince.

Un matin, tandis que le soleil de mai se levait dans un
de ces ciels bleu foncé où le Garofolo aime à placer ses des-
centes de croix, la recluse de la Tour-Roland entendit un
bruit de roues, de chevaux et de ferrailles dans la place de
Grève. Elle s'en éveilla peu, noua ses cheveux sur ses oreilles pour s'assourdir, et se remit à contempler à genoux
l'objet inanimé qu'elle adorait depuis quinze ans. Ce petit
soulier, nous l'avons déjà dit, était pour elle l'univers. Sa
pensée y était enfermée, et n'en devait plus sortir qu'à la
mort. Ce qu'elle avait jeté vers le ciel d'imprécations amè-
res, de plaintes touchantes, de prières et de sanglots, à
propos de ce charmant hochet de satin rose, la sombre cave
de la Tour-Roland seule l'a su. Jamais plus de désespoir
n'a été répandu sur une chose plus gentille et plus gracieuse. Ce matin-là, il semblait que sa douleur s'échappait
plus violente encore qu'à l'ordinaire, et on l'entendait du
dehors se lamenter avec une voix haute et monotone qui
navrait le cœur.

— O ma fille! disait-elle, ma fille! ma pauvre chère petite enfant, je ne te verrai donc plus! c'est donc fini! Il me
semble toujours que cela s'est fait hier. Mon Dieu! mon
Dieu! pour me la reprendre si vite, il valait mieux ne pas
me la donner. Vous ne savez donc pas que nos enfants
tiennent à notre ventre, et qu'une mère qui a perdu son
enfant ne croit plus en Dieu? — Ah! misérable que je
suis d'être sortie ce jour-là! — Seigneur! Seigneur! pour
me l'ôter ainsi, vous ne m'aviez donc jamais regardée avec

elle, lorsque je la réchauffais toute joyeuse à mon feu, lorsqu'elle me riait en me tetant, lorsque je faisais monter
ses petits pieds sur ma poitrine jusqu'à mes lèvres? Oh !
si vous aviez regardé cela, mon Dieu, vous auriez eu pitié
de ma joie ; vous ne m'auriez pas ôté le seul amour qui
me restât dans le cœur! Etais-je donc une si misérable
créature, Seigneur, que vous ne puissiez me regarder avant
de me condamner ?—Hélas! hélas! voilà le soulier; le
pied, où est-il? où est le reste? où est l'enfant?..... Ma
fille, ma fille, qu'ont-ils fait de toi? Seigneur, rendez-la-
moi. Mes genoux se sont écorchés quinze ans à vous prier,
mon Dieu! est-ce que ce n'est pas assez? Rendez-la-moi un
jour, une heure, une minute; une minute, Seigneur, et
jetez-moi ensuite au démon pour l'éternité. Oh! si je savais où traîne un pan de votre robe, je m'y cramponne-
rais de mes deux mains, et il faudrait bien que vous me
rendissiez mon enfant. Son joli petit soulier, est-ce que
vous n'en avez pas pitié, Seigneur? Pouvez-vous condamner une pauvre mère à ce supplice de quinze ans? Bonne
Vierge, bonne Vierge du ciel! mon enfant Jésus à moi,
on me l'a pris, on me l'a volé, on l'a mangé sur une
bruyère, on a bu son sang, on a mâché ses os. Bonne
Vierge, ayez pitié de moi. Ma fille! il me faut ma fille!
Qu'est-ce que cela me fait, qu'elle soit dans le paradis? Je
ne veux pas de votre ange, je veux mon enfant. Je suis
une lionne, je veux mon lionceau. — Oh! je me tordrai
sur la terre, et je briserai la pierre avec mon front, et je
me damnerai, et je vous maudirai, Seigneur, si vous me
gardez mon enfant! Vous voyez bien que j'ai les bras tout
mordus, Seigneur! est-ce que le bon Dieu n'a pas de pitié?—Oh! ne me donnez que du sel et du pain noir,
pourvu que j'aie ma fille et qu'elle me réchauffe comme
un soleil. Hélas! Dieu mon Seigneur, je ne suis qu'une
vile pécheresse; mais ma fille me rendrait pieuse. J'étais

34

pleine de religion pour l'amour d'elle; et je vous voyais à
travers son sourire comme par une ouverture du ciel. —
Oh! que je puisse seulement une fois, encore une fois, une
seule fois, chausser ce soulier à son joli petit pied rose,
et je meurs, bonne Vierge, en vous bénissant! — Ah!
quinze ans, elle serait grande maintenant! — Malheureuse
enfant! quoi! c'est donc bien vrai, je ne la reverrai plus,
pas même dans le ciel, car, moi, je n'irai pas. Oh! quelle
misère! dire que voilà son soulier, et que c'est tout!

La malheureuse s'était jetée sur ce soulier, sa consolation et son désespoir depuis tant d'années, et ses entrailles
se déchiraient en sanglots comme le premier jour. Car,
pour une mère qui a perdu son enfant, c'est toujours le
premier jour. Cette douleur-là ne vieillit pas. Les habits
de deuil ont beau s'user et blanchir : le cœur reste noir.

En ce moment, de fraîches et joyeuses voix d'enfants
passèrent devant la cellule. Toutes les fois que des enfants
frappaient sa vue ou son oreille, la pauvre mère se préci-
pitait dans l'angle le plus sombre de son sépulcre, et l'on
eût dit qu'elle cherchait à plonger sa tête dans la pierre
pour ne pas les entendre. Cette fois, au contraire, elle se
dressa comme en sursaut, et écouta avidement. Un des petits garçons venait de dire : — C'est qu'on va pendre une
égyptienne aujourd'hui.

Avec le brusque soubresaut de cette araignée que nous
avons vue se jeter sur une mouche au tremblement de sa
toile, elle courut à sa lucarne, qui donnait, comme on sait,
sur la place de Grève. En effet, une échelle était dressée
près du gibet permanent, et le maître des basses-œuvres
s'occupait d'en rajuster les chaînes rouillées par la pluie.
Il y avait quelque peuple à l'entour.

Le groupe rieur des enfants était déjà loin. La sachette
chercha des yeux un passant qu'elle pût interroger. Elle
avisa, tout à côté de sa loge, un prêtre qui faisait semblant

de lire dans le bréviaire public, mais qui était beaucoup moins occupé du *lettrain de fer treillissé* que du gibet, vers lequel il jetait de temps à autre un sombre et farouche coup d'œil. Elle reconnut monsieur l'archidiacre de Josas, un saint homme.

— Mon père, demanda-t-elle, qui va-t-on pendre là?

Le prêtre la regarda et ne répondit pas; elle répéta sa question. Alors il dit :

— Je ne sais pas.

— Il y avait là des enfants qui disaient que c'était une égyptienne, reprit la recluse.

— Je crois qu'oui, dit le prêtre.

Alors Paquette-la-Chanteﬂeurie éclata d'un rire d'hyène.

— Ma sœur, dit l'archidiacre, vous haïssez donc bien les égyptiennes?

— Si je les hais! s'écria la recluse; ce sont des stryges, des voleuses d'enfants! Elles m'ont dévoré ma petite fille, mon enfant, mon unique enfant! Je n'ai plus de cœur, elles me l'ont mangé!

Elle était effrayante. Le prêtre la regardait froidement.

— Il y en a une surtout que je hais, et que j'ai maudite, reprit-elle; c'en est une jeune, qui a l'âge que ma fille aurait, si sa mère ne m'avait pas mangé ma fille. Chaque fois que cette jeune vipère passe devant ma cellule, elle me bouleverse le sang!

— Eh bien' ma sœur, réjouissez-vous, dit le prêtre, glacial comme une statue de sépulcre; c'est celle-là que vous allez voir mourir.

Sa tête tomba sur sa poitrine, et il s'éloigna lentement.

La recluse se tordit les bras de joie. — Je le lui avais prédit, qu'elle y monterait! Merci, prêtre! cria-t-elle.

Et elle se mit à se promener à grands pas devant les barreaux de sa lucarne, échevelée, l'œil flamboyant, heurtant le mur de son épaule, avec l'air fauve d'une louve en

cage qui a faim depuis longtemps et qui sent approcher
l'heure du repas.

VI

TROIS CŒURS D'HOMME FAITS DIFFÉREMMENT.

Phœbus, cependant, n'était pas mort. Les hommes de
cette espèce ont la vie dure. Quand maître Philippe Lheulier, avocat extraordinaire du roi, avait dit à la pauvre Esmeralda : *Il se meurt*, c'était par erreur ou par plaisanterie. Quand l'archidiacre avait répété à la condamnée : *Il
est mort*, le fait est qu'il n'en savait rien, mais qu'il le
croyait, qu'il y comptait, qu'il n'en doutait pas, qu'il l'espérait bien. Il lui eût été par trop dur de donner à la femme
qu'il aimait de bonnes nouvelles de son rival. Tout homme
à sa place en eût fait autant.

Ce n'est pas que la blessure de Phœbus n'eût été grave,
mais elle l'avait été moins que l'archidiacre ne s'en flat-
tait. Le maître-myrrhe, chez lequel les soldats du guet l'a-
vaient transporté dans le premier moment, avait craint
huit jours pour sa vie, et le lui avait même dit en latin. Toutefois, la jeunesse avait repris le dessus; et, chose qui arrive
souvent, nonobstant pronostics et diagnostics, la nature
s'était amusée à sauver le malade à la barbe du médecin.
C'est tandis qu'il gisait encore sur le grabat du maître-
myrrhe qu'il avait subi les premiers interrogatoires de Philippe Lheulier et des enquêteurs de l'official, ce qui l'avait
fort ennuyé. Aussi, un beau matin, se sentant mieux, il
avait laissé ses éperons d'or en payement au pharmacopole,
et s'était esquivé. Cela, du reste, n'avait apporté aucun
trouble à l'instruction de l'affaire. La justice d'alors se sou-

ciait fort peu de la netteté et de la propreté d'un procès au criminel. Pourvu que l'accusé fût pendu, c'est tout ce qu'il lui fallait. Or, les juges avaient assez de preuves contre la Esmeralda. Ils avaient cru Phœbus mort, et tout avait été dit.

Phœbus, de son côté, n'avait pas fait une grande fuite. Il était allé tout simplement rejoindre sa compagnie, en garnison à Queue-en-Brie, dans l'Ile-de-France, à quelques relais de Paris.

Après tout, il ne lui agréait nullement de comparaître en personne dans ce procès. Il sentait vaguement qu'il y ferait une mine ridicule. Au fond, il ne savait trop que penser de toute l'affaire. Indévot et superstitieux comme tout soldat qui n'est que soldat, quand il se questionnait sur cette aventure, il n'était pas rassuré sur la chèvre, sur la façon bizarre dont il avait fait rencontre de la Esmeralda, sur la manière non moins étrange dont elle lui avait laissé deviner son amour, sur sa qualité d'égyptienne, enfin sur le moine-bourru. Il entrevoyait dans cette histoire beaucoup plus de magie que d'amour, probablement une sorcière, peut-être le diable; une comédie enfin, ou, pour parler le langage d'alors, un mystère très-désagréable où il jouait un rôle fort gauche, le rôle des coups et des risées. Le capitaine en était tout penaud; il éprouvait cette espèce de honte que notre la Fontaine a définie si admirablement:

Honteux comme un renard qu'une poule aurait pris.

Il espérait d'ailleurs que l'affaire ne s'ébruiterait pas, que son nom, lui absent, y serait à peine prononcé, et, en tout cas, ne retentirait pas au delà du plaid de la Tournelle. En cela il ne se trompait point, il n'y avait pas alors de *Gazette des Tribunaux*, et, comme il ne se passait guère de semaine qui n'eût son faux monnayeur bouilli, ou sa sorcière pendue, ou son hérétique brûlé, à l'une des innombrables *justices* de Paris, on était tellement habitué à

voir dans tous les carrefours la vieille Thémis féodale, bras
nus et manches retroussées, faire sa besogne aux fourches,
aux échelles et aux piloris, qu'on n'y prenait presque pas
garde. Le beau monde de ce temps-là savait à peine le nom
du patient qui passait au coin de la rue, et la populace
tout au plus se régalait de ce mets grossier. Une exécution
était un incident habituel de la voie publique, comme la
braisière du talmellier ou la tuerie de l'écorcheur. Le bourreau n'était qu'une espèce de boucher un peu plus foncé
qu'un autre.

Phœbus se mit donc assez promptement l'esprit en repos
sur la charmeresse Esmeralda, ou Similar, comme il disait,
sur le coup de poignard de la bohémienne ou du moine-
bourru (peu lui importait), et sur l'issue du procès. Mais,
dès que son cœur fut vacant de ce côté, l'image de Fleur-
de-Lis y revint. Le cœur du capitaine Phœbus, comme la
physique d'alors, avait horreur du vide.

C'était d'ailleurs un séjour fort insipide que Queue-en-
Brie, un village de maréchaux-ferrants et de vachères aux
mains gercées, un long cordon de masures et de chaumières
qui ourle la grande route des deux côtés pendant une demi-
lieue; une *queue* enfin.

Fleur-de-Lis était son avant-dernière passion, une jolie
fille, une charmante dot; donc un beau matin, tout à fait
guéri, et présumant bien qu'après deux mois l'affaire de la
bohémienne devait être finie et oubliée, l'amoureux cavalier arriva en piaffant à la porte du logis Gondelaurier.

Il ne fit pas attention à une cohue assez nombreuse qui
s'amassait dans la place du Parvis, devant le portail de
Notre-Dame; il se souvint qu'on était au mois de mai; il
supposa quelque procession, quelque Pentecôte, quelque
fête, attacha son cheval à l'anneau du porche, et monta
joyeusement chez sa belle fiancée.

Elle était seule avec sa mère.

Fleur-de-Lis avait toujours sur le cœur la scène de la sorcière, sa chèvre, son alphabet maudit, et les longues absences de Phœbus. Cependant, quand elle vit entrer son capitaine, elle lui trouva si bonne mine, un hoqueton si neuf, un baudrier si luisant, et un air si passionné, qu'elle rougit de pl_sir. La noble damoiselle était elle-même plus charmante que jamais. Ses magnifiques cheveux blonds étaient natés à ravir, elle était toute vêtue de ce bleu-ciel qui va si bien aux blanches, coquetterie que lui avait enseignée Colombe, et avait l'œil noyé dans cette langueur d'amour qui leur va mieux encore.

Phœbus, qui n'avait rien vu en fait de beauté depuis les margotons de Queue-en-Brie, fut enivré de Fleur-de-Lis, ce qui donna à notre officier une manière si empressée et si galante, que sa paix fut tout de suite faite. Madame de Gondelaurier elle-même, toujours maternellement assise dans son grand fauteuil, n'eut pas la force de le bougonner. Quant aux reproches de Fleur-de-Lis, ils expirèrent en tendres roucoulements.

La jeune fille était assise près de la fenêtre, brodant toujours sa grotte de Neptunus. Le capitaine se tenait appuyé au dossier de sa chaise, et elle lui adressait à demi-voix ses caressantes gronderies.

— Qu'est-ce donc que vous êtes devenu depuis deux grands mois, méchant?

— Je vous jure, répondait Phœbus, un peu gêné de la question, que vous êtes belle à faire rêver un archevêque.

Elle ne pouvait s'empêcher de sourire.

— C'est bon, c'est bon, monsieur. Laissez là ma beauté, et répondez-moi. Belle beauté, vraiment!

— Eh bien! chère cousine, j'ai été rappelé à tenir garnison.

— Et où cela, s'il vous plait, et pourquoi n'êtes-vous pas venu me dire adieu?

— A Queue-en-Brie.

Phœbus était enchanté que la première question l'aidât
à esquiver la seconde.

— Mais c'est tout près, monsieur. Comment n'être pas
venu me voir une seule fois?

Ici Phœbus fut assez sérieusement embarrassé.

— C'est que... le service... et puis, charmante cousine,
j'ai été malade.

— Malade! reprit-elle effrayée.

— Oui... blessé.

— Blessé!

La pauvre enfant était toute bouleversée.

— Oh! ne vous effarouchez pas de cela, dit négligemment Phœbus, ce n'est rien. Une querelle, un coup d'é-
pée; qu'est-ce que cela vous fait?

— Qu'est-ce que cela me fait? s'écria Fleur-de-Lis en levant ses beaux yeux pleins de larmes. Oh! vous ne dites
pas ce que vous pensez en disant cela. Qu'est-ce que ce
coup d'épée? Je veux tout savoir.

— Eh bien! chère belle, j'ai eu noise avec Mahé Fédy,
vous savez? le lieutenant de Saint-Germain-en-Laye; et
nous nous sommes décousu chacun quelques pouces de la
peau. Voilà tout.

Le menteur capitaine savait fort bien qu'une affaire
d'honneur fait toujours ressortir un homme aux yeux d'une
femme. En effet, Fleur-de-Lis le regardait en face tout
émue de peur, de plaisir et d'admiration. Elle n'était cependant pas complétement rassurée.

— Pourvu que vous soyez bien tout à fait guéri, mon
Phœbus! dit-elle. Je ne connais pas votre Mahé Fédy, mais
c'est un vilain homme. Et d'où venait cette querelle?

Ici, Phœbus, dont l'imagination n'était que fort médiocrement créatrice, commença à ne savoir plus comment se
tirer de sa prouesse.

— Oh! que sais-je?... un rien, un cheval, un propos!

— Belle cousine! s'écria-t-il pour changer de conversation, qu'est-ce que c'est donc que ce bruit dans le Parvis!

Il s'approcha de la fenêtre.— Oh! mon Dieu! belle cousine, voilà bien du monde sur la place!

— Je ne sais pas, dit Fleur-de-Lis; il paraît qu'il y a une sorcière qui va faire amende honorable ce matin devant l'église pour être pendue après.

Le capitaine croyait si bien l'affaire de la Esmeralda terminée, qu'il s'émut fort peu des paroles de Fleur-de-Lis. Il lui fit cependant une ou deux questions.

— Comment s'appelle cette sorcière?

— Je ne sais pas, répondit-elle.

— Et que dit-on qu'elle ait fait?

Elle haussa encore cette fois ses blanches épaules.

— Je ne sais pas.

— Oh! mon Dieu Jésus! dit la mère, il y a tant de sorciers maintenant, qu'on les brûle, je crois, sans savoir leurs noms. Autant vaudrait chercher à savoir le nom de chaque nuée du ciel. Après tout, on peut être tranquille. Le bon Dieu tient son registre. — Ici la vénérable dame se leva et vint à la fenêtre. — Seigneur! dit-elle, vous avez raison, Phœbus. Voilà une grande cohue de populaire. Il y en a, béni-soit-Dieu! jusque sur les toits. — Savez-vous, Phœbus? cela me rappelle mon beau temps. L'entrée du roi Charles VII, où il y avait tant de monde aussi.— Je ne sais plus en quelle année. — Quand je vous parle de cela, n'est-ce pas? cela vous fait l'effet de quelque chose de vieux, et à moi de quelque chose de jeune. — Oh! c'était un bien plus beau peuple qu'à présent. Il y en avait jusque sur les machicoulis de la porte Saint-Antoine.

Le roi avait la reine en croupe, et après leurs altesses venaient toutes les dames en croupe de tous les seigneurs. Je me rappelle qu'on riait fort, parce qu'à côté d'Amanyon

de Garlande, qui était fort bref de taille, il y avait le sire
Matefelon, un chevalier de stature gigantale, qui avait tué
des Anglais à tas. C'était bien beau. Une procession de tous
les gentilshommes de France avec leurs oriflammes qui rou-
geoyaient à l'œil. Il y avait ceux à pennon et ceux à bannière. Que sais je, moi? le sire de Calan, à pennon; Jean
de Châteaumorant, à bannière; le sire de Coucy, à bannière, et le plus étoffément que nul des autres, excepté le
duc de Bourbon... — Hélas! que c'est une chose triste de
penser que tout cela a existé et qu'il n'en est plus rien!

Les deux amoureux n'écoutaient pas la respectable douai-
rière. Phœbus était revenu s'accouder au dossier de la
chaise de sa fiancée; poste charmant d'où son regard libertin s'enfonçait dans toutes les ouvertures de la colle-
rette de Fleur-de-Lis. Cette gorgerette bâillait si à propos,
et lui laissait voir tant de choses exquises et lui en laissait
deviner tant d'autres, que Phœbus, ébloui de cette peau à
reflet de satin, se disait en lui-même : Comment peut-on
aimer autre chose qu'une blanche? Tous deux gardaient le
silence. La jeune fille levait de temps en temps sur lui des
yeux ravis et doux, et leurs cheveux se mêlaient dans un
rayon du soleil de printemps.

— Phœbus, dit tout à coup Fleur-de-Lis à voix basse,
nous devons nous marier dans trois mois; jurez-moi que
vous n'avez jamais aimé d'autre femme que moi.

— Je vous le jure, bel ange! répondit Phœbus. Et son
regard passionné se joignait, pour convaincre Fleur-de-Lis,
à l'accent sincère de sa voix. Il se croyait peut-être lui-
même en ce moment.

Cependant la bonne mère, charmée de voir les fiancés
en si parfaite intelligence, venait de sortir de l'appartement pour vaquer à quelque détail domestique. Phœbus
s'en aperçut, et cette solitude enhardit tellement l'aventu-
reux capitaine, qu'il lui monta au cerveau des idées fort

étranges. Fleur-de-Lis l'aimait, il était son fiancé; elle
était seule avec lui; son ancien goût pour elle s'était réveillé, non dans toute sa fraîcheur, mais dans toute son
ardeur; après tout, ce n'est pas un grand crime de manger
un peu son blé en herbe; je ne sais si ces pensées lui passèrent dans l'esprit; mais ce qui est certain, c'est que
Fleur-de-Lis fut tout à coup effrayée de l'expression de son
regard. Elle regarda autour d'elle, et ne vit plus sa mère.

—Mon Dieu! dit-elle rouge et inquiète, j'ai bien chaud!

— Je crois, en effet, répondit Phœbus, qu'il n'est pas
loin de midi. Le soleil est gênant. Il n'y a qu'à fermer les
rideaux.

— Non, non! cria la pauvre petite, j'ai besoin d'air, au
contraire.

Et, comme une biche qui sent le souffle de la meute, elle
se leva, courut à la fenêtre, l'ouvrit, et se précipita sur le
balcon. Phœbus, assez contrarié, l'y suivit.

La place du Parvis Notre-Dame, sur laquelle le balcon
donnait, comme on sait, présentait en ce moment un spectacle sinistre et singulier qui fit brusquement changer de
nature à l'effroi de la timide Fleur-de-Lis.

Une foule immense, qui refluait dans toutes les rues ad-
jacentes, encombrait la place proprement dite. La petite
muraille à hauteur d'appui qui entourait le Parvis n'eût
pas suffi à le maintenir libre si elle n'eût été doublée d'une
haie épaisse de sergents des onze-vingts et de hacquebu-
tiers, la couleuvrine au poing. Grâce à ce taillis de piques
et d'arquebuses, le Parvis était vide. L'entrée en était gar-
dée par un gros de hallebardiers aux armes de l'évêque.
Les larges portes de l'église étaient fermées, ce qui contrastait avec les innombrables fenêtres de la place, lesquelles, ouvertes jusque sur les pignons, laissaient voir des mil-
liers de têtes entassées à peu près comme les piles de bou-
lets dans un parc d'artillerie.

La surface de cette cohue était grise, sale et terreuse. Le spectacle qu'elle attendait était évidemment de ceux qui ont le privilége d'extraire et d'appeler ce qu'il y a de plus immonde dans la population. Rien de hideux comme le bruit qui s'échappait de ce fourmillement de coiffes jaunes et de chevelures sordides. Dans cette foule, il y avait plus de rires que de cris, plus de femmes que d'hommes.

De temps en temps quelque voix aigre et vibrante perçait la rumeur générale.

. . . .

— Ohé! Mahiet Baliffre! est-ce qu'on va la pendre là?

— Imbécile! c'est ici l'amende honorable en chemise! le bon Dieu va lui tousser du latin dans la figure! cela se fait toujours ici, à midi. Si c'est la potence que tu veux, va-t'en à la Grève.

— J'irai après.

. . . .

Dites donc, la Boucambry? est-il vrai qu'elle ait refusé un confesseur?

— Il paraît que oui, la Bechaine.

— Voyez-vous, la païenne!

. . . .

— Monsieur, c'est l'usage. Le bailli du Palais est tenu de livrer le malfaiteur tout jugé, pour l'exécution : si c'est un laïque, au prévôt de Paris; si c'est un clerc, à l'official de l'évêché.

— Je vous remercie, monsieur.

. . . .

— Oh! mon Dieu! disait Fleur-de-Lis, la pauvre créature!

Cette pensée remplissait de douleur le regard qu'elle promenait sur la populace. Le capitaine, beaucoup plus occupé d'elle que de cet amas de quenaille, chiffonnait amoureusement sa ceinture par derrière. Elle se retourna

Rogier del.   Finden sc

TROIS CŒURS D'HOMMES FAITS DIFFÉREMMENT.

suppliante et souriant. — De grâce, laissez-moi, Phœbus!
si ma mère rentrait, elle verrait votre main!

En ce moment midi sonna lentement à l'horloge de Notre-Dame. Un murmure de satisfaction éclata dans la foule.
La dernière vibration du douzième coup s'éteignait à peine
que toutes les têtes moutonnèrent comme les vagues sous
un coup de vent, et qu'une immense clameur s'éleva du
pavé, des fenêtres et des toits : — La voilà!

Fleur-de-Lis mit ses mains sur ses yeux pour ne pas voir.

— Charmante, lui dit Phœbus, voulez-vous rentrer?

— Non, répondit-elle; et ces yeux qu'elle venait de fermer par crainte, elle les rouvrit par curiosité.

Un tombereau, traîné d'un fort limonier normand et
tout enveloppé de cavalerie en livrée violette à croix blanches, venait de déboucher sur la place par la rue Saint-
Pierre-aux-Bœufs. Les sergents du guet lui frayaient passage dans le peuple à grands coups de boullayes. A côté
du tombereau chevauchaient quelques officiers de justice
et de police, reconnaissables à leur costume noir et à leur
gauche façon de se tenir en selle. Maître Jacques Charmolue paradait à leur tête. Dans la fatale voiture, une jeune
fille était assise, les bras liés derrière le dos, sans prêtre à
côté d'elle. Elle était en chemise, ses longs cheveux noirs
(la mode était alors de ne pas les couper qu'au pied du gibet) tombaient épars sur sa gorge et sur ses épaules à demi
découvertes.

A travers cette ondoyante chevelure, plus luisante qu'un
plumage de corbeau, on voyait se tordre et se nouer une
grosse corde grise et rugueuse qui écorchait ses fragiles
clavicules et se roulait autour du cou charmant de la pauvre fille comme un ver de terre sur une fleur. Sous cette
corde brillait une petite amulette ornée de verroteries ver-
tes, qu'on lui avait laissée sans doute parce qu'on ne refuse
plus rien à ceux qui vont mourir. Les spectateurs placés

aux fenêtres pouvaient apercevoir au fond du tombereau
ses jambes nues qu'elle tâchait de dérober sous elle, comme
par un dernier instinct de femme. A ses pieds il y avait une
petite chèvre garrottée. La condamnée retenait avec ses
dents sa chemise mal attachée. On eût dit qu'elle souffrait
encore dans sa misère d'être ainsi livrée presque nue à
tous les yeux. Hélas! ce n'est pas pour de pareils frémisse-
ments que la pudeur est faite.

— Jésus! dit vivement Fleur-de-Lis au capitaine. Regardez donc, beau cousin, c'est cette vilaine bohémienne à la
chèvre.

En parlant ainsi, elle se retourna vers Phœbus. Il avait
les yeux fixés sur le tombereau. Il était très-pâle.

— Quelle bohémienne à la chèvre? dit-il en balbutiant.

— Comment! reprit Fleur-de-Lis; est-ce que vous ne
vous souvenez pas?...

Phœbus l'interrompit. — Je ne sais pas ce que vous voulez dire.

Il fit un pas pour rentrer; mais Fleur-de-Lis, dont la
jalousie, naguère si vivement remuée par cette même égyptienne, venait de se réveiller, Fleur-de-Lis lui jeta un coup
d'œil plein de pénétration et de défiance. Elle se rappelait
vaguement en ce moment avoir ouï parler d'un capitaine
mêlé au procès de cette sorcière.

— Qu'avez-vous? dit-elle à Phœbus; on dirait que cette
femme vous a troublé.

Phœbus s'efforça de ricaner. — Moi! pas le moins du
monde. Ah bien! oui.

— Alors, restez, reprit-elle impérieusement, et voyons
jusqu'à la fin.

Force fut au malencontreux capitaine de demeurer. Ce
qui le rassurait un peu, c'est que la condamnée ne détachait pas son regard du plancher de son tombereau. Ce
n'était que trop véritablement la Esmeralda. Sur ce der-

nier échelon de l'opprobre et du malheur, elle était toujours belle; ses grands yeux noirs paraissaient encore
plus grands à cause de l'appauvrissement de ses joues ;
son profil livide était pur et sublime. Elle ressemblait à
ce qu'elle avait été comme une Vierge du Masaccio ressemble à une Vierge de Raphaël : plus faible, plus mince,
plus maigre.

Du reste, il n'y avait rien en elle qui ne ballottât en
quelque sorte, et que, hormis sa pudeur, elle ne laissât
aller au hasard, tant elle avait été profondément rompue
par la stupeur et le désespoir. Son corps rebondissait à
tous les cahots du tombereau comme une chose morte ou
brisée; son regard était morne et fou. On voyait encore
une larme dans sa prunelle, mais immobile, et pour ainsi
dire gelée.

Cependant la lugubre cavalcade avait traversé la foule
au milieu des cris de joie et des attitudes curieuses. Nous
devons dire toutefois, pour être fidèle historien, qu'en
la voyant si belle et si accablée, beaucoup s'étaient émus
de pitié, et des plus durs. Le tombereau était entré dans le
Parvis.

Devant le portail central il s'arrêta. L'escorte se rangea
en bataille des deux côtés. La foule fit silence, et, au milieu de ce silence plein de solennité et d'anxiété, les deux
battants de la grande porte tournèrent, comme d'eux-mêmes, sur leurs gonds, qui grincèrent avec un bruit de fifre.
Alors on vit dans toute sa longueur la profonde église,
sombre, tendue de deuil, à peine éclairée de quelques cierges scintillant au loin sur le maitre-autel, ouverte comme
une gueule de caverne au milieu de la place éblouissante
de lumière. Tout au fond, dans l'ombre de l'abside, on entrevoyait une gigantesque croix d'argent, développée sur
un drap noir qui tombait de la voûte au pavé. Toute la nef
était déserte. Cependant on voyait remuer confusément

quelques têtes de prêtres dans les stalles lointaines du chœur, et, au moment où la grande porte s'ouvrit, il s'échappa de l'église un chant grave, éclatant et monotone qui jetait comme par bouffées sur la tête de la condamnée des fragments de psaumes lugubres.

« ..... *Non timebo millia populi circumdantis me : exsurge, Domine ; salvum me fac, Deus !*

« ..... *Salvum me fac, Deus, quoniam intraverunt aquæ usque ad animam meam.*

« ...., *Infixus sum in limo profundi ; et non est substantia.* »

En même temps une autre voix, isolée du chœur, entonnait sur le degré du maître-autel ce mélancolique offertoire :

« ..... *Qui verbum meum audit, et credit ei qui misit me, habet vitam æternam et in judicium non venit ; sed transit a morte in vitam.* »

Ce chant, que quelques vieillards perdus dans leurs ténèbres chantaient de loin sur cette belle créature, pleine de jeunesse et de vie, caressée par l'air tiède du printemps, inondée de soleil, c'était la messe des morts.

Le peuple écoutait avec recueillement.

La malheureuse, effarée, semblait perdre sa vue et sa pensée dans les obscures entrailles de l'église. Ses lèvres blanches remuaient comme si elles priaient, et, quand le valet du bourreau s'approcha d'elle pour l'aider à descendre du tombereau, il l'entendit qui répétait à voix basse ce mot : *Phœbus.*

On lui délia les mains, on la fit descendre accompagnée de sa chèvre, qu'on avait déliée aussi, et qui bêlait de joie de se sentir libre ; et on la fit marcher pieds nus sur le dur pavé jusqu'au bas des marches du portail. La corde qu'elle avait au cou traînait derrière elle. On eût dit un serpent qui la suivait.

Alors le chant s'interrompit dans l'église. Une grande croix d'or et une file de cierges se mirent en mouvement dans l'ombre. On entendit sonner la hallebarde des suisses bariolés; et quelques moments après une longue procession de prêtres en chasubles et de diacres en dalmatiques, qui venait gravement et en psalmodiant vers la condamnée, se développa à sa vue et aux yeux de la foule. Mais son regard s'arrêta à celui qui marchait en tête, immédiatement après le porte-croix : — Oh! dit-elle tout bas en frissonnant, c'est encore lui, le prêtre!

C'était en effet l'archidiacre. Il avait à sa gauche le sous-chantre et à sa droite le chantre armé du bâton de son office. Il avançait, la tête renversée en arrière, les yeux fixes et ouverts, en chantant d'une voix forte :

« *De ventre inferi clamavi, et exaudisti vocem meam,*

« *Et projecisti me in profundum in corde maris, et flumen circumdedit me.* »

Au moment où il parut au grand jour sous le haut portail en ogive, enveloppé d'une vaste chape d'argent barrée d'une croix noire, il était si pâle, que plus d'un pensa dans la foule que c'était un des évêques de marbre agenouillés sur les pierres sépulcrales du chœur, qui s'était levé et qui venait recevoir au seuil de la tombe celle qui allait mourir.

Elle, non moins pâle et non moins statue, elle s'était à peine aperçue qu'on lui avait mis en main un lourd cierge de cire jaune allumé; elle n'avait pas écouté la voix glapissante du greffier lisant la fatale teneur de l'amende honorable; quand on lui avait dit de répondre *Amen*, elle avait répondu *Amen*. Il fallut, pour lui rendre quelque vie et quelque force, qu'elle vit le prêtre faire signe à ses gardiens de s'éloigner et s'avancer seul vers elle.

Alors elle sentit son sang bouillonner dans sa tête, et un reste d'indignation se ralluma dans cette âme déjà engourdie et froide.

35.

L'archidiacre s'approcha d'elle lentement; même en cette extrémité, elle le vit promener sur sa nudité un œil étincelant de luxure, de jalousie et de désir. Puis il lui dit à haute voix : — Jeune fille, avez-vous demandé à Dieu pardon de vos fautes et de vos manquements? Il se pencha à son oreille et ajouta (les spectateurs croyaient qu'il recevait sa dernière confession) : — Veux-tu de moi? je puis encore te sauver.

Elle le regarda fixement : — Va-t'en, démon, ou je te dénonce.

Il se prit à sourire d'un sourire horrible. — On ne te croira pas. — Tu ne feras qu'ajouter un scandale à un crime. — Réponds vite, veux-tu de moi?

— Qu'as-tu fait de mon Phœbus?

— Il est mort, dit le prêtre.

En ce moment, le misérable archidiacre leva la tête machinalement, et vit à l'autre bout de la place, au balcon du logis Gondelaurier, le capitaine debout prés de Fleur-de-Lis. Il chancela, passa la main sur ses yeux, regarda encore, murmura une malédiction, et tous ses traits se contractèrent violemment.

— Hé bien! meurs, toi! dit-il entre ses dents. Personne ne t'aura. Alors, levant la main sur l'égyptienne, il s'écria d'une voix funèbre : — *I nunc, anima anceps, et sit tibi Deus misericors!*

C'était la redoutable formule dont on avait coutume de clore ces sombres cérémonies. C'était le signal convenu de prêtre à bourreau.

Le peuple s'agenouilla.

Kyrie Eleison, dirent les prêtres, restés sous l'ogive du portail.

Kyrie Eleison, répéta la foule avec ce murmure qui court sur toutes les têtes comme le clapotement d'une mer agitée.

Amen, dit l'archidiacre.

Il tourna le dos à la condamnée, sa tête retomba sur sa poitrine, ses mains se croisèrent, il rejoignit son cortége de prêtres, et un moment après on le vit disparaître, avec la croix, les cierges et les chapes, sous les arceaux brumeux de la cathédrale; et sa voix sonore s'éteignit par degrés dans le chœur en chantant ce verset de désespoir :

« *Omnes gurgites tui et fluctus tui super me transierunt !* »

En même temps le retentissement intermittent de la hampe ferrée des hallebardes des suisses, mourant peu à peu sous les entrecolonnements de la nef, faisait l'effet d'un marteau d'horloge sonnant la dernière heure de la condamnée.

Cependant les portes de Notre-Dame étaient restées ouvertes, laissant voir l'église vide, désolée, en deuil, sans cierges et sans voix.

La condamnée demeurait immobile à sa place, attendant qu'on disposât d'elle. Il fallut qu'un des sergents à verge en avertît maître Charmolue, qui, pendant toute cette scène, s'était mis à étudier le bas-relief du grand portail, qui représente, selon les uns, le sacrifice d'Abraham, selon les autres, l'opération philosophale, figurant le soleil par l'ange, le feu par le fagot, l'artisan par Abraham.

On eut assez de peine à l'arracher à cette contemplation; mais enfin il se retourna; et, à un signe qu'il fit, deux hommes vêtus de jaune, les valets du bourreau, s'approchèrent de l'égyptienne pour lui rattacher les mains.

La malheureuse, au moment de remonter dans le tombereau fatal et de s'acheminer vers sa dernière station, fut prise peut-être de quelque déchirant regret de la vie. Elle leva ses yeux rouges et secs vers le ciel, vers le soleil, vers les nuages d'argent coupés çà et là de trapèzes et de triangles bleus; puis elle les abaissa autour d'elle, sur la terre, sur la foule, sur les maisons... Tout à coup, tandis que l'homme jaune lui liait les coudes, elle poussa un cri terrible, un cri de joie. A ce balcon là-bas, à l'angle de la place, elle venait de l'apercevoir, lui, son ami, son seigneur, Phœbus, l'autre apparition de sa vie! Le juge avait menti! le prêtre avait menti! c'était bien lui, elle n'en pouvait douter; il était là, beau, vivant, revêtu de son éclatante livrée, la plume en tête, l'épée au côté!

— Phœbus! cria-t-elle, mon Phœbus!

Et elle voulut tendre vers lui ses bras tremblants d'amour et de ravissement, mais ils étaient attachés.

Alors elle vit le capitaine froncer le sourcil, une belle jeune fille qui s'appuyait sur lui le regarder avec une lèvre dédaigneuse et des yeux irrités; puis Phœbus prononça quelques mots qui ne vinrent pas jusqu'à elle, et tous deux s'éclipsèrent précipitamment derrière le vitrail du balcon, qui se referma.

— Phœbus! cria-t-elle éperdue, est-ce que tu le crois?

Une pensée monstrueuse venait de lui apparaître. Elle se souvenait qu'elle avait été condamnée pour meurtre sur la personne de Phœbus de Châteaupers.

Elle avait tout supporté jusque-là. Mais ce dernier coup était trop rude. Elle tomba sans mouvement sur le pavé.

— Allons! dit Charmolue, portez-la dans le tombereau, et finissons!

Personne n'avait encore remarqué dans la galerie des statues des rois, sculptée immédiatement au-dessus des ogives du portail, un spectateur étrange qui avait tout examiné jusqu'alors avec une telle impassibilité, avec un cou si tendu, avec un visage si difforme, que, sans son accoutrement mi-parti rouge et violet, on eût pu le prendre pour un de ces monstres de pierre par la gueule desquels se dégorgent depuis six cents ans les longues gouttières de la cathédrale. Ce spectateur n'avait rien perdu de ce qui

s'était passé depuis midi devant le portail de Notre-Dame.
Et, dès les premiers instants, sans que personne songeât à
l'observer, il avait fortement attaché à l'une des colonnettes
de la galerie une grosse corde à nœuds, dont le bout allait
traîner en bas sur le perron. Cela fait, il s'était mis à regarder tranquillement, et à siffler de temps en temps
quand un merle passait devant lui. Tout à coup, au moment où les valets du maître des œuvres se disposaient à
exécuter l'ordre flegmatique de Charmolue, il enjamba la
balustrade de la galerie, saisit la corde des pieds, des genoux et des mains ; puis on le vit couler sur la façade,
comme une goutte de pluie qui glisse le long d'une vitre,
courir vers les deux bourreaux avec la vitesse d'un chat
tombé d'un toit, les terrasser sous deux poings énormes,
enlever l'égyptienne d'une main comme un enfant sa poupée, et d'un seul élan rebondir jusque dans l'église, en
élevant la jeune fille au-dessus de sa tête, et en criant
d'une voix formidable : Asile !

Cela se fit avec une telle rapidité, que, si c'eût été la
nuit, on eût pu tout voir à la lumière d'un seul éclair.

— Asile ! asile ! répéta la foule ; et dix mille battements
de mains firent étinceler de joie et de fierté l'œil unique de
Quasimodo.

Cette secousse fit revenir à elle la condamnée. Elle souleva sa paupière, regarda Quasimodo, puis la referma subitement, comme épouvantée de son sauveur.

Charmolue resta stupéfait, et les bourreaux, et toute l'escorte. En effet, dans l'enceinte de Notre-Dame, la condamnée était inviolable. La cathédrale était un lieu de
refuge. Toute justice humaine expirait sur le seuil.

Quasimodo s'était arrêté sous le grand portail. Ses larges
pieds semblaient aussi solides sur le pavé de l'église que
les lourds piliers romans. Sa grosse tête chevelue s'enfonçait dans ses épaules comme celle des lions, qui, eux aussi,

ont une crinière et pas de cou. Il tenait la jeune fille toute
palpitante, suspendue à ses mains calleuses, comme une
draperie blanche ; mais il la portait avec tant de précaution, qu'il paraissait craindre de la briser ou de la faner.
On eût dit qu'il sentait que c'était une chose délicate, ex-
quise et précieuse, faite pour d'autres mains que les siennes.
Par moment, il avait l'air de n'oser la toucher, même du
souffle. Puis, tout à coup, il la serrait avec étreinte dans
ses bras, sur sa poitrine anguleuse, comme son bien,
comme son trésor, comme eût fait la mère de cette enfant.
Son œil de gnome, abaissé sur elle, l'inondait de tendresse,
de douleur et de pitié, et se relevait subitement plein d'é-
clairs. Alors les femmes riaient et pleuraient, la foule tré-
pignait d'enthousiasme, car en ce moment-là Quasimodo
avait vraiment sa beauté. Il était beau, lui, cet orphelin,
cet enfant trouvé, ce rebut, il se sentait auguste et fort, il
regardait en face cette société dont il était banni, et dans
laquelle il intervenait si puissamment, cette justice humaine à laquelle il avait arraché sa proie, tous ces tigres
forcés de mâcher à vide, ces sbires, ces juges, ces bourreaux, toute cette force du roi qu'il venait de briser, lui
infime, avec la force de Dieu.

Et puis c'était une chose touchante que cette protection
tombée d'un être si difforme sur un être si malheureux,
qu'une condamnée à mort sauvée par Quasimodo. C'était
les deux misères extrêmes de la nature et de la société, qui
se touchaient et qui s'entr'aidaient.

Cependant, après quelques minutes de triomphe, Quasimodo s'était brusquement enfoncé dans l'église avec son
fardeau. Le peuple, amoureux de toute prouesse, le cherchait des yeux, sous la sombre nef, regrettant qu'il se fût
si vite dérobé à ses acclamations. Tout à coup on le vit reparaître à l'une des extrémités de la galerie des rois de
France ; il la traversa en courant comme un insensé, en

élevant sa conquête dans ses bras et en criant : Asile! La
foule éclata de nouveau en applaudissements. La galerie
parcourue, il se replongea dans l'intérieur de l'église. Un
moment après il reparut sur la plate-forme supérieure, toujours l'égyptienne dans ses bras, toujours courant avec folie, toujours criant : Asile! Et la foule applaudissait. Enfin,
il fit une troisième apparition sur le sommet de la tour du
bourdon; de là il sembla montrer avec orgueil à toute la
ville celle qu'il avait sauvée, et sa voix tonnante, cette voix
qu'on entendait si rarement et qu'il n'entendait jamais,
répéta trois fois avec frénésie jusque dans les nuages :
Asile! asile! asile!

— Noël! Noël! criait le peuple de son côté, et cette
immense acclamation allait étonner sur l'autre rive la foule
de la Grève et la recluse, qui attendait toujours, l'œil fixé
sur le gibet.

LIVRE NEUVIÈME

I

FIÈVRE.

Claude Frollo n'était plus dans Notre-Dame, pendant que son fils adoptif tranchait si brusquement le nœud fatal où le malheureux archidiacre avait pris l'égyptienne et s'était pris lui-même. Rentré dans la sacristie, il avait arraché l'aube, la chape et l'étole, avait tout jeté aux mains du bedeau stupéfait, s'était échappé par la porte dérobée du cloître, avait ordonné à un batelier du Terrain de le transporter sur la rive gauche de la Seine, et s'était enfoncé dans les rues montueuses de l'Université, ne sachant où il allait, rencontrant à chaque pas des bandes d'hommes et de femmes qui se pressaient joyeusement vers le pont Saint-Michel dans l'espoir d'*arriver encore à temps* pour voir pendre la sorcière, pâle, égaré, plus troublé, plus aveugle et plus farouche qu'un oiseau de nuit lâché et poursuivi par une troupe d'enfants en plein jour. Il ne savait plus où il était, ce qu'il pensait, s'il rêvait. Il allait, il marchait, il courait, prenant toute rue au hasard, ne choisissant pas, seulement toujours poussé en avant par la Grève, par l'horrible Grève, qu'il sentait confusément derrière lui.

Il longea ainsi la montagne Sainte-Geneviève, et sortit

enfin de la ville par la porte Saint-Victor. Il continua de
s'enfuir, tant qu'il put voir en se retournant l'enceinte de
tours de l'Université et les rares maisons du faubourg; mais,
lorsque enfin un pli du terrain lui eut dérobé en entier cet
odieux Paris, quand il put s'en croire à cent lieues, dans
les champs, dans un désert, il s'arrêta, et il lui sembla
qu'il respirait.

Alors des idées affreuses se pressèrent dans son esprit.
Il revit clair dans son âme, et frissonna. Il songea à cette
malheureuse fille qui l'avait perdu et qu'il avait perdue. Il
promena un œil hagard sur la double voie tortueuse que
la fatalité avait fait suivre à leurs deux destinées, jusqu'au
point d'intersection où elle les avait impitoyablement brisées l'une contre l'autre. Il pensa à la folie des vœux éter-
nels, à la vanité de la chasteté, de la science, de la religion, de la vertu, à l'inutilité de Dieu. Il s'enfonça à cœur-
joie dans les mauvaises pensées, et, à mesure qu'il y plongeait plus avant, il sentait éclater en lui-même un rire de
Satan.

Et en creusant ainsi son âme, quand il vit quelle large
place la nature y avait préparée aux passions, il ricana
plus amèrement encore. Il remua au fond de son cœur toute
sa haine, toute sa méchanceté; et il reconnut, avec le froid
coup d'œil d'un médecin qui examine un malade, que cette
haine, que cette méchanceté n'étaient que de l'amour vicié;
que l'amour, cette source de toute vertu chez l'homme,
tournait en choses horribles dans un cœur de prêtre, et
qu'un homme constitué comme lui, en se faisant prêtre, se
faisait démon. Alors il rit affreusement, et tout à coup il
redevint pâle en considérant le côté le plus sinistre de sa
fatale passion, de cet amour corrosif, venimeux, haineux,
implacable, qui n'avait abouti qu'au gibet pour l'une, à
l'enfer pour l'autre : elle condamnée, lui damné.

Et puis le rire lui revint, en songeant que Phœbus était

vivant, qu'après tout le capitaine vivait, était alègre et content, avait de plus beaux hoquetons que jamais, et une
nouvelle maitresse qu'il menait voir pendre l'ancienne.
Son ricanement redoubla quand il réfléchit que, des êtres
vivants dont il avait voulu la mort, l'égyptienne, la seule
créature qu'il ne haït pas, était la seule qu'il n'eût pas
manquée.

Alors du capitaine sa pensée passa au peuple, et il lui
vint une jalousie d'une espèce inouïe. Il songea que le peuple aussi, le peuple tout entier, avait eu sous les yeux la
femme qu'il aimait, en chemise, presque nue. Il se tordit
les bras en pensant que cette femme, dont la forme entrevue dans l'ombre par lui seul eût été le bonheur suprême,
avait été livrée en plein jour, en plein midi, à tout un peuple, vêtue comme pour une nuit de volupté. Il pleura de
rage sur tous ces mystères d'amour profanés, souillés, dé-
nudés, flétris à jamais. Il pleura de rage en se figurant
combien de regards immondes avaient trouvé leur compte
à cette chemise mal nouée; et que cette belle fille, ce lis
vierge, cette coupe de pudeur et de délices dont il n'eût
osé approcher ses lèvres qu'en tremblant, venait d'être
transformée en une sorte de gamelle publique, où la plus
vile populace de Paris, les voleurs, les mendiants, les laquais, étaient venus boire en commun un plaisir effronté,
impur et dépravé.

Et, quand il cherchait à se faire une idée du bonheur
qu'il eût pu trouver sur la terre si elle n'eût pas été bohémienne et s'il n'eût pas été prêtre, si l'hœbus n'eût pas
existé et si elle l'eût aimé; quand il se figurait qu'une vie
de sérénité et d'amour lui eût été possible aussi à lui,
qu'il y avait en ce même moment çà et là sur la terre des
couples heureux, perdus en longues causeries sous les
orangers, au bord des ruisseaux, en présence d'un soleil
couchant, d'une nuit étoilée; et que, si Dieu l'eût voulu, il

eût pu faire avec elle un de ces couples de bénédictions, son cœur se fondait en tendresse et en désespoir.

Oh! elle! c'est elle! C'est cette idée fixe qui revenait sans cesse, qui le torturait, qui lui mordait la cervelle et lui déchiquetait les entrailles. Il ne regrettait pas, il ne se repentait pas; tout ce qu'il avait fait, il était prêt à le faire encore; il aimait mieux la voir aux mains du bourreau qu'aux bras du capitaine. Mais il souffrait; il souffrait tant, que par instants il s'arrachait des poignées de cheveux, pour voir s'ils ne blanchissaient pas.

Il y eut un moment entre autres où il lui vint à l'esprit que c'était là peut-être la minute où la hideuse chaîne qu'il avait vue le matin resserrait son nœud de fer autour de ce cou si frêle et si gracieux. Cette pensée lui fit jaillir la sueur de tous les pores.

Il y eut un autre moment où, tout en riant diaboliquement sur lui-même, il se représenta à la fois la Esmeralda comme il l'avait vue le premier jour, vive, insouciante, joyeuse, parée, dansante, ailée, harmonieuse, et la Esmeralda du dernier jour, en chemise, la corde au cou, montant lentement, avec ses pieds nus, l'échelle anguleuse du gibet; il se figura ce double tableau d'une telle façon, qu'il poussa un cri terrible.

Tandis que cet ouragan de désespoir bouleversait, brisait, arrachait, courbait, déracinait tout dans son âme, il regarda la nature autour de lui. A ses pieds, quelques poules fouillaient les broussailles en becquetant, les scarabées d'émail couraient au soleil; au-dessus de sa tête, quelques groupes de nuées gris-pommelé fuyaient dans un ciel bleu; à l'horizon, la flèche de l'abbaye Saint-Victor perçait la courbe du coteau de son obélisque d'ardoise; et le meunier de la butte Copeaux regardait en sifflant tourner les ailes travailleuses de son moulin. Toute cette vie active, organisée, tranquille, reproduite autour de lui sous mille formes, lui fit mal. Il recommença à fuir.

Il courut ainsi à travers champs jusqu'au soir. Cette fuite de la nature, de la vie, de lui-même, de l'homme, de Dieu, de tout, dura tout le jour. Quelquefois il se jetait la face contre terre, et il arrachait avec ses ongles les jeunes blés. Quelquefois il s'arrêtait dans une rue de village déserte, et ses pensées étaient si insupportables, qu'il prenait sa tête à deux mains et tâchait de l'arracher de ses épaules pour la briser sur le pavé.

Vers l'heure où le soleil déclinait, il s'examina de nouveau, et il se trouva presque fou. La tempête qui durait en lui depuis l'instant où il avait perdu l'espoir et la volonté de sauver l'égyptienne, cette tempête n'avait pas laissé dans sa conscience une seule idée saine, une seule pensée debout. Sa raison y gisait, à peu près entièrement détruite. Il n'avait plus que deux images distinctes dans l'esprit, la Esmeralda et la potence : tout le reste était noir. Ces deux images rapprochées lui présentaient un groupe effroyable; et, plus il y fixait ce qui lui restait d'attention et de pensée, plus il les voyait croître, selon une progression fantastique, l'une en grâce, en charme, en beauté, en lumière, l'autre en horreur; de sorte qu'à la fin la Esmeralda lui apparaissait comme une étoile, le gibet comme un énorme bras décharné. Une chose remarquable, c'est que pendant toute cette torture il ne lui vint pas l'idée sérieuse de mourir. Le misérable était ainsi fait. Il tenait à la vie. Peut-être voyait-il réellement l'enfer derrière.

Cependant le jour continuait de baisser. L'être vivant qui existait encore en lui songea confusément au retour. Il se croyait loin de Paris, mais, en s'orientant, il s'aperçut qu'il n'avait fait que tourner l'enceinte de l'Université. La flèche de Saint-Sulpice et les trois hautes aiguilles de Saint-Germain-des-Prés dépassaient l'horizon à sa droite. Il se dirigea de ce côté. Quand il entendit le qui-vive des hommes d'armes de l'abbé autour de la circonvallation crénelée de Saint-Germain, il se détourna, prit un sentier qui s'offrit à lui entre le moulin de l'abbaye et la Maladerie du bourg, et au bout de quelques instants se trouva sur la lisière du Pré-aux-Clercs. Ce pré était célèbre par les tumultes qui s'y faisaient nuit et jour ; c'était l'*hydre* des pauvres moines de Saint-Germain : *Quod monachis Sancti-Germani pratensis hydra fuit, clericis nova semper dissidiorum capita suscitantibus.* L'archidiacre craignit d'y rencontrer quelqu'un ; il avait peur de tout visage humain ; il venait d'éviter l'Université, le bourg Saint-Germain ; il voulait ne rentrer dans les rues que le plus tard possible. Il longea le Pré-aux-Clercs, prit le sentier désert qui le séparait du Dieu-Neuf, et arriva enfin au bord de l'eau. Là, dom Claude trouva un batelier qui, pour quelques deniers parisis, lui fit remonter la Seine jusqu'à la pointe de la Cité, et le déposa sur cette langue de terre abandonnée où le lecteur a déjà vu rêver Gringoire, et qui se prolongeait au delà des jardins du roi, parallèlement à l'île du Passeur-aux-Vaches.

Le bercement monotone du bateau et le bruissement de l'eau avaient en quelque sorte engourdi le malheureux Claude. Quand le batelier se fut éloigné, il resta stupidement debout sur la grève, regardant devant lui et ne percevant plus les objets qu'à travers des oscillations grossissantes qui lui faisaient de tout une sorte de fantasmagorie. Il n'est pas rare que la fatigue d'une grande douleur produise cet effet sur l'esprit.

Le soleil était couché derrière la haute tour de Nesle. C'était l'instant du crépuscule. Le ciel était blanc, l'eau de la rivière était blanche. Entre ces deux blancheurs, la rive gauche de la Seine, sur laquelle il avait les yeux fixés, projetait sa masse sombre, et, de plus en plus amincie par la perspective, s'enfonçait dans les brumes de l'horizon comme une flèche noire. Elle était chargée de maisons, dont on ne distinguait que la silhouette obscure, vivement relevée en ténèbres sur le fond clair du ciel et de l'eau. Çà et là des fenêtres commençaient à y scintiller comme des trous de braise. Cet immense obélisque noir ainsi isolé entre les deux nappes blanches du ciel et de la rivière, fort large en cet endroit, fit à dom Claude un effet singulier, comparable à ce qu'éprouverait un homme qui, couché à terre sur le dos au pied du clocher de Strasbourg, regarderait l'énorme aiguille s'enfoncer au-dessus de sa tête dans les pénombres du crépuscule. Seulement ici c'était Claude qui était debout et l'obélisque qui était couché; mais comme la rivière, en reflétant le ciel, prolongeait l'abîme au-dessous de lui, l'immense promontoire semblait aussi hardiment élancé dans le vide que toute flèche de cathédrale, et l'impression était la même. Cette impression avait même cela d'étrange et de plus profond, que c'était bien le clocher de Strasbourg, mais le clocher de Strasbourg haut de deux lieues; quelque chose d'inouï, de gigantesque, d'incommensurable; un édifice comme nul œil humain n'en a vu; une tour de Babel. Les cheminées des maisons, les créneaux des murailles, les pignons taillés des toits, la flèche des Augustins, la tour de Nesle, toutes ces saillies qui ébréchaient le profil du colossal obélisque, ajoutaient à l'illusion en jouant bizarrement à l'œil les découpures d'une sculpture touffue et fantastique. Claude, dans l'état de hallucination où il se trouvait, crut voir, voir de ses yeux vivants, le clocher de l'enfer; les mille lumières répandues sur toute la hauteur de l'épouvantable tour lui parurent autant de porches de l'immense fournaise intérieure; les voix et les rumeurs qui s'en échappaient, autant de cris, autant de râles. Alors il eut peur, il mit ses mains sur ses oreilles pour ne plus entendre, tourna le dos pour ne plus voir, et s'éloigna à grands pas de l'effroyable vision. Mais la vision était en lui.

Quand il rentra dans les rues, les passants, qui se coudoyaient aux lueurs des devantures de boutiques, lui faisaient l'effet d'une éternelle allée et venue de spectres autour de lui. Il avait des fracas étranges dans l'oreille, des fantaisies extraordinaires lui troublaient l'esprit. Il ne voyait ni les maisons, ni le pavé, ni les chariots, ni les hommes et les femmes; mais un chaos d'objets indéterminés qui se fondaient par les bords les uns dans les autres. Au coin de la rue de la Barillerie, il y avait une boutique d'épicerie, dont l'auvent était, selon l'usage immémorial, garni dans son pourtour de ces cerceaux de fer-blanc auxquels pend un cercle de chandelles de bois, qui s'entrechoquent au vent en claquant comme des castagnettes. Il crut entendre s'entreheurter dans l'ombre le trousseau de squelettes de Montfaucon.

— Oh! murmura-t-il, le vent de la nuit les chasse les uns contre les autres, et mêle le bruit de leurs chaînes au bruit de leurs os! Elle est peut-être là, parmi eux!

Eperdu, il ne sut où il allait. Au bout de quelques pas, il se trouva sur le pont Saint-Michel. Il y avait une lumière à une fenêtre d'un rez-de-chaussée : il s'approcha. A travers un vitrage fêlé, il vit une salle sordide, qui réveilla un souvenir confus dans son esprit. Dans cette salle, mal éclairée d'une lampe maigre, il y avait un jeune homme blond et frais, à figure joyeuse, qui embrassait, avec de grands éclats de rire, une jeune fille fort effrontément parée; et près de la lampe, il y avait une vieille femme qui filait et qui chantait d'une voix chevrotante. Comme le jeune homme ne riait pas toujours, la chanson de la vieille arrivait par lambeaux jusqu'au prêtre; c'était quelque chose d'inintelligible et d'affreux.

Grève, aboye, Grève, grouille!
File, file, ma quenouille,
File sa corde au bourreau
Qui siffle dans le préau.
Grève, aboye, Grève, grouille!

La belle corde de chanvre!
Semez d'Issy jusqu'à Vanvre
Du chanvre et non pas de blé.
Le voleur n'a pas volé
La belle corde de chanvre.

Grève, grouille, Grève aboye!
Pour voir la fille de joie
Pendre au gibet chassieux,
Les fenêtres sont des yeux.
Grève, grouille, Grève aboye!

Là-dessus le jeune homme riait et caressait la fille. La
vieille, c'était la Falourdel; la fille, c'était une fille publique; le jeune homme, c'était son frère Jehan. Il continua
de regarder. Autant ce spectacle qu'un autre. Il vit Jehan
aller à une fenêtre qui était au fond de la salle, l'ouvrir,
jeter un coup d'œil sur le quai, où brillaient au loin mille
croisées éclairées, et il l'entendit dire en refermant la fenêtre : — Sur mon âme! voilà qu'il se fait nuit. Les bourgeois allument leurs chandelles et le bon Dieu ses étoiles.
Puis, Jehan revint vers la ribaude, et cassa une bouteille
qui était sur une table en s'écriant : — Déjà vide, cor-
beuf! et je n'ai plus d'argent! Isabeau, ma mie, je ne serai content de Jupiter que lorsqu'il aura changé vos deux
tetins blancs en deux noires bouteilles, où je teterai du
vin de Beaune jour et nuit.

Cette belle plaisanterie fit rire la fille de joie, et Jehan
sortit. Dom Claude n'eut que le temps de se jeter à terre
pour ne pas être rencontré, regardé en face et reconnu par
son frère. Heureusement la rue était sombre, et l'écolier
était ivre. Il avisa cependant l'archidiacre couché sur le

pavé dans la boue. — Oh! oh! dit-il, en voilà un qui a mené joyeuse vie aujourd'hui. Il remua du pied dom Claude, qui retenait son souffle. — Ivre mort, reprit Jehan. Allons, il est plein. Une vraie sangsue détachée d'un tonneau. Il est chauve, ajouta-t-il en se baissant; c'est un vieillard! *Fortunate senex!* Puis dom Claude l'entendit s'éloigner en disant : — C'est égal : la raison est une belle chose, et mon frère l'archidiacre est bien heureux d'être sage et d'avoir de l'argent.

L'archidiacre alors se releva, et courut, tout d'une haleine, vers Notre-Dame, dont il voyait les tours énormes surgir dans l'ombre au-dessus des maisons. A l'instant où il arriva tout haletant sur la place du Parvis, il recula, et n'osa lever les yeux sur le funeste édifice. — Oh! dit-il à voix basse, est-il donc bien vrai qu'une telle chose se soit passée ici, aujourd'hui, ce matin même?

Cependant il se hasarda à regarder l'église. La façade était sombre; le ciel derrière étincelait d'étoiles. Le croissant de la lune, qui venait de s'envoler de l'horizon, était arrêté en ce moment au sommet de la tour de droite, et semblait s'être perché, comme un oiseau lumineux, au bord de la balustrade, découpée en trèfles noires. La porte du cloître était fermée; mais l'archidiacre avait toujours sur lui la clef de la tour où était son laboratoire. Il s'en servit pour pénétrer dans l'église.

Il trouva dans l'église une obscurité et un silence de caverne. Aux grandes ombres qui tombaient de toutes parts à larges pans, il reconnut que les tentures de la cérémonie du matin n'avaient pas encore été enlevées. La grande croix d'argent scintillait au fond des ténèbres, saupoudrée de quelques points étincelants, comme la voie lactée de cette nuit de sépulcre. Les longues fenêtres du chœur montraient au-dessus de la draperie noire l'extrémité supérieure de leurs ogives, dont les vitraux, traversés d'un

rayon de lune, n'avaient plus que les couleurs douteuses
de la nuit, une espèce de violet, de blanc et de bleu, dont
on ne retrouve la teinte que sur la face des morts. L'archidiacre, en apercevant tout autour du chœur ces blêmes
pointes d'ogives, crut voir des mitres d'évêques damnés.
Il ferma les yeux, et quand il les rouvrit il crut que c'était
un cercle de visages pâles qui le regardaient.

Il se mit à fuir à travers l'église. Alors il lui sembla que
l'église aussi s'ébranlait, remuait, s'animait, vivait; que
chaque grosse colonne devenait une patte énorme qui battait le sol de sa large spatule de pierre, et que la gigantesque cathédrale n'était plus qu'une sorte d'éléphant prodigieux qui soufflait et marchait avec ses piliers pour
pieds, ses deux tours pour trompes, et l'immense drap
noir pour caparaçon. Ainsi la fièvre ou la folie était arrivée à un tel degré d'intensité, que le monde extérieur n'é-
tait plus pour l'infortuné qu'une sorte d'Apocalypse, visible, palpable, effrayante. Il fut un moment soulagé. En
s'enfonçant sous les bas côtés, il aperçut, derrière un massif de piliers, une lueur rougeâtre. Il y courut comme à
une étoile. C'était la pauvre lampe qui éclairait jour et
nuit le bréviaire public de Notre-Dame, sous son treillis
de fer. Il se jeta avidement sur le saint livre, dans l'espoir
d'y trouver quelque consolation ou quelque encourage-
ment. Le livre était ouvert à ce passage de Job, sur lequel
son œil fixe se promena : — « Et un esprit passa devant
« ma face, et j'entendis un petit souffle, et le poil de ma
« chair se hérissa. »

A cette lecture lugubre, il éprouva ce qu'éprouve l'a-
veugle qui se sent piquer par le bâton qu'il a ramassé. Ses
genoux se dérobèrent sous lui, et il s'affaissa sur le pavé,
songeant à celle qui était morte dans le jour. Il sentait
passer et se dégorger dans son cerveau tant de fumées
monstrueuses, qu'il lui semblait que sa tête était devenue

une des cheminées de l'enfer. Il paraît qu'il resta longtemps dans cette attitude, ne pensant plus, abîmé et pas-
sif sous la main du démon. Enfin quelque force lui revint;
il songea à s'aller réfugier dans la tour, près de son fidèle
Quasimodo. Il se leva; et, comme il avait peur, il prit
pour s'éclairer la lampe du bréviaire. C'était un sacrilége,
mais il n'en était plus à regarder à si peu de chose.

Il gravit lentement l'escalier des tours, plein d'un secret
effroi que devait propager jusqu'aux rares passants du
Parvis la mystérieuse lumière de sa lampe montant si tard
de meurtrière en meurtrière au haut du clocher.

Tout à coup il sentit quelque fraîcheur sur son visage,
et se trouva sous la porte de la plus haute galerie. L'air
était froid; le ciel charriait des nuages dont les larges
lames blanches débordaient les unes sur les autres en s'é-
crasant par les angles, et figuraient une débâcle de fleuve
en hiver. Le croissant de la lune, échoué au milieu des
nuées, semblait un navire céleste pris dans ces glaçons de
l'air. Il baissa la vue, et contempla un instant, entre la
grille de colonnettes qui unit les deux tours, au loin, à
travers une gaze de brumes et de fumées, la foule silencieuse des toits de Paris, aigus, innombrables, pressés et
petits comme les flots d'une mer tranquille dans une nuit
d'été. La lune jetait un faible rayon, qui donnait au ciel
et à la terre une teinte de cendre.

En ce moment l'horloge éleva sa voix grêle et fêlée. Minuit sonna. Le prêtre pensa à midi, c'étaient les douze
heures qui revenaient. —Oh! se dit-il tout bas, elle doit
être froide à présent. Tout à coup un coup de vent éteignit
sa lampe, et presque en même temps il vit paraître, à l'angle opposé de la tour, une ombre, une blancheur, une
forme, une femme. Il tressaillit. A côté de cette femme, il
y avait une petite chèvre, qui mêlait son bêlement au der-

nier bêlement de l'horloge. Il eut la force de regarder.
C'était elle.

Elle était pâle, elle était sombre. Ses cheveux tombaient
sur ses épaules comme le matin ; mais plus de corde au
cou, plus de mains attachées : elle était libre, elle était
morte. Elle était vêtue de blanc et avait un voile blanc
sur la tête. Elle venait vers lui, lentement, en regardant
le ciel. La chèvre surnaturelle la suivait. Il se sentait de
pierre et trop lourd pour fuir. A chaque pas qu'elle faisait
en avant, il en faisait un en arrière, et c'était tout. Il rentra ainsi sous la voûte obscure de l'escalier. Il était glacé
de l'idée qu'elle allait peut-être y entrer aussi ; si elle l'eût
fait, il serait mort de terreur.

Elle arriva en effet devant la porte de l'escalier, s'y arrêta quelques instants, regarda fixement dans l'ombre,
mais sans paraître y voir le prêtre, et passa. Elle lui parut
plus grande que lorsqu'elle vivait ; il vit la lune à travers
sa robe blanche ; il entendit son souffle.

Quand elle fut passée, il se mit à redescendre l'escalier,
avec la lenteur qu'il avait vue au spectre, se croyant spectre lui-même, hagard, les cheveux tout droits, sa lampe
éteinte toujours à la main ; et, tout en descendant les degrés en spirale, il entendait distinctement dans son oreille
une voix qui riait et qui répétait : « ... Un esprit passa
« devant ma face, et j'entendis un petit souffle, et le poil
« de ma chair se hérissâ. »

II

BOSSU, BORGNE, BOITEUX.

Toute ville au moyen âge, et jusqu'à Louis XII, toute
ville en France avait ses lieux d'asile. Ces lieux d'asile, au

milieu du déluge de lois pénales et de juridictions barbares qui inondaient la Cité, étaient des espèces d'îles qui
s'élevaient au-dessus du niveau de la justice humaine.
Tout criminel qui y abordait était sauvé. Il y avait dans
une banlieue presque autant de lieux d'asile que de lieux
patibulaires. C'était l'abus de l'impunité à côté de l'abus
des supplices, deux choses mauvaises qui tâchaient de se
corriger l'une par l'autre. Les palais du roi, les hôtels des
princes, les églises surtout, avaient droit d'asile. Quelquefois d'une ville tout entière qu'on avait besoin de repeu-
pler on faisait temporairement un lieu de refuge. Louis XI
fit Paris asile en 1467.

Une fois le pied dans l'asile, le criminel était sacré ;
mais il fallait qu'il se gardât d'en sortir : un pas hors du
sanctuaire, il retombait dans le flot. La roue, le gibet,
l'estrapade, faisaient bonne garde à l'entour du lieu de
refuge, et guettaient sans cesse leur proie comme les re-
quins autour du vaisseau. On a vu des condamnés qui
blanchissaient ainsi dans un cloître, sur l'escalier d'un
palais, dans la culture d'une abbaye, sous un porche d'é-
glise ; de cette façon, l'asile était une prison comme une
autre. Il arrivait quelquefois qu'un arrêt solennel du parlement violait le refuge et restituait le condamné au bourreau : mais la chose était rare. Les parlements s'effarou-
chaient des évêques, et quand ces deux robes-là en venaient à se froisser, la simarre n'avait pas beau jeu avec
la soutane. Parfois cependant, comme dans l'affaire des
assassins de Petit-Jean, bourreau de Paris, et dans celle
d'Emery Rousseau, meurtrier de Jean Valleret, la justice
sautait par-dessus l'église et passait outre à l'exécution de
ses sentences ; mais, à moins d'un arrêt du parlement,
malheur à qui violait à main armée un lieu d'asile ! On
sait quelle fut la mort de Robert de Clermont, maréchal
de France, et de Jean de Châlons, maréchal de Champa-

gne; et pourtant il ne s'agissait que d'un certain Perrin
Marc, garçon d'un changeur, un misérable assassin ; mais
les deux maréchaux avaient brisé les portes de Saint-Méry.
Là était l'énormité.

Il y avait autour des refuges un tel respect, qu'au dire
de la tradition il prenait parfois jusqu'aux animaux. Ay-
moin conte qu'un cerf, chassé par Dagobert, s'étant réfu-
gié près du tombeau de saint Denis, la meute s'arrêta
tout court en aboyant.

Les églises avaient d'ordinaire une logette préparée pour
recevoir les suppliants. En 1407, Nicolas Flamel leur fit
bâtir, sur les voûtes de Saint-Jacques-de-la-Boucherie, une
chambre qui lui coûta quatre livres six sols seize deniers
parisis. A Notre-Dame c'était une cellule établie sur les
combles des bas côtés sous les arcs-boutants, en regard du
cloître, précisément à l'endroit où la femme du concierge
actuel des tours s'est pratiqué un jardin, qui est aux jardins
suspendus de Babylone ce qu'une laitue est à un palmier,
ce qu'une portière est à Sémiramis.

C'est là qu'après sa course effrénée et triomphale sur les
tours et les galeries, Quasimodo avait déposé la Esmeralda.
Tant que cette course avait duré, la jeune fille n'avait pu
reprendre ses sens, à demi assoupie, à demi éveillée, ne
sentant plus rien sinon qu'elle montait dans l'air, qu'elle
y flottait, qu'elle y volait, que quelque chose l'enlevait au-
dessus de la terre. De temps en temps, elle entendait le
rire éclatant, la voix bruyante de Quasimodo à son oreille ;
elle entr'ouvrait ses yeux ; alors au-dessous d'elle elle
voyait confusément Paris marqueté de ses mille toits d'ardoises et de tuiles comme une mosaïque rouge et bleue,
au-dessus de sa tête la face effrayante et joyeuse de Quasimodo. Alors sa paupière retombait ; elle croyait que tout était
fini, qu'on l'avait exécutée pendant son évanouissement, et
que le difforme esprit qui avait présidé à sa destinée l'avait

reprise et l'emportait. Elle n'osait le regarder et se laissait
aller.

Mais quand le sonneur de cloches échevelé et haletant
l'eut déposée dans la cellule du refuge, quand elle sentit ses
grosses mains détacher doucement la corde qui lui meur-
trissait les bras, elle éprouva cette espèce de secousse
qui réveille en sursaut les passagers d'un navire qui touche
au milieu d'une nuit obscure. Ses pensées se réveillèrent
aussi, et lui revinrent une à une. Elle vit qu'elle était dans
Notre-Dame ; elle se souvint d'avoir été arrachée des mains
du bourreau ; que Phœbus était vivant, que Phœbus ne
l'aimait plus ; et ces deux idées, dont l'une répandait tant
d'amertume sur l'autre, se présentant ensemble à la pauvre
condamnée, elle se tourna vers Quasimodo qui se tenait
debout devant elle, et qui lui faisait peur ; elle lui dit : —
Pourquoi m'avez-vous sauvée ?

Il la regarda avec anxiété, comme cherchant à deviner
ce qu'elle lui disait. Elle répéta sa question. Alors il lui
jeta un coup d'œil profondément triste, et s'enfuit. Elle
resta étonnée. Quelques moments après il revint, appor-
tant un paquet qu'il jeta à ses pieds. C'étaient des vêtements que des femmes charitables avaient déposés pour
elle au seuil de l'église. Alors elle abaissa ses yeux sur
elle-même, se vit presque nue, et rougit. La vie revenait.

Quasimodo parut éprouver quelque chose de cette pudeur. Il voila son regard de sa large main, et s'éloigna
encore une fois, mais à pas lents. Elle se hâta de se vêtir.
C'était une robe blanche avec un voile blanc. Un habit de
novice de l'Hôtel-Dieu. Elle achevait à peine, qu'elle vit
revenir Quasimodo. Il portait un panier sous un bras et
un matelas sous l'autre. Il y avait dans le panier une bouteille, du pain, et quelques provisions. Il posa le panier à
terre, et dit : Mangez. Il étendit le matelas sur la dalle,

et dit : Dormez. C'était son propre repas, c'était son propre
lit que le sonneur de cloches avait été chercher.

L'égyptienne leva les yeux sur lui pour le remercier;
mais elle ne put articuler un mot. La pauvre diable était
vraiment horrible. Elle baissa la tête avec un tressaillement
d'effroi. Alors il lui dit : — Je vous fais peur. Je suis bien
laid, n'est-ce pas? ne me regardez point; écoutez-moi seulement. — Le jour, vous resterez ici; la nuit, vous pouvez vous promener par toute l'église. Mais ne sortez de
l'église ni jour ni nuit. Vous seriez perdue. On vous tue-
rait, et je mourrais.

Emue, elle leva la tête pour lui répondre. Il avait disparu. Elle se retrouva seule, rêvant aux paroles singulières
de cet être presque monstrueux, et frappée du son de sa
voix qui était si rauque et pourtant si douce. Puis, elle
examina sa cellule. C'était une chambre de quelque six
pieds carrés, avec une petite lucarne et une porte sur le
plan légèrement incliné du toit en pierres plates. Plusieurs
gouttières à figures d'animaux semblaient se pencher autour
d'elle et tendre le cou pour la voir par la lucarne. Au bord
de son toit, elle apercevait le haut de mille cheminées qui
faisaient monter sous ses yeux les fumées de tous les feux
de Paris. Triste spectacle pour la pauvre égyptienne, enfant trouvé, condamnée à mort, malheureuse créature,
sans patrie, sans famille, sans foyer.

Au moment où la pensée de son isolement lui apparaissait
ainsi, plus poignante que jamais, elle sentit une tête velue
et barbue se glisser dans ses mains, sur ses genoux. Elle
tressaillit (tout l'effrayait maintenant), et regarda. C'était
la pauvre chèvre, l'agile Djali, qui s'était échappée à sa
suite, au moment où Quasimodo avait dispersé la brigade de
Charmolue, et qui se répandait en caresses à ses pieds depuis près d'une heure, sans pouvoir obtenir un regard. L'é-
gyptienne la couvrit de baisers. — Oh! Djali, disait-elle,

comme je t'ai oubliée! tu songes donc toujours à moi? Oh!
tu n'es pas ingrate, toi! — En même temps, comme si une
main invisible eût soulevé le poids qui comprimait ses larmes
dans son cœur depuis si longtemps, elle se mit à pleurer,
et, à mesure que ses larmes coulaient, elle sentait s'en aller
avec elles ce qu'il y avait de plus âcre et de plus amer dans
sa douleur. Le soir venu, elle trouva la nuit si belle, la lune
si douce, qu'elle fit le tour de la galerie élevée qui enveloppe l'église. Elle en éprouva quelque soulagement, tant la
terre lui parut calme, vue de cette hauteur.

III

SOURD.

Le lendemain matin, elle s'aperçut en s'éveillant qu'elle
avait dormi. Cette chose singulière l'étonna. Il y avait si
longtemps qu'elle était déshabituée du sommeil! Un
joyeux rayon du soleil levant entrait par sa lucarne et lui
venait frapper le visage. En même temps que le soleil, elle
vit à cette lucarne un objet qui l'effraya, la malheureuse
figure de Quasimodo. Involontairement elle referma les
yeux, mais en vain; elle croyait toujours voir à travers sa
paupière rose ce masque de gnome, borgne et brèche-dent.
Alors, tenant toujours ses yeux fermés, elle entendit une
rude voix qui disait très-doucement : — N'ayez pas peur.
Je suis votre ami. J'étais venu vous voir dormir. Cela ne
vous fait pas de mal, n'est-ce pas, que je vienne vous
voir dormir? Qu'est-ce que cela vous fait que je sois là
quand vous avez les yeux fermés? Maintenant je vais m'en
aller. Tenez, je me suis mis derrière le mur. Vous pouvez
rouvrir les yeux. Il y avait quelque chose de plus plaintif

37.

encore que ces paroles, c'était l'accent dont elles étaient
prononcées. L'égyptienne, touchée, ouvrit les yeux. Il n'é-
tait plus en effet à la lucarne. Elle alla à cette lucarne, et
vit le pauvre bossu blotti dans un angle du mur, dans une
attitude douloureuse et résignée. Elle fit un effort pour
surmonter la répugnance qu'il lui inspirait. — Venez, lui
dit-elle doucement. Au mouvement des lèvres de l'égyptienne, Quasimodo crut qu'elle le chassait; alors il se leva
et se retira en boitant, lentement, la tête baissée, sans
même oser lever sur la jeune fille son regard plein de désespoir. — Venez donc! cria-t-elle. Mais il continuait de
s'éloigner. Alors elle se jeta hors de sa cellule, courut à
lui, et lui prit le bras. En se sentant touché par elle, Quasimodo trembla de tous ses membres. Il releva son œil
suppliant, et, voyant qu'elle le ramenait près d'elle, toute
sa face rayonna de joie et de tendresse. Elle voulut le faire
entrer dans sa cellule; mais il s'obstina à rester sur le
seuil.

— Non, non, dit-il, le hibou n'entre pas dans le nid de
l'alouette.

Alors elle s'accroupit gracieusement sur sa couchette
avec sa chèvre endormie à ses pieds. Tous deux restèrent
quelques instants immobiles, considérant en silence, lui,
tant de grâce, elle, tant de laideur. A chaque moment,
elle découvrait en Quasimodo quelques difformités de plus.
Son regard se promenait des genoux cagneux au dos
bossu, du dos bossu à l'œil unique. Elle ne pouvait comprendre qu'un être si gauchement ébauché existât. Cependant il y avait sur tout cela tant de tristesse et de douceur
répandues, qu'elle commençait à s'y faire. Il rompit le
premier le silence. — Vous me disiez donc de revenir?
Elle fit un signe de tête affirmatif en disant : — Oui. Il
comprit le signe de tête. — Hélas! dit-il comme hésitant
à achever, c'est que... je suis sourd. — Pauvre homme!

s'écria la bohémienne avec une expression de bienveil-
lante pitié. Il se mit à sourire douloureusement. — Vous
trouvez qu'il ne me manquait que cela, n'est-ce pas? Oui,
je suis sourd. C'est comme cela que je suis fait. C'est horrible, n'est-il pas vrai? Vous êtes si belle, vous!

Il y avait dans l'accent du misérable un sentiment si
profond de sa misère, qu'elle n'eut pas la force de dire une
parole. D'ailleurs il ne l'aurait pas entendue. Il poursuivit : — Jamais je n'ai vu ma laideur comme à présent.
Quand je me compare à vous, j'ai bien pitié de moi, pauvre malheureux monstre que je suis! Je dois vous faire
l'effet d'une bête, dites. — Vous, vous êtes un rayon du
soleil, une goutte de rosée, un chant d'oiseau! — Moi, je
suis quelque chose d'affreux, ni homme ni animal, un je
ne sais quoi plus dur, plus foulé aux pieds et plus difforme
qu'un caillou!

Alors il se mit à rire, et ce rire était ce qu'il y a de plus
déchirant au monde. Il continua : — Oui, je suis sourd;
mais vous me parlerez par gestes, par signes. J'ai un maître
qui cause avec moi de cette façon. Et puis, je saurai bien
vite votre volonté au mouvement de vos lèvres, à votre
regard.

— Eh bien! reprit-elle en souriant, dites-moi pourquoi
vous m'avez sauvée.

Il la regarda attentivement tandis qu'elle parlait. —
J'ai compris, répondit-il. Vous me demandez pourquoi je
vous ai sauvée. Vous avez oublié un misérable qui a tenté
de vous enlever une nuit, un misérable à qui le lendemain
même vous avez porté secours sur leur infâme pilori. Une
goutte d'eau et un peu de pitié, voilà plus que je n'en
payerai avec ma vie. Vous avez oublié ce misérable; lui,
il s'est souvenu.

Elle l'écoutait avec un attendrissement profond. Une
larme roulait dans l'œil du sonneur, mais elle n'en tomba

pas. Il parut mettre une sorte de point d'honneur à la
dévorer. — Ecoutez, reprit-il quand il ne craignit plus
que cette larme s'échappât, nous avons là des tours bien
hautes; un homme qui en tomberait serait mort avant de
toucher le pavé; quand il vous plaira que j'en tombe,
vous n'aurez pas même un.mot à dire, un coup d'œil suffira. Alors il se leva. Cet être bizarre, si malheureuse que
fût la bohémienne, éveillait encore quelque compassion en
elle. Elle lui fit signe de rester.

— Non, non, dit-il, je ne dois pas rester trop longtemps. Je ne suis pas à mon aise. C'est par pitié que vous
ne détournez pas les yeux. Je vais quelque part d'où je
vous verrai sans que vous me voyiez : ce sera mieux.

Il tira de sa poche un petit sifflet de métal. — Tenez,
dit-il : quand vous aurez besoin de moi, quand vous voudrez que je vienne, quand vous n'aurez pas trop d'horreur
à me voir, vous sifflerez avec ceci. J'entends ce bruit-là.
Il déposa le sifflet à terre et s'enfuit.

IV

GRÈS ET CRISTAL.

Les jours se succédèrent. Le calme revenait peu à peu
dans l'âme de la Esmeralda. L'excès de la douleur, comme
l'excès de la joie, est une chose violente qui dure peu. Le
cœur de l'homme ne peut rester longtemps dans une extrémité. La bohémienne avait tant souffert, qu'il ne lui
en restait plus que l'étonnement. Avec la sécurité, l'espé
rance lui était revenue. Elle était hors de la société, hors
de la vie, mais elle sentait vaguement qu'il ne serait peut-
être pas impossible d'y rentrer. Elle était comme une

morte qui tiendrait en réserve une clef de son tombeau.
Elle sentait s'éloigner d'elle peu à peu les images terribles qui l'avaient si longtemps obsédée. Tous les fantômes
hideux, Pierrat Torterue, Jacques Charmolue, s'effaçaient
dans son esprit, tous, le prêtre lui-même.

Et puis Phœbus vivait ; elle en était sûre, elle l'avait
vu. La vie de Phœbus, c'était tout. Après la série de secousses fatales qui avaient tout fait écrouler en elle, elle
n'avait retrouvé debout dans son âme qu'une chose, qu'un
sentiment, son amour pour le capitaine. C'est que l'amour
est comme un arbre : il pousse de lui-même, jette profondément ses racines dans tout notre être, et continue souvent de verdoyer sur un cœur en ruines. Et ce qu'il y a
d'inexplicable, c'est que plus cette passion est aveugle,
plus elle est tenace. Elle n'est jamais plus solide que lorsqu'elle n'a pas de raison en elle.

Sans doute la Esmeralda ne songeait pas au capitaine
sans amertume. Sans doute il était affreux qu'il eût été
trompé aussi, lui, qu'il eût cru cette chose impossible,
qu'il eût pu comprendre un coup de poignard venu de
celle qui eût donné mille vies pour lui. Mais enfin il ne
fallait pas trop lui en vouloir : n'avait-elle pas avoué *son
crime ?* n'avait-elle pas cédé, faible femme, à la torture ?
Toute la faute était à elle. Elle aurait dû se laisser arracher les ongles plutôt qu'une telle parole. Enfin, qu'elle
revît Phœbus une seule fois, une seule minute, il ne faudrait qu'un mot, qu'un regard, pour le détromper, pour le
ramener. Elle n'en doutait pas. Elle s'étourdissait aussi sur
beaucoup de choses singulières, sur le hasard de la présence de Phœbus le jour de l'amende honorable, sur la
jeune fille avec laquelle il était. C'était sa sœur sans doute.
Explication déraisonnable, mais dont elle se contentait,
parce qu'elle avait besoin de croire que Phœbus l'aimait
toujours et n'aimait qu'elle. Ne le lui avait-il pas juré ?

Que lui fallait-il de plus, naïve et crédule qu'elle était? Et puis, dans cette affaire, les apparences n'étaient-elles pas bien plutôt contre elle que contre lui? Elle attendait donc. Elle espérait.

Ajoutons que l'église, cette vaste église qui l'enveloppait de toutes parts, qui la gardait, qui la sauvait, était elle-même un souverain calmant. Les lignes solennelles de cette architecture, l'attitude religieuse de tous les objets qui entouraient la jeune fille, les pensées pieuses et sereines qui se dégageaient, pour ainsi dire, de tous les pores de cette pierre, agissaient sur elle à son insu. L'édifice avait aussi des bruits d'une telle bénédiction et d'une telle majesté, qu'ils assoupissaient cette âme malade. Le chant monotone des officiants, les réponses du peuple aux prê-tres, quelquefois inarticulées, quelquefois tonnantes, l'har-monieux tressaillement des vitraux, l'orgue éclatant comme cent trompettes, les trois clochers bourdonnant comme des ruches de grosses abeilles, tout cet orchestre sur lequel bondissait une gamme gigantesque montant et descendant sans cesse d'une foule à un clocher, assourdissaient sa mémoire, son imagination, sa douleur. Les cloches surtout la berçaient. C'était comme un magnétisme puissant que ces vastes appareils répandaient sur elle à larges flots.

Aussi chaque soleil levant la trouvait plus apaisée, res-pirant mieux, moins pâle. A mesure que ses plaies inté-rieures se fermaient, sa grâce et sa beauté refleurissaient sur son visage, mais plus recueillies et plus reposées. Son ancien caractère lui revenait aussi, quelque chose même de sa gaieté, sa jolie moue, son amour de sa chèvre, son goût de chanter, sa pudeur. Elle avait soin de s'habiller le matin dans l'angle de sa logette, de peur que quelque ha bitant des greniers voisins ne la vit par la lucarne.

Quand la pensée de Phœbus lui en laissait le temps, l'é-gyptienne songeait quelquefois à Quasimodo. C'était le

seul lien, le seul rapport, la seule communication qui lui
restât avec les hommes, avec les vivants. La malheureuse !
elle était plus hors du monde que Quasimodo. Elle ne comprenait rien à l'étrange ami que le hasard lui avait donné.
Souvent elle se reprochait de ne pas avoir une reconnaissance qui fermât les yeux ; mais décidément elle ne pouvait s'accoutumer au pauvre sonneur. Il était trop laid.

Elle avait laissé à terre le sifflet qu'il lui avait donné.
Cela n'empêcha pas Quasimodo de reparaître de temps en
temps les premiers jours. Elle faisait son possible pour ne
pas se détourner avec trop de répugnance quand il venait
lui apporter le panier de provisions ou la cruche d'eau,
mais il s'apercevait toujours du moindre mouvement de
ce genre, et alors il s'en allait tristement.

Une fois, il survint au moment où elle caressait Djali.
Il resta quelques moments pensif devant ce groupe gracieux de la chèvre et de l'égyptienne, enfin il dit en secouant sa tête lourde et mal faite : — Mon malheur, c'est
que je ressemble encore trop à l'homme. Je voudrais être
tout à fait une bête, comme cette chèvre.

Elle leva sur lui un regard étonné. Il répondit à ce regard : — Oh ! je sais bien pourquoi. — Et il s'en alla.

Une autre fois, il se présenta à la porte de la cellule
(où il n'entrait jamais) au moment où la Esmeralda chantait une vieille ballade espagnole, dont elle ne comprenait
pas les paroles, mais qui était restée dans son oreille
parce que les bohémiennes l'en avaient bercée tout enfant.
A la vue de cette vilaine figure qui survenait brusquement
au milieu de sa chanson, la jeune fille s'interrompit avec
un geste d'effroi involontaire. Le malheureux sonneur
tomba à genoux sur le seuil de la porte, et joignit, d'un
air suppliant, ses grosses mains informes. — Oh ! dit-il
douloureusement, je vous en conjure, continuez et ne me
chassez pas. — Elle ne voulut pas l'affliger, et toute trem-

blante reprit sa romance. Par degrés cependant son effroi
se dissipa, et elle se laissa aller tout entière à l'impression de l'air mélancolique et traînant qu'elle chantait. Lui
était resté à genoux, les mains jointes, comme en prières,
attentif, respirant à peine, son regard fixé sur les prunel-
les brillantes de la bohémienne. On eût dit qu'il entendait
sa chanson dans ses yeux.

Une autre fois encore, il vint à elle d'un air gauche et
timide. — Ecoutez-moi, dit-il avec effort; j'ai quelque
chose à vous dire. — Elle lui fit signe qu'elle l'écoutait.
Alors il se mit à soupirer, entr'ouvrit ses lèvres, parut
un moment prêt à parler, puis il la regarda, fit un mouvement de tête négatif, et se retira lentement, son front
dans la main, laissant l'égyptienne stupéfaite.

Parmi les personnages grotesques sculptés dans le mur,
il y en avait un qu'il affectionnait particulièrement, et
avec lequel il semblait souvent échanger des regards fra-
ternels. Une fois l'égyptienne l'entendit qui lui disait : —
Oh ! que ne suis-je de pierre comme toi !

Un jour enfin, un matin, la Esmeralda s'était avancée
jusqu'au bord du toit, et regardait dans la place par-dessus la toiture aiguë de Saint-Jean-le-Rond. Quasimodo était
là, derrière elle. Il se plaçait ainsi de lui-même, afin d'é-
pargner le plus possible à la jeune fille le déplaisir de le
voir. Tout à coup la bohémienne tressaillit, une larme et
un éclair de joie brillèrent à la fois dans ses yeux, elle
s'agenouilla au bord du toit et tendit ses bras avec angoisse vers la place en criant : Phœbus ! viens ! viens ! un
mot, un seul mot, au nom du ciel ! Phœbus ! Phœbus ! —
Sa voix, son visage, son geste, toute sa personne, avaient
l'expression déchirante d'un naufragé qui fait le signal de
détresse au joyeux navire qui passe au loin dans un rayon
de soleil à l'horizon. Quasimodo se pencha sur la place, et
vit que l'objet de cette tendre et délirante prière était un

jeune homme, un capitaine, un beau cavalier tout reluisant d'armes et de parures, qui passait en caracolant au fond de la place, et saluait du panache une belle dame souriant à son balcon. Du reste, l'officier n'entendait pas la malheureuse qui l'appelait; il était trop loin.

Mais le pauvre sourd entendait, lui. Un soupir profond souleva sa poitrine; il se retourna; son cœur était gonflé de toutes les larmes qu'il dévorait; ses deux poings convulsifs se heurtèrent sur sa tête, et quand il les retira il avait à chaque main une poignée de cheveux roux.

L'égyptienne ne faisait aucune attention à lui. Il disait à voix basse en grinçant des dents : — Damnation! voilà donc comme il faut être! il n'est besoin que d'être beau en dessus. Cependant elle était restée à genoux et criait avec une agitation extraordinaire : —Oh! le voilà qui descend de cheval. — Il va entrer dans cette maison! — Phœbus! — Il ne m'entend pas! — Phœbus! — Que cette femme est méchante de lui parler en même temps que moi! — Phœbus! Phœbus! Le sourd la regardait. Il comprenait cette pantomime. L'œil du pauvre sonneur se remplissait de larmes, mais il n'en laissait couler aucune. Tout à coup il la tira doucement par le bord de sa manche. Elle se retourna. Il avait pris un air tranquille; il lui dit : — Voulez-vous que je vous l'aille chercher?

Elle poussa un cri de joie.—Oh! va! allez! cours! vite! ce capitaine! ce capitaine! amenez-le-moi! je t'aimerai! Elle embrassait ses genoux. Il ne put s'empêcher de secouer la tête douloureusement.—Je vais vous l'amener, dit-il d'une voix faible. Puis il tourna la tête et se précipita à grands pas sous l'escalier, étouffé de sanglots.

Quand il arriva sur la place, il ne vit plus rien que le beau cheval attaché à la porte du logis Gondelaurier; le capitaine venait d'y entrer. Il leva son regard vers le toit de l'église. La Esmeralda y était toujours à la même place,

dans la même posture. Il lui fit un triste signe de tête ;
puis il s'adossa à l'une des bornes du porche Gondelaurier, déterminé à attendre que le capitaine sortît.

C'était dans le logis Gondelaurier un de ces jours de
gala qui précèdent les noces. Quasimodo vit entrer beaucoup de monde et ne vit sortir personne. De temps en
temps il regardait vers le toit : l'égyptienne ne bougeait
pas plus que lui. Un palefrenier vint détacher le cheval
et le fit entrer à l'écurie du logis. La journée entière se
passa ainsi, Quasimodo sur la borne, la Esmeralda sur le
toit, Phœbus sans doute aux pieds de Fleur-de-Lis.

Enfin la nuit vint ; une nuit sans lune, une nuit obscure. Quasimodo eut beau fixer son regard sur la Esmeralda ; bientôt ce ne fut plus qu'une blancheur dans le
crépuscule ; plus rien. Tout s'effaça ; tout était noir.

Quasimodo vit s'illuminer, du haut en bas de la façade,
les fenêtres du logis Gondelaurier ; il vit s'allumer, l'une
après l'autre, les autres croisées de la place ; il les vit
aussi s'éteindre jusqu'à la dernière, car il resta toute la
soirée à son poste. L'officier ne sortait pas. Quand les derniers passants furent rentrés chez eux, quand toutes les
croisées des autres maisons furent éteintes, Quasimodo
demeura tout à fait seul, tout à fait dans l'ombre. Il n'y
avait pas alors de luminaire dans le parvis de Notre-Dame.

Cependant les fenêtres du logis Gondelaurier étaient restées éclairées, même après minuit. Quasimodo, immobile
et attentif, voyait passer sur les vitraux de mille couleurs
une foule d'ombres vives et dansantes. S'il n'eût pas été
sourd, à mesure que la rumeur de Paris endormi s'éteignait, il eût entendu de plus en plus distinctement, dans
l'intérieur du logis Gondelaurier, un bruit de fête, de rires
et de musique. Vers une heure du matin, les conviés commencèrent à se retirer. Quasimodo, enveloppé de ténèbres,
les regardait tous passer sous le porche éclairé de flam-

beaux. Aucun n'était le capitaine. Il était plein de pensées
tristes; par moments il regardait en l'air, comme ceux qui
s'ennuient. De grands nuages noirs, lourds, déchirés, cre-
vassés, pendaient comme des hamacs de crêpe sous le
cintre étoilé de la nuit. On eût dit les toiles d'araignées de
la voûte du ciel.

Dans un de ces moments il vit tout à coup s'ouvrir mys-
térieusement la porte-fenêtre du balcon dont la balustrade
de pierre se découpait au-dessus de sa tête. La frêle porte
de vitre donna passage à deux personnes derrière lesquelles
elle se referma sans bruit : c'était un homme et une femme.
Ce ne fut pas sans peine que Quasimodo parvint à reconnaître dans l'homme le beau capitaine, dans la femme la
jeune dame qu'il avait vue le matin souhaiter la bienvenue
à l'officier, du haut de ce même balcon. La place était parfaitement obscure, et un double rideau cramoisi, qui était
retombé derrière la porte au moment où elle s'était refermée, ne laissait guère arriver sur le balcon la lumière de
l'appartement. Le jeune homme et la jeune fille, autant
qu'en pouvait juger notre sourd, qui n'entendait pas une
de leurs paroles, paraissaient s'abandonner à un fort tendre
tête-à-tête. La jeune fille semblait avoir permis à l'officier
de lui faire une ceinture de son bras, et résistait doucement
à un baiser.

Quasimodo assistait d'en bas à cette scène d'autant plus
gracieuse à voir qu'elle n'était pas faite pour être vue. Il
contemplait ce bonheur, cette beauté, avec amertume.
Après tout, la nature n'était pas muette chez le pauvre
diable, et sa colonne vertébrale, toute méchamment tordue
qu'elle était, n'était pas moins frémissante qu'une autre.
Il songeait à la misérable part que la Providence lui avait
faite; que la femme, l'amour, la volupté, lui passeraient
éternellement sous les yeux, et qu'il ne ferait jamais que
voir la félicité des autres. Mais ce qui le déchirait le plus

dans ce spectacle, ce qui mêlait de l'indignation à son dépit, c'était de penser à ce que devait souffrir l'égyptienne
si elle voyait. — Il est vrai que la nuit était bien noire,
que la Esmeralda, si elle était restée à sa place (et il n'en
doutait pas), était fort loin, et que c'était tout au plus s'il
pouvait distinguer lui-même les amoureux du balcon. Cela
le consolait.

Cependant leur entretien devenait de plus en plus animé.
La jeune dame paraissait supplier l'officier de ne rien lui
demander de plus. Quasimodo ne distinguait de tout cela
que les belles mains jointes, les sourires mêlés de larmes,
les regards levés aux étoiles de la jeune fille, les yeux du
capitaine ardemment abaissés sur elle. Heureusement, car
la jeune fille commençait à ne plus lutter que faiblement,
la porte du balcon se rouvrit subitement, une vieille dame
parut : la belle sembla confuse, l'officier prit un air dépité,
et tous trois rentrèrent. Un moment après, un cheval piaffa
sous le porche, et le brillant officier, enveloppé de son
manteau de nuit, passa rapidement devant Quasimodo. Le
sonneur lui laissa doubler l'angle de la rue, puis il se mit
à courir après lui avec son agilité de singe, en criant : —
Eh ! le capitaine !

Le capitaine s'arrêta. — Que me veut ce maraud ? dit-il
en avisant dans l'ombre cette espèce de figure déhanchée
qui accourait vers lui en cahotant.

Quasimodo cependant était arrivé à lui, et avait pris
hardiment la bride de son cheval : — Suivez-moi, capitaine ; il y a ici quelqu'un qui veut vous parler.

— Cornemahon ! grommela Phœbus, voilà un vilain oiseau ébouriffé qu'il me semble avoir vu quelque part. —
Holà ! maître, veux-tu bien laisser la bride de mon cheval ?

— Capitaine, répondit le sourd, ne me demandez-vous pas
qui ?

— Je te dis de lâcher mon cheval, repartit Phœbus impatienté. Que veut ce drôle qui se pend au chanfrein de mon destrier? Est-ce que tu prends mon cheval pour une potence?

Quasimodo, loin de quitter la bride du cheval, se disposait à lui faire rebrousser chemin. Ne pouvant s'expliquer la résistance du capitaine, il se hâta de lui dire : — Venez, capitaine; c'est une femme qui vous attend. Il ajouta avec effort : Une femme qui vous aime.

— Rare faquin! dit le capitaine, qui me croit obligé d'aller chez toutes les femmes qui m'aiment! ou qui le disent. — Et si par hasard elle te ressemble, face de chat-huant? — Dis à celle qui t'envoie que je vais me marier, et qu'elle aille au diable!

— Ecoutez, s'écria Quasimodo croyant vaincre d'un mot son hésitation, venez, monseigneur! C'est l'égyptienne que vous savez!

Ce mot fit en effet une grande impression sur Phœbus, mais non celle que le sourd en attendait. On se rappelle que notre galant officier s'était retiré avec Fleur-de-Lis quelques moments avant que Quasimodo ne sauvât la condamnée des mains de Charmolue. Depuis, dans toutes ses visites au logis Gondelaurier, il s'était bien gardé de reparler de cette femme dont le souvenir, après tout, lui était pénible; et, de son côté, Fleur-de-Lis n'avait pas jugé politique de lui dire que l'égyptienne vivait. Phœbus croyait donc la pauvre *Similar* morte, et qu'il y avait déjà un ou deux mois de cela. Ajoutons que, depuis quelques instants, le capitaine songeait à l'obscurité profonde de la nuit, à la laideur surnaturelle, à la voix sépulcrale de l'étrange messager, que minuit était passé, que la rue était déserte comme le soir où le moine-bourru l'avait accosté, et que son cheval soufflait en regardant Quasimodo.

— L'égyptienne! s'écria-t-il presque effrayé. Or çà, viens

58.   •

tu de l'autre monde? Et il mit la main sur la poignée de
sa dague.

— Vite, vite, dit le sourd cherchant à entraîner le cheval; par ici!

Phœbus lui asséna un vigoureux coup de botte dans la
poitrine. L'œil de Quasimodo étincela. Il fit un mouvement
pour se jeter sur le capitaine. Puis il dit en se roidissant :
— Oh! que vous êtes heureux qu'il y ait quelqu'un qui
vous aime!

Il appuya sur le mot *quelqu'un*, et lâchant la bride du
cheval : — Allez-vous-en! Phœbus piqua des deux en jurant.
Quasimodo le regarda s'enfoncer dans le brouillard de la
rue. — Oh! disait tout bas le pauvre sourd, refuser cela!

Il rentra dans Notre-Dame, alluma sa lampe, et remonta
dans la tour. Comme il l'avait pensé, la bohémienne était
toujours à la même place. Du plus loin qu'elle l'aperçut,
elle courut à lui. — Seul! s'écria-t-elle en joignant douloureusement ses belles mains.

— Je n'ai pu le retrouver, dit froidement Quasimodo.

— Il fallait l'attendre toute la nuit! reprit-elle avec emportement

Il vit son geste de colère, et comprit le reproche. — Je
le guetterai mieux une autre fois, dit-il en baissant la tête.

— Va-t'en! lui dit-elle.

Il la quitta. Elle était mécontente de lui. Il avait mieux
aimé être maltraité par elle que de l'affliger. Il avait gardé
toute la douleur pour lui. A dater de ce jour, l'égyptienne
ne le vit plus. Il cessa de venir à sa cellule. Tout au plus
entrevoyait-elle quelquefois au sommet d'une tour la figure
du sonneur mélancoliquement fixée sur elle. Mais dès qu'elle
l'apercevait il disparaissait.

Nous devons dire qu'elle était peu affligée de cette absence volontaire du pauvre bossu. Au fond du cœur, elle
lui en savait gré. Au reste, Quasimodo ne se faisait pas

illusion à cet égard. Elle ne le voyait plus, mais elle sentait la présence d'un bon génie autour d'elle. Ses provisions étaient renouvelées par une main invisible pendant son sommeil. Un matin elle trouva sur sa fenêtre une cage d'oiseaux. Il y avait au-dessus de sa cellule une sculpture qui lui faisait peur. Elle l'avait témoigné plus d'une fois devant Quasimodo. Un matin (car toutes ces choses-là se faisaient la nuit), elle ne la vit plus, on l'avait brisée. Celui qui avait grimpé jusqu'à cette sculpture avait dû risquer sa vie.

Quelquefois, le soir, elle entendait une voix, cachée sous les abat-vent du clocher, chanter comme pour l'endormir une chanson triste et bizarre. C'étaient des vers sans rime, comme un sourd en peut faire :

> Ne regarde pas la figure,
> Jeune fille, regarde le cœur.

> Le cœur d'un beau jeune homme est souvent difforme.
> Il y a des cœurs où l'amour ne se conserve pas.

> Jeune fille, le sapin n'est pas beau,
> N'est pas beau comme le peuplier,
> Mais il garde son feuillage l'hiver.
> Hélas! à quoi bon dire cela?
> Ce qui n'est pas beau a tort d'être;
> La beauté n'aime que la beauté,
> Avril tourne le dos à janvier.

> La beauté est parfaite,
> La beauté peut tout,
> La beauté est la seule chose qui n'existe pas à demi.

> Le corbeau ne vole que le jour,
> Le hibou ne vole que la nuit,
> Le cygne vole la nuit et le jour.

Un matin elle vit, en s'éveillant, sur sa fenêtre deux vases pleins de fleurs. L'un était un vase de cristal fort beau et fort brillant, mais fêlé. Il avait laissé fuir l'eau dont on l'avait rempli, et les fleurs qu'il contenait étaient fanées. L'autre était un pot de grés, grossier et commun, mais qui avait conservé toute son eau, et dont les fleurs étaient restées fraîches et vermeilles.

Je ne sais pas si ce fut avec intention, mais la Esmeralda prit le bouquet fané, et le porta tout le jour sur son sein. Ce jour-là, elle n'entendit pas la voix de la tour chanter. Elle s'en soucia médiocrement. Elle passait ses journées à caresser Djali, à épier la porte du logis Gondelaurier, à s'entretenir tout bas de Phœbus, et à émietter son pain aux hirondelles. Elle avait du reste tout à fait cessé de voir, cessé d'entendre Quasimodo. Le pauvre sonneur semblait avoir disparu de l'église. Une nuit pourtant, comme elle ne dormait pas et songeait à son beau capitaine, elle entendit soupirer prés de sa cellule. Effrayée, elle se leva et vit à la lumière de la lune une masse informe couchée en travers devant sa porte. C'était Quasimodo qui dormait là sur la pierre.

V

LA CLEF DE LA PORTE ROUGE.

Cependant la voix publique avait fait connaître à l'archidiacre de quelle manière miraculeuse l'égyptienne avait été sauvée. Quand il apprit cela, il ne sut ce qu'il en éprouvait. Il s'était arrangé de la mort de la Esmeralda. De cette façon il était tranquille : il avait touché le fond de la douleur possible. Le cœur humain (dom Claude avait médité sur ces matières) ne peut contenir qu'une certaine quantité de désespoir. Quand l'éponge est imbibée, la mer peut passer dessus sans y faire entrer une larme de plus.

Or, la Esmeralda morte, l'éponge était imbibée, tout était dit pour dom Claude sur cette terre. Mais la sentir vivante, et Phœbus aussi, c'étaient les tortures qui recommençaient, les secousses, les alternatives, la vie. Et Claude était las de tout cela. Quand il sut cette nouvelle, il s'enferma dans sa cellule du cloître. Il ne parut ni aux conférences capitulaires, ni aux offices. Il ferma sa porte à tous, même à l'évêque. Il resta muré de cette sorte plusieurs semaines. On le crut malade. Il l'était en effet.

Que faisait-il ainsi enfermé? Sous quelles pensées l'infortuné se débattait-il? Livrait-il une dernière lutte à sa redoutable passion? Combinait-il un dernier plan de mort pour elle et de perdition pour lui?

Son Jehan, son frère chéri, son enfant gâté, vint une fois à sa porte, frappa, jura, supplia, se nomma dix fois. Claude n'ouvrit pas. Il passait des journées entières la face collée aux vitres de sa fenêtre. De cette fenêtre, située dans le cloître, il voyait la logette de la Esmeralda; il la voyait souvent elle-même avec sa chèvre, quelquefois avec Quasimodo. Il remarquait les petits soins du vilain sourd, ses obéissances, ses façons délicates et soumises avec l'égyptienne. Il se rappelait, car il avait bonne mémoire, lui, et la mémoire est la tourmenteuse des jaloux; il se rappelait le regard singulier du sonneur sur la danseuse un certain soir. Il se demandait quel motif avait pu pousser Quasimodo à la sauver. Il fut témoin de mille petites scènes entre la bohémienne et le sourd, dont la pantomime, vue de loin et commentée par sa passion, lui parut fort tendre. Il se défiait de la singularité des femmes. Alors il sentit confusément s'éveiller en lui une jalousie à laquelle il ne se fût jamais attendu, une jalousie qui le faisait rougir de honte et d'indignation. — Passe encore pour le capitaine, mais celui-ci! — Cette pensée le bouleversait.

Ses nuits étaient affreuses. Depuis qu'il savait l'égyp-

tienne vivante, les froides idées de spectre et de tombe
qui l'avaient obsédé un jour entier s'étaient évanouies, et
la chair revenait l'aiguillonner. Il se tordait sur son lit
de sentir la brune jeune fille si près de lui. Chaque nuit,
son imagination délirante lui représentait la Esmeralda
dans toutes les attitudes qui avaient le plus fait bouillir
ses veines. Il la voyait étendue sur le capitaine poignardé,
les yeux fermés, sa belle gorge nue couverte du sang de
Phœbus, à ce moment de délice où l'archidiacre avait imprimé sur ses lèvres pâles ce baiser dont la malheureuse,
quoiqu'à demi morte, avait senti la brûlure. Il la revoyait
déshabillée par les mains sauvages des tortionnaires, laissant mettre à nu et emboîter dans le brodequin aux vis de
fer son petit pied, sa jambe fine et ronde son genou souple et blanc. Il revoyait encore ce genou d'ivoire resté seul
en dehors de l'horrible appareil de Torterue. Il se figurait
enfin la jeune fille, en chemise, la corde au cou, épaules
nues, pieds nus, presque nue, comme il l'avait vue le dernier jour. Ces images de volupté faisaient crisper ses poings
et courir un frisson le long de ses vertèbres.

Une nuit entre autres, elles échauffèrent si cruellement
dans ses artères son sang de vierge et de prêtre, qu'il mordit son oreiller, sauta hors de son lit, jeta un surplis sur
sa chemise, et sortit de sa cellule la lampe à la main, à
demi nu, effaré, l'œil en feu. Il savait où trouver la clef
de la Porte-Rouge, qui communiquait du cloître à l'église,
et il avait toujours sur lui, comme on sait, une clef de
l'escalier des tours.

VI

SUITE DE LA CLEF DE LA PORTE-ROUGE.

Cette nuit-là, la Esmeralda s'était endormie dans sa logette, pleine d'oubli, d'espérance et de douces pensées. Elle dormait depuis quelque temps, rêvant, comme toujours, de Phœbus, lorsqu'il lui sembla entendre du bruit autour d'elle. Elle avait un sommeil léger et inquiet, un sommeil d'oiseau ; un rien la réveillait. Elle ouvrit les yeux. La nuit était très-noire. Cependant elle vit à la lucarne une figure qui la regardait ; il y avait une lampe qui éclairait cette apparition. Au moment où elle se vit aperçue de la Esmeralda, cette figure souffla la lampe. Néanmoins la jeune fille avait eu le temps de l'entrevoir ; ses paupières se refermèrent de terreur.

— Oh ! dit-elle d'une voix éteinte, le prêtre !

Tout son malheur passé lui revint comme dans un éclair. Elle retomba sur son lit, glacée. Un moment après, elle sentit le long de son corps un contact qui la fit tellement frémir, qu'elle se dressa, réveillée et furieuse, sur son séant. Le prêtre venait de se glisser près d'elle. Il l'entourait de ses deux bras. Elle voulut crier et ne put.

— Va-t'en, monstre ! va-t'en, assassin ! dit-elle d'une voix tremblante et basse à force de colère et d'épouvante.

— Grâce ! grâce ! murmura le prêtre en lui imprimant ses lèvres sur ses épaules.

Elle lui prit sa tête chauve à deux mains par son reste de cheveux, et s'efforça d'éloigner ses baisers comme si c'eût été des morsures.

— Grâce ! répétait l'infortuné. Si tu savais ce que c'est

que mon amour pour toi! c'est du feu, du plomb fondu, mille couteaux dans mon cœur!

Et il arrêta ses deux bras avec une force surhumaine. Eperdue : — Lâche-moi, lui dit-elle, ou je te crache au visage!

Il la lâcha. — Avilis-moi, frappe-moi, sois méchante! fais ce que tu voudras! Mais grâce! aime-moi!

Alors elle le frappa avec une fureur d'enfant. Elle roidissait ses belles mains pour lui meurtrir la face. — Va-t'en, démon!

— Aime-moi! aime-moi! pitié! criait le pauvre prêtre en se roulant sur elle et en répondant à ses coups par des caresses. Tout à coup, elle le sentit plus fort qu'elle. — Il faut en finir! dit-il en grinçant des dents.

Elle était subjuguée, palpitante, brisée, entre ses bras, à sa discrétion. Elle sentait une main lascive s'égarer sur elle. Elle fit un dernier effort, et se mit à crier : — Au secours! à moi! un vampire! un vampire!

Rien ne venait. Djali seule était éveillée, et bêlait avec angoisse.

— Tais-toi! disait le prêtre haletant.

Tout à coup, en se débattant, en rampant sur le sol, la main de l'égyptienne rencontra quelque chose de froid et de métallique. C'était le sifflet de Quasimodo. Elle le saisit avec une convulsion d'espérance, le porta à ses lèvres, et y siffla de tout ce qu'elle avait de force. Le sifflet rendit un son clair, aigu, perçant.

— Qu'est-ce que cela? dit le prêtre.

Presque au même instant il se sentit enlevé par un bras vigoureux: la cellule était sombre. Il ne put distinguer nettement qui le tenait ainsi ; mais il entendit des dents claquer de rage, et il y avait juste assez de lumière éparse dans l'ombre pour qu'il vît briller au-dessus de sa tête une **large lame de coutelas. Le prêtre crut apercevoir la forme**

de Quasimodo. Il supposa que ce ne pouvait être que lui. Il
se souvint avoir trébuché en entrant contre un paquet qui
était étendu en travers de la porte en dehors. Cependant,
comme le nouveau venu ne proférait pas une parole, il ne
savait que croire. Il se jeta sur le bras qui tenait le coutelas en criant : — *Quasimodo!* Il oubliait, en ce moment de détresse, que Quasimodo était sourd. En un clin
d'œil, le prêtre fut terrassé, et sentit un genou de plomb
s'appuyer sur sa poitrine. A l'empreinte anguleuse de ce
genou, il reconnut Quasimodo; mais que faire? comment
de son côté être reconnu de lui? la nuit faisait le sourd
aveugle. Il était perdu. La jeune fille, sans pitié, comme
une tigresse irritée, n'intervenait pas pour le sauver. Le
coutelas se rapprochait de sa tête; le moment était critique. Tout à coup, son adversaire parut pris d'une hésitation. — Pas de sang sur elle! dit-il d'une voix sourde.
C'était en effet la voix de Quasimodo.

Alors le prêtre sentit la grosse main qui le traînait par
le pied hors de la cellule; c'est là qu'il devait mourir.
Heureusement pour lui, la lune venait de se lever depuis
quelques instants. Quand ils eurent franchi la porte de la
logette, son pâle rayon tomba sur la figure du prêtre. Quasimodo le regarda en face, un tremblement le prit, il lâcha le prêtre, et recula. L'égyptienne, qui s'était avancée
sur le seuil de la cellule, vit avec surprise les rôles changer brusquement. C'était maintenant le prêtre qui mena-
çait, Quasimodo qui suppliait. Le prêtre, qui accablait le
sourd de gestes de colère et de reproche, lui fit violemment signe de se retirer. Le sourd baissa la tête, puis il
vint se mettre à genoux devant la porte de l'égyptienne.
— Monseigneur, dit-il d'une voix grave et résignée, vous
ferez après ce qu'il vous plaira; mais tuez-moi d'abord.

En parlant ainsi, il présentait au prêtre son coutelas.
Le prêtre, hors de lui, se jeta dessus. Mais la jeune fille fut

9

plus prompte que lui ; elle arracha le couteau des mains de Quasimodo, et éclata de rire avec fureur. — Approche ! dit-elle au prêtre.

Elle tenait la lame haute. Le prêtre demeura indécis. Elle l'eût certainement frappé. — Tu n'oserais plus approcher, lâche ! lui cria-t-elle. Puis elle ajouta avec une expression impitoyable, et sachant bien qu'elle allait percer de mille fers rouges le cœur du prêtre : — Ah ! je sais que Phœbus n'est pas mort !

Le prêtre renversa Quasimodo à terre d'un coup de pied, et se replongea en frémissant de rage sous la voûte de l'escalier. Quand il fut parti, Quasimodo ramassa le sifflet qui venait de sauver l'égyptienne. — Il se rouillait, dit-il en le lui rendant ; puis il la laissa seule.

La jeune fille, bouleversée par cette scène violente, tomba épuisée sur son lit, et se mit à pleurer à sanglots. Son horizon redevenait sinistre. De son côté, le prêtre était rentré à tâtons dans sa cellule. C'en était fait. Dom Claude était jaloux de Quasimodo ! Il répéta d'un air pensif sa fatale parole : Personne ne l'aura !

LIVRE DIXIÈME

I

GRINGOIRE A PLUSIEURS BONNES IDÉES DE SUITE RUE DES BERNARDINS.

Depuis que Pierre Gringoire avait vu comment toute cette affaire tournait, et que décidément il y aurait corde, pendaison et autres désagréments pour les personnages principaux de cette comédie, il ne s'était plus soucié de s'en mêler. Les truands, parmi lesquels il était resté, considérant qu'en dernier résultat c'était la meilleure compagnie de Paris, les truands avaient continué de s'intéresser à l'égyptienne. Il avait trouvé cela fort simple de la part de gens qui n'avaient, comme elle, d'autre perspective que Charmolue et Torterue, et qui ne chevauchaient pas comme lui dans les régions imaginaires entre les deux ailes de Pégasus. Il avait appris par leurs propos que son épousée au pot cassé s'était réfugiée dans Notre-Dame, et il en était bien aise. Mais il n'avait pas même la tentation d'y aller voir. Il songeait quelquefois à la petite chèvre, et c'était tout. Du reste, le jour il faisait des tours de force pour vivre, et la nuit il élucubrait un mémoire contre l'évêque de Paris, car il se souvenait d'avoir été inondé par les roues de ses moulins, et il lui en gardait rancune. Il s'occupait aussi de commenter le bel ouvrage de Baudry-le-Rouge, évêque de Noyon et de Tournay, *de Cupa Petrarum*, ce qui lui avait donné un goût violent pour l'architecture, penchant qui avait remplacé dans son cœur sa passion pour l'hermétisme, dont il n'était d'ailleurs qu'un corollaire naturel, puisqu'il y a un lien intime entre l'hermétique et la maçonnerie. Gringoire avait passé de l'amour d'une idée à l'amour de la forme de cette idée.

Un jour, il s'était arrêté près de Saint-Germain-l'Auxerrois à l'angle d'un logis qu'on appelait le *For-l'Evêque*, lequel faisait face à un autre qu'on appelait le *For-le-Roi*. Il y avait à ce For-l'Evêque une charmante chapelle du quatorzième siècle dont le chevet donnait sur la rue. Gringoire en examinait dévotement les sculptures extérieures. Il était dans un de ces moments de jouissance égoïste, exclusive, suprême, où l'artiste ne voit dans le monde que l'art et voit le monde dans l'art. Tout à coup, il sent une main se poser gravement sur son épaule. Il se retourne. C'était son ancien ami, son ancien maître, monsieur l'archidiacre.

Il resta stupéfait. Il y avait longtemps qu'il n'avait vu l'archidiacre, et dom Claude était un de ces hommes solennels et passionnés dont la rencontre dérange toujours l'équilibre d'un philosophe sceptique.

L'archidiacre garda quelques instants un silence pendant lequel Gringoire eut le loisir de l'observer. Il trouva dom Claude bien changé : pâle comme un matin d'hiver, les yeux caves, les cheveux presque blancs. Ce fut le prêtre qui rompit enfin ce silence en disant, d'un ton tranquille, mais glacial : — Comment vous portez-vous, maître Pierre ?

— Ma santé ? répondit Gringoire. Eh ! eh ! on en peut dire ceci et cela. Toutefois l'ensemble est bon. Je ne prends trop de rien. Vous savez, maître, le secret de se bien porter, selon Hippocrates, *id est : cibi, potus, somni, venus, omnia moderata sint.*

— Vous n'avez donc aucun souci, maître Pierre? reprit l'archidiacre en regardant fixement Gringoire.

— Ma foi! non.

— Et que faites-vous maintenant?

— Vous le voyez, mon maître. J'examine la coupe de ces pierres, et la façon dont est fouillé ce bas-relief.

Le prêtre se mit à sourire de ce sourire amer qui ne relève qu'une des extrémités de la bouche. — Et cela vous amuse?

— C'est le paradis! s'écria Gringoire. Et se penchant sur les sculptures avec la mine éblouie d'un démonstrateur de phénomènes vivants : Est-ce donc que vous ne trouvez pas, par exemple, cette métamorphose de basse-taille exécutée avec beaucoup d'adresse, de mignardise et de patience? Regardez cette colonnette. Autour de quel chapiteau avez-vous vu feuilles plus tendres et mieux caressées du ciseau? Voici trois rondes-bosses de Jean Maillevin. Ce ne sont pas les plus belles œuvres de ce grand génie. Néanmoins, la naïveté, la douceur des visages, la gaieté des attitudes et des draperies, et cet agrément inexplicable qui se mêle dans tous les défauts rendent les figurines bien égayées et bien délicates, peut-être même trop. — Vous trouvez que ce n'est pas divertissant?

— Si fait! dit le prêtre.

— Et si vous voyiez l'intérieur de la chapelle? reprit le poëte avec son enthousiasme bavard. Partout des sculptures. C'est touffu comme un cœur de chou! L'abside est d'une façon fort dévote et si particulière, que je n'ai rien vu de même ailleurs!

Dom Claude l'interrompit : — Vous êtes donc heureux?

Gringoire répondit avec feu : — En honneur, oui! j'ai d'abord aimé des femmes, puis des bêtes. Maintenant j'aime des pierres. C'est tout aussi amusant que les bêtes et les femmes, et c'est moins perfide.

Le prêtre mit sa main sur son front. C'était son geste habituel. — En vérité!

— Tenez! dit Gringoire, on a des jouissances. Il prit le bras du prêtre, qui se laissait aller, et le fit entrer sous la tourelle de l'escalier du For-l'Evêque.

— Voilà un escalier! chaque fois que je le vois, je suis heureux. C'est le degré de la manière la plus simple et la plus rare de Paris. Toutes les marches sont par-dessous délardées. Sa beauté et sa simplicité consistent dans les girons de l'un et de l'autre, portant un pied ou environ, qui sont entrelacés, enclavés, emboîtés, enchaînés, enchâssés, en‑tretaillés l'un dans l'autre, et s'entremordent d'une façon vraiment ferme et gentille.

— Et vous ne désirez rien?

— Non.

— Et vous ne regrettez rien?

— Ni regret ni désir. J'ai arrangé ma vie.

— Ce qu'arrangent les hommes, dit Claude, les choses le dérangent.

— Je suis un philosophe pyrrhonien, répondit Gringoire; et je tiens tout en équilibre.

— Et comment la gagnez-vous, votre vie?

— Je fais encore çà et là des épopées et des tragédies; mais ce qui me rapporte le plus, c'est l'industrie que vous me connaissez, mon maître : porter des pyramides de chai-ses sur mes dents.

— Le métier est grossier pour un philosophe.

— C'est encore de l'équilibre, dit Gringoire. Quand on a une pensée, on la retrouve en tout.

— Je le sais, répondit l'archidiacre.

Après un silence, le prêtre reprit : — Vous êtes néan-moins assez misérable.

— Misérable, oui; malheureux, non.

En ce moment un bruit de chevaux se fit entendre, et

nos deux interlocuteurs virent défiler au bout de la rue une compagnie des archers de l'ordonnance du roi, les lances hautes, l'officier en tête. La cavalcade était brillante, et résonnait sur le pavé.

— Comme vous regardez cet officier! dit Gringoire à l'archidiacre.

— C'est que je crois le reconnaître.

— Comment le nommez-vous?

— Je crois, dit Claude, qu'il s'appelle Phœbus de Châteaupers.

— Phœbus! un nom de curiosité! Il y a aussi Phœbus, comte de Foix. J'ai souvenir d'avoir connu une fille qui ne jurait que par Phœbus.

— Venez-vous-en, dit le prêtre. J'ai quelque chose à vous dire.

Depuis le passage de cette troupe, quelque agitation perçait sous l'enveloppe glaciale de l'archidiacre. Il se mit à marcher. Gringoire le suivait, habitué à lui obéir, comme tout ce qui avait approché une fois cet homme plein d'ascendant. Ils arrivèrent en silence jusqu'à la rue des Bernardins, qui était assez déserte. Dom Claude s'y arrêta.

— Qu'avez-vous à me dire, mon maître? lui demanda Gringoire.

— Est-ce que vous ne trouvez pas, répondit l'archidiacre d'un air de profonde réflexion, que l'habit de ces cavaliers que nous venons de voir est plus beau que le vôtre et que le mien?

Gringoire hocha la tête. — Ma foi! j'aime mieux ma gonelle jaune et rouge que ces écailles de fer et d'acier. Beau plaisir, de faire en marchant le même bruit que le quai de la Ferraille par un tremblement de terre!

— Donc, Gringoire, vous n'avez jamais porté envie à ces beaux fils en hoquetons de guerre?

— Envie de quoi, monsieur l'archidiacre, de leur force,

de leur armure, de leur discipline? Mieux valent la philosophie et l'indépendance en guenilles. J'aime mieux être
tête de mouche que queue de lion.

— Cela est singulier, dit le prêtre rêveur. Une belle livrée est pourtant belle.

Gringoire, le voyant pensif, le quitta pour aller admirer
le porche d'une maison voisine. Il revint en frappant des
mains. — Si vous étiez moins occupé des beaux habits des
gens de guerre, monsieur l'archidiacre, je vous prierais
d'aller voir cette porte. Je l'ai toujours dit, la maison du
sieur Aubry a une entrée la plus superbe du monde.

— Pierre Gringoire, dit l'archidiacre, qu'avez-vous fait
de cette petite danseuse égyptienne?

— La Esmeralda? Vous changez bien brusquement de
conversation.

— N'était-elle pas votre femme?

— Oui, au moyen d'une cruche cassée. — Nous en avions
pour quatre ans. — A propos, ajouta Gringoire en regardant l'archidiacre d'un air à demi goguenard, vous y pensez donc toujours?

— Et vous, vous n'y pensez plus?

— Peu. — J'ai tant de choses!.... Mon Dieu, que la petite chèvre était jolie!

— Cette bohémienne ne vous avait-elle pas sauvé la vie?

— C'est, pardieu, vrai.

— Eh bien! qu'est-elle devenue? qu'en avez-vous fait?

— Je ne vous dirai pas. Je crois qu'ils l'ont pendue.

— Vous croyez?

— Je ne suis pas sûr. Quand j'ai vu qu'ils voulaient pendre les gens, je me suis retiré du jeu.

— C'est là tout ce que vous en savez?

— Attendez donc. On m'a dit qu'elle s'était réfugiée
dans Notre-Dame, et qu'elle y était en sûreté, et j'en suis

ravi, et je n'ai pu découvrir si la chèvre s'était sauvée avec elle, et c'est tout ce que j'en sais.

— Je vais vous en apprendre davantage, cria dom Claude; et sa voix, jusqu'alors basse, lente et presque sourde, était devenue tonnante. Elle est en effet réfugiée dans Notre-Dame. Mais dans trois jours la justice l'y reprendra, et elle sera pendue en Grève. Il y a arrêt du parlement.

— Voilà qui est fâcheux, dit Gringoire.

Le prêtre, en un clin d'œil était redevenu froid et calme.

— Et qui diable, reprit le poëte, s'est donc amusé à solliciter un arrêt de réintégration? Est-ce qu'on ne pouvait pas laisser le parlement tranquille? Qu'est-ce que cela fait qu'une pauvre fille s'abrite sous les arcs-boutants de Notre-Dame, à côté des nids d'hirondelle?

— Il y a des Satans dans le monde, répondit l'archidiacre.

— Cela est diablement mal emmanché, observa Gringoire.

L'archidiacre reprit après un silence : — Donc elle vous a sauvé la vie?

— Chez mes bons amis les truandriers. Un peu plus, un peu moins, j'étais pendu. Ils en seraient fâchés aujourd'hui.

— Est-ce que vous ne voulez rien faire pour elle?

— Je ne demande pas mieux, dom Claude; mais si je vais m'entortiller une vilaine affaire autour du corps!

— Qu'importe?

— Bah! qu'importe? Vous êtes bon, vous, mon maître! J'ai deux grands ouvrages commencés.

Le prêtre se frappa le front. Malgré le calme qu'il affectait, de temps en temps un geste violent révélait ses convulsions intérieures. — Comment la sauver?

Gringoire lui dit : — Mon maître, je vous répondrai : *Il padelt*, ce qui veut dire en turc : *Dieu est notre espérance.*

— Comment la sauver? répéta Claude rêveur.

Gringoire à son tour se frappa le front.

— Ecoutez, mon maître, j'ai de l'imagination; je vais vous trouver des expédients. Si on demandait la grâce au roi?

— A Louis XI! une grâce!

— Pourquoi pas?

— Va prendre son os au tigre!

Gringoire se mit à chercher de nouvelles solutions.

— Eh bien! tenez! — Voulez-vous que j'adresse aux matrones une requête avec déclaration que la fille est enceinte?

Cela fit étinceler la creuse prunelle du prêtre.

— Enceinte! drôle! est-ce que tu en sais quelque chose?

Gringoire fut effrayé de son air. Il se hâta de dire : — Oh! non pas moi! Notre mariage est un vrai *forismarita-gium*. Je suis resté dehors. Mais enfin on obtiendrait un sursis.

— Folie! infamie! tais-toi!

— Vous avez tort de vous fâcher, grommela Gringoire. On obtient un sursis; cela ne fait de mal à personne, et cela fait gagner quarante deniers parisis aux matrones, qui sont de pauvres femmes.

Le prêtre ne l'écoutait pas. — Il faut pourtant qu'elle sorte de là! murmura-t-il. L'arrêt est exécutoire sous trois jours! D'ailleurs, il n'y aurait pas d'arrêt; ce Quasimodo! Les femmes ont des goûts bien dépravés! Il haussa la voix : — Maître Pierre, j'y ai bien réfléchi; il n'y a qu'un moyen de salut pour elle.

— Lequel? moi, je n'en vois plus.

— Ecoutez, maître Pierre, souvenez-vous que vous lui devez la vie. Je vais vous dire franchement mon idée. L'église est guettée jour et nuit; on n'en laisse sortir que ceux qu'on y a vus entrer. Vous pourrez donc entrer.

Vous viendrez. Je vous introduirai près d'elle. Vous changerez d'habits avec elle. Elle prendra votre pourpoint ; vous prendrez sa jupe.

— Cela va bien jusqu'à présent, observa le philosophe. Et puis?

— Et puis? Elle sortira avec vos habits? vous resterez avec les siens. On vous pendra peut-être; mais elle sera sauvée.

Gringoire se gratta l'oreille avec un air très-sérieux.

— Tiens! dit-il, voilà une idée qui ne me serait jamais venue toute seule.

A la proposition inattendue de dom Claude, la figure ouverte et bénigne du poëte s'était brusquement rembrunie, comme un riant paysage d'Italie quand il survient un coup de vent malencontreux qui écrase un nuage sur le soleil.

— Eh bien! Gringoire, que dites-vous du moyen?

— Je dis, mon maître, qu'on ne me pendra pas peut-être, mais qu'on me pendra indubitablement.

— Cela ne nous regarde pas.

— La peste! dit Gringoire.

— Elle vous a sauvé la vie. C'est une dette que vous payez.

— Il y en a bien d'autres que je ne paye pas!

— Maître Pierre, il le faut absolument.

L'archidiacre parlait avec empire.

— Ecoutez, dom Claude, répondit le poëte tout consterné. Vous tenez à cette idée, et vous avez tort. Je ne vois pas pourquoi je me ferais pendre à la place d'un autre.

— Qu'avez-vous donc tant qui vous attache à la vie?

— Ah! mille raisons.

— Lesquelles, s'il vous plaît?

— Lesquelles? L'air, le ciel, le matin, le soir, le clair de lune, mes bons amis les truands, nos gorges-chaudes

avec les vilotiéres, les belles architectures de Paris à étudier, trois gros livres à faire, dont un contre l'évêque et ses
moulins ; que sais-je, moi ? Anaxagoras disait qu'il était
au monde pour admirer le soleil. Et puis, j'ai le bonheur
de passer toutes mes journées, du matin au soir, avec un
homme de génie, qui est moi, et c'est fort agréable.

— Tête à faire un grelot ! grommela l'archidiacre. —
Eh ! parle, cette vie que tu te fais si charmante, qui te l'a
conservée ? A qui dois-tu de respirer cet air, de voir ce
ciel, et de pouvoir encore amuser ton esprit d'alouette de
billevesées et de folies ? Sans elle, où serais-tu ? Tu veux
donc qu'elle meure, elle par qui tu es vivant ! qu'elle
meure, cette créature, belle, douce, adorable, nécessaire
à la lumière du monde, plus divine que Dieu ; tandis que
toi, demi-sage et demi-fou, vaine ébauche de quelque
chose, espèce de végétal qui crois marcher et qui crois
penser, tu continueras à vivre avec la vie que tu lui as
volée, aussi inutile qu'une chandelle en plein midi ? Allons,
un peu de pitié, Gringoire ; sois généreux à ton tour ;
c'est elle qui a commencé.

Le prêtre était véhément ; Gringoire l'écouta d'abord
avec un air indéterminé, puis il s'attendrit, et finit par
faire une grimace tragique qui fit ressembler sa blême
figure à celle d'un nouveau-né qui a la colique.

— Vous êtes pathétique ! dit-il en essuyant une larme.
— Eh bien ! j'y réfléchirai. — C'est une drôle d'idée que
vous avez eue là. — Après tout, poursuivit-il après un silence, qui sait ? peut-être ne me pendront-ils pas. N'épouse
pas toujours qui fiance. Quand ils me trouveront dans
cette logette, si grotesquement affublé, en jupe et en coiffe,
peut-être éclateront-ils de rire. — Et puis, s'ils me pendent, eh bien ! la corde, c'est une mort comme une autre,
ou, pour mieux dire, ce n'est pas une mort comme une
autre. C'est une mort digne du sage qui a oscillé toute sa

vie, une mort qui n'est ni chair ni poisson, comme l'esprit du véritab'e sceptique, une mort tout empreinte de pyrrhonisme et d'hésitation, qui tient le milieu entre le ciel et la terre, qui vous laisse en suspens. C'est une mort de philosophe, et j'y étais prédestiné peut-être. Il est magnifique de mourir comme on a vécu.

Le prêtre l'interrompit : Est-ce convenu?

— Qu'est-ce que la mort, à tout prendre? poursuivit Gringoire avec exaltation. Un mauvais moment, un péage, le passage de peu de chose à rien. Quelqu'un ayant demandé à Cercidas, Mégalopolitain, s'il mourrait volontiers : Pourquoi non? répondit-il; car après ma mort je verrai ces grands hommes, Pythagoras entre les philosophes, Ilecatæus entre les historiens, Homère entre les poëtes, Olympe entre les musiciens.

L'archidiacre lui présenta la main. — Donc c'est dit? vous viendrez demain.

Ce geste ramena Gringoire au positif.

— Ah! ma foi, non! dit-il du ton d'un homme qui se réveille. Etre pendu! c'est trop absurde. Je ne veux pas.

— Adieu, alors! Et l'archidiacre ajouta entre ses dents : Je te retrouverai!

— Je ne veux pas que ce diable d'homme me retrouve, pensa Gringoire, et il courut après dom Claude.

— Tenez, monsieur l'archidiacre, pas d'humeur entre vieux amis! Vous vous intéressez à cette fille, à ma femme, veux-je dire, c'est bien. Vous avez imaginé un stratagème pour la faire sortir sauve de Notre-Dame, mais votre moyen est extrêmement désagréable pour moi Gringoire. — Si j'en avais un autre, moi! — Je vous préviens qu'il vient de me survenir à l'instant une inspiration très-lumineuse.

— Si j'avais une idée expédiente pour la tirer du mauvais pas sans compromettre mon cou avec le moindre nœud coulant! qu'est-ce que vous diriez? cela ne vous suffirait-

il point? Est-il absolument nécessaire que je sois pendu
pour que vous soyez content?

Le prêtre arrachait d'impatience les boutons de sa soutane. — Ruisseau de paroles! — Quel est ton moyen?

— Oui, reprit Gringoire se parlant à lui-même et touchant son nez avec son index en signe de méditation, —
c'est cela! — Les truands sont de braves fils. — La tribu
d'Egypte l'aime! — Ils se lèveront au premier mot! —
Rien de plus facile! — Un coup de main. — A la faveur
du désordre, on l'enlèvera aisément! — Dès demain soir...
— Ils ne demanderont pas mieux.

— Le moyen! parle! dit le prêtre en le secouant.

Gringoire se tourna majestueusement vers lui : — Laissez-moi donc! vous voyez bien que je compose. Il réfléchit
encore quelques instants, puis il se mit à battre des mains
à sa pensée en criant : — Admirable! réussite sûre!

— Le moyen! reprit Claude en colère. Gringoire était
radieux.

— Venez, que je vous dise cela tout bas. C'est une con-
tre-mine vraiment gaillarde, et qui nous tire tous d'affaire.
Pardieu! il faut convenir que je ne suis pas un imbécile!

Il s'interrompit : — Ah çà! la petite chèvre est-elle avec
la fille?

— Oui. Que le diable t'emporte!

— C'est qu'ils l'auraient pendue aussi; n'est-ce pas?

— Qu'est-ce que cela me fait?

— Oui, ils l'auraient pendue. Ils ont bien pendu une
truie le mois passé. Le bourrel aime cela; il mange la bête
après. Pendre ma jolie Djali! Pauvre petit agneau!

— Malédiction! s'écria dom Claude. Le bourreau, c'est
toi. Quel moyen de salut as-tu donc trouvé, drôle? Faudra-t-il t'accoucher ton idée avec le forceps?

— Tout beau, maître! voici.

Gringoire se pencha à l'oreille de l'archidiacre, et lui

parla très-bas, en jetant un regard inquiet d'un bout à l'autre de la rue, où il ne passait pourtant personne. Quand il eut fini, dom Claude lui prit la main et lui dit froidement : — C'est bon. A demain.

— A demain, répéta Gringoire. Et tandis que l'archidiacre s'éloignait d'un côté, il s'en alla de l'autre en se disant à demi-voix : — Voilà une fière affaire, monsieur Pierre Gringoire. N'importe ; il n'est pas dit, parce qu'on est petit, qu'on s'effrayera d'une grande entreprise. Biton porta un grand taureau sur ses épaules ; les hochequeues, les fauvettes et les traquets traversent l'Océan.

II

FAITES-VOUS TRUAND.

L'archidiacre, en rentrant au cloître, trouva à la porte de sa cellule son frère Jehan du Moulin qui l'attendait et qui avait charmé les ennuis de l'attente en dessinant avec un charbon sur le mur un profil de son frère aîné, enrichi d'un nez démesuré. Dom Claude regarda à peine son frère ; il avait d'autres songes. Ce joyeux visage de vaurien, dont le rayonnement avait tant de fois rasséréné la sombre physionomie du prêtre, était maintenant impuissant à fondre la brume qui s'épaississait chaque jour davantage sur cette âme corrompue, méphitique et stagnante. — Mon frère, dit timidement Jehan, je viens vous voir.

L'archidiacre ne leva seulement pas les yeux sur lui. — Après ?

— Mon frère, reprit l'hypocrite, vous êtes si bon pour moi, et vous me donnez de si bons conseils que je reviens toujours à vous.

— Ensuite?

— Hélas! mon frère, c'est que vous aviez bien raison quand vous me disiez : — Jehan! Jehan! *cessat doctorum doctrina, discipulorum disciplina.* Jehan, soyez sage, Jehan, soyez docte. Jehan, ne pernoctez pas hors le collége sans occasion légitime et congé du maître. Ne battez pas les Picards : *noli, Joannes, verberare Picardos.* Ne pourrissez pas comme un âne illettré, *quasi asinus illiteratus,* sur le feurre de l'école. Jehan, laissez-vous punir à la discrétion du maître. Jehan, allez tous les soirs à la chapelle et chantez-y une antienne avec verset et oraison à madame la glorieuse vierge Marie. Hélas! que c'étaient là de très-excellents avis!

— Et puis?

— Mon frère, vous voyez un coupable, un criminel, un misérable, un libertin, un homme énorme! Mon cher frère, Jehan a fait de vos gracieux conseils paille et fumier à fouler aux pieds. J'en suis bien châtié, et le bon Dieu est extraordinairement juste. Tant que j'ai eu de l'argent, j'ai fait ripaille, folie et vie joyeuse. Oh! que la débauche, si charmante de face, est laide et rechignée par derrière! Maintenant je n'ai plus un blanc; j'ai vendu ma nappe, ma chemise et ma touaille; plus de joyeuse vie! la belle chandelle est éteinte, et je n'ai plus que la vilaine mèche de suif qui me fume dans le nez. Les filles se moquent de moi. Je bois de l'eau. Je suis bourrelé de remords et de créanciers.

— Le reste? dit l'archidiacre.

— Hélas! très-cher frère, je voudrais bien me ranger à une meilleure vie. Je viens à vous, plein de contrition. Je suis pénitent. Je me confesse. Je me frappe la poitrine à grands coups de poing. Vous avez bien raison de vouloir que je devienne un jour licencié et sous-moniteur du collége de Torchi. Voici que je me sens à présent une voca-

tion magnifique pour cet état. Mais je n'ai plus d'encre, il
faut que j'en rachète ; je n'ai plus de plumes, il faut que
j'en rachète; je n'ai plus de papier, je n'ai plus de livres,
il faut que j'en rachète. J'ai grand besoin pour cela d'un
peu de finance, et je viens à vous, mon frère, le cœur plein
de contrition.

— Est-ce tout ?

— Oui, dit l'écolier. Un peu d'argent.

— Je n'en ai pas.

L'écolier dit alors d'un air grave et résolu en même
temps : — Eh bien ! mon frère, je suis fâché d'avoir à vous
dire qu'on me fait, d'autre part, de très-belles offres et
propositions. Vous ne voulez pas me donner d'argent ? —
Non ! — En ce cas, je vais me faire truand.

En prononçant ce mot monstrueux, il prit une mine d'A-
jax, s'attendant à voir tomber la foudre sur sa tête. L'archidiacre lui dit froidement : — Faites-vous truand.

Jehan le salua profondément et redescendit l'escalier du
cloître en sifflant. Au moment où il passait dans la cour
du cloître, sous la fenêtre de la cellule de son frère, il entendit cette fenêtre s'ouvrir, leva le nez et vit passer par
l'ouverture la tête sévère de l'archidiacre. — Va-t'en au
diable ! disait dom Claude ; voici le dernier argent que tu
auras de moi. En même temps, le prêtre jeta à Jehan une
bourse qui fit à l'écolier une grosse bosse au front, et dont
Jehan s'en alla à la fois fâché et content, comme un chien
qu'on lapiderait avec des os à moelle.

III

Le lecteur n'a peut-être pas oublié qu'une partie de la
Cour des Miracles était enclose par l'ancien mur d'enceinte
de la ville, dont bon nombre de tours commençaient, dès
cette époque, à tomber en ruine. L'une de ces tours avait
été convertie en lieu de plaisir par les truands. Il y avait
cabaret dans la salle basse, et le reste dans les étages supérieurs. Cette tour était le point le plus vivant et par conséquent le plus hideux de la truanderie. C'était une sorte de
ruche monstrueuse qui y bourdonnait nuit et jour. La
nuit, quand tout le surplus de la gueuserie dormait, quand
il n'y avait plus une fenêtre allumée sur les façades terreu-
ses de la place, quand on n'entendait plus sortir un cri de
ces innombrables maisonnées, de ces fourmilières de voleurs, de filles et d'enfants volés ou bâtards, on reconnais-
sait toujours la joyeuse tour au bruit qu'elle faisait, à la
lumière écarlate qui, rayonnant à la fois aux soupiraux,
aux fenêtres, aux fissures des murs lézardés, s'échappait
pour ainsi dire de tous ses pores.

La cave était donc le cabaret. On y descendait par une
porte basse et par un escalier aussi roide qu'un alexandrin
classique. Sur la porte, il y avait en guise d'enseigne un
merveilleux barbouillage représentant des sols neufs et des
poulets tués, avec ce calembour au-dessous : *Aux sonneurs
pour les trépassés.*

Un soir, au moment où le couvre-feu sonnait à tous les
beffrois de Paris, les sergents du guet, s'il leur eût été
donné d'entrer dans la redoutable Cour des Miracles, au-

raient pu remarquer qu'il se faisait dans la taverne des truands plus de tumulte encore qu'à l'ordinaire, qu'on y buvait plus et qu'on y jurait mieux. Au dehors, il y avait dans la place force groupes qui s'entretenaient à voix basse, comme lorsqu'il se trame un grand dessein, et çà et là un drôle accroupi qui aiguisait une méchante lame de fer sur un pavé. Cependant, dans la taverne même, le vin et le jeu étaient une si puissante diversion aux idées qui occupaient ce soir-là la truanderie, qu'il eût été difficile de deviner aux propos des buveurs de quoi il s'agissait. Seulement ils avaient l'air plus gai que de coutume, et on leur voyait à tous reluire quelque arme entre les jambes, une serpe, une cognée, un gros estramaçon ou le croc d'une vieille haçquebute.

La salle, de forme ronde, était très-vaste; mais les tables étaient si pressées et les buveurs si nombreux, que tout ce que contenait la taverne, hommes, femmes, bancs, cruches à bière, ce qui buvait, ce qui dormait, ce qui jouait, les bien portants, les éclopés, semblait entassé pêle-mêle avec autant d'ordre et d'harmonie qu'un tas d'écailles d'huitres. Il y avait quelques suifs allumés sur les tables; mais le véritable luminaire de la taverne, ce qui remplissait dans le cabaret le rôle du lustre dans une salle d'opéra, c'était le feu. Cette cave était si humide qu'on n'y laissait jamais éteindre la cheminée, même en plein été; une cheminée immense à manteau sculpté, toute hérissée de lourds chenets de fer et d'appareils de cuisine, avec un de ces gros feux mêlés de bois et de tourbe qui, la nuit, dans les rues de village, font saillir si rouge sur les murs d'en face le spectre des fenêtres de forge. Un grand chien, gravement assis dans la cendre, tournait devant la braise une broche chargée de viandes.

Quelle que fût la confusion, après le premier coup d'œil, on pouvait distinguer dans cette multitude trois groupes

principaux qui se pressaient autour de trois personnages
que le lecteur connaît déjà. L'un de ces personnages, bizarrement accoutré de maint oripeau oriental, était Mathias
Hungadi Spicali, duc d'Egypte et de Bohême. Le maraud
était assis sur une table, les jambes croisées, le doigt en
l'air, et faisait d'une voix haute distribution de sa science
en magie blanche et noire à mainte face béante qui l'entourait. Une autre cohue s'épaississait autour de notre ancien ami, le vaillant roi de Thunes, armé jusqu'aux dents.
Clopin Trouillefou, d'un air très-sérieux et à voix basse,
réglait le pillage d'une énorme futaille pleine d'armes, largement défoncée devant lui, d'où se degorgeaient en foule,
haches, épées, bassinets, cottes de mailles, platers, fers de
lances et d'archegayes, sagettes et viretons, comme pom-
mes et raisins d'une corne d'abondance. Chacun prenait au
tas, qui le morion, qui l'estoc, qui la miséricorde à poignée
en croix. Les enfants eux-mêmes s'armaient, et il y avait
jusqu'à des culs-de-jatte qui, bardés et cuirassés, passaient
entre les jambes des buveurs comme de gros scarabées.

Enfin un troisième auditoire, le plus bruyant, le plus jo-
vial et le plus nombreux, encombrait les bancs et les tables
au milieu desquels pérorait et jurait une voix en flûte qui
s'échappait de dessous une pesante armure complète du
casque aux éperons. L'individu qui s'était ainsi vissé une
panoplie sur le corps disparaissait tellement sous l'habit de
guerre qu'on ne voyait plus de sa personne qu'un nez effronté, rouge, retroussé, une boucle de cheveux blonds,
une bouche rose et des yeux hardis. Il avait la ceinture
pleine de dagues et de poignards, une grande épée au flanc,
une arbalète rouillée à sa gauche, et un vaste broc de vin
devant lui, sans compter à sa droite une épaisse fille débraillée. Toutes les bouches à l'entour de lui riaient, sa-
craient et buvaient.

Qu'on ajoute vingt groupes secondaires, les filles et les

garçons de service courant avec des brocs en tête, les
joueurs accroupis sur les billes, sur les merelles, sur les
dés, sur les vachettes, sur le jeu passionné du tringlet, les
querelles dans un coin, les baisers dans l'autre, et l'on
aura quelque idée de cet ensemble, sur lequel vacillait la
clarté d'un grand feu flambant, qui faisait danser sur les
murs du cabaret mille ombres démesurées et grotesques.
Quant au bruit, c'était l'intérieur d'une cloche en grande
volée. La léchefrite, où petillait une pluie de graisse, emplissait de son glapissement continu les intervalles de ces
mille dialogues qui se croisaient d'un bout à l'autre de
la salle.

Il y avait parmi ce vacarme, au fond de la taverne, sur
le banc intérieur de la cheminée, un philosophe qui mé-
ditait, les pieds dans la cendre et l'œil sur les tisons. C'é-
tait Pierre Gringoire.

— Allons, vite ! dépêchons, armez-vous ! on se met en
marche dans une heure ! disait Clopin Trouillefou à ses
argotiers.

Une fille fredonnait :

> Bonsoir, mon père et ma mère,
> Les derniers couvrent le feu.

Deux joueurs de cartes se disputaient. — Valet ! criait
le plus empourpré des deux, en montrant le poing à l'autre, je vais te marquer au trèfle. Tu pourras remplacer
Mistigri dans le jeu de cartes de monseigneur le roi.

— Ouf ! hurlait un Normand, connaissable à son accent
nasillard ; on est ici tassé comme les saints de Caillou-
ville.

— Fils, disait à son auditoire le duc d'Egypte parlant
en fausset, les sorcières de France vont au sabbat sans ba-
lai, ni graisse, ni monture, seulement avec quelques paroles magiques. Les sorcières d'Italie ont toujours un bouc

qui les attend à leur porte. Toutes sont tenues de sortir
par la cheminée.

La voix du jeune drôle armé de pied en cap dominait le
brouhaha. — Noël ! Noël ! criait-il. Mes premières armes
aujourd'hui ! truand ! je suis truand, ventre de Christ ! ver-
sez-moi à boire ! — Mes amis, je m'appelle Jehan Frollo du
Moulin, et je suis gentilhomme. Je suis d'avis que, si Dieu
était gendarme, il se ferait pillard. Frères, nous allons
faire une belle expédition. Nous sommes des vaillants. As-
siéger l'église, enfoncer les portes, en tirer la belle fille,
la sauver des juges, la sauver des prêtres, démanteler le
cloître, brûler l'évêque dans l'évêché, nous ferons cela en
moins de temps qu'il n'en faut à un bourgmestre pour
manger une cuillerée de soupe. Notre cause est juste,
nous pillerons Notre-Dame, et tout sera dit. Nous pen-
drons Quasimodo. Connaissez-vous Quasimodo, mesdamoiselles ? L'avez-vous vu s'essouffler sur le bourdon un jour
de grande Pentecôte ? Corne-du-Père ! c'est très-beau, on
dirait un diable à cheval sur une gueule. — Mes amis,
écoutez-moi, je suis truand au fond du cœur, je suis argo-
tier dans l'âme, je suis né cagou. J'ai été très-riche, et
j'ai mangé mon bien. Ma mère voulait me faire officier,
mon père sous-diacre, ma tante conseiller aux enquêtes,
ma grand'mère protonotaire du roi, ma grand'tante tréso-
rier de robe courte ; moi, je me suis fait truand. J'ai dit
cela à mon père, qui m'a craché sa malédiction au visage ;
à ma mère, qui s'est mise, la vieille dame, à pleurer et à
baver comme cette bûche sur ce chenet. Vive la joie ! je
suis un vrai Bicêtre. Tavernière, ma mie, d'autre vin, j'ai
encore de quoi payer. Je ne veux plus de vin de Surène. Il
me chagrine le gosier. J'aimerais autant, corbœuf ! me
gargariser d'un panier.

Cependant la cohue applaudissait avec des éclats de rire ;
et, voyant que le tumulte redoublait autour de lui, l'éco-

lier s'écria : — Oh ! le beau bruit ! *Populi debacchantis populosa debacchatio !* Alors il se mit à chanter, l'œil comme noyé dans l'extase, du ton d'un chanoine qui entonne vêpres : — *Quæ cantica ! quæ organa ! quæ cantilenæ ! quæ melodiæ hic sine fine decantantur ! sonant melliflua hymnorum organa, suavissima angelorum melodia, cantica canticorum mira !...* Il s'interrompit : — Buvetière du diable, donne-moi à souper.

Il y eut un moment de quasi silence pendant lequel s'éleva à son tour la voix aigre du duc d'Egypte enseignant ses bohémiens : — La belette s'appelle Aduine, le renard Pied-Bleu ou le Coureur-des-bois, le loup Pied-Gris ou Pied-Doré, l'Ours le Vieux ou le Grand-Père. — Le bonnet d'un gnome rend invisible, et fait voir les choses invisibles. — Tout crapaud qu'on baptise doit être vêtu de velours rouge ou noir, une sonnette au cou, une sonnette aux pieds. Le parrain tient la tête, la marraine le derrière. — C'est le démon Sidragasum qui a le pouvoir de faire danser les filles toutes nues.

— Par la messe ! interrompit Jehan, je voudrais être le démon Sidragasum.

Cependant les truands continuaient de s'armer en chuchotant à l'autre bout du cabaret.

— Cette pauvre Esmeralda ! disait un bohémien. — C'est notre sœur. — Il faut la retirer de là.

— Est-elle donc toujours à Notre-Dame? reprenait un marcandier à mine de juif.

— Oui, pardieu !

— Hé bien ! camarades, s'écriait le marcandier, à Notre-Dame ! D'autant mieux qu'il y a à la chapelle des saints Féréol et Ferrution deux statues, l'une de saint Jean-Baptiste, l'autre de saint Antoine, toutes d'or, pesant ensemble dix-sept marcs d'or et quinze estellins, et les sous-pieds d'argent doré dix-sept marcs cinq onces. Je sais cela; je suis orfévre.

Ici on servit à Jehan son souper. Il s'écria, en s'étalant sur la gorge de la fille sa voisine : Par saint Voult-de-Lucques, que le peuple appelle saint Goguelu, je suis parfaitement heureux. J'ai là devant moi un imbécile qui me regarde avec la mine glabre d'un archiduc. En voici un à ma gauche qui a les dents si longues qu'elles lui cachent le menton. Et puis je suis comme le maréchal de Gié au siége de Pontoise. J'ai ma droite appuyée à un mamelon. Ventre-Mahom! camarade! tu as l'air d'un marchand d'esteufs, et tu viens t'asseoir auprès de moi! Je suis noble, l'ami. La marchandise est incompatible avec la noblesse. Va-t'en de là. — Holahée! vous autres! ne vous battez pas! Comment, Baptiste Croque-Oison, toi qui as un si beau nez, tu vas le risquer contre les gros poings de ce butor? Imbécile! *Non cuiquam datum est habere nasum.* — Tu es vraiment divine, Jacqueline Ronge-Oreille! c'est dommage que tu n'aies pas de cheveux. — Holà! je m'appelle Jehan Frollo, et mon frère est archidiacre. Que le diable l'emporte! Tout ce que je vous dis est la vérité. En me faisant truand, j'ai renoncé de gaieté de cœur à la moitié d'une maison située dans le paradis, que mon frère m'avait promise. *Dimidiam domum in Paradiso.* Je cite le texte. J'ai un fief rue Tirechappe, et toutes les femmes sont amoureuses de moi, aussi vrai qu'il est vrai que saint Eloy était un excellent orfévre, et que les cinq métiers de la bonne ville de Paris sont les tanneurs, les mégissiers, les baudroyeurs, les boursiers et les sueurs, et que saint Laurent a été brûlé avec des coquilles d'œufs. Je vous jure, camarades,

> Que je ne beuvrai de piment
> Devant un an, si je cy ment!

— Ma charmante, il fait clair de lune; regarde donc

là-bas, par le soupirail, comme le vent chiffonne les nuages. Ainsi je fais ta gorgerette. — Les filles, mouchez les enfants et les chandelles. — Christ et Mahom! qu'est-ce que je mange là, Jupiter! Ohé! la matrulle! les cheveux qu'on ne trouve pas sur la tête de tes ribaudes, on les retrouve dans tes omelettes. La vieille, j'aime les omelettes chauves. Que le diable te fasse camue! — Belle hôtellerie de Belzébuth, où les ribaudes se peignent avec les fourchettes! Cela dit, il brisa son assiette sur le pavé et se mit à chanter à tue-tête :

> Et je n'ai, moi,
> Par la sang-Dieu!
> Ni foi, ni loi,
> Ni feu, n lieu,
> Ni roi,
> Ni Dieu !

Cependant Clopin Trouillefou avait fini sa distribution d'armes. Il s'approcha de Gringoire, qui paraissait plongé dans une profonde rêverie, les pieds sur un chenet. — L'ami Pierre, dit le roi de Thunes, à quoi diable penses-tu?

Gringoire se retourna vers lui avec un sourire mélancolique : — J'aime le feu, mon cher seigneur. Non par la raison triviale que le feu réchauffe nos pieds ou cuit notre soupe, mais parce qu'il a des étincelles. Quelquefois je passe des heures à regarder les étincelles. Je découvre mille choses dans ces étoiles qui saupoudrent le fond noir de l'âtre. Ces étoiles-là aussi sont des mondes.

— Tonnerre si je te comprends ! dit le truand. Sais-tu quelle heure il est ?

— Je ne sais pas, répondit Gringoire.

Clopin s'approcha alors du duc d'Egypte. — Camarade Mathias, le quart d'heure n'est pas bon. On dit le roi Louis onzième à Paris.

— Raison de plus pour lui tirer notre sœur des griffes, répondit le vieux bohémien.

— Tu parles en homme, Mathias, dit le roi de Thunes. D'ailleurs nous ferons lestement. Pas de résistance à craindre dans l'église. Les chanoines sont des lièvres, et nous sommes en force. Les gens du parlement seront bien attrapés demain quand ils viendront la chercher. Boyaux du pape ! je ne veux pas qu'on pende la jolie fille.

Clopin sortit du cabaret. Pendant ce temps-là, Jehan s'écriait d'une voix enrouée : — Je bois, je mange, je suis ivre, je suis Jupiter !—Eh ! Pierre-l'Assommeur, si tu me regardes encore comme cela, je vais t'épousseter le nez avec des chiquenaudes. De son côté, Gringoire, arraché de ses méditations, s'était mis à considérer la scène fougueuse et criarde qui l'environnait en murmurant entre ses dents : *Luxuriosa res vinum et tumultuosa ebrietas.* Hélas ! que j'ai bien raison de ne pas boire, et que saint Benoît dit excellemment : *Vinum apostatare facit etiam sapientes.*

En ce moment Clopin rentra et cria d'une voix de tonnerre : Minuit ! A ce mot, qui fit l'effet du boute-selle sur un régiment en halte, tous les truands, hommes, femmes, enfants, se précipitèrent en foule hors de la taverne avec un grand bruit d'armes et de ferrailles. La lune s'était voilée. La Cour des Miracles était tout à fait obscure. Il n'y avait pas une lumière. Elle était pourtant loin d'être déserte. On y distinguait une foule d'hommes et de femmes qui se parlaient bas. On les entendait bourdonner, et l'on voyait reluire toutes sortes d'armes dans les ténèbres. Clopin monta sur une grosse pierre. — A vos rangs, l'Argot ! cria-t-il. A vos rangs, l'Egypte ! A vos rangs, Galilée ! Un mouvement se fit dans l'ombre. L'immense multitude parut se former en colonne. Après quelques minutes, le roi de Thunes éleva encore la voix : Maintenant, silence pour traverser Paris. Le mot de passe est : *Petite flambe*

en baguenaud! On n'allumera les torches qu'à Notre-
Dame! En marche! Dix minutes après, les cavaliers du
guet s'enfuyaient épouvantés devant une longue procession
d'hommes noirs et silencieux qui descendait vers le Pont-
au-Change, à travers les rues tortueuses qui percent en
tous sens le massif quartier des halles.

IV

UN MALADROIT AMI.

Cette même nuit, Quasimodo ne dormait pas. Il venait
de faire sa dernière ronde dans l'église. Il n'avait pas remarqué, au moment où il en fermait les portes, que l'archidiacre était passé près de lui et avait témoigné quelque
humeur en le voyant verrouiller et cadenasser avec soin
l'énorme armature de fer qui donnait à leurs larges battants
la solidité d'une muraille. Dom Claude avait l'air encore
plus préoccupé qu'à l'ordinaire. Du reste, depuis l'aventure
nocturne de la cellule, il maltraitait constamment Quasimodo; mais il avait beau le rudoyer, le frapper même quelquefois, rien n'ébranlait la soumission, la patience, la rési-
gnation dévouée du fidèle sonneur. De la part de l'archidiacre il souffrait tout, injures, menaces, coups, sans murmurer un reproche, sans pousser une plainte. Tout au plus
le suivait-il des yeux avec inquiétude quand dom Claude
montait l'escalier de la tour, mais l'archidiacre s'était de
lui-même abstenu de reparaître aux yeux de l'égyptienne.
Cette nuit-là donc, Quasimodo, après avoir donné un
coup d'œil à ses pauvres cloches si délaissées, à Jacqueline,
à Marie, à Thibaud, était monté jusque sur le sommet de
la tour septentrionale, et là, posant sur les plombs sa lau-

terne sourde bien fermée, il s'était mis à regarder Paris.
La nuit, nous l'avons déjà dit, était fort obscure. Paris,
qui n'était, pour ainsi dire, pas éclairé à cette époque, présentait à l'œil un amas confus de masses noires, coupé çà
et là par la courbe blanchâtre de la Seine. Quasimodo n'y
voyait plus de lumière qu'à une fenêtre d'un édifice éloigné
dont le vague et sombre profil se dessinait bien au-dessus
des toits, du côté de la Porte-Saint-Antoine. Là aussi il y
avait quelqu'un qui veillait.

Tout en laissant flotter dans cet horizon de brume et de
nuit son unique regard, le sonneur sentait au dedans de
lui-même une inexprimable inquiétude. Depuis plusieurs
jours il était sur ses gardes. Il voyait sans cesse rôder autour de l'église des hommes à mine sinistre qui ne quit-
taient pas des yeux l'asile de la jeune fille. Il songeait qu'il
se tramait peut-être quelque complot contre la malheureuse
réfugiée. Il se figurait qu'il y avait une haine populaire sur
elle comme il y en avait une sur lui, et qu'il se pourrait
bien qu'il arrivât bientôt quelque chose. Aussi se tenait-il
sur son clocher, aux aguets, *révant dans son révoir*, comme
dit Rabelais, l'œil tour à tour sur la cellule et sur Paris,
faisant sûre garde, comme un bon chien, avec mille dé-
fiances dans l'esprit.

Tout à coup, tandis qu'il scrutait la grande ville de cet
œil que la nature, par une sorte de compensation, avait
fait si perçant qu'il pouvait presque suppléer aux autres
organes qui manquaient à Quasimodo, il lui parut que la
silhouette du quai de la Vieille Pelleterie avait quelque
chose de singulier, qu'il y avait un mouvement sur ce
point, que la ligne du parapet détachée en noir sur la
blancheur de l'eau n'était pas droite et tranquille sembla-
blement à celle des autres quais, mais qu'elle ondulait au
regard comme les vagues d'un fleuve ou comme les têtes
d'une foule en marche.

Cela lui parut étrange. Il redoubla d'attention. Le mouvement semblait venir vers la Cité. Aucune lumière d'ailleurs. Il dura quelque temps sur le quai; puis il s'écoula peu à peu, comme si ce qui passait entrait dans l'intérieur de l'île; puis il cessa tout à fait, et la ligne du quai redevint droite et immobile.

Au moment où Quasimodo s'épuisait en conjectures, il lui sembla que le mouvement reparaissait dans la rue du Parvis, qui se prolonge dans la Cité perpendiculairement à la façade de Notre-Dame. Enfin, si épaisse que fût l'obscurité, il vit une tête de colonne déboucher par cette rue, et en un instant se répandre dans la place une foule dont on ne pouvait rien distinguer dans les ténèbres, sinon que c'était une foule.

Ce spectacle avait sa terreur. Il est probable que cette procession singulière, qui semblait si intéressée à se dérober sous une profonde obscurité, ne gardait pas un silence moins profond. Cependant un bruit quelconque devait s'en échapper, ne fût-ce qu'un piétinement. Mais ce bruit n'arrivait même pas à notre sourd, et cette grande multitude, dont il voyait à peine quelque chose, et dont il n'entendait rien, s'agitant et marchant néanmoins si près de lui, lui faisait l'effet d'une cohue de morts, muette, impalpable, perdue dans une fumée. Il lui semblait voir s'avancer vers lui un brouillard plein d'hommes, voir remuer des ombres dans l'ombre.

Alors ses craintes lui revinrent, l'idée d'une tentative contre l'égyptienne se représenta à son esprit. Il sentit confusément qu'il approchait d'une situation violente. En ce moment critique, il tint conseil en lui-même avec un raisonnement meilleur et plus prompt qu'on ne l'eût attendu d'un cerveau si mal organisé. Devait-il éveiller l'égyptienne? la faire évader? Par où? les rues étaient investies, l'église était acculée à la rivière. Pas de bateau! pas d'issue! — Il n'y avait qu'un parti : se faire tuer au seuil de Notre-Dame, résister du moins jusqu'à ce qu'il vînt un secours, s'il en devait venir, et ne pas troubler le sommeil de la Esmeralda. La malheureuse serait toujours éveillée assez tôt pour mourir. Cette résolution une fois arrêtée, il se mit à examiner l'*ennemi* avec plus de tranquillité.

La foule semblait grossir à chaque instant dans le parvis. Seulement il présuma qu'elle ne devait faire que fort peu de bruit; puisque les fenêtres des rues et de la place restaient fermées. Tout à coup une lumière brilla, et en un instant sept ou huit torches allumées se promenèrent sur les têtes, en secouant dans l'ombre leurs touffes de flammes. Quasimodo vit alors distinctement moutonner dans le parvis un effrayant troupeau d'hommes et de femmes en haillons, armés de faux, de piques, de serpes, de pertuisanes dont les mille pointes étincelaient. Çà et là, des fourches noires faisaient des cornes à ces faces hideuses. Il se ressouvint vaguement de cette populace, il crut reconnaître toutes les têtes qui l'avaient, quelques mois auparavant, salué pape des fous. Un homme, qui tenait une torche d'une main et une boullaye de l'autre, monta sur une borne et parut haranguer. En même temps l'étrange armée fit quelques évolutions, comme si elle prenait poste autour de l'église. Quasimodo ramassa sa lanterne et descendit sur la plate-forme d'entre les tours pour voir de plus près, et aviser aux moyens de défense.

Clopin Trouillefou, arrivé devant le haut portail de Notre-Dame, avait en effet rangé sa troupe en bataille. Quoiqu'il ne s'attendît à aucune résistance, il voulait, en général prudent, conserver un ordre qui lui permît de faire front, au besoin, contre une attaque subite du guet ou des onze-vingts. Il avait donc échelonné sa brigade de telle façon que, vue de haut et de loin, vous eussiez dit le triangle romain de la bataille d'Ecnome, la tête-de-porc

d'Alexandre, ou le fameux coin de Gustave-Adolphe. La
base de ce triangle s'appuyait au fond de la place, de manière à barrer la rue du Parvis; un des côtés regardait
l'Hôtel-Dieu, l'autre la rue Saint-Pierre-aux-Bœufs. Clopin
Trouillefou s'était placé au sommet, avec le duc d'Egypte,
notre ami Jehan, et les sabouleux les plus hardis.

Ce n'était point chose très-rare dans les villes du moyen
âge qu'une entreprise comme celle que les truands tentaient
en ce moment sur Notre-Dame. Ce que nous nommons aujourd'hui *police* n'existait pas alors. Dans les cités popu-
leuses, dans les capitales surtout, pas de pouvoir central,
un, régulateur. La féodalité avait construit ces grandes
communes d'une façon bizarre. Une cité était un assem-
blage de mille seigneuries, qui la divisaient en comparti-
ments de toutes formes et de toutes grandeurs. De là,
mille polices contradictoires, c'est-à-dire pas de police. A
Paris, par exemple, indépendamment des cent quarante-un
seigneurs prétendant censive, il y en avait vingt-cinq prétendant justice et censive, depuis l'évêque de Paris, qui
avait cent cinq rues, jusqu'au prieur de Notre-Dame-des-
Champs, qui en avait quatre. Tous ces justiciers féodaux
ne reconnaissaient que nominalement l'autorité suzeraine
du roi. Tous avaient droit de voirie. Tous étaient chez
eux. Louis XI, cet infatigable ouvrier qui a si largement
commencé la démolition de l'édifice féodal, continuée par
Richelieu et Louis XIV au profit de la royauté, et achevée
par Mirabeau au profit du peuple; Louis XI avait bien essayé de crever ce réseau de seigneuries qui recouvrait
Paris, en jetant violemment tout au travers deux ou trois
ordonnances de police générale. Ainsi, en 1465, ordre aux
habitants, la nuit venue, d'illuminer de chandelles leurs
croisées, et d'enfermer leurs chiens, sous peine de la hart;
même année, ordre de fermer le soir les rues avec des
chaînes de fer, et défense de porter dagues ou armes of-

fensives la nuit dans les rues. Mais, en peu de temps, tous
ces essais de législation communale tombèrent en désué-
tude. Les bourgeois laissèrent le vent éteindre leurs chandelles à leurs fenêtres, et leurs chiens errer; les chaînes
de fer ne se tendirent qu'en état de siége; la défense de
porter dagues n'amena d'autres changements que le nom
de la *rue Coupe-Gueule* au nom de *rue Coupe-Gorge*, ce
qui est un progrès évident. Le vieil échafaudage des juridictions féodales resta debout; immense entassement de
bailliages et de seigneuries, se croisant sur la ville, se gênant, s'enchevêtrant, s'emmaillant de travers, s'échancrant
les unes les autres; inutile taillis de guets, de sous-guets
et de contre-guets, à travers lequel passaient à main armée
le brigandage, la rapine et la sédition. Ce n'était donc pas,
dans ce désordre, un événement inouï, que ces coups de
main d'une partie de la populace sur un palais, sur un hôtel, sur une maison, dans les quartiers les plus peuplés.
Dans la plupart des cas, les voisins ne se mêlaient de l'affaire que si le pillage arrivait jusque chez eux. Ils se bou-
chaient les oreilles à la mousquetade, fermaient leurs volets,
barricadaient leurs portes, laissaient le débat se vider avec
ou sans le guet, et le lendemain on se disait dans Paris :—
Cette nuit, Etienne Barbette a été forcé ; — le maréchal de
Clermont a été pris au corps, etc. Aussi, non-seulement les
habitations royales, le Louvre, le Palais, la Bastille, les Tournelles, mais les résidences simplement seigneuriales, le
Petit-Bourbon, l'Hôtel de Sens, l'Hôtel d'Angoulême, etc.,
avaient leurs créneaux aux murs et leurs mâchicoulis au-
dessus des portes. Les églises se gardaient par leur sainteté. Quelques-unes pourtant, du nombre desquelles n'était
pas Notre-Dame, étaient fortifiées. L'abbé de Saint-Germain-des-Prés était crénelé comme un baron, et il avait
chez lui encore plus de cuivre dépensé en bombardes qu'en
cloches. On voyait encore sa forteresse en 1610. Aujour-

d'hui il reste à peine son église. Revenons à Notre-Dame.

Quand les premières dispositions furent terminées (et nous devons dire, à l'honneur de la discipline truande, que les ordres de Clopin furent exécutés en silence et avec une admirable précision), le digne chef de la bande monta sur le parapet du parvis, et éleva sa voix rauque et bourrue, se tenant tourné vers Notre-Dame, et agitant sa torche dont la lumière, tourmentée par le vent et voilée à tout moment de sa propre fumée, faisait paraître et disparaître aux yeux la rougeâtre façade de l'église.

— A toi, Louis de Beaumont, évêque de Paris, conseiller en la cour de parlement, moi Clopin Trouillefou, roi de Thunes, grand-coësre, prince de l'argot, évêque des fous, je dis : — Notre sœur, faussement condamnée pour magie, s'est réfugiée dans ton église. Tu lui dois asile et sauvegarde. Or, la cour de parlement veut l'y reprendre, et tu y consens ; si bien qu'on la pendrait demain en Grève si Dieu et les truands n'étaient pas là. Donc nous venons à toi, évêque. Si ton église est sacrée, notre sœur l'est aussi ; si notre sœur n'est pas sacrée, ton église ne l'est pas non plus. C'est pourquoi nous te sommons de nous rendre la fille si tu veux sauver ton église, ou que nous reprendrons la fille, et que nous pillerons l'église. Ce qui sera bien. En foi de quoi je plante cy ma bannière, et Dieu te soit en garde, évêque de Paris !

Quasimodo malheureusement ne put entendre ces paroles prononcées avec une sorte de majesté sombre et sauvage. Un truand présenta sa bannière à Clopin, qui la planta solennellement entre deux pavés. C'était une fourche aux dents de laquelle pendait, saignant, un quartier de charogne.

Cela fait, le roi de Thunes se retourna et promena ses yeux sur son armée, farouche multitude où les regards brillaient presque autant que les piques. Après une pause

d'un instant : — En avant, fils ! cria-t-il. A la besogne les
hutins ! Trente hommes robustes, à membres carrés, à
faces de serruriers, sortirent des rangs, avec des marteaux,
des pinces et des barres de fer sur leurs épaules. Ils se dirigèrent vers la principale porte de l'église, montèrent le
degré, et bientôt on les vit tous accroupis sous l'ogive, tra-
vaillant la porte de pinces et de leviers. Une foule de truands
les suivit pour les aider ou les regarder. Les onze marches
du portail en étaient encombrées. Cependant la porte tenait
bon. — Diable ! elle est dure et têtue, disait l'un. — Elle
est vieille, et elle a les cartilages racornis, disait l'autre.
— Courage, camarades ! reprenait Clopin. Je gage ma tête
contre une pantoufle que vous aurez ouvert la porte, pris
la fille et déshabillé le maître-autel avant qu'il y ait un bedeau de réveillé. Tenez ! je crois que la serrure se détraque.

Clopin fut interrompu par un fracas effroyable, qui retentit en ce moment derrière lui. Il se retourna. Une énorme
poutre venait de tomber du ciel ; elle avait écrasé une douzaine de truands sur le degré de l'église, et rebondissait
sur le pavé avec le bruit d'une pièce de canon, en cassant
encore çà et là des jambes dans la foule des gueux qui s'é-
cartaient avec des cris d'épouvante. En un clin d'œil l'enceinte resserrée du parvis fut vide. Les hutins, quoique pro-
tégés par les profondes voussures du portail, abandonnèrent
la porte, et Clopin lui-même se replia à distance respectueuse
de l'église.

— Je l'ai échappé belle ! criait Jehan. J'en ai senti le
vent, tête-bœuf ! mais Pierre-l'Assommeur est assommé !

Il est impossible de dire quel étonnement mêlé d'effroi
tomba avec cette poutre sur les bandits. Ils restèrent
quelques minutes les yeux fixés en l'air, plus consternés
de ce morceau de bois que de vingt mille archers du roi.
— Satan ! grommela le duc d'Egypte, voilà qui flaire la
magie ! — C'est la lune qui nous jette cette bûche, dit

Andry-le-Rouge. — Avec cela, reprit François Chanteprune,
qu'on dit la lune amie de la Vierge! — Mille papes! s'é-
cria Clopin, vous êtes tous des imbéciles! Mais il ne savait
comment expliquer la chute du madrier.

Cependant on ne distinguait rien sur la façade, au sommet de laquelle la clarté des torches n'arrivait pas. Le pesant madrier gisait au milieu du parvis, et l'on entendait
les gémissements des misérables qui avaient reçu son premier choc, et qui avaient eu le ventre coupé en deux sur
l'angle des marches de pierre. Le roi de Thunes, le premier
étonnement passé, trouva enfin une explication, qui sembla
plausible à ses compagnons. — Gueule-Dieu! est-ce que
les chanoines se défendent? Alors, à sac! à sac!

— A sac! répéta la cohue avec un hourra furieux. Et il
se fit une décharge d'arbalètes et de hacquebuttes sur la
façade de l'église.

A cette détonation, les paisibles habitants des maisons
circonvoisines se réveillèrent; on vit plusieurs fenêtres
s'ouvrir, et des bonnets de nuit et des mains tenant des
chandelles apparurent aux croisées. — Tirez aux fenêtres,
cria Clopin. — Les fenêtres se refermèrent sur-le-champ,
et les pauvres bourgeois, qui avaient à peine eu le temps
de jeter un regard effaré sur cette scène de lueurs et de tumultes, s'en revinrent suer de peur près de leurs femmes,
se demandant si le sabbat se tenait maintenant dans le
parvis Notre-Dame, ou s'il y avait assaut de bourguignons,
comme en 64. Alors les maris songeaient au vol, les
femmes au viol, et tous tremblaient.

— A sac! répétaient les argotiers; mais ils n'osaient approcher. Ils regardaient l'église; ils regardaient le madrier.
Le madrier ne bougeait pas, l'édifice conservait son air
calme et désert; mais quelque chose glaçait les truands.

— A l'œuvre, donc, les hutins! cria Trouillefou. Qu'on
force la porte.

Personne ne fit un pas.

— Barbe et ventre! dit Clopin. Voilà des hommes qui ont peur d'une solive.

Un vieux hutin lui adressa la parole.

— Capitaine! ce n'est pas la solive qui nous ennuie, c'est la porte qui est toute cousue de barres de fer. Les pinces n'y peuvent rien.

— Que vous faudrait-il donc pour l'enfoncer? demanda Clopin.

— Ah! il nous faudrait un bélier.

Le roi de Thunes courut bravement au formidable madrier et mit le pied dessus. — En voilà un, cria-t-il; ce sont les chanoines qui vous l'envoient. — Et, faisant un salut dérisoire du côté de l'église : — Merci, chanoines!

Cette bravade fit bon effet, le charme du madrier était rompu. Les truands reprirent courage; bientôt la lourde poutre, enlevée comme une plume par deux cents bras vigoureux, vint se jeter avec furie sur la grande porte qu'on avait déjà essayé d'ébranler. A voir ainsi dans le demi-jour, que les rares torches des truands répandaient sur la place, ce long madrier porté par cette foule d'hommes qui le précipitaient en courant sur l'église, on eût cru voir une monstrueuse bête à mille pieds attaquant tête baissée la géante de pierre.

Au choc de la poutre, la porte à demi métallique résonna comme un immense tambour; elle ne se creva point; mais la cathédrale tout entière tressaillit; et l'on entendit gronder les profondes cavités de l'édifice. Au même instant, une pluie de grosses pierres commença à tomber du haut de la façade sur les assaillants.—Diable! cria Jehan, est-ce que les tours nous secouent leurs balustrades sur la tête?

— Mais l'élan était donné, le roi de Thunes payait d'exemple. C'était décidément l'évêque qui se défendait, et l'on n'en battit la porte qu'avec plus de rage, malgré les pier-

res qui faisaient éclater les crânes à droite et à gauche. Il
est remarquable que ces pierres tombaient toutes une à
une; mais elles se suivaient de près. Les argotiers en sentaient toujours deux à la fois, une dans leurs jambes, une
sur leurs têtes. Il y en avait peu qui ne portassent coup,
et déjà une large couche de morts et de blessés saignait et
palpitait sous les pas des assaillants qui, maintenant furieux, se renouvelaient sans cesse. La longue poutre continuait de battre la porte à temps réguliers, comme le mouton d'une cloche, les pierres de pleuvoir, la porte de
mugir.

Le lecteur n'en est sans doute point à deviner que cette
résistance inattendue qui avait exaspéré les truands venait
de Quasimodo. Le hasard avait par malheur servi le brave
sourd. Quand il était descendu sur la plate-forme d'entre
les tours, ses idées étaient en confusion dans sa tête. Il
avait couru quelques minutes le long de la galerie, allant
et venant, comme fou, voyant d'en haut la masse compacte
des truands prête à se ruer sur l'église, demandant au diable ou à Dieu de sauver l'égyptienne. La pensée lui était
venue de monter au beffroi méridional et de sonner le
tocsin; mais avant qu'il eût pu mettre la cloche en branle,
avant que la grosse voix de Marie eût pu jeter une seule
clameur, la porte de l'église n'avait-elle pas dix fois le
temps d'être enfoncée? C'était précisément l'instant où
les hutins s'avançaient vers elle avec leur serrurerie. Que
faire?

Tout d'un coup, il se souvint que des maçons avaient
travaillé tout le jour à réparer le mur, la charpente et la
toiture de la tour méridionale. Ce fut un trait de lumière.
Le mur était en pierre, la toiture en plomb, la charpente
en bois. (Cette charpente prodigieuse, si touffue qu'on
l'appelait la *forêt*.) Quasimodo courut à cette tour. Les
chambres inférieures étaient en effet pleines de matériaux.

Il y avait des piles de moellons, des feuilles de plomb en rouleaux, des faisceaux de lattes, de fortes solives déjà entaillées par la scie, des tas de gravois. Un arsenal complet.

L'instant pressait. Les pieux et les marteaux travaillaient en bas. Avec une force que décuplait le sentiment du danger, il souleva une des poutres, la plus lourde, la plus longue; il la fit sortir par une lucarne, puis la ressaisissant du dehors de la tour, il la fit glisser sur l'angle de la balustrade qui entoure la plate-forme, et la lâcha sur l'abîme. L'énorme charpente, dans cette chute de cent soixante pieds, raclant la muraille, cassant les sculptures, tourna plusieurs fois sur elle-même comme une aile de moulin qui s'en irait toute seule à travers l'espace. Enfin elle toucha le sol, l'horrible cri s'éleva, et la noire poutre, en rebondissant sur le pavé, ressemblait à un serpent qui saute.

Quasimodo vit les truands s'éparpiller à la chute du madrier, comme la cendre au souffle d'un enfant. Il profita de leur épouvante, et tandis qu'ils fixaient un regard superstitieux sur la massue tombée du ciel, et qu'ils éborgnaient les saints de pierre du portail avec une décharge de sagettes et de chevrotines, Quasimodo entassait silencieusement des gravois, des pierres, des moellons, jusqu'aux sacs d'outils des maçons, sur le rebord de cette balustrade, d'où la poutre s'était déjà élancée. Aussi, dès qu'ils se mirent à battre la grande porte, la grêle de moellons commença à tomber, et il leur sembla que l'église se démolissait d'elle-même sur leurs têtes.

Qui eût pu voir Quasimodo en ce moment eût été effrayé. Indépendamment de ce qu'il avait empilé de projectiles sur la balustrade, il avait amoncelé un tas de pierres sur la plate-forme même. Dès que les moellons amassés sur le rebord extérieur furent épuisés, il prit au tas. Alors il se baissait, se relevait, se baissait et se relevait encore, avec une activité incroyable. Sa grosse tête de gnome se penchait par-dessus la balustrade, puis une pierre énorme tombait, puis une autre, puis une autre. De temps en temps il suivait une belle pierre de l'œil, et quand elle tuait bien, il disait : Hun !

Cependant les gueux ne se décourageaient pas. Déjà plus de vingt fois l'épaisse porte sur laquelle ils s'acharnaient avait tremblé sous la pesanteur de leur bélier de chêne multiplié par la force de cent hommes. Les panneaux craquaient, les ciselures volaient en éclats, les gonds, à chaque secousse, sautaient en sursaut sur leurs pitons, les ais se détraquaient, le bois tombait en poudre broyé entre les nervures de fer. Heureusement pour Quasimodo, il y avait plus de fer que de bois. Il sentait pourtant que la grande porte chancelait. Quoiqu'il n'entendît pas, chaque coup de bélier se répercutait à la fois dans les cavernes de l'église et dans ses entrailles. Il voyait d'en haut les truands, pleins de triomphe et de rage, montrer le poing à la ténébreuse façade ; et il enviait, pour l'égyptienne et pour lui, les ailes des hiboux qui s'enfuyaient au-dessus de sa tête par volées. Sa pluie de moellons ne suffisait pas à repousser les assaillants.

En ce moment d'angoisses, il remarqua, un peu plus bas que la balustrade d'où il écrasait les argotiers, deux longues gouttières de pierre qui se dégorgeaient immédiatement au-dessus de la grande porte. L'orifice interne de ces gouttières aboutissait au pavé de la plate-forme. Une idée lui vint ; il courut chercher un fagot dans son bouge de sonneur, posa sur ce fagot force bottes de lattes et force rouleaux de plomb, munitions dont il n'avait pas encore usé, et ayant bien disposé ce bûcher devant le trou des deux gouttières, il y mit le feu avec sa lanterne.

Pendant ce temps-là, les pierres ne tombant plus, les truands avaient cessé de regarder en l'air. Les bandits, haletants comme une meute qui force le sanglier dans sa bauge, se pressaient en tumulte autour de la grande porte, toute déformée par le bélier, mais debout encore. Ils attendaient avec un frémissement le grand coup, le coup qui allait l'éventrer. C'était à qui se tiendrait le plus près pour pouvoir s'élancer des premiers, quand elle s'ouvrirait, dans cette opulente cathédrale, vaste réservoir où étaient venues s'amonceler les richesses de trois siècles. Ils se rappelaient les uns aux autres, avec des rugissements de joie et d'appétit, les belles croix d'argent, les belles chapes de brocart, les belles tombes de vermeil, les grandes magnificences du chœur, les fêtes éblouissantes, les Noëls étincelantes de flambeaux, les Pâques éclatantes de soleil, toutes ces solennités splendides où châsses, chandeliers, ciboires, tabernacles, reliquaires, bosselaient les autels d'une croûte d'or et de diamants. Certes, en ce beau moment, cagoux et malingreux, archisuppôts et rifodés, songeaient beaucoup moins à la délivrance de l'égyptienne qu'au pillage de Notre-Dame. Nous croirions même volontiers que pour bon nombre d'entre eux la Esmeralda n'était qu'un prétexte, si des voleurs avaient besoin de prétextes.

Tout à coup au moment où ils se groupaient pour un dernier effort autour du bélier, chacun retenant son haleine et roidissant ses muscles afin de donner toute sa force au coup décisif, un hurlement, plus épouvantable encore que celui qui avait éclaté et expiré sous le madrier, s'éleva au milieu d'eux. Ceux qui ne criaient pas, ceux qui vivaient encore, regardèrent. — Deux jets de plomb fondu tombaient du haut de l'édifice au plus épais de la cohue. Cette mer d'hommes venait de s'affaisser sous le métal bouillant qui avait fait, aux deux points où il tombait, deux trous noirs et fumants dans la foule, comme ferait de l'eau chaude dans la neige. On y voyait remuer des mourants à demi calcinés et mugissants de douleur. Autour de ces deux jets principaux, il y avait des gouttes de cette pluie horrible qui s'éparpillaient sur les assaillants, et entraient dans les crânes comme des vrilles de flamme. C'était un feu pesant qui criblait ces misérables de mille grêlons.

La clameur fut déchirante. Ils s'enfuirent pêle-mêle, jetant le madrier sur les cadavres, les plus hardis comme les plus timides, et le parvis fut vide une seconde fois.

Tous les yeux s'étaient levés vers le haut de l'église. Ce qu'ils voyaient était extraordinaire. Sur le sommet de la galerie la plus élevée, plus haut que la rosace centrale, il y avait une grande flamme qui montait entre les deux clochers avec des tourbillons d'étincelles, une grande flamme désordonnée et furieuse dont le vent emportait par moments un lambeau dans la fumée. Au-dessous de cette flamme, au-dessous de la sombre balustrade à trèfles de braises, deux gouttières en gueules de monstres vomissaient sans relâche cette pluie ardente qui détachait son ruissellement argenté sur les ténèbres de la façade inférieure. A mesure qu'ils approchaient du sol, les deux jets de plomb liquide s'élargissaient en gerbes, comme l'eau qui jaillit des mille trous de l'arrosoir. Au-dessus de la flamme, les énormes tours, de chacune desquelles on voyait deux faces crues et tranchées, l'une toute noire, l'autre toute rouge, semblaient plus grandes encore de toute l'immensité de l'ombre qu'elles projetaient jusque dans le ciel. Leurs innombrables sculptures de diables et de dragons prenaient un aspect lugubre. La clarté inquiète de la flamme les faisait remuer à l'œil. Il y avait des guivres qui avaient l'air de rire, des gargouilles qu'on croyait entendre japper, des salamandres qui soufflaient dans le feu, des tarasques qui éternuaient dans la fumée. Et parmi ces monstres ainsi réveillés de leur sommeil de pierre par cette flamme, par ce bruit, il y en avait un qui marchait et qu'on voyait de temps en temps passer sur le front ardent du bûcher comme une chauve-souris devant une chandelle.

Sans doute ce phare étrange allait éveiller au loin le bûcheron des collines de Bicêtre, épouvanté de voir chanceler sur ses bruyères l'ombre gigantesque des tours de Notre-Dame. Il se fit un silence de terreur parmi les truands, pendant lequel on n'entendit que des cris d'alarmes des chanoines enfermés dans leurs cloîtres et plus inquiets que des chevaux dans une écurie qui brûle, le bruit furtif des fenêtres vite ouvertes et plus vite fermées, le remue-ménage intérieur des maisons et de l'Hôtel-Dieu, le vent dans la flamme, le dernier râle des mourants, et le pétillement continu de la pluie de plomb sur le pavé.

Cependant les principaux truands s'étaient retirés sous le porche du logis Gondelaurier, et tenaient conseil. Le duc d'Egypte, assis sur une borne, contemplait avec une crainte religieuse le bûcher fantasmagorique resplendissant à deux cents pieds en l'air. Clopin Trouillefou se mordait ses gros poings avec rage. — Impossible d'entrer! murmura-t-il dans ses dents.

— Une vieille église fée! grommelait le vieux bohémien Mathias Hungadi Spicali.

— Par les moustaches du pape! reprenait un narquois grisonnant qui avait servi, voilà des gouttières d'église qui vous crachent du plomb fondu mieux que les mâchicoulis de Lectoure.

— Voyez-vous ce démon qui passe et repasse devant le feu? s'écria le duc d'Egypte.

— Pardieu, dit Clopin, c'est le damné sonneur, c'est Quasimodo.

Le bohémien hochait la tête. — Je vous dis, moi, que c'est l'esprit Sabnac, le grand marquis, le démon des fortifications. Il a forme d'un soldat armé, une tête de lion. Quelquefois il monte un cheval hideux. Il change les hommes en pierres dont il bâtit des tours. Il commande à cinquante légions. C'est bien lui ; je le reconnais. Quelquefois il est habillé d'une belle robe d'or figurée à la façon des Turcs.

— Où est Bellevigne-de-l'Etoile ? demanda Clopin.

— Il est mort, répondit une truande.

Andry-le Rouge riait d'un rire idiot : — Notre-Dame donne de la besogne à l'Hôtel-Dieu, disait-il.

— Il n'y a donc pas moyen de forcer cette porte ? s'écria le roi de Thunes en frappant du pied.

Le duc d'Egypte lui montra tristement les deux ruisseaux de plomb bouillant qui ne cessaient de rayer la noire façade, comme deux longues quenouilles de phosphore. — On a vu des églises qui se défendaient ainsi d'elles-mêmes, observa-t-il en soupirant. Sainte-Sophie, de Constantinople, il y a quarante ans de cela, a trois fois de suite jeté à terre le croissant de Mahom en secouant ses dômes, qui sont ses têtes. Guillaume de Paris, qui a bâti celle-ci, était un magicien.

— Faut-il donc s'en aller piteusement comme des laquais de grand'route ? dit Clopin. Laisser là notre sœur, que ces loups chaperonnés pendront demain !

— Et la sacristie, où il y a des charretées d'or ? ajouta un truand dont nous regrettons de ne pas savoir le nom.

— Barbe-Mahom ! cria Trouillefou.

— Essayons encore une fois, reprit le truand.

Mathias Hungadi hocha la tête. — Nous n'entrerons pas par la porte. Il faut trouver le défaut de l'armure de la vieille fée. Un trou, une fausse poterne, une jointure quelconque.

— Qui en est ? dit Clopin. J'y retourne. — A propos, où est donc le petit écolier Jehan, qui était si enferraillé ?

— Il est sans doute mort, répondit quelqu'un. On ne l'entend plus rire.

Le roi de Thunes fronça le sourcil.— Tant pis. Il y avait un brave cœur sous cette ferraille. — Et maître Pierre Gringoire?

— Capitaine Clopin, dit Andry-le-Rouge, il s'est esquivé que nous n'étions encore qu'au Pont-aux-Changeurs.

Clopin frappa du pied. — Gueule-Dieu! c'est lui qui nous pousse céans, et il nous plante là au beau milieu de la besogne! — Lâche bavard casqué d'une pantoufle!

— Capitaine Clopin, cria Andry-le-Rouge, qui regardait dans la rue du Parvis, voilà le petit écolier.

— Loué soit Pluto! dit Clopin. Mais que diable tire-t-il après lui?

C'était Jehan, en effet, qui accourait aussi vite que le lui permettaient ses lourds habits de paladin et une longue échelle qu'il trainait bravement sur le pavé, plus essoufflé qu'une fourmi attelée à un brin d'herbe vingt fois plus long qu'elle.

— Victoire! *Te Deum!* criait l'écolier. Voilà l'échelle des déchargeurs du port Saint-Landry.

Clopin s'approcha de lui : — Enfant, que veux-tu faire, cornedieu! de cette échelle?

— Je l'ai, répondit Jehan haletant. — Je savais où elle était. — Sous le hangar de la maison du lieutenant. — Il y a là une fille que je connais, qui me trouve beau comme un Cupido. — Je m'en suis servi pour avoir l'échelle, et j'ai l'échelle, Pasque-Mahom! — La pauvre fille est venue m'ouvrir tout en chemise.

— Oui, dit Clopin; mais que veux-tu faire de cette échelle?

Jehan le regarda d'un air malin et capable, et fit claquer ses doigts comme des castagnettes. Il était sublime en ce moment. Il avait sur la tête un de ces casques surchargés du quinzième siècle qui épouvantaient l'ennemi de leurs cimiers chimériques. Le sien était hérissé de dix

becs de fer, de sorte que Jehan eût pu disputer la redoutable épithéte de δικεμβολος au navire homérique de
Nestor.

— Ce que j'en veux faire, auguste roi de Thunes?
Voyez-vous cette rangée de statues qui ont des mines d'imbéciles, là-bas, au-dessus des trois portails?

— Oui. Eh bien?

— C'est la galerie des rois de France.

— Qu'est-ce que cela me fait? dit Clopin.

— Attendez donc! Il y a au bout de cette galerie une
porte qui n'est jamais fermée qu'au loquet, avec cette
échelle j'y monte, et je suis dans l'église.

— Enfant, laisse-moi monter le premier.

— Non pas, camarade, c'est à moi l'échelle. Venez, vous
serez le second.

— Que Belzébuth t'étrangle! dit le bourru Clopin, je ne
veux être après personne.

— Alors, Clopin, cherche une échelle!

Jehan se mit à courir par la place tirant son échelle et
criant: — A moi, les fils!

En un instant l'échelle fut dressée et appuyée à la balustrade de la galerie inférieure au-dessus d'un des portails latéraux. La foule des truands, poussant de grandes
acclamations, se pressa au bas pour y monter. Mais Jehan
maintint son droit, et posa le premier le pied sur les éche-
lons. Le trajet était assez long. La galerie des rois de
France est élevée aujourd'hui d'environ soixante pieds au-
dessus du pavé. Les onze marches du perron l'exhaussaient
encore. Jehan montait lentement, assez empêché de sa
lourde armure, d'une main tenant l'échelon, de l'autre
son arbalète. Quand il fut au milieu de l'échelle, il jeta
un coup d'œil mélancolique sur les pauvres argotiers
morts, dont le degré était jonché. — Hélas! dit-il, voilà
un monceau de cadavres digne du cinquième chant de

l'Iliade ! — Puis il continua de monter. Les truands le suivaient. Il y en avait un sur chaque échelon. A voir s'éle-
ver en ondulant dans l'ombre cette ligne de dos cuirassés,
on eût dit un serpent à écailles d'acier qui se dressait
contre l'église. Jehan, qui faisait la tête et qui sifflait,
complétait l'illusion. L'écolier toucha enfin au balcon de
la galerie, et l'enjamba assez lestement aux applaudissements de toute la truanderie. Ainsi maître de la citadelle,
il poussa un cri de joie, et tout à coup s'arrêta pétrifié. Il
venait d'apercevoir, derrière une statue de roi, Quasimodo
caché dans les ténèbres et l'œil étincelant.

Avant qu'un second assiégeant eût pu prendre pied sur
la galerie, le formidable bossu sauta à la tête de l'échelle,
saisit, sans dire une parole, le bout des deux montants de
ses mains puissantes, les souleva, les éloigna du mur, ba-
lança un moment, au milieu des clameurs d'angoisse, la
longue et pliante échelle encombrée de truands du haut
en bas, et subitement, avec une force surhumaine, rejeta
cette grappe d'hommes dans la place. Il y eut un instant
où les plus déterminés palpitèrent. L'échelle lancée en arrière resta un moment droite et debout, et parut hésiter,
puis oscilla, puis tout à coup, décrivant un effrayant arc de
cercle de quatre-vingts pieds de rayon, s'abattit sur le pavé
avec sa charge de bandits plus rapidement qu'un pont-levis
dont les chaînes se cassent. Il y eut une immense impré-
cation, puis tout s'éteignit, et quelques malheureux mu-
tilés se retirèrent en rampant de dessous le monceau de
morts. Une rumeur de douleur et de colère succéda parmi
les assiégeants aux premiers cris de triomphe. Quasimodo,
impassible, les deux coudes appuyés sur la balustrade, regardait. Il avait l'air d'un vieux roi chevelu à sa fenêtre.

Jehan Frollo était, lui, dans une situation critique. Il se
trouvait dans la galerie avec le redoutable sonneur, seul,
séparé de ses compagnons par un mur vertical de quatre-

vingts pieds. Pendant que Quasimodo jouait avec l'échelle,
l'écolier avait couru à la poterne, qu'il croyait ouverte.
Point. Le sourd, en entrant dans la galerie, l'avait fermée
derrière lui. Jehan alors s'était caché derrière un roi de
pierre, n'osant souffler, et fixant sur le monstrueux bossu
une mine effarée, comme cet homme qui, faisant la cour
à la femme du gardien d'une ménagerie, alla un soir à un
rendez-vous d'amour, se trompa de mur dans son escalade,
et se trouva brusquement tête à tête avec un ours blanc.

Dans les premiers moments le sourd ne prit pas garde à
lui ; mais enfin il tourna la tête et se redressa tout d'un
coup. Il venait d'apercevoir l'écolier. Jehan se prépara à
un rude choc, mais le sourd resta immobile ; seulement il
était tourné vers l'écolier, qu'il regardait.

— Oh ! oh ! dit Jehan, qu'as-tu à me regarder de cet œil
borgne et mélancolique ?

Et en parlant ainsi, le jeune drôle apprêtait sournoisement son arbalète.

— Quasimodo ! cria-t-il, je vais changer ton surnom ;
on t'appellera l'aveugle.

Le coup partit. Le vireton empenné siffla et vint se
ficher dans le bras gauche du bossu. Quasimodo ne s'en
émut pas plus que d'une égratignure au roi Pharamond. Il
porta la main à la sagette, l'arracha de son bras et la brisa
tranquillement sur son gros genou ; puis il laissa tomber,
plutôt qu'il ne jeta à terre, les deux morceaux. Mais Jehan
n'eut pas le temps de tirer une seconde fois. La flèche brisée, Quasimodo souffla brusquement, bondit comme une
sauterelle et retomba sur l'écolier, dont l'armure s'aplatit
du coup contre la muraille. Alors, dans cette pénombre
où flottait la lumière des torches, on entrevit une chose
terrible.

Quasimodo avait pris de la main gauche les deux bras
de Jehan, qui ne se débattait pas, tant il se sentait perdu.

De la droite le sourd lui détachait, l'une après l'autre, en
silence, avec une lenteur sinistre, toutes les pièces de son
armure, l'épée, les poignards, le casque, la cuirasse, les
brassards. On eût dit un singe qui épluchait une noix.
Quasimodo jetait à ses pieds, morceau à morceau, la coquille de fer de l'écolier. Quand l'écolier se vit désarmé,
déshabillé, faible et nu dans ces redoutables mains, il n'essaya pas de parler à ce sourd, mais il se mit à lui rire effrontément au visage, et à chanter, avec son intrépide insouciance d'enfant de seize ans, la chanson alors populaire :

> Elle est bien habillée
> La ville de Cambrai.
> Marafin l'a pillée.

Il n'acheva pas. On vit Quasimodo debout sur le parapet
de la galerie, qui, d'une seule main, tenait l'écolier par
les pieds, en le faisant tourner sur l'abime comme une
fronde, puis on entendit un bruit comme celui d'une boite
osseuse qui éclate contre un mur, et l'on vit tomber quelque chose qui s'arrêta au tiers de la chute à une saillie de
l'architecture. C'était un corps mort qui resta accroché là,
plié en deux, les reins brisés, le crâne vide.

Un cri d'horreur s'éleva parmi les truands. — Ven-
geance ! cria Clopin. — A sac ! répondit la multitude. —
Assaut ! assaut ! — Alors ce fut un hurlement prodigieux,
où se mêlaient toutes les langues, tous les patois, tous les
accents. La mort du pauvre écolier jeta une ardeur furieuse dans cette foule. La honte la prit, et la colère d'a-
voir été si longtemps tenue en échec devant une église par
un bossu. La rage trouva des échelles, multiplia les torches, et au bout de quelques minutes, Quasimodo, éperdu,
vit cette épouvantable fourmilière monter de toutes parts
à l'assaut de Notre-Dame. Ceux qui n'avaient pas d'échelles
avaient des cordes à nœuds ; ceux qui n'avaient pas de

Tony Johannot f.   E. Thillibroeun x

UN MALADROIT AMI.

cordes grimpaient aux reliefs des sculptures. Ils se pendaient aux guenilles les uns des autres. Aucun moyen de
résister à cette marée ascendante de faces épouvantables;
la fureur faisait rutiler ces figures farouches; leurs fronts
terreux ruisselaient de sueur; leurs yeux éclairaient; tou-.
tes ces grimaces, toutes ces laideurs, investissaient Quasimodo. On eût dit que quelque autre église avait envoyé à
l'assaut de Notre-Dame ses gorgones, ses dogues, ses drées,
ses démons, ses sculptures les plus fantastiques. C'était
comme une couche de monstres vivants sur les monstres
de pierre de la façade.

Cependant, la place s'était étoilée de mille torches. Cette
scène désordonnée, jusqu'alors enfouie dans l'obscurité,
s'était subitement embrasée de lumière. Le parvis resplen-
dissait et jetait un rayonnement dans le ciel; le bûcher
allumé sur la haute plate-forme brûlait toujours, et illu-
minait au loin la ville. L'énorme silhouette des deux tours,
développée au loin sur les toits de Paris, faisait dans cette
clarté une large échancrure d'ombre. La ville semblait
s'être émue. Des tocsins éloignés se plaignaient. Les
truands hurlaient, haletaient, juraient, montaient; et Quasimodo, impuissant contre tant d'ennemis, frissonnant
pour l'égyptienne, voyant les faces furieuses se rapprocher
de plus en plus de sa galerie, demandait un miracle au
ciel, et se tordait les bras de désespoir.

V

LE RETRAIT OU DIT SES HEURES MONSIEUR LOUIS DE FRANCE.

Le lecteur n'a peut-être pas oublié qu'un moment avant
d'apercevoir la bande nocturne des truands, Quasimodo,

43

inspectant Paris du haut de son clocher, n'y voyait plus
briller qu'une lumière, laquelle étoilait une vitre à l'étage
le plus élevé d'un haut et sombre édifice, à côte de la porte
Saint-Antoine. Cet édifice, c'était la Bastille. Cette étoile,
c'était la chandelle de Louis XI.

Le roi Louis XI était en effet à Paris depuis deux jours.
Il devait repartir le surlendemain pour sa citadelle de
Montilz-les-Tours. Il ne faisait jamais que de rares et cour-
tes apparitions dans sa bonne ville de Paris, n'y sentant
pas autour de lui assez de trappes, de gibets et d'archers
écossais. Il était venu, ce jour-là, coucher à la Bastille.
La grande chambre de cinq toises carrées qu'il avait au
Louvre, avec sa grande cheminée chargée de douze grosses
bêtes et de treize grands prophètes, et son grand lit de
onze pieds sur douze, lui agréaient peu. Il se perdait dans
toutes ces grandeurs. Ce roi bon bourgeois aimait mieux
la Bastille avec une chambrette et une couchette. Et puis,
la Bastille était plus forte que le Louvre.

Cette *chambrette*, que le roi s'était réservée dans la
fameuse prison d'Etat, était encore assez vaste, et occupait
l'étage le plus élevé d'une tourelle engagée dans le donjon. C'était un réduit de forme ronde, tapissé de nattes en
paille luisante, plafonné à poutres rehaussées de fleurs de
lis d'étain doré, avec les entrevous de couleur; lambrissé
à riches boiseries semées de rosettes d'étain blanc et peintes
Je beau vert-gai, fait d'orpin et de florée fine.

Il n'y avait qu'une fenêtre, une longue ogive treillissée
de fil d'archal et de barreaux de fer, d'ailleurs obscurcie
de belles vitres coloriées aux armes du roi et de la reine,
dont le panneau revenait à vingt-deux sols. Il n'y avait
qu'une entrée, une porte moderne à cintre surbaissé, gar-
nie d'une tapisserie en dedans, et en dehors d'un de ces
porches de bois d'Irlande, frêles édifices de menuiserie
curieusement ouvrée, qu'on voyait encore en quantité de

vieux logis il y a cent cinquante ans. « Quoiqu'ils défigu-
rent et embarrassent les lieux, dit Sauval avec désespoir,
nos vieillards pourtant ne s'en veulent point défaire, et les
conservent en dépit d'un chacun. »

On ne trouvait dans cette chambre rien de ce qui meu-
blait les appartements ordinaires, ni bancs, ni tréteaux,
ni formes, ni escabelles communes en forme de caisse, ni
belles escabelles soutenues de piliers et de contre-piliers,
à quatre sols la pièce. On n'y voyait qu'une chaise pliante
à bras, fort magnifique : le bois en était peint de roses sur
fond rouge, le siége de cordouan vermeil, garni de longues
franges de soie et piqué de mille clous d'or. La solitude de
cette chaise faisait voir qu'une seule personne avait droit
de s'asseoir dans la chambre. A côté de la chaise et tout
près de la fenêtre, il y avait une table recouverte d'un tapis à figures d'oiseaux. Sur cette table un gallemard taché
d'encre, quelques parchemins, quelques plumes, et un hanap d'argent ciselé. Un peu plus loin, un chauffe-doux;
un prie-Dieu de velours cramoisi, relevé de bossettes d'or.
Enfin, au fond, un simple lit de damas jaune et incarnat,
sans clinquant ni passement : les franges sans façon. C'est
ce lit, fameux pour avoir porté le sommeil ou l'insomnie
de Louis XI, qu'on pouvait encore contempler, il y a deux
cents ans, chez un conseiller d'Etat, où il a été vu par la
vieille madame Pilou, célèbre dans le Cyrus sous le nom
d'*Aricidie* et de *la Morale vivante*. Telle était la chambre
qu'on appelait « le retrait où dit ses heures monsieur Louis
de France. »

Au moment où nous y avons introduit le lecteur, ce retrait était fort obscur. Le couvre-feu était sonné depuis
une heure; il faisait nuit, et il n'y avait qu'une vacillante
chandelle de cire posée sur la table pour éclairer cinq personnages diversement groupés dans la chambre. Le premier, sur lequel tombait la lumière, était un seigneur su-

perbement vêtu d'un haut-de-chausses et d'un justaucorps
écarlate rayé d'argent, et d'une casaque à mahoîtres de
drap d'or à dessins noirs. Ce splendide costume, où se
jouait la lumière, semblait glacé de flamme à tous ses plis.
L'homme qui le portait avait sur la poitrine ses armoiries
brodées de vives couleurs : un chevron accompagné en
pointe d'un daim passant. L'écusson était accosté à droite
d'un rameau d'olivier, à gauche d'une corne de daim. Cet
homme portait à sa ceinture une riche dague dont la poignée, de vermeil, était ciselée en forme de cimier et sur-
montée d'une couronne comtale. Il avait l'air mauvais, la
mine fière et la tête haute. Au premier coup d'œil on voyait
sur son visage l'arrogance, au second, la ruse. Il se tenait
tête nue, une longue pancarte à la main, debout derrière
la chaise à bras sur laquelle était assis, le corps disgracieu-
sement plié en deux, les genoux chevauchant l'un sur l'autre, le coude sur la table, un personnage fort mal accoutré. Qu'on se figure, en effet, sur l'opulent siége de cuir
de Cordoue, deux rotules cagneuses, deux cuisses maigres
pauvrement habillées d'un tricot de laine noire, un torse
enveloppé d'un surtout de futaine avec une fourrure dont
on voyait moins de poil que de cuir ; enfin, pour couronner,
un vieux chapeau gras du plus méchant drap noir, bordé
d'un cordon circulaire de figurines de plomb. Voilà, avec une
sale calotte qui laissait à peine passer un cheveu, tout ce
qu'on distinguait du personnage assis. Il tenait sa tête tellement courbée sur sa poitrine, qu'on n'apercevait rien de
son visage recouvert d'ombre, si ce n'est le bout de son
nez, sur lequel tombait un rayon de lumière, et qui devait être long. A la maigreur de sa main ridée, on devinait
un vieillard. C'était Louis XI.

A quelque distance derrière eux causaient à voix basse
deux hommes vêtus à la coupe flamande, qui n'étaient pas
assez perdus dans l'ombre pour que quelqu'un de ceux

qui avaient assisté à la représentation du mystère de Gringoire n'eût pu reconnaître en eux deux des principaux
envoyés flamands, Guillaume Rym, le sagace pensionnaire
de Gand, et Jacques Coppenole, le populaire chaussetier.
On se souvient que ces deux hommes étaient mêlés à la
politique secrète de Louis XI. Enfin, tout au fond, près de
la porte, se tenait debout dans l'obscurité, immobile
comme une statue, un vigoureux homme à membres tra-
pus, à harnois militaire, à casaque armoriée, dont la face
carrée, percée d'yeux à fleur de tête, fendue d'une immense
bouche, dérobant ses oreilles sous deux larges abat-vent
de cheveux plats, sans front, tenait à la fois du chien et
du tigre. Tous étaient découverts, excepté le roi. Le seigneur qui était auprès du roi lui faisait lecture d'une espèce de long mémoire que Sa Majesté semblait écouter
avec attention. Les deux Flamands chuchotaient.

— Croix-Dieu! grommelait Coppenole, je suis las d'être
debout; est-ce qu'il n'y a pas de chaise ici?

Rym répondit par un geste négatif, accompagné d'un
sourire discret.

— Croix-Dieu! reprenait Coppenole tout malheureux
d'être obligé de baisser ainsi la voix, l'envie me démange
de m'asseoir à terre, jambes croisées, en chaussetier,
comme je fais dans ma boutique.

— Gardez-vous-en bien! maître Jacques.

— Ouais! maître Guillaume! ici l'on ne peut donc être
que sur les pieds?

— Ou sur les genoux, dit Rym.

En ce moment la voix du roi s'éleva. Ils se turent.

— Cinquante sols les robes de nos valets, et douze livres
les manteaux des clercs de notre couronne! C'est cela!
versez l'or à tonnes! Etes-vous fou, Olivier?

En parlant ainsi, le vieillard avait levé la tête. On voyait
reluire à son cou les coquilles d'or du collier de Saint-

Michel. La chandelle éclairait en plein son profil décharné et morose. Il arracha le papier des mains de l'autre.

— Vous nous ruinez! cria-t-il en promenant ses yeux creux sur le cahier. Qu'est-ce que tout cela? qu'avons-nous besoin d'une si prodigieuse maison? Deux chapelains à raison de dix livres par mois chacun, et un clerc de chapelle à cent sols! Un valet de chambre à quatre-vingt-dix livres par an! Quatre écuyers de cuisine à six-vingts livres par an chacun! Un hasteur, un potager, un saussier, un queux, un sommelier d'armures, deux valets de sommiers, à raison de dix livres par mois chaque! Deux galopins de cuisine à huit livres! Un palefrenier et ses deux aides à vingt-quatre livres par mois! Un porteur, un pâtissier, un boulanger, deux charretiers, chacun soixante livres par an! Et le maréchal des forges, six-vingts livres! Et le maître de la chambre de nos deniers, douze cents livres! Et le contrôleur, cinq cents! — Que sais-je, moi! C'est une furie! Les gages de nos domestiques mettent la France au pillage! Tous les mugots du Louvre fondront à un tel feu de dépense! Nous y vendrons nos vaisselles! Et l'an prochain, si Dieu et Notre-Dame (ici il souleva son chapeau) nous prêtent vie, nous boirons nos tisanes dans un pot d'étain!

En disant cela, il jetait un coup d'œil sur le hanap d'argent qui étincelait sur la table. Il toussa, et poursuivit :

— Maître Olivier, les princes qui régnent aux grandes seigneuries, comme rois et empereurs, ne doivent pas laisser engendrer la somptuosité en leurs maisons; car de là ce feu court par la province. — Donc, maître Olivier, tiens-toi ceci pour dit. Notre dépense augmente tous les ans. La chose nous déplaît. Comment, Pasque-Dieu! jusqu'en 79 elle n'a point passé trente-six mille livres; en 80, elle a atteint quarante-trois mille six cent dix-neuf livres; — j'ai le chiffre en tête; — en 81, soixante-six mille six

cent quatre-vingts livres; et cette année, par la foi de mon
corps! elle atteindra quatre-vingt mille livres! Doublée en
quatre ans! monstrueux!

Il s'arrêta, essoufflé, puis il reprit avec emportement:
— Je ne vois autour de moi que gens qui s'engraissent de
ma maigreur! Vous me sucez des écus par tous les pores!

Tous gardaient le silence. C'était une de ces colères
qu'on laisse aller. Il continua:

— C'est comme cette requête en latin de la seigneurie
de France, pour que nous ayons à rétablir ce qu'ils appellent les grandes charges de la couronne! Charges en effet!
charges qui écrasent! Ah! messieurs! vous dites que nous
ne sommes pas un roi, pour régner *dapifero nullo! buti-
culario nullo!* Nous vous le ferons voir, Pasque-Dieu! si
nous ne sommes pas un roi!

Ici il sourit dans le sentiment de sa puissance; sa mauvaise humeur s'en adoucit, et il se tourna vers les Flamands:

— Voyez-vous, compère Guillaume? le grand-pannetier,
le grand-bouteiller, le grand-chambellan, le grand-séné-
chal ne valent pas le moindre valet. — Retenez ceci, compère Coppenole. — Ils ne servent à rien. A se tenir ainsi
inutiles autour du roi, ils me font l'effet des quatre évan-
gélistes qui environnent le cadran de la grande horloge du
Palais, et que Philippe Brille vient de remettre à neuf. Ils
sont dorés, mais ils ne marquent pas l'heure; et l'aiguille
peut se passer d'eux.

Il demeura un moment pensif, et ajouta en hochant sa
vieille tête: — Oh! oh! par Notre-Dame, je ne suis pas
Philippe Brille, et je ne redorerai pas les grands vassaux.
— Continue, Olivier.

Le personnage qu'il désignait par ce nom reprit le cahier de ses mains, et se remit à lire à haute voix:

« ...A Adam Tenon, commis à la garde des sceaux de

la prévôté de Paris : pour l'argent, façon et gravure desdits sceaux qui ont été faits neufs pour ce que les autres précédents, pour leur antiquité et caduqueté, ne pouvaient plus bonnement servir, douze livres parisis.

« A Guillaume Frère, la somme de quatre livres quatre sols parisis, pour ses peines et salaires d'avoir nourri et alimenté les colombes des deux colombiers de l'hôtel des Tournelles, durant les mois de janvier, février et mars de cette année, et pour ce a donné sept sextiers d'orge.

« A un cordelier, pour confession d'un criminel, quatre sols parisis. »

Le roi écoutait en silence. De temps en temps il toussait ; alors il portait le hanap à ses lèvres, et buvait une gorgée en faisant une grimace.

— « En cette année ont été faits par ordonnance de justice à son de trompe, par les carrefours de Paris, cinquante-six cris. — Compte à régler.

« Pour avoir fouillé et cherché en certains endroits, tant dans Paris qu'ailleurs, de la finance qu'on disait y avoir été cachée ; mais rien n'y a été trouvé : — Quarante-cinq livres parisis. »

— Enterrer un écu pour déterrer un sou, dit le roi.

— « ... Pour avoir mis à point, à l'hôtel des Tournelles, six panneaux de verre blanc à l'endroit où est la cage de fer, treize sols. — Pour avoir fait et livré, par le commandement du roi, le jour des monstres, quatre écussons aux armes dudit seigneur, enchapessées de chapeaux de roses tout à l'entour, six livres. — Pour deux manches neuves au vieil pourpoint du roi, vingt sols. — Pour une boîte de graisse à graisser les bottes du roi, quinze deniers. Une étable faite de neuf pour loger les pourceaux noirs du roi, trente livres parisis. — Plusieurs cloisons, planches et trappes faites pour enfermer les lions d'emprès Saint-Paul, vingt-deux livres. »

— Voilà des bêtes qui sont chères, dit Louis XI. N'importe; c'est une belle magnificence de roi. Il y a un grand lion roux que j'aime pour ses gentillesses. — L'avez-vous vu, maître Guillaume? — Il faut que les princes aient de ces animaux mirifiques. A nous autres rois, nos chiens doivent être des lions, et nos chats des tigres. Le grand va aux couronnes. Du temps des païens de Jupiter, quand le peuple offrait aux églises cent bœufs et cent brebis, les empereurs donnaient cent lions et cent aigles. Cela était farouche et fort beau. Les rois de France ont toujours eu de ces rugissements autour de leur trône. Néanmoins on me rendra cette justice, que j'y dépense encore moins d'argent qu'eux, et que j'ai une plus grande modestie de lions, d'ours, d'éléphants et de léopards. — Allez, maître Olivier. Nous voulions dire cela à nos amis les Flamands.

Guillaume Rym s'inclina profondément, tandis que Coppenole, avec sa mine bourrue, avait l'air d'un de ces ours dont parlait Sa Majesté. Le roi n'y prit pas garde. Il venait de tremper ses lèvres dans le hanap, et recrachait le breuvage en disant : — Pouah! la fâcheuse tisane! — Celui qui lisait continua :

— « Pour nourriture d'un maraud piéton enverrouillé depuis six mois dans la logette de l'écorcherie, en attendant qu'on sache qu'en faire, — six livres quatre sols. »

— Qu'est-ce cela? interrompit le roi, nourrir ce qu'il faut pendre! Pasque-Dieu! je ne donnerai plus un sol pour cette nourriture. — Olivier, entendez-vous de la chose avec monsieur d'Estouteville, et dès ce soir faites-moi le préparatif des noces du galant avec une potence. Reprenez.

Olivier fit une marque avec le pouce à l'article du *maraud piéton*, et passa outre.

— « A Henriet Cousin, maître exécuteur des hautes-œuvres de la justice de Paris, la somme de soixante sols parisis à lui taxée et ordonnée par monseigneur le prévôt de

Paris, pour avoir acheté, de l'ordonnance de mondit sieur
le prévôt, une grande épée à feuille servant à exécuter et
décapiter les personnes qui par justice sont condamnées
pour leurs démérites, et icelle fait garnir de fourreau et
de tout ce qui y appartient ; et pareillement a fait remettre à point et rhabiller la vieille épée, qui s'était écla-
tée et ébréchée en faisant la justice de messire Louis de
Luxembourg, comme plus à plein peut apparoir... »

Le roi interrompit : — Il suffit ; j'ordonnance la somme
de grand cœur. Voilà des dépenses où je ne regarde pas.
Je n'ai jamais regretté cet argent-là. Suivez.

— « Pour avoir fait de neuf une grande cage... »

— Ah ! dit le roi, en prenant de ses deux mains les bras
de sa chaise, je savais bien que j'étais venu en cette Bastille pour quelque chose. — Attendez, maître Olivier. Je
veux voir moi-même la cage. Vous m'en lirez le coût pendant que je l'examinerai. — Messieurs les Flamands, venez voir cela ; c'est curieux.

Alors il se leva, s'appuya sur le bras de son interlocu-
teur, fit signe à l'espèce de muet qui se tenait debout devant la porte de le précéder, aux deux Flamands de le suivre, et sortit de la chambre.

La royale compagnie se recruta, à la porte du retrait,
d'hommes d'armes tout alourdis de fer, et de minces pages
qui portaient des flambeaux. Elle chemina quelque temps
dans l'intérieur du sombre donjon, percé d'escaliers et de
corridors jusque dans l'épaisseur des murailles. Le capitaine de la Bastille marchait en tête, et faisait ouvrir les
guichets devant le vieux roi malade et voûté, qui toussait
en marchant. A chaque guichet, toutes les têtes étaient
obligées de se baisser, excepté celle du vieillard plié par
l'âge. — Hum ! disait-il entre ses gencives, car il n'avait
plus de dents, nous sommes déjà tout près pour la porte
du sépulcre. A porte basse, passant courbé.

Enfin, après avoir franchi un dernier guichet si embarrassé de serrures qu'on mit un quart d'heure à l'ouvrir, ils entrèrent dans une haute et vaste salle en ogive, au centre de laquelle on distinguait, à la lueur des torches, un gros cube massif de maçonnerie, de fer et de bois. L'intérieur était creux. C'était une de ces fameuses cages à prisonniers d'Etat qu'on appelait les *fillettes du roi*. Il y avait aux parois deux ou trois petites fenêtres si étoffément treillissées d'épais barreaux de fer, qu'on n'en voyait pas la vitre. La porte était une grande dalle de pierre plate, comme aux tombeaux; de ces portes qui ne servent jamais que pour entrer. Seulement, ici, le mort était un vivant. Le roi se mit à marcher lentement autour du petit édifice en l'examinant avec soin, tandis que maître Olivier, qui le suivait, lisait tout haut le mémoire :

— « Pour avoir fait de neuf une grande cage de bois de grosses solives, membrures et sablières, contenant neuf pieds de long sur huit de lé, et de hauteur sept pieds entre deux planchers, lissée et boujonnée à gros boujons de fer, laquelle a été assise en une chambre étant à l'une des tours de la Bastide Saint-Antoine, en laquelle cage est mis et détenu, par commandement du roi notre seigneur, un prisonnier qui habitait précédemment une vieille cage caduque et décrépite. — Ont été employés à cettedite cage neuve quatre-vingt-seize solives de couche et cinquante-deux solives debout, dix sablières de trois toises de long; et ont été occupés dix-neuf charpentiers pour équarrir, ouvrer et tailler tout ledit bois en la cour de la Bastide pendant vingt jours... »

— D'assez beaux cœurs de chêne, dit le roi en cognant du poing la charpente.

— « .. Il est entré dans cette cage, poursuivit l'autre, deux cent vingt gros boujons de fer, de neuf pieds et de huit, le surplus de moyenne longueur, avec les rouelles,

pommelles et contrebandes servant auxdits boujons, pesant, tout ledit fer, trois mille sept cent trente-cinq livres,
outre huit grosses équières de fer servant à attacher ladite
cage, avec les crampons et clous, pesant ensemble deux
cent dix-huit livres de fer, sans compter le fer des treillis
des fenêtres de la chambre où la cage a été posée, les
barres de fer de la porte de la chambre, et autres choses.»

— Voilà bien du fer, dit le roi, pour contenir la légè-
reté d'un esprit !

— « ... Le tout revient à trois cent dix-sept livres cinq
sols sept deniers. »

— Pasque-Dieu! s'écria le roi.

A ce juron, qui était le favori de Louis XI, il parut que
quelqu'un se réveillait dans l'intérieur de la cage; on entendit des chaînes qui en écorchaient le plancher avec
bruit, et il s'éleva une voix faible qui semblait sortir de la
tombe : — Sire! sire! grâce ! — On ne pouvait voir celui
qui parlait ainsi.

— Trois cent dix-sept livres cinq sols sept deniers, reprit Louis XI.

La voix lamentable qui était sortie de la cage avait glacé
tous les assistants, maître Olivier lui-même. Le roi seul
avait l'air de ne pas l'avoir entendue. Sur son ordre, maître Olivier reprit sa lecture, et Sa Majesté continua froidement l'inspection de sa cage.

— « ... Outre cela, il a été payé à un maçon qui a fait
les trous pour poser les grilles des fenêtres, et le plancher
de la chambre où est la cage, parce que le plancher n'eût
pu porter cette cage, à cause de sa pesanteur, vingt-sept
livres quatorze sols parisis... »

La voix recommença à gémir.

— Grâce! sire! Je vous jure que c'est monsieur le cardinal d'Angers qui a fait la trahison, et non pas moi.

— Le maçon est rude! dit le roi. Continue, Olivier.

Olivier continua :

— « ... A un menuisier, pour fenêtres, couches, selle percée et autres choses, vingt livres deux sols parisis..... »

La voix continuait aussi.

— Hélas! sire! ne m'écouterez-vous pas? Je vous proteste que ce n'est pas moi qui ai écrit la chose à monseigneur de Guyenne, mais monsieur le cardinal Balue!

— Le menuisier est cher, observa le roi. — Est-ce tout?

— Non, sire. — « ... A un vitrier, pour les vitres de ladite chambre, quarante-six sols huit deniers parisis. »

— Faites grâce, sire! N'est-ce donc pas assez qu'on ait donné tous mes biens à mes juges, ma vaisselle à M. de Torcy, ma librairie à maître Pierre Doriolle, ma tapisserie au gouverneur du Roussillon? Je suis innocent. Voilà quatorze ans que je grelotte dans une cage de fer. Faites grâce, sire! Vous retrouverez cela dans le ciel.

— Maître Olivier, dit le roi, le total?

— Trois cent soixante-sept livres huit sols trois deniers parisis.

— Notre-Dame! cria le roi. Voilà une cage outrageuse!

Il arracha le cahier des mains de maître Olivier, et se mit à compter lui-même sur ses doigts, en examinant tour à tour le papier et la cage. Cependant on entendait sangloter le prisonnier. Cela était lugubre dans l'ombre, et les visages se regardaient en pâlissant.

— Quatorze ans, sire! Voilà quatorze ans! depuis le mois d'avril 1469. Au nom de la sainte mère de Dieu, sire, écoutez-moi! Vous avez joui tout ce temps de la chaleur du soleil. Moi, chétif, ne verrai-je plus jamais le jour? Grâce, sire! Soyez miséricordieux. La clémence est une belle vertu royale, qui rompt les courantes de la colère. Croit-elle, Votre Majesté, que ce soit à l'heure de la mort un grand contentement pour un roi, de n'avoir laissé aucune offense impunie? D'ailleurs, sire, je n'ai point trahi

Votre Majesté; c'est monsieur d'Angers. Et j'ai au pied une bien lourde chaîne, et une grosse boule de fer au bout, beaucoup plus pesante qu'il n'est de raison. Eh! sire, ayez pitié de moi!

— Olivier, dit le roi en hochant la tête, je remarque qu'on me compte le muid de plâtre à vingt sols, qui n'en vaut que douze. Vous referez ce mémoire.

Il tourna le dos à la cage, et se mit en devoir de sortir de la chambre. Le misérable prisonnier, à l'éloignement des flambeaux et du bruit, jugea que le roi s'en allait. — Sire! sire! cria-t-il avec désespoir. La porte se referma. Il ne vit plus rien, et n'entendit plus que la voix rauque du guichetier, qui lui chantait aux oreilles la chanson :

> Maître Jean Blueu
> A perdu la vue
> De ses évêchés.
> Monsieur de Verdun
> N'en a plus pas un;
> Tous sont dépêchés.

Le roi remontait en silence à son retrait, et son cortége le suivait, terrifié des derniers gémissements du condamné. Tout à coup Sa Majesté se tourna vers le gouverneur de la Bastille. — A propos, dit-elle, n'y avait-il pas quelqu'un dans cette cage?

— Pardieu, sire! répondit le gouverneur, stupéfait de la question.

— Et qui donc?

— Monsieur l'évêque de Verdun.

Le roi savait cela mieux que personne. Mais c'était une manie.

— Ah! dit-il avec l'air naïf d'y songer pour la première fois, Guillaume de Harancourt, l'ami de monsieur le cardinal Balue. Un bon diable d'évêque!

Au bout de quelques instants, la porte du retrait s'était

rouverte, puis reclose sur les cinq personnages que le lecteur y a vus au commencement de ce chapitre, et qui y
avaient repris leurs places, leurs causeries à demi-voix, et
leurs attitudes.

Pendant l'absence du roi, on avait déposé sur sa table
quelques dépêches, dont il rompit lui-même le cachet.
Puis il se mit à les lire promptement l'une après l'autre,
fit signe à *maître Olivier*, qui paraissait avoir près de lui
office de ministre, de prendre une plume, et, sans lui faire
part du contenu des dépêches, commença à lui en dicter à
voix basse les réponses, que celui-ci écrivait assez incom-
modément agenouillé devant la table.

Guillaume Rym observait.

Le roi parlait si bas, que les Flamands n'entendaient
rien de sa dictée, si ce n'est çà et là quelques lambeaux
isolés et peu intelligibles comme : — ... Maintenir les lieux
fertiles par le commerce, les stériles par les manufactures...
— Faire voir aux seigneurs anglais nos quatre bombardes,
la Londres, la Brabant, la Bourg-en-Bresse, la Saint-Omer...
— L'artillerie est cause que la guerre se fait maintenant
plus judicieusement... — A monsieur de Bressuire notre
ami... — Les armées ne s'entretiennent sans les tri-
buts... — Etc.

Une fois il haussa la voix : — Pasque-Dieu ! monsieur le
roi de Sicile scelle ses lettres sur cire jaune, comme un roi
de France. Nous avons peut-être tort de le lui permettre.
Mon beau cousin de Bourgogne ne donnait pas d'armoiries à champ de gueules. La grandeur des maisons s'assure
en l'intégrité des prérogatives. Note ceci, compère Olivier.

Une autre fois : — Oh ! oh ! dit-il, le gros message ! Que
nous réclame notre frère l'empereur ? — Et, parcourant des
yeux la missive en coupant sa lecture d'interjections : —
Certes ! les Allemagnes sont si grandes et puissantes, qu'il
est à peine croyable. — Mais nous n'oublions pas le vieux

proverbe : La plus belle comté est Flandre ; la plus belle
duché, Milan ; le plus beau royaume, France. — N'est-ce
pas, messieurs les Flamands?

Cette fois, Coppenole s'inclina avec Guillaume Rym. Le
patriotisme du chaussetier était chatouillé.

Une dernière dépêche fit froncer le sourcil à Louis XI.—
Qu'est cela? s'écria-t-il. Des plaintes et quérimonies contre
nos garnisons de Picardie! Olivier, écrivez en diligence à
monsieur le maréchal de Rouault : — Que les disciplines se
relâchent ; — que les gendarmes des ordonnances, les nobles de ban, les francs-archers, les suisses, font des maux
infinis aux manants ; — que l'homme de guerre, ne se con-
tentant pas des biens qu'il trouve en la maison des labou-
reurs, les contraint, à grands coups de bâton ou de voulge,
à aller querir du vin à la ville, du poisson, des épiceries,
et autres choses excessives. — Que monsieur le roi sait
cela. — Que nous entendons garder notre peuple des in-
convénients, larcins et pilleries.—Que c'est notre volonté,
par Notre-Dame ! — Qu'en outre, il ne nous agrée pas
qu'aucun ménétrier, barbier, ou valet de guerre, soit vêtu
comme prince, de velours, de drap de soie et d'anneaux
d'or;—que ces vanités sont haineuses à Dieu. — Que nous
nous contentons, nous qui sommes gentilhomme, d'un
pourpoint de drap à seize sols l'aune de Paris. — Que
messieurs les goujats peuvent bien se rabaisser jusque-là,
eux aussi.—Mandez et ordonnez.—A monsieur de Rouault,
notre ami. — Bien.

Il dicta cette lettre à haute voix, d'un ton ferme et par
saccades. Au moment où il achevait, la porte s'ouvrit, et
donna passage à un nouveau personnage, qui se précipita
tout effaré dans la chambre en criant : — Sire! sire! il y
a une sédition de populaire dans Paris! La grave figure de
Louis XI se contracta ; mais ce qu'il y eut de visible dans
son émotion passa comme un éclair. Il se contint, et dit

avec une sévérité tranquille : — Compère Jacques, vous entrez bien brusquement!

— Sire! sire! il y a une révolte! reprit le compère Jacques essoufflé.

Le roi, qui s'était levé, lui prit rudement le bras et lui dit à l'oreille, de façon à être entendu de lui seul, avec une colère concentrée et un regard oblique sur les Flamands : — Tais-toi! ou parle bas. Le nouveau venu comprit, et se mit à lui faire tout bas une narration très-effarouchée, que le roi écoutait avec calme, tandis que Guillaume Rym faisait remarquer à Coppenole le visage et l'habit du nouveau venu, sa capuce fourrée, *caputia fourrata*, son épitoge court, *epitogia curta*, sa robe de velours noir, qui annonçait un président de la Cour des comptes. A peine ce personnage eut-il donné au roi quelques explications, que Louis XI s'écria en éclatant de rire : — En vérité! parlez tout haut, compère Coictier! Qu'avez-vous à parler bas ainsi? Notre-Dame sait que nous n'avons rien de caché pour nos bons amis Flamands.

— Mais, sire...

— Parlez tout haut!

Le « compère Coictier » demeurait muet de surprise.

— Donc, reprit le roi, — parlez, monsieur, — il y a une émotion de manants dans notre bonne ville de Paris!

— Oui, sire.

— Et qui se dirige, dites-vous, contre monsieur le bailli du Palais de Justice?

— Il y a apparence, dit le *compère*, qui balbutiait encore, tout étourdi du brusque et inexplicable changement qui venait de s'opérer dans les pensées du roi.

Louis XI reprit : — Où le guet a-t-il rencontré la cohue?

— Cheminant de la grande Truanderie vers le Pont-aux-Changeurs. Je l'ai rencontrée moi-même, comme je venais ici, pour obéir aux ordres de Votre Majesté. J'en ai
44.

entendu quelques-uns qui criaient : — A bas le bailli du
Palais !

— Et quels griefs ont-ils contre le bailli ?

— Ah ! dit le compère Jacques, qu'il est leur seigneur.

— Vraiment !

— Oui, sire. Ce sont des marauds de la Cour-des-Miracles. Voilà longtemps déjà qu'ils se plaignent du bailli,
dont ils sont vassaux. Ils ne veulent le reconnaître ni
comme justicier ni comme voyer.

— Oui-da ? repartit le roi avec un sourire de satisfaction
qu'il s'efforçait en vain de déguiser.

— Dans toutes leurs requêtes au Parlement, reprit le
compère Jacques, ils prétendent n'avoir que deux maîtres :
Votre Majesté et leur Dieu, qui est, je crois, le diable.

— Eh ! eh ! dit le roi.

Il se frottait les mains, il riait de ce rire intérieur qui
fait rayonner le visage ; il ne pouvait dissimuler sa joie,
quoiqu'il essayât par instants de se composer. Personne
n'y comprenait rien, pas même « maître Olivier. » Il resta
un moment silencieux, avec un air pensif, mais content.

— Sont-ils en force ? demanda-t-il tout à coup.

— Oui certes, sire, répondit le compère Jacques.

— Combien ?

— Au moins six mille.

Le roi ne put s'empêcher de dire : Bon. Il reprit : —
Sont-ils armés ?

— Des faux, des piques, des hacquebutes, des pioches.
Toutes sortes d'armes fort violentes.

Le roi ne parut nullement inquiet de cet étalage. Le
compère Jacques crut devoir ajouter : Si Votre Majesté
n'envoie pas promptement au secours du bailli, il est
perdu.

— Nous enverrons, dit le roi avec un faux air sérieux.
C'est bon. Certainement nous enverrons. Monsieur le bailli

est notre ami. Six mille ! Ce sont de déterminés drôles. La
hardiesse est merveilleuse, et nous en sommes fort cour-
roucé. Mais nous avons peu de monde cette nuit autour de
nous. — Il sera temps demain matin.

Le compère Jacques s'écria : — Tout de suite, sire ! Le
bailliage aura vingt fois le temps d'être saccagé, la seigneurie violée, le bailli pendu. Pour Dieu ! sire, envoyez
avant demain matin.

Le roi le regarda en face. — Je vous ai dit demain ma-
tin. C'était un de ces regards auxquels on ne réplique pas.
Après un silence, Louis XI éleva de nouveau la voix : —
Mon compère Jacques, vous devez savoir cela. Quelle était...
Il se reprit : — Quelle est la juridiction féodale du bailli ?

— Sire, le bailli du Palais a la rue de la Calandre jusqu'à la rue de l'Herberie, la place Saint-Michel, et les
lieux vulgairement nommés les Mureaux, assis près de l'é-
glise Notre-Dame-des-Champs (ici Louis XI souleva le bord
de son chapeau), lesquels hôtels sont au nombre de treize,
plus la Cour-des-Miracles, plus la Maladerie appelée la banlieue, plus toute la chaussée qui commence à cette Maladerie et finit à la porte Saint-Jacques. De ces divers endroits
il est voyer, haut, moyen et bas justicier, plein seigneur.

— Ouais ! dit le roi en se grattant l'oreille gauche avec
la main droite, cela fait un bon bout de ma ville ! Ah !
monsieur le bailli était roi de tout cela !

Cette fois il ne se reprit point. Il continua rêveur et
comme se parlant à lui-même : — Tout beau, monsieur
le bailli ! vous aviez là entre les dents un gentil morceau
de notre Paris. Tout à coup il fit explosion : — Pasque-
Dieu ! qu'est-ce que c'est que ces gens qui se prétendent
voyers, justiciers, seigneurs et maîtres chez nous ? qui ont
leur péage à tout bout de champ ; leur justice et leur bourreau à tout carrefour parmi notre peuple ? de façon que
comme le Grec se croyait autant de dieux qu'il avait de fon-

taines et le Persan autant qu'il voyait d'étoiles, le Français
se compte autant de rois qu'il voit de gibets. Pardieu! cette
chose est mauvaise, et la confusion m'en déplait. Je voudrais bien savoir si c'est la grâce de Dieu qu'il y ait à Paris un autre voyer que le roi, une autre justice que notre
Parlement, un autre empereur que nous dans cet empire!
Par la foi de mon âme! il faudra bien que le jour vienne où
il n'y aura en France qu'un roi, qu'un seigneur, qu'un
juge, qu'un coupe-tête, comme il n'y a au paradis qu'un
Dieu!

Il souleva encore son bonnet, et continua, rêvant toujours, avec l'air et l'accent d'un chasseur qui agace et
lance sa meute. — Bon! mon peuple! bravement! brise
ces faux seigneurs! fais ta besogne. Sus! sus! pille-les,
pends-les, saccage-les!... Ah! vous voulez être rois, messeigneurs! Va! peuple! va! Ici il s'interrompit brusquement, se mordit les lèvres, comme pour rattraper sa pensée
à demi échappée, appuya tour à tour son œil perçant sur
chacun des cinq personnages qui l'entouraient, et tout à
coup saisissant son chapeau à deux mains et le regardant
en face, il lui dit: — Oh! je te brûlerais si tu savais ce
qu'il y a dans ma tête. Puis, promenant de nouveau autour de lui le regard attentif et inquiet du renard qui rentre sournoisement à son terrier: — Il n'importe! nous
secourrons monsieur le bailli. Par malheur, nous n'avons
que peu de troupe ici, en ce moment, contre tant de populaire. Il faut attendre jusqu'à demain. On remettra l'ordre en la Cité, et l'on pendra vertement tout ce qui sera
pris.

— A propos! sire, dit le compère Coictier, j'ai oublié
cela dans le premier trouble: le guet a saisi deux traînards
de la bande. Si Votre Majesté veut voir ces hommes, ils
sont là.

— Si je veux les voir! cria le roi. Comment! Pasque-

Dieu! tu oublies chose pareille! — Cours vite, toi, Olivier! va les chercher.

Maître Olivier sortit et rentra un moment après avec les
deux prisonniers, environnés d'archers de l'ordonnance.
Le premier avait une grosse face idiote, ivre et étonnée :
il était vêtu de guenilles et marchait en pliant le genou
et en traînant le pied ; le second était une figure blême et
souriante, que le lecteur connait déjà. Le roi les examina
sans mot dire, puis s'adressant brusquement au premier :

— Comment t'appelles-tu?

— Gieffroy Pincebourde.

— Ton métier?

— Truand.

— Qu'allais-tu faire dans cette damnable sédition?

Le truand regarda le roi, en balançant ses bras d'un air
hébété. C'était une de ces têtes mal conformées, où l'intelligence est à peu près aussi à l'aise que la lumière sous
l'éteignoir.

— Je ne sais pas, dit-il. On allait, j'allais.

— N'alliez-vous pas attaquer outrageusement et piller
votre seigneur le bailli du Palais?

— Je sais qu'on allait prendre quelque chose chez quelqu'un. Voilà tout.

Un soldat montra au roi une serpe qu'on avait saisie sur
le truand. — Reconnais-tu cette arme? demanda le roi.

— Oui, c'est ma serpe; je suis vigneron.

— Et reconnais-tu cet homme pour ton compagnon?
ajouta Louis XI en désignant l'autre prisonnier.

— Non. Je ne le connais pas.

— Il suffit, dit le roi en faisant un signe du doigt au
personnage silencieux, immobile près de la porte, que nous
avons déjà fait remarquer au lecteur : — Compère Tristan, voilà un homme pour vous.

Tristan-l'Hermite s'inclina. Il donna un ordre à voix

basse à deux archers, qui emmenèrent le pauvre truand.

Cependant le roi s'était approché du second prisonnier, qui suait à grosses gouttes. — Ton nom?

— Sire, Pierre Gringoire.

— Ton métier?

— Philosophe, sire.

— Comment te permets-tu, drôle, d'aller investir notre ami monsieur le bailli du Palais, et qu'as-tu à dire de cette émotion populaire?

— Sire, je n'en étais pas.

—. Or çà! paillard, n'as-tu pas été appréhendé par le guet dans cette mauvaise compagnie?

— Non, sire; il y a méprise. C'est une fatalité. Je fais des tragédies. Sire, je supplie Votre Majesté de m'entendre. Je suis poëte. C'est la mélancolie des gens de ma profession d'aller la nuit par les rues. Je passais par là ce soir. C'est grand hasard. On m'a arrêté à tort; je suis innocent de cette tempête civile. Votre Majesté voit que le truand ne m'a pas reconnu. Je conjure Votre Majesté...

— Tais-toi! dit le roi entre deux gorgées de tisane. Tu nous romps la tête.

Tristan-l'Hermite s'avança, et désignant Gringoire du doigt : — Sire, peut-on pendre aussi celui-là?

C'était la première parole qu'il proférait.

— Peuh! répondit négligemment le roi. Je n'y vois pas d'inconvénient.

— J'en vois beaucoup, moi! dit Gringoire.

Notre philosophe était en ce moment plus vert qu'une olive. Il vit à la mine froide et indifférente du roi qu'il n'y avait plus de ressource que dans quelque chose de très-pathétique, et se précipita aux pieds de Louis XI en s'écriant, avec une gesticulation désespérée :

— Sire! Votre Majesté daignera m'entendre. Sire! n'éclatez en tonnerre sur si peu de chose que moi. La grande foudre de Dieu ne bombarde pas une laitue. Sire! vous êtes un auguste monarque très-puissant : ayez pitié d'un pauvre homme honnête, et qui serait plus empêché d'attiser une révolte qu'un glaçon de donner une étincelle ! Très-gracieux sire, la débonnaireté est vertu de lion et de roi. Hélas ! la rigueur ne fait qu'effaroucher les esprits; les bouffées impétueuses de la bise ne sauraient faire quitter le manteau au passant : le soleil, donnant de ses rayons peu à peu, l'échauffe de telle sorte, qu'il le fera mettre en chemise. Sire, vous êtes le soleil. Je vous le proteste, mon souverain maître et seigneur, je ne suis pas un compagnon truand, voleur et désordonné. La révolte et les brigande-ries ne sont pas de l'équipage d'Apollo. Ce n'est pas moi qui m'irai précipiter dans ces nuées qui éclatent en des bruits de séditions. Je suis un fidèle vassal de Votre Ma-jesté. La même jalousie qu'a le mari pour l'honneur de sa femme, le ressentiment qu'a le fils pour l'amour de son père, un bon vassal les doit avoir pour la gloire de son roi; il doit sécher pour le zèle de sa maison, pour l'ac-croissement de son service. Toute autre passion qui le transporterait ne serait que fureur. Voilà, sire, mes maxi-mes d'Etat. Donc ne me jugez pas séditieux et pillard, à mon habit usé aux coudes. Si vous me faites grâce, sire, je l'userai aux genoux à prier Dieu soir et matin pour vous! Hélas! je ne suis pas extrêmement riche, c'est vrai. Je suis même un peu pauvre; mais non vicieux pour cela. Ce n'est pas ma faute. Chacun sait que les grandes riches-ses ne se tirent pas des belles-lettres, et que les plus consommés aux bons livres n'ont pas toujours gros feu l'hiver. La seule avocasserie prend tout le grain et ne laisse que la paille aux autres professions scientifiques. Il y a quarante très-excellents proverbes sur le manteau troué des philosophes. Oh! sire, la clémence est la seule lu-mière qui puisse éclairer l'intérieur d'une grande âme. La

clémence porte le flambeau devant toutes les autres vertus. Sans elle, ce sont des aveugles qui cherchent Dieu à
tâtons. La miséricorde, qui est la même chose que la clémence, fait l'amour des sujets, qui est le plus puissant
corps de garde à la personne du prince. Qu'est-ce que cela
vous fait, à vous Majesté dont les faces sont éblouies, qu'il
y ait un pauvre homme de plus sur la terre? un pauvre
innocent philosophe, barbotant dans les ténèbres de la
calamité, avec son gousset vide qui résonne sur son ventre
creux? D'ailleurs, sire, je suis un lettré. Les grands rois
se font une perle à leur couronne de protéger les lettres.
Hercule ne dédaignait pas le titre de Musagètes. Mathias
Corvin favorisait Jean de Monroyal, l'ornement des ma-
thématiques. Or, c'est une mauvaise manière de protéger
les lettres que de pendre les lettrés. Quelle tache à Alexandre s'il avait fait pendre Aristoteles! Ce trait ne serait pas
un petit moucheron sur le visage de sa réputation pour
l'embellir, mais bien un malin ulcère pour le défigurer.
Sire! j'ai fait un très-expédient épithalame pour mademoiselle de Flandre et monseigneur le très-auguste dauphin.
Cela n'est pas d'un boute-feu de rébellion. Votre Majesté
voit que je ne suis pas un grimaud, que j'ai étudié excellemment, et que j'ai beaucoup d'éloquence naturelle. Faites-moi grâce, sire. Cela faisant, vous ferez une action galante à Notre-Dame, et je vous jure que je suis très-effrayé
de l'idée d'être pendu!

En parlant ainsi, le désolé Gringoire baisait les pantou-
fles du roi, et Guillaume Rym disait tout bas à Coppenole:
— Il fait bien de se traîner à terre. Les rois sont comme
le Jupiter de Crète: ils n'ont des oreilles qu'aux pieds. —
Et, sans s'occuper du Jupiter de Crète, le chaussetier ré-
pondait avec un lourd sourire, l'œil fixé sur Gringoire: —
Oh! que c'est bien cela! je crois entendre le chancelier
Hugonet me demander grâce.

Quand Gringoire s'arrêta enfin tout essoufflé, il leva la
tête en tremblant vers le roi, qui grattait avec son ongle
une tache que ses chausses avaient au genou ; puis Sa Majesté se mit à boire au hanap de tisane. Du reste, elle ne
soufflait mot, et ce silence torturait Gringoire. Le roi le
regarda enfin. — Voilà un terrible braillard! dit-il. Puis
se tournant vers Tristan-l'Hermite : — Bah! lâchez-le!

Gringoire tomba sur le derrière, tout épouvanté de joie.

— En liberté! grogna Tristan. Votre Majesté ne veut-
elle pas qu'on le retienne un peu en cage?

— Compère, repartit Louis XI, crois-tu que ce soit pour
de pareils oiseaux que nous faisons faire des cages de trois
cent soixante-sept livres huit sous trois deniers? — Lâchez-
moi incontinent le paillard (Louis XI affectionnait ce
mot, qui faisait avec *Pasque-Dieu* le fond de sa jovialité),
et mettez-le hors avec une bourrade.

— Ouf! s'écria Gringoire, que voilà un grand roi!

Et, de peur d'un contre-ordre, il se précipita vers la
porte, que Tristan lui rouvrit d'assez mauvaise grâce. Les
soldats sortirent avec lui en le poussant devant eux à
grands coups de poing, ce que Gringoire supporta en vrai
philosophe stoïcien.

La bonne humeur du roi, depuis que la révolte contre
le bailli lui avait été annoncée, perçait dans tout. Cette
clémence inusitée n'en était pas un médiocre signe. Tristan-l'Hermite, dans son coin, avait la mine renfrognée d'un
dogue qui a vu et qui n'a pas eu.

Le roi cependant battait gaiement avec les doigts sur le
bras de sa chaise la marche de Pont-Audemer. C'était un
prince dissimulé, mais qui savait beaucoup mieux cacher
ses peines que ses joies. Ces manifestations extérieures de
joie à toute bonne nouvelle allaient quelquefois très-loin :
ainsi, à la mort de Charles-le-Téméraire, jusqu'à vouer
des balustrades d'argent à Saint-Martin de Tours : à son

45

avènement au trône, jusqu'à oublier d'ordonner les obsè-
ques de son père.

— Eh! sire! s'écria tout à coup Jacques Coictier, qu'est
devenue la pointe aiguë de maladie pour laquelle Votre
Majesté m'avait fait mander?

— Oh! dit le roi, vraiment je souffre beaucoup, mon
compère. J'ai l'oreille sibilante, et des râteaux de feu qui
me raclent la poitrine.

Coictier prit la main du roi, et se mit à lui tâter le pouls
avec une mine capable.

— Regardez, Coppenole, disait Rym à voix basse. Le
voilà entre Coictier et Tristan. C'est là toute sa cour. Un
médecin pour lui, un bourreau pour les autres.

En tâtant le pouls du roi, Coictier prenait un air de
plus en plus alarmé. Louis XI le regardait avec quelque
anxiété. Coictier se rembrunissait à vue d'œil. Le brave
homme n'avait d'autre métairie que la mauvaise santé
du roi. Il l'exploitait de son mieux.

— Oh! oh! murmura-t-il enfin; ceci est grave, en
effet.

— N'est-ce pas? dit le roi inquiet.

— *Pulsus creber, anhelans, crepitans, irregularis,*
continua le médecin.

— Pasque-Dieu!

— Avant trois jours, ceci peut emporter son homme.

— Notre-Dame! s'écria le roi. Et le remède, compère.

— J'y songe, sire.

Il fit tirer la langue à Louis XI, hocha la tête, fit la
grimace, et tout au milieu de ces simagrées : — Pardieu!
sire, dit-il tout à coup, il faut que je vous conte qu'il y a
une recette des régales vacante, et que j'ai un neveu.

— Je donne ma recette à ton neveu, compère Jacques,
répondit le roi; mais tire-moi ce feu de la poitrine.

— Puisque Votre Majesté est si clémente, reprit le mé-

decin, elle ne refusera pas de m'aider un peu en la bâtisse
de ma maison rue Saint-André-des-Arcs.

— Heuh! dit le roi.

— Je suis au bout de ma finance, poursuivit le docteur,
et il serait vraiment dommage que la maison n'eût pas de
toit, non pour la maison, qui est simple et toute bourgeoise;
mais pour les peintures de Jehan Fourbault, qui en égayent
le lambris. Il y a une Diane en l'air qui vole, mais si ex-
cellente, si tendre, si délicate, d'une action si ingénue, la
tête si bien coiffée et couronnée d'un croissant, la chair si
blanche, qu'elle donne de la tentation à ceux qui la re-
gardent trop curieusement. Il y a aussi une Cérès. C'est
encore une très-belle divinité. Elle est assise sur des gerbes de blé, et coiffée d'une guirlande galante d'épis entrelacés de salsifis et autres fleurs. Il ne se peut rien voir de
plus amoureux que ses yeux, de plus rond que ses jambes,
de plus noble que son air, de mieux drapé que sa jupe.
C'est une des beautés les plus innocentes et les plus par-
faites qu'ait produites le pinceau.

— Bourreau! grommela Louis XI, où en veux-tu venir?

— Il me faut un toit sur ces peintures, sire, et quoique
ce soit peu de chose, je n'ai plus d'argent.

— Combien est-ce, ton toit?

— Mais... un toit de cuivre historié et doré, deux mille
livres au plus.

— Ah! l'assassin! cria le roi. Il ne m'arrache pas une
dent qui ne soit un diamant.

— Ai-je mon toit? dit Coictier.

— Oui! et va au diable, mais guéris-moi.

Jacques Coictier s'inclina profondément, et dit: — Sire,
c'est un répercussif qui vous sauvera. Nous vous applique-
rons sur les reins le grand défensif composé avec le cérat,
le bol d'Arménie, le blanc d'œuf, l'huile et le vinaigre.

Vous continuerez votre tisane, et nous répondons de Votre Majesté.

Une chandelle qui brille n'attire pas qu'un moucheron. Maître Olivier, voyant le roi en libéralité, et croyant le moment bon, s'approcha à son tour : — Sire...

— Qu'est-ce encore? dit Louis XI

— Sire, Votre Majesté sait que maître Simon Radin est mort.

— Eh bien?

— C'est qu'il était conseiller du roi sur le fait de la justice du trésor.

— Eh bien?

— Sire, sa place est vacante.

En parlant ainsi, la figure hautaine de maître Olivier avait quitté l'expression arrogante pour l'expression basse. C'est le seul rechange qu'ait une figure de courtisan. Le roi le regarda très en face, et dit d'un ton sec : — Je comprends.

Il reprit : — Maître Olivier, le maréchal de Boucicaut disait : « Il n'est don que de roi, il n'est peschier que en la mer. » Je vois que vous êtes de l'avis de monsieur de Boucicaut. Maintenant, oyez ceci. Nous avons bonne mémoire. En 68, nous vous avons fait varlet de notre chambre ; en 69, garde du châtel du pont de Saint-Cloud, à cent livres tournois de gages (vous les vouliez parisis). — En novembre 73, par lettres données à Gergeaule, nous vous avons institué concierge du bois de Vincennes, au lieu de Gilbert Acle, écuyer ; en 75, gruyer de la forêt de Rouvray les-Saint-Cloud, en place de Jacques le Maire ; en 78, nous vous avons gracieusement assis, par lettres patentes scellées sur double queue de cire verte, une rente de dix livres parisis, pour vous et votre femme, sur la place aux marchands, sise à l'école Saint-Germain ; en 79, nous vous avons fait gruyer de la forêt de Senart, au lieu de ce

pauvre Jehan Daiz ; puis capitaine du château de Loches ;
puis gouverneur de Saint-Quentin ; puis capitaine du pont
de Meulan, dont vous vous faites appeler comte. Sur les
cinq sols d'amende que paye tout barbier qui rase un jour
de fête, il y a trois sols pour vous, et nous avons votre
reste. Nous avons bien voulu changer votre nom de *le
Mauvais*, qui ressemblait trop à votre mine. En 74, nous
vous avons octroyé, au grand déplaisir de notre noblesse,
des armoiries de mille couleurs qui vous font une poitrine
de paon. Pasque-Dieu ! n'êtes-vous pas saoul ? La pescherie
n'est-elle point assez belle et miraculeuse ! Et ne craignez-
vous pas qu'un saumon de plus ne fasse chavirer votre
bateau ? L'orgueil vous perdra, mon compère. L'orgueil
est toujours talonné de la ruine et de la honte. Considé-
rez ceci, et taisez-vous.

Ces paroles, prononcées avec sévérité, firent revenir à
l'insolence la physionomie dépitée de maître Olivier. —
Bon ! murmura-t-il presque tout haut, on voit bien que le
roi est malade aujourd'hui. Il donne tout au médecin.

Louis XI, loin de s'irriter de cette incartade, reprit avec
quelque douceur : — Tenez, j'oubliais encore que je vous
ai fait mon ambassadeur à Gand près de madame Marie.
— Oui, messieurs, ajouta le roi en se tournant vers les
Flamands, celui-là a été ambassadeur. — Là, mon compère, poursuivit-il en s'adressant à maître Olivier, ne nous
fâchons pas ; nous sommes de vieux amis. Voilà qu'il est
très-tard. Nous avons terminé notre travail. Rasez-moi.

Nos lecteurs n'ont sans doute pas attendu jusqu'à présent pour reconnaître dans *maître Olivier* ce Figaro terrible que la Providence, cette grande faiseuse de drames,
a mêlé si artistement à la longue et sanglante comédie de
Louis XI. Ce n'est pas ici que nous entreprendrons de dé-
velopper cette figure singulière. Ce barbier du roi avait
trois noms. A la cour, on l'appelait poliment Olivier-le-

Daim; parmi le peuple, Olivier-le-Diable. Il s'appelait, de son vrai nom, Olivier-le-Mauvais. Olivier-le-Mauvais donc resta immobile, boudant le roi, et regardant Jacques Coictier de travers. — Oui, oui! le médecin! disait-il entre ses dents.

— Eh! oui, le médecin! reprit Louis XI avec une bonhomie singulière, le médecin a plus de crédit encore que toi. C'est tout simple. Il a prise sur nous par tout le corps, et tu ne nous tiens que par le menton. Va, mon pauvre barbier, cela se retrouvera. Que dirais-tu donc, et que deviendrait ta charge, si j'étais un roi comme le roi Chilpéric, qui avait pour geste de tenir sa barbe d'une main? — Allons, mon compère, vaque à ton office, rase-moi. Va chercher ce qu'il te faut.

Olivier, voyant que le roi avait pris le parti de rire et qu'il n'y avait pas même moyen de le fâcher, sortit en grondant pour exécuter ses ordres. Le roi se leva, s'approcha de la fenêtre, et tout à coup l'ouvrant avec une agitation extraordinaire: — Oh! oui! s'écria-t-il en battant des mains, voilà une rougeur dans le ciel sur la Cité. C'est le bailli qui brûle. Ce ne peut être que cela. Ah! mon bon peuple! voilà donc que tu m'aides enfin à l'écroulement des seigneuries. Alors se tournant vers les Flamands:

— Messieurs, venez voir ceci. N'est-ce pas un feu qui rougeoie?

Les deux Gantois s'approchèrent.

— Un grand feu! dit Guillaume Rym.

— Oh! ajouta Coppenole, dont les yeux étincelèrent tout à coup, cela me rappelle le brûlement de la maison du seigneur d'Hymbercourt. Il doit y avoir une grosse révolte là-bas.

— Vous croyez, maître Coppenole? Et le regard de Louis XI était presque aussi joyeux que celui du chaussetier. N'est-ce pas, qu'il sera difficile d'y résister?

— Croix-Dieu! sire! Votre Majesté ébréchera là-dessus
bien des compagnies de gens de guerre.

— Ah! moi! c'est différent, repartit le roi. Si je voulais...

Le chaussetier répondit hardiment :

— Si cette révolte est ce que je suppose, vous auriez
beau vouloir, sire.

— Compère, dit Louis XI, avec deux compagnies de
mon ordonnance et une volée de serpentine, on a bon
marché d'une populace de manants.

Le chaussetier, malgré les signes que lui faisait Guillaume Rym, paraissait déterminé à tenir tête au roi : —
Sire, les Suisses aussi étaient des manants. Monsieur le
duc de Bourgogne était un grand gentilhomme, et il faisait fi de cette canaille. A la bataille de Grandson, sire, il
criait : Gens de canons, feu sur ces vilains! et il jurait par
saint Georges. Mais l'avoyer Scharnatchtal se rua sur le
beau duc avec sa massue et son peuple, et de la rencontre
des paysans à peaux de buffle, la luisante armée bourgui-
gnonne s'éclata comme une vitre au choc d'un caillou. Il
y eut là bien des chevaliers de tués par des marauds; et
l'on trouva monsieur de Château-Guyon, le plus grand seigneur de la Bourgogne, mort avec son grand cheval grison
dans un petit pré de marais.

— L'ami, repartit le roi, vous parlez d'une bataille. Il
s'agit d'une mutinerie. Et j'en viendrai à bout quand il
me plaira de froncer le sourcil.

L'autre répliqua avec indifférence : — Cela se peut, sire.
En ce cas, c'est que l'heure du peuple n'est pas venue.

Guillaume Rym crut devoir intervenir : — Maître Coppenole, vous parlez à un puissant roi.

— Je le sais, répondit gravement le chaussetier.

— Laissez-le dire, monsieur Rym mon ami, dit le roi;
j'aime ce franc-parler. Mon père Charles septième disait

que la vérité était malade. Je croyais, moi, qu'elle était
morte, et qu'elle n'avait point trouvé de confesseur. Maître
Coppenole me détrompe.

Alors, posant familièrement sa main sur l'épaule de
Coppenole : Vous disiez donc, maître Jacques...

— Je dis, sire, que vous avez peut-être raison, que
l'heure du peuple n'est pas venue chez vous.

Louis XI le regarda avec son œil pénétrant. — Et quand
viendra cette heure, maître ?

— Vous l'entendrez sonner.

— A quelle horloge, s'il vous plaît ?

Coppenole, avec sa contenance tranquille et rustique,
fit approcher le roi de la fenêtre. — Ecoutez, sire ! Il y a
ici un donjon, un beffroi, des canons, des bourgeois, des
soldats. Quand le beffroi bourdonnera, quand les canons
gronderont, quand le donjon croulera à grand bruit, quand
bourgeois et soldats hurleront et s'entretueront, c'est
l'heure qui sonnera.

Le visage de Louis XI devint sombre et rêveur. Il resta
un moment silencieux, puis il frappa doucement de la
main, comme on flatte une croupe de destrier, l'épaisse
muraille du donjon. — Oh ! que non ! dit-il. N'est-ce pas
que tu ne crouleras pas si aisément, ma bonne Bastille ? Et
se tournant d'un geste brusque vers le hardi Flamand : —
Avez-vous jamais vu une révolte, maître Jacques ?

— J'en ai fait, dit le chaussetier.

— Comment faites-vous, dit le roi, pour faire une révolte ?

— Ah ! répondit Coppenole, ce n'est pas bien difficile.
Il y a cent façons. D'abord, il faut qu'on soit mécontent
dans la ville. La chose n'est pas rare. Et puis le caractère
des habitants. Ceux de Gand sont commodes à la révolte.
Ils aiment toujours le fils du prince, le prince jamais. Eh
bien ! un matin, je suppose, on entre dans ma boutique,

on me dit : Père Coppenole, il y a ceci, il y a cela, la damoiselle de Flandre veut sauver ses ministres, le grand bailli double le tru de l'esgrin, ou autre chose, ce qu'on veut. Moi, je laisse là l'ouvrage, je sors de ma chausseterie, et je vais dans la rue, et je crie : A sac! Il y a bien toujours là quelque futaille défoncée. Je monte dessus, et je dis tout haut les premières paroles venues, ce que j'ai sur le cœur; et quand on est du peuple, sire, on a toujours quelque chose sur le cœur. Alors on s'attroupe, on crie, on sonne le tocsin, on arme les manants du désarmement des soldats, les gens du marché s'y joignent, et l'on va. Et ce sera toujours ainsi, tant qu'il y aura des seigneurs dans les seigneuries, des bourgeois dans les bourgs, et des paysans dans les pays.

— Et contre qui vous rebellez-vous ainsi? demanda le roi. Contre vos baillis? contre vos seigneurs?

— Quelquefois, c'est selon. Contre le duc aussi, quelquefois.

Louis XI alla se rasseoir, et dit avec un sourire : — Ah! ici, ils n'en sont encore qu'aux baillis!

En cet instant Olivier-le-Daim rentra. Il était suivi de deux pages qui portaient les toilettes du roi; mais ce qui frappa Louis XI, c'est qu'il était en outre accompagné du prévôt de Paris et du chevalier du guet, lesquels paraissaient consternés. Le rancuneux barbier avait aussi l'air consterné, mais content en dessous. C'est lui qui prit la parole : — Sire, je demande pardon à Votre Majesté de la calamiteuse nouvelle que je lui apporte.

Le roi, en se tournant vivement, écorcha la natte du plancher avec les pieds de sa chaise : — Qu'est-ce à dire?

— Sire, reprit Olivier-le-Daim avec la mine méchante d'un homme qui se réjouit d'avoir à porter un coup violent, ce n'est pas sur le bailli du Palais que se rue cette sédition populaire.

— Et sur qui donc?

— Sur vous, sire.

Le vieux roi se dressa debout et droit comme un jeune homme : — Explique-toi, Olivier! explique-toi! Et tiens bien ta tête, mon compère; car je te jure, par la croix de Saint-Lô, que si tu nous mens à cette heure, l'épée qui a coupé le cou de monsieur de Luxembourg n'est pas si ébréchée qu'elle ne scie encore le tien!

Le serment était formidable; Louis XI n'avait juré que deux fois dans sa vie par la croix de Saint-Lô. Olivier ouvrit la bouche pour répondre : — Sire...

— Mets-toi à genoux! interrompit violemment le roi. Tristan, veillez sur cet homme!

Olivier se mit à genoux, et dit froidement : — Sire, une sorcière a été condamnée à mort par votre Cour de parlement. Elle s'est réfugiée dans Notre-Dame. Le peuple l'y veut reprendre de vive force. Monsieur le prévôt et monsieur le chevalier du guet, qui viennent de l'émeute, sont là pour me démentir si ce n'est pas la vérité. C'est Notre-Dame que le peuple assiége.

— Oui-da! dit le roi à voix basse, tout pâle et tout tremblant de colère. Notre-Dame! Ils assiégent dans sa cathédrale Notre-Dame, ma bonne maîtresse! — Relève-toi, Olivier. Tu as raison. Je te donne la charge de Simon Radin. Tu as raison. — C'est à moi qu'on s'attaque. La sorcière est sous la sauvegarde de l'église, l'église est sous ma sauvegarde. Et moi qui croyais qu'il s'agissait du bailli! C'est contre moi!

Alors, rajeuni par la fureur, il se mit à marcher à grands pas. Il ne riait plus, il était terrible, il allait et venait; le renard s'était changé en hyène. Il semblait suffoqué à ne pouvoir parler; ses lèvres remuaient et ses poings décharnés se crispaient. Tout à coup il releva la tête, son œil cave parut plein de lumière, et sa voix éclata comme un

clairon.. — Main basse, Tristan! main basse sur ces co-
quins! Va, Tristan mon ami! tue! tue!

Cette éruption passée, il vint se rasseoir, et dit avec une
rage froide et concentrée : — Ici, Tristan! — Il y a près
de nous dans cette bastille les cinquante lances du vicomte
de Gif, ce qui fait trois cents chevaux : vous les prendrez.
Il y a aussi la compagnie des archers de notre ordonnance
de monsieur de Châteaupers : vous les prendrez. Vous
êtes prévôt des maréchaux, vous avez les gens de votre
prévôté : vous les prendrez. A l'hôtel Saint-Pol, vous trouverez quarante archers de la nouvelle garde de monsieur
le dauphin : vous les prendrez. Et avec tout cela, vous allez courir à Notre-Dame. — Ah! messieurs les manants de
Paris, vous vous jetez ainsi tout au travers de la couronne
de France, de la sainteté de Notre-Dame et de la paix de
cette république! — Extermine! Tristan! extermine! et
que pas un n'en réchappe que pour Montfaucon.

Tristan s'inclina. — C'est bon, sire.

— Il ajouta après un silence : — Et que ferai-je de la
sorcière?

Cette question fit songer le roi.

— Ah! dit-il, la sorcière! — Monsieur d'Estouteville,
qu'est-ce que le peuple en voulait faire?

— Sire, répondit le prévôt de Paris, j'imagine que,
puisque le peuple la vient arracher de son asile de Notre-
Dame, c'est que cette impunité le blesse et qu'il veut la
pendre.

Le roi parut réfléchir profondément; puis, s'adressant à
Tristan-l'Hermite : — Eh bien! mon compère, extermine
le peuple et pends la sorcière.

— C'est cela, dit tout bas Rym à Coppenole : punir le
peuple de vouloir et faire ce qu'il veut.

— Il suffit, sire, répondit Tristan. Si la sorcière est encore dans Notre-Dame, faudra-t-il l'y prendre malgré l'asile?

— Pasque-Dieu, l'asile! dit le roi en se grattant l'o-
reille. Il faut pourtant que cette femme soit pendue.

Ici, comme pris d'une idée subite, il se rua à genoux
devant sa chaise, ôta son chapeau, le posa sur le siége, et
regardant dévotement l'une des amulettes de plomb qui le
chargeaient : — Oh! dit-il les mains jointes, Notre-Dame
de Paris, ma gracieuse patronne, pardonnez-moi. Je ne le
ferai que cette fois. Il faut punir cette criminelle. Je vous
assure, madame la Vierge, ma bonne maîtresse, que c'est
une sorcière qui n'est pas digne de votre aimable protection. Vous savez, madame, que bien des princes très-pieux
ont outre-passé le privilége des églises pour la gloire de
Dieu et la nécessité de l'Etat. Saint Hugues, évêque d'An-
gleterre, a permis au roi Edouard de prendre un magicien
dans son église. Saint Louis de France, mon maître, a
transgressé pour le même objet l'église de monsieur saint
Paul ; et monsieur Alphonse, fils du roi de Jérusalem, l'é-
glise même du Saint-Sépulcre. Pardonnez-moi donc pour
cette fois, Notre-Dame de Paris. Je ne le ferai plus, et je
vous donnerai une belle statue d'argent, pareille à celle
que j'ai donnée l'an passé à Notre-Dame d'Ecouys. Ainsi
soit-il.

Il fit un signe de croix, se releva, se recoiffa, et dit à
Tristan : — Faites diligence, mon compére; prenez monsieur de Châteaupers avec vous. Vous ferez sonner le tocsin. Vous écraserez le populaire. Vous pendrez la sorcière.
C'est dit. Et j'entends que le pourchas de l'exécution soit
fait par vous. Vous m'en rendrez compte. — Allons, Olivier, je ne me coucherai pas cette nuit. Rase-moi.

Tristan-l'Hermite s'inclina et sortit. Alors, le roi, con-
gédiant du geste Rym et Coppenole : — Dieu vous garde,
messieurs mes bons amis les Flamands. Allez prendre un
peu de repos. La nuit s'avance, et nous sommes plus près
du matin que du soir.

Tous deux se retirèrent, et, en gagnant leurs appartements sous la conduite du capitaine de la Bastille, Coppenole disait à Guillaume Rym : — Hum! j'en ai assez de
ce roi qui tousse! j'ai vu Charles de Bourgogne ivre; il
était moins méchant que Louis XI malade.

— Maître Jacques, répondit Rym, c'est que les rois ont
le vin moins cruel que la tisane.

VI

PETITE FLAMBÉ EN BAGUENAUD.

En sortant de la Bastille, Gringoire descendit la rue
Saint-Antoine de la vitesse d'un cheval échappé. Arrivé à
la porte Baudoyer, il marcha droit à la croix de pierre qui
se dressait au milieu de cette place, comme s'il eût pu
distinguer dans l'obscurité la figure d'un homme vêtu et
encapuchonné de noir, qui était assis sur les marches de
la croix. — Est-ce vous, maître? dit Gringoire.

Le personnage noir se leva. — Mort et passion! Vous
me faites bouillir, Gringoire. L'homme qui est sur la tour
de Saint-Gervais vient de crier une heure et demie du
matin.

— Oh! repartit Gringoire, ce n'est pas ma faute, mais
celle du guet et du roi. Je viens de l'échapper belle! Je
manque toujours d'être pendu. C'est ma prédestination.

— Tu manques tout, dit l'autre. Mais allons vite. As-tu
le mot de passe?

— Figurez-vous, maître, que j'ai vu le roi. J'en viens.
Il a une culotte de futaine. C'est une aventure.

— Oh! quenouille de paroles, que me fait ton aventure?
As-tu le mot de passe des truands?

— Je l'ai. Soyez tranquille. *Petite Flambe en baguenaud.*

— Bien. Autrement nous ne pourrions pénétrer jusqu'à
l'église. Les truands barrent les rues. Heureusement il paraît qu'ils ont trouvé de la résistance. Nous arriverons
peut-être encore à temps.

— Oui, maître. Mais comment entrerons-nous dans Notre-Dame?

— J'ai la clef des tours.

— Et comment en sortirons-nous?

— Il y a derrière le cloître une petite porte qui donne
sur le Terrain et de là sur l'eau. J'en ai pris la clef, et j'y
ai amarré un bateau ce matin.

— J'ai joliment manqué d'être pendu! reprit Gringoire.

— Eh vite! allons! dit l'autre.

Tous deux descendirent à grands pas vers la Cité.

VII

CHATEAUPERS A LA RESCOUSSE!

Le lecteur se souvient peut-être de la situation critique
où nous avons laissé Quasimodo. Le brave sourd, assailli
de toutes parts, avait perdu, sinon tout courage, du moins
tout espoir de sauver, non pas lui (il ne songeait pas à
lui), mais l'égyptienne. Il courait, éperdu, sur la galerie.
Notre-Dame allait être enlevée par les truands. Tout à
coup un grand galop de chevaux emplit les rues voisines,
et avec une longue file de torches et une épaisse colonne
de cavaliers abattant lances et brides, ces bruits furieux
débouchèrent sur la place comme un ouragan : France!
France! Taillez les manants! Châteaupers à la rescousse!
Prévôté! prévôté! Les truands, effarés, firent volte-face.

Quasimodo, qui n'entendait pas, vit les épées nues, les flambeaux, les fers de piques, toute cette cavalerie, en tête de laquelle il reconnut le capitaine Phœbus; il vit la confusion des truands, l'épouvante chez les uns, le trouble chez les meilleurs, et il reprit de ce secours inespéré tant de force, qu'il rejeta hors de l'église les premiers assaillants, qui enjambaient déjà la galerie. C'était en effet les troupes du roi qui survenaient. Les truands firent bravement. Ils se défendirent en désespérés. Pris en flanc par la rue Saint-Pierre-aux-Bœufs et en queue par la rue du Parvis, acculés à Notre-Dame, qu'ils assaillaient encore et que défendait Quasimodo, tout à la fois assiégeants et assiégés, ils étaient dans la situation singulière où se retrouva depuis, au fameux siége de Turin, en 1640, entre le prince Thomas de Savoie, qu'il assiégeait, et le marquis de Leganez, qui le bloquait, le comte Henri d'Harcourt, *Taurinum obsessor idem et obsessus*, comme dit son épitaphe.

La mêlée fut affreuse. A chair de loup dent de chien, comme dit P. Mathieu. Les cavaliers du roi, au milieu desquels Phœbus de Châteaupers se comportait vaillamment, ne faisaient aucun quartier, et la taille reprenait ce qui échappait à l'estoc. Les truands, mal armés, écumaient et mordaient. Hommes, femmes, enfants, se jetaient aux croupes et aux poitrails des chevaux, et s'y accrochaient comme des chats avec les dents et les ongles des quatre membres. D'autres tamponnaient à coups de torche le visage des archers. D'autres piquaient des crocs de fer au cou des cavaliers et tiraient à eux. Ils déchiquetaient ceux qui tombaient. On en remarqua un qui avait une large faux luisante, et qui faucha longtemps les jambes des chevaux. Il était effrayant. Il chantait une chanson nasillarde, il lançait sans relâche et ramenait sa faux. A chaque coup, il traçait autour de lui un grand cercle de membres coupés. Il avançait ainsi au plus fourré de la cavalerie, avec

la lenteur tranquille, le balancement de tête et l'essoufflement régulier d'un moissonneur qui entame un champ de
blé. C'était Clopin Trouillefou. Une arquebusade l'abattit.

Cependant les croisées s'étaient rouvertes. Les voisins,
entendant les cris de guerre des gens du roi, s'étaient
mêlés à l'affaire, et de tous les étages les balles pleuvaient
sur les truands. Le parvis était plein d'une fumée épaisse,
que la mousqueterie rayait de feu. On y distinguait confusément la façade de Notre-Dame, et l'Hôtel-Dieu décrépit,
avec quelques haves malades qui regardaient du haut de
son toit écaillé de lucarnes. Enfin les truands cédèrent.
La lassitude, le défaut de bonnes armes, l'effroi de cette
surprise, la mousqueterie des fenêtres, le brave choc des
gens du roi, tout les abattit. Ils forcèrent la ligne des assaillants et se mirent à fuir dans toutes les directions,
laissant dans le parvis un encombrement de morts.

Quand Quasimodo, qui n'avait pas cessé un moment de
combattre, vit cette déroute, il tomba à deux genoux, et
leva les mains au ciel, puis, ivre de joie, il courut, il
monta avec la vitesse d'un oiseau à cette cellule dont il
avait si intrépidement défendu les approches. Il n'avait
plus qu'une pensée maintenant, c'était de s'agenouiller
devant celle qu'il venait de sauver une seconde fois.

Lorsqu'il entra dans la cellule, il la trouva vide.

LIVRE ONZIÈME

I

LE PETIT SOULIER.

Au moment où les truands avaient assailli l'église, la Esmeralda dormait. Bientôt la rumeur toujours croissante autour de l'édifice et le bêlement inquiet de sa chèvre éveillée avant elle l'avaient tirée de ce sommeil. Elle s'était levée sur son séant, elle avait écouté, elle avait regardé ; puis, effrayée de la lueur et du bruit, elle s'était jetée hors de la cellule et avait été voir. L'aspect de la place, la vision qui s'y agitait, le désordre de cet assaut nocturne, cette foule hideuse, sautelante comme une nuée de grenouilles, à demi entrevue dans les ténèbres, le coassement de cette rauque multitude, ces quelques torches rouges courant et se croisant sur cette ombre comme les feux de nuit qui rayent la surface brumeuse des marais, toute cette scène lui fit l'effet d'une mystérieuse bataille engagée entre les fantômes du sabbat et les monstres de pierre de l'église. Imbue dès l'enfance des superstitions de la tribu bohémienne, sa première pensée fut qu'elle avait surpris en maléfices les étranges êtres propres à la nuit. Alors elle courut épouvantée se tapir dans sa cellule, demandant à son grabat un moins horrible cauchemar.

Peu à peu les premières fumées de la peur s'étaient pourtant dissipées; au bruit sans cesse grandissant, et à plusieurs autres signes de réalité, elle s'était sentie investie, non de spectres, mais d'êtres humains. Alors sa frayeur, sans s'accroître, s'était transformée. Elle avait songé à la possibilité d'une mutinerie populaire pour l'arracher de son asile. L'idée de reperdre encore une fois la vie, l'espérance, Phœbus, qu'elle entrevoyait toujours dans son avenir, le profond néant de sa faiblesse, toute fuite fermée, aucun appui, son abandon, son isolement, ces pensées et mille autres l'avaient accablée. Elle était tombée à genoux, la tête sur son lit, les mains jointes sur sa tête, pleine d'anxiété et de frémissement, et quoiqu'égyptienne, idolâtre et païenne, elle s'était mise à demander avec sanglots grâce au bon Dieu chrétien et à prier Notre-Dame son hôtesse. Car, ne crût-on à rien, il y a des moments dans la vie où l'on est toujours de la religion du temple qu'on a sous la main.

Elle resta ainsi prosternée fort longtemps, tremblant, à la vérité, plus qu'elle ne priait, glacée au soufle de plus en plus rapproché de cette multitude furieuse, ne comprenant rien à ce déchaînement, ignorant ce qui se tramait, ce qu'on faisait, ce qu'on voulait, mais pressentant une issue terrible. Voilà qu'au milieu de cette angoisse elle entend marcher près d'elle. Elle se détourne. Deux hommes, dont l'un portait une lanterne, venaient d'entrer dans sa cellule. Elle poussa un faible cri.

— Ne craignez rien, dit une voix qui ne lui était pas inconnue, c'est moi.

— Qui, vous? demanda-t-elle.

— Pierre Gringoire.

Ce nom la rassura. Elle releva les yeux, et reconnut en effet le poëte. Mais il avait auprès de lui une figure noire et voilée de la tête aux pieds qui la frappa de silence.

— Ah! reprit Gringoire d'un ton de reproche, Djali
m'avait reconnu avant vous!

La petite chèvre en effet n'avait pas attendu que Gringoire se nommât. A peine était-il entré, qu'elle s'était
tendrement frottée à ses genoux, couvrant le poëte de caresses et de poils blancs; car elle était en mue. Gringoire
lui rendait les caresses.

— Qui est là avec vous? dit l'égyptienne à voix basse.

— Soyez tranquille, répondit Gringoire. C'est un de
mes amis.

Alors le philosophe, posant sa lanterne à terre, s'accroupit sur la dalle, et s'écria avec enthousiasme en serrant Djali dans ses bras : — Oh! c'est une gracieuse bête,
sans doute plus considérable pour sa propreté que pour sa
grandeur, mais ingénieuse, subtile et lettrée comme un
grammairien. Voyons, ma Djali, n'as-tu rien oublié de tes
jolis tours? comment fait maître Jacques Charmolue?...

L'homme noir ne le laissa pas achever. Il s'approcha de
Gringoire et le poussa rudement par l'épaule. Gringoire se
leva. — C'est vrai, dit-il : j'oubliais que nous sommes
pressés. — Ce n'est pourtant pas une raison, mon maître,
pour forcener les gens de la sorte. — Ma chère belle enfant, votre vie est en danger, et celle de Djali. On veut
vous reprendre. Nous sommes vos amis, et nous venons
vous sauver. Suivez-nous.

— Est-il vrai? s'écria-t-elle bouleversée.

— Oui, très-vrai. Venez vite!

— Je le veux bien, balbutia-t-elle. Mais pourquoi votre
ami ne parle-t-il pas?

— Ah! dit Gringoire, c'est que son père et sa mère
étaient des gens fantasques qui l'ont fait de tempérament
taciturne.

Il fallut qu'elle se contentât de cette explication. Gringoire la prit par la main; son compagnon ramassa la lan-

terne, et marcha devant. La peur étourdissait la jeune fille.
Elle se laissa emmener. La chèvre les suivait en sautant,
si joyeuse de revoir Gringoire, qu'elle le faisait trébucher
à tout moment pour lui fourrer ses cornes dans les-jam-
bes. — Voilà la vie, disait le philosophe chaque fois qu'il
manquait de tomber; ce sont souvent nos meilleurs amis
qui nous font choir?

Ils descendirent rapidement l'escalier des tours, traver-
sèrent l'église, pleine de ténèbres et de solitude et toute
résonnante de vacarme, ce qui faisait un affreux contraste,
et sortirent dans la cour du cloître par la porte rouge. Le
cloître était abandonné, les chanoines s'étaient enfuis
dans l'évêché pour y prier en commun; la cour était vide,
quelques laquais effarouchés s'y blottissaient dans les coins
obscurs. Ils se dirigèrent vers la petite porte qui donnait
de cette cour sur le Terrain. L'homme noir l'ouvrit avec
une clef qu'il avait. Nos lecteurs savent que le Terrain
était une langue de terre enclose de murs du côté de la
Cité et appartenant au chapitre de Notre-Dame, qui ter-
minait l'île à l'orient derrière l'église. Ils trouvèrent cet
enclos parfaitement désert. Là, il y avait déjà moins de tumulte dans l'air. La rumeur de l'assaut des truands leur
arrivait plus brouillée et moins criarde. Le vent frais qui
suit le fil de l'eau remuait les feuilles de l'arbre unique
planté à la pointe du Terrain avec un bruit déjà apprécia-
ble. Cependant ils étaient encore fort près du péril. Les
édifices les plus rapprochés d'eux étaient l'évêché et l'é-
glise. Il y avait visiblement un grand désordre intérieur
dans l'évêché. Sa masse ténébreuse était toute sillonnée
de lumières qui couraient d'une fenêtre à l'autre; comme,
lorsqu'on vient de brûler du papier, il reste un sombre
édifice de cendre où de vives étincelles font mille courses
bizarres. A côté, les énormes tours de Notre-Dame, ainsi
vues de derrière avec la longue nef sur laquelle elles se

dressent, découpées en noir sur la rouge et vaste lueur
qui emplissait le parvis, ressemblaient aux deux chenets
gigantesques d'un feu de cyclopes. Ce qu'on voyait de Paris de tous côtés oscillait à l'œil dans une ombre mêlée
de lumière. Rembrandt a de ces fonds de tableau.

L'homme à la lanterne marcha droit à la pointe du Terrain. Il y avait là, au bord extrême de l'eau, le débris
vermoulu d'une haie de pieux maillée de lattes, où une
basse vigne accrochait quelques maigres branches étendues comme les doigts d'une main ouverte. Derrière, dans
l'ombre que faisait ce treillis, une petite barque était cachée. L'homme fit signe à Gringoire et à sa compagne d'y
entrer. La chèvre les y suivit. L'homme y descendit le
dernier; puis il coupa l'amarre du bateau, l'éloigna de
terre avec un long croc, et, saisissant deux rames, s'assit
à l'avant, en ramant de toutes ses forces vers le large. La
Seine est fort rapide en cet endroit, et il eut assez de peine
à quitter la pointe de l'île. Le premier soin de Gringoire,
en entrant dans le bateau, fut de mettre la chèvre sur ses
genoux. Il prit place à l'arrière, et la jeune fille, à qui l'inconnu inspirait une inquiétude indéfinissable, vint s'asseoir
et se serrer contre le poëte. Quand notre philosophe sentit
le bateau s'ébranler, il battit des mains, et baisa Djali entre les cornes.

— Oh! dit-il, nous voilà sauvés tous quatre! Il ajouta,
avec une mine de profond penseur : — On est obligé,
quelquefois à la fortune, quelquefois à la ruse, de l'heureuse issue des grandes entreprises.

Le bateau voguait lentement vers la rive droite. La
jeune fille observait avec une terreur secrète l'inconnu.
Il avait rebouché soigneusement la lumière de sa lanterne
sourde. On l'entrevoyait dans l'obscurité, à l'avant du bateau, comme un spectre. Sa carapoue, toujours baissée,
lui faisait une sorte de masque; et à chaque fois qu'il en-

tr'ouvrait en ramant ses bras où pendaient de larges manches noires, on eût dit deux grandes ailes de chauves-souris. Du reste, il n'avait pas encore dit une parole, jeté un
souffle. Il ne se faisait dans le bateau d'autre bruit que le
va-et-vient de la rame, mêlé au froissement des mille plis
de l'eau le long de la barque.

— Sur mon âme! s'écria tout à coup Gringoire, nous
sommes alègres et joyeux comme des ascalaphes! Nous
observons un silence de pythagoriciens ou de poissons!
Pasque-Dieu! mes amis, je voudrais bien que quelqu'un
me parlât. — La voix humaine est une musique à l'oreille
humaine. Ce n'est pas moi qui dis cela, mais Didyme d'A-
lexandrie, et ce sont d'illustres paroles. — Certes, Didyme
d'Alexandrie n'est pas un médiocre philosophe. — Une parole, ma belle enfant! dites-moi, je vous supplie, une parole. — A propos, vous aviez une drôle de petite singulière moue; la faites-vous toujours? Savez-vous, ma mie,
que le Parlement a toute juridiction sur les lieux d'asile, et
que vous couriez grand péril dans votre logette de Notre-
Dame? Hélas! le petit oiseau trochilus fait son nid dans
la gueule du crocodile. — Maître, voici la lune qui repa-
raît. — Pourvu qu'on ne nous aperçoive pas! — Nous faisons une chose louable en sauvant madamoiselle, et cependant on nous pendrait de par le roi si l'on nous attrapait.
Hélas! les actions humaines se prennent par deux anses.
On flétrit en moi ce qu'on couronne en toi. Tel admire
César qui blâme Catilina. N'est-ce pas, mon maître? Que
dites-vous de cette philosophie? Moi, je possède la philosophie d'instinct, de nature, *ut apes geometriam.* — Allons! personne ne me répond. Les fâcheuses humeurs que
vous avez là tous deux! Il faut que je parle tout seul.
C'est ce que nous appelons en tragédie un monologue.
Pasque-Dieu! — Je vous préviens que je viens de voir le
roi Louis onzième, et que j'en ai retenu ce jurement. —

Pasque-Dieu, donc! ils font toujours un fier hurlement
dans la Cité. — C'est un vilain méchant vieux roi. Il est
tout embrunché dans les fourrures. Il me doit toujours
l'argent de mon épithalame, et c'est tout au plus s'il ne
m'a pas fait pendre ce soir, ce qui m'aurait fort empêché.
—Il est avaricieux pour les hommes de mérite. Il devrait
bien lire les quatre livres de Salvien de Cologne : *Adver-
sus avaritiam*. En vérité, c'est un roi étroit dans ses façons avec les gens de lettres, et qui fait des cruautés fort
barbares. C'est une éponge à prendre l'argent posée sur le
peuple. Son épargne est la ratelle qui s'enfle de la maigreur
de tous les autres membres. Aussi les plaintes contre la rigueur du temps deviennent murmures contre le prince.
Sous ce doux sire dévot, les fourches craquent de pendus,
les billots pourrissent de sang, les prisons crèvent comme
des ventres trop pleins. Ce roi a une main qui prend et
une main qui pend. C'est le procureur de dame Gabelle et
de monseigneur Gibet. Les grands sont dépouillés de leurs
dignités, et les petits sans cesse accablés de nouvelles
foules. C'est un prince exorbitant. Je n'aime pas ce monarque. Et vous, mon maître?

L'homme noir laissait gloser le bavard poëte. Il continuait de lutter contre le courant violent et serré qui sépare la proue de la Cité de la poupe de l'île Notre-Dame,
que nous nommons aujourd'hui l'île Saint-Louis.

— A propos, maître! reprit Gringoire subitement. Au
moment où nous arrivions sur le parvis à travers les enragés truands, Votre Révérence a-t-elle remarqué ce pauvre petit diable auquel votre sourd était en train d'écraser
la cervelle sur la rampe de la galerie des rois? J'ai la vue
basse, et je ne l'ai pu reconnaître? Savez-vous qui ce peut
être?

L'inconnu ne répondit pas une parole. Mais il cessa
brusquement de ramer, ses bras défaillirent comme brisés,

sa tête tomba sur sa poitrine, et la Esmeralda l'entendit
soupirer convulsivement. Elle tressaillit de son côté. Elle
avait déjà entendu de ces soupirs-là. La barque, abandonnée à elle-même, dériva quelques instants au gré de l'eau.
Mais l'homme noir se redressa enfin, ressaisit les rames,
et se remit à remonter le courant. Il doubla la pointe de
l'île Notre-Dame, et se dirigea vers le débarcadère du Port-
au-Foin.

— Ah! dit Gringoire, voici là-bas le logis Barbeau. —
Tenez, maître, regardez : ce groupe de toits noirs qui font
des angles singuliers, là, au-dessous de ce tas de nuages
bas, filandreux, barbouillés et sales, où la lune est tout
écrasée et répandue comme un jaune d'œuf dont la coquille est cassée. — C'est un beau logis. Il y a une chapelle couronnée d'une petite voûte pleine d'enrichissements
bien coupés. Au-dessus vous pouvez voir le clocher très-
délicatement percé. Il y a aussi un jardin plaisant, qui
consiste en un étang, une volière, un écho, un mail, un
labyrinthe, une maison pour les bêtes farouches, et quantité d'allées touffues fort agréables à Vénus. Il y a encore
un coquin d'arbre qu'on appelle le *luxurieux*, pour avoir
servi aux plaisirs d'une princesse fameuse et d'un connétable de France galant et bel esprit. — Hélas! nous autres
pauvres philosophes, nous sommes à un connétable ce
qu'un carré de choux et de radis est au jardin du Louvre.
Qu'importe, après tout! la vie humaine, pour les grands
comme pour nous, est mêlée de bien et de mal. La douleur est toujours à côté de la joie, le spondée auprès du
dactyle. — Mon maître, il faut que je vous conte cette
histoire du logis Barbeau. Cela finit d'une façon tragique.
C'était en 1319, sous le règne de Philippe V, le plus long
des rois de France. La moralité de l'histoire est que les
tentations de la chair sont pernicieuses et malignes. N'ap-
puyons pas trop le regard sur la femme du voisin, si cha-

tœilleux que nos sens soient à sa beauté. La fornication
est une pensée fort libertine. L'adultère est une curiosité
de la volupté d'autrui. — ... Ohé! voilà que le bruit re-
double là-bas.

Le tumulte en effet croissait autour de Notre-Dame. Ils
écoutèrent. On entendait assez clairement des cris de victoire. Tout à coup, cent flambeaux, qui faisaient étinceler
des casques d'hommes d'armes, se répandirent sur l'église
à toutes les hauteurs, sur les tours, sur les galeries, sous
les arcs-boutants. Ces flambeaux semblaient chercher quelque chose; et bientôt ces clameurs éloignées arrivèrent
distinctement jusqu'aux fugitifs : — L'égyptienne! la sorcière! à mort l'égyptienne! La malheureuse laissa tomber
sa tête sur ses mains, et l'inconnu se mit à ramer avec
furie vers le bord. Cependant notre philosophe réfléchissait.
Il pressait la chèvre dans ses bras, et s'éloignait tout doucement de la bohémienne, qui se serrait de plus en plus
contre lui, comme au seul asile qui lui restât.

Il est certain que Gringoire était dans une cruelle per-
plexité. Il songeait que la chèvre aussi, *d'après la législation existante*, serait pendue si elle était reprise; que
ce serait grand dommage, la pauvre Djali! qu'il avait trop
de deux condamnées ainsi accrochées après lui; qu'enfin
son compagnon ne demandait pas mieux que de se char-
ger de l'égyptienne. Il se livrait entre ses pensées un violent combat, dans lequel, comme le Jupiter de l'Iliade, il
pesait tour à tour l'égyptienne et la chèvre; et il les regardait l'une après l'autre, avec des yeux humides de larmes, en disant entre ses dents : — Je ne puis pourtant
pas vous sauver toutes deux.

Une secousse les avertit enfin que le bateau abordait.
Le brouhaha sinistre remplissait toujours la Cité. L'inconnu
se leva, vint à l'égyptienne, et voulut lui prendre le bras
pour l'aider à descendre. Elle le repoussa, et se pendit à

la manche de Gringoire, qui, de son côté, occupé de la
chèvre, la repoussa presque. Alors elle sauta seule à bas
du bateau. Elle était si troublée, qu'elle ne savait ce
qu'elle faisait, où elle allait. Elle demeura ainsi un moment stupéfaite, regardant couler l'eau. Quand elle revint
un peu à elle, elle était seule sur le port avec l'inconnu.
Il paraît que Gringoire avait profité de l'instant du débar-
quement pour s'esquiver avec la chèvre dans le pâté de
maisons de la rue Grenier-sur-l'Eau. La pauvre égyptienne
frissonna de se voir seule avec cet homme. Elle voulut
parler, crier, appeler Gringoire; sa langue était inerte
dans sa bouche, et aucun son ne sortit de ses lèvres. Tout
à coup elle sentit la main de l'inconnu sur la sienne. C'é-
tait une main froide et forte. Ses dents claquèrent, elle
devint plus pâle que le rayon de lune qui l'éclairait.
L'homme ne dit pas une parole. Il se mit à remonter à
grands pas vers la place de Grève, en la tenant par la
main. En cet instant, elle sentit vaguement que la destinée est une force irrésistible. Elle n'avait plus de ressort,
elle se laissa entraîner, courant tandis qu'il marchait. Le
quai en cet endroit allait en montant. Il lui semblait cependant qu'elle descendait une pente. Elle regarda de tous
côtés. Pas un passant. Le quai était absolument désert.
Elle n'entendait de bruit, elle ne sentait remuer des hommes que dans la Cité, tumultueuse et rougeoyante, dont
elle n'était séparée que par un bras de la Seine, et d'où
son nom lui arrivait mêlé à des cris de mort. Le reste de
Paris était répandu autour d'elle par grands blocs d'ombre.

Cependant l'inconnu l'entraînait toujours avec le même
silence et la même rapidité. Elle ne retrouvait dans sa mémoire aucun des lieux où elle marchait. En passant devant une fenêtre éclairée, elle fit un effort, se roidit brusquement, et cria : — Au secours! Le bourgeois à qui
était la fenêtre, l'ouvrit, y parut en chemise avec sa

lampe, regarda sur le quai avec un air hébété, prononça quelques paroles qu'elle n'entendit pas, et referma son volet. C'était la dernière lueur d'espoir qui s'éteignait.

L'homme noir ne proféra pas une syllabe, il la tenait bien, et se remit à marcher plus vite. Elle ne résista plus, et le suivit, brisée. De temps en temps elle recueillait un peu de force, et disait d'une voix entrecoupée par les cahots du pavé et par l'essoufflement de la course : — Qui êtes-vous? qui êtes-vous? — Il ne répondait point.

Ils arrivèrent ainsi, toujours le long du quai, à une place assez grande. Il y avait un peu de lune. C'était la Grève. On distinguait au milieu une espèce de croix noire debout : c'était le gibet. Elle reconnut tout cela, et vit où elle était. L'homme s'arrêta, se tourna vers elle, et leva sa carapoue. — Oh! bégaya-t-elle pétrifiée, je savais bien que c'était encore lui! C'était le prêtre. Il avait l'air de son fantôme. C'est un effet du clair de lune. Il semble qu'à cette lumière on ne voie que les spectres des choses.

— Ecoute, lui dit-il; et elle frémit au son de cette voix funeste, qu'elle n'avait pas entendue depuis longtemps. Il continua. Il articulait avec ces saccades brèves et haletantes qui révèlent par leurs secousses de profonds tremblements intérieurs. — Ecoute. Nous sommes ici. Je vais te parler. Ceci est la Grève. C'est ici un point extrême. La destinée nous livre l'un à l'autre. Je vais décider de ta vie; toi de mon âme. Voici une place et une nuit au delà desquelles on ne voit rien. Ecoute-moi donc. Je vais te dire... D'abord ne me parle pas de ton Phœbus. (En disant cela, il allait et venait, comme un homme qui ne peut rester en place, et la tirait après lui.) Ne m'en parle pas. Vois-tu? si tu prononces ce nom, je ne sais pas ce que je ferai, mais ce sera terrible.

Cela dit, comme un corps qui retrouve son centre de gravité, il redevint immobile, mais ses paroles ne déce-

laient pas moins d'agitation. Sa voix était de plus en plus
basse.

— Ne détourne point la tête ainsi. Ecoute-moi. C'est une
affaire sérieuse. D'abord, voici ce qui s'est passé. — On ne
rira pas de tout ceci, je te jure. — Qu'est-ce donc que je
disais? rappelle-le-moi! ah! — Il y a un arrêt du parlement qui te rend à l'échafaud. Je viens de te tirer de leurs
mains. Mais les voilà qui te poursuivent. Regarde.

Il étendit le bras vers la Cité. Les perquisitions, en
effet, paraissaient y continuer. Les rumeurs se rappro-
chaient; la tour de la maison du lieutenant, située vis-à-
vis la Grève, était pleine de bruit et de clartés; et l'on
voyait des soldats courir sur le quai opposé avec des torches et ces cris : — L'égyptienne! Où est l'égyptienne?
mort! mort!

— Tu vois bien qu'ils te poursuivent, et que je ne te
mens pas. Moi, je t'aime. — N'ouvre pas la bouche; ne
me parle plutôt pas, si c'est pour me dire que tu me hais.
Je suis décidé à ne plus entendre cela. — Je viens de te
sauver. — Laisse-moi d'abord achever. — Je puis te sauver tout à fait. J'ai tout préparé. C'est à toi de vouloir.
Comme tu voudras je pourrai.

Il s'interrompit violemment. — Non, ce n'est pas cela
qu'il faut dire.

Et courant, et la faisant courir, car il ne la lâchait pas,
il marcha droit au gibet, et le lui montrant du doigt : —
Choisis entre nous deux, dit-il froidement.

Elle s'arracha de ses mains, et tomba au pied du gibet
en embrassant cet appui funèbre, puis elle tourna sa belle
tête à demi, et regarda le prêtre par-dessus son épaule.
On eût dit une sainte Vierge au pied de la croix. Le prêtre
était demeuré sans mouvement, le doigt toujours levé vers
le gibet, conservant son geste comme une statue.

Enfin, l'égyptienne lui dit : — Il me fait encore moins horreur que vous.

Alors il laissa retomber lentement son bras, et regarda le pavé avec un profond accablement. — Si ces pierres pouvaient parler, murmura-t-il, oui, elles diraient que voilà un homme bien malheureux. Il reprit. La jeune fille, agenouillée devant le gibet, et noyée dans sa longue chevelure, le laissait parler sans l'interrompre. Il avait maintenant un accent plaintif et doux qui contrastait douloureusement avec l'âpreté hautaine de ses traits.

— Moi, je vous aime. Oh ! cela est pourtant bien vrai. Il ne sort donc rien au dehors de ce feu qui me brûle le cœur ! Hélas ! jeune fille, nuit et jour ; oui, nuit et jour, cela ne mérite-t-il aucune pitié ? C'est un amour de la nuit et du jour, vous dis-je ; c'est une torture. — Oh ! je souffre trop, ma pauvre enfant ! — C'est une chose digne de compassion, je vous assure. Vous voyez que je vous parle doucement. Je voudrais bien que vous n'eussiez plus cette horreur de moi. — Enfin, un homme qui aime une femme, ce n'est pas sa faute ! — Oh ! mon Dieu ! — Comment ! vous ne me pardonnerez donc jamais ? Vous me haïrez toujours ? C'est donc fini ! C'est là ce qui me rend mauvais, voyez-vous ? et horrible à moi-même ! — Vous ne me regardez seulement pas ! Vous pensez à autre chose, peut-être, tandis que je vous parle debout et frémissant sur la limite de notre éternité à tous deux ! — Surtout ne me parlez pas de l'officier ! — Quoi ! je me jetterais à vos genoux ; quoi ! je baiserais, non vos pieds, vous ne voudriez pas, mais la terre qui est sous vos pieds ; quoi ! je sangloterais comme un enfant, j'arracherais de ma poitrine, non des paroles, mais mon cœur et mes entrailles, pour vous dire que je vous aime ; tout serait inutile, tout ! — Et cependant vous n'avez rien dans l'âme que de tendre et de clément. Vous êtes rayonnante de la plus belle douceur :

47.

vous êtes tout entière suave, bonne, miséricordieuse et
charmante. Hélas! vous n'avez de méchanceté que pour
moi seul. Oh! quelle fatalité!

Il cacha son visage dans ses mains. La jeune fille l'entendit pleurer. C'était la première fois. Ainsi debout et se-
coué par les sanglots, il était plus misérable et plus suppliant qu'à genoux. Il pleura ainsi un certain temps.

— Allons! poursuivit-il ces premières larmes passées,
je ne trouve pas de paroles. J'avais pourtant bien songé à
ce que je vous dirais. Maintenant je tremble et je fris-
sonne, je défaille à l'instant décisif, je sens quelque chose
de suprême qui nous enveloppe, et je balbutie. Oh! je vais
tomber sur le pavé si vous ne prenez pas pitié de moi,
pitié de vous. Ne nous condamnez pas tous deux. Si vous
saviez combien je vous aime! — Quel cœur c'est que
mon cœur! Oh! quelle désertion de toute vertu! quel
abandon désespéré de moi-même! Docteur, je bafoue la
science; gentilhomme, je déchire mon nom; prêtre, je
fais du missel un oreiller de luxure, je crache au visage
de mon Dieu! tout cela pour toi, enchanteresse! pour être
plus digne de ton enfer! et tu ne veux pas du damné!
Oh! que je te dise tout! plus encore, quelque chose de
plus horrible, oh! plus horrible!

En prononçant ces dernières paroles, son air devint tout
à fait égaré. Il se tut un instant, et reprit comme se parlant à lui-même, et d'une voix forte : — Caïn, qu'as-tu fait
de ton frère?

Il y eut encore un silence, et il poursuivit : — Ce que
j'en ai fait, Seigneur? Je l'ai recueilli, je l'ai élevé, je l'ai
nourri, je l'ai aimé, je l'ai idolâtré, et je l'ai tué! Oui,
Seigneur, voici qu'on vient de lui écraser la tête devant
moi sur la pierre de votre maison, et c'est à cause de moi,
à cause de cette femme, à cause d'elle....

Son œil était hagard. Sa voix allait s'éteignant; il ré-

péta encore plusieurs fois, machinalement, avec d'assez
longs intervalles, comme une cloche qui prolonge sa dernière vibration : — A cause d'elle... — A cause d'elle...
Puis sa langue n'articula plus aucun son perceptible, ses
lèvres remuaient toujours cependant. Tout à coup il s'affaissa sur lui-même comme quelque chose qui s'écroule,
et demeura à terre, sans mouvement, la tête dans les genoux. Un frôlement de la jeune fille, qui retirait son pied
de dessous lui, le fit revenir. Il passa lentement sa main
sur ses joues creuses, et regarda quelques instants avec
stupeur ses doigts, qui étaient mouillés. — Quoi! murmura-t-il, j'ai pleuré!

Et se tournant subitement vers l'égyptienne avec une
angoisse inexprimable :

— Hélas! vous m'avez regardé froidement pleurer! Enfant, sais-tu que ces larmes sont des laves? Est-il donc
bien vrai? de l'homme qu'on hait rien ne touche. Tu me
verrais mourir, tu rirais. Oh ! moi je ne veux pas te voir
mourir! Un mot! un seul mot de pardon! Ne me dis pas
que tu m'aimes, dis-moi seulement que tu veux bien; cela
suffira, je te sauverai. Sinon... Oh! l'heure passe. Je t'en
supplie par tout ce qui est sacré, n'attends pas que je sois
redevenu de pierre comme ce gibet qui te réclame aussi!
Songe que je tiens nos deux destinées dans ma main, que
je suis insensé, cela est terrible, que je puis laisser tout
choir, et qu'il y a au-dessous de nous un abîme sans fond,
malheureuse, où ma chute poursuivra la tienne durant l'é-
ternité! Un mot de bonté! dis un mot! rien qu'un mot !

Elle ouvrit la bouche pour lui répondre. Il se précipita
à genoux devant elle pour recueillir avec adoration la parole, peut-être attendric, qui allait sortir de ses lèvres.
Elle lui dit : — Vous êtes un assassin!

Le prêtre la prit dans ses bras avec fureur, et se mit à
rire d'un rire abominable. — Eh bien! oui, assassin! dit-

il, et je t'aurai. Tu ne veux pas de moi pour esclave, et
tu m'auras pour maître. Je t'aurai! J'ai un repaire où je
te trainerai. Tu me suivras, il faudra bien que tu me sui-
ves, ou je te livre! Il faut mourir, la belle, ou être à moi!
être au prêtre! être à l'apostat! être à l'assassin! dès cette
nuit, entends-tu cela? Allons! de la joie, allons, baise-
moi, folle! La tombe ou mon lit!

Son œil petillait d'impureté et de rage. Sa bouche lascive rougissait le cou de la jeune fille. Elle se débattait
dans ses bras. Il la couvrait de baisers écumants.

— Ne me mords pas, monstre! criait-elle. Oh! l'odieux
moine infect! laisse-moi! Je vais t'arracher tes vilains
cheveux gris et te les jeter à poignées par la face!

Il rougit, il pâlit, puis il la lâcha, et la regarda d'un air
sombre. Elle se crut victorieuse, et poursuivit : — Je te
dis que je suis à mon Phœbus, que c'est Phœbus que
j'aime, que c'est Phœbus qui est beau! Toi, prêtre, tu es
vieux, tu es laid! Va-t'en!

Il poussa un cri violent, comme le misérable auquel on
applique un fer rouge. — Meurs donc! dit-il à travers un
grincement de dents. Elle vit son affreux regard, et voulut
fuir. Il la reprit, il la secoua, il la jeta à terre, et marcha à
pas rapides vers l'angle de la Tour-Rolland en la trainant
après lui sur le pavé par ses belles mains.

Arrivé là, il se tourna vers elle : — Une dernière fois,
veux-tu être à moi?

Elle répondit avec force : — Non!

Alors il cria d'une voix haute! — Gudule! Gudule!
voici l'égyptienne! venge-toi!

La jeune fille se sentit saisir brusquement au coude. Elle
regarda : c'était un bras décharné qui sortait d'une lucarne dans le mur et qui la tenait comme une main de
fer.

— Tiens bien! dit le prêtre, c'est l'égyptienne échap-

pée. Ne la lâche pas. Je vais chercher les sergents. Tu la
verras pendre.

Un rire guttural répondit de l'intérieur du mur à ces
sanglantes paroles. Hah! hah! hah! — L'égyptienne vit
le prêtre s'éloigner en courant dans la direction du pont
Notre-Dame. On entendait une cavalcade de ce côté.

La jeune fille avait reconnu la méchante recluse. Hale-
tante de terreur, elle essaya de se dégager. Elle se tordit,
elle fit plusieurs soubresauts d'agonie et de désespoir,
mais l'autre la tenait avec une force inouïe. Les doigts os-
seux et maigres qui la meurtrissaient se crispaient sur sa
chair, et se rejoignaient à l'entour. On eût dit que cette
main était rivée à son bras. C'était plus qu'une chaîne,
plus qu'un carcan, plus qu'un anneau de fer, c'était une
tenaille intelligente et vivante qui sortait d'un mur.

Epuisée, elle retomba contre la muraille, et alors la
crainte de la mort s'empara d'elle. Elle songea à la beauté
de la vie, à la jeunesse, à la vue du ciel, aux aspects de la
nature, à l'amour, à Phœbus, à tout ce qui s'enfuyait et à
tout ce qui s'approchait, au prêtre qui la dénonçait, au
bourreau qui allait venir, au gibet qui était là. Alors elle
sentit l'épouvante lui monter jusque dans les racines des
cheveux, et elle entendit le rire lugubre de la recluse qui
lui disait tout bas : — Hah! hah! hah! tu vas être pendue!

Elle se tourna mourante vers la lucarne, et elle vit la
figure fauve de la sachette à travers les barreaux. — Que
vous ai-je fait? dit-elle presque inanimée.

La recluse ne lui répondit pas, et se mit à marmotter
avec une intonation chantante, irritée et railleuse : —
Fille d'Egypte! fille d'Egypte! fille d'Egypte! La malheureuse Esmeralda laissa retomber sa tête sous ses cheveux,
comprenant qu'elle n'avait pas affaire à un être humain.

Tout à coup la recluse s'écria, comme si la question de
l'égyptienne avait mis tout ce temps pour arriver à sa

pensée : — Ce que tu m'as fait, dis-tu? Ah! ce que tu
m'as fait, égyptienne! Eh bien! écoute. J'avais un enfant,
moi! vois-tu! J'avais un enfant! un enfant, te dis-je! —
Une jolie petite fille! — Mon Agnès, reprit-elle égarée en
baisant quelque chose dans les ténèbres. — Eh bien! vois-
tu, fille d'Egypte? on m'a pris mon enfant; on m'a volé
mon enfant; on m'a mangé mon enfant. Voilà ce que
tu m'as fait.

La jeune fille répondit comme l'agneau : — Hélas! je
n'étais peut-être pas née alors?

— Oh! si! repartit la recluse, tu devais être née. Tu
en étais. Elle serait de ton âge! Ainsi! — Voilà quinze
ans que je suis ici; quinze ans que je souffre; quinze ans
que je prie; quinze ans que je me cogne la tête aux
quatre murs. — Je te dis que ce sont des égyptiennes qui
me l'ont volée, entends-tu cela? et qui l'ont mangée avec
leurs dents. — As-tu un cœur? figure-toi ce que c'est
qu'un enfant qui joue, un enfant qui tette, un enfant qui
dort. C'est si innocent! — Eh bien! cela, c'est cela qu'on
m'a pris, qu'on m'a tué! Le bon Dieu le sait bien! — Aujourd'hui, c'est mon tour; je vais manger de l'égyptienne.
Oh! que je te mordrais bien si les barreaux ne m'empê-
chaient. J'ai la tête trop grosse! — La pauvre petite! pendant qu'elle dormait! Et si elles l'ont réveillée en la prenant, elle aura eu beau crier; je n'étais pas là! Ah! les
mères égyptiennes, vous avez mangé mon enfant! Venez
voir la vôtre!

Alors elle se mit à rire ou à grincer des dents: les deux
choses se ressemblaient sur cette figure furieuse. Le jour
commençait à poindre. Un reflet de cendre éclairait vaguement cette scène, et le gibet devenait de plus en plus
distinct dans la place. De l'autre côté, vers le pont Notre-
Dame, la pauvre condamnée croyait entendre se rapprocher
le bruit de la cavalerie.

— Madame! cria-t-elle joignant les mains et tombée sur
ses deux genoux, échevelée, éperdue, folle d'effroi; madame, ayez pitié! Ils viennent. Je ne vous ai rien fait.
Voulez-vous me voir mourir de cette horrible façon sous
vos yeux? Vous avez de la pitié, j'en suis sûre. C'est trop
affreux. Laissez-moi me sauver. Lâchez-moi! Grâce! je ne
veux pas mourir comme cela!

— Rends-moi mon enfant! dit la recluse.

— Grâce! grâce!

— Rends-moi mon enfant!

— Lâchez-moi, au nom du ciel!

— Rends-moi mon enfant!

— Cette fois encore, la jeune fille retomba, épuisée,
rompue, ayant déjà le regard vitré de quelqu'un qui est
dans la fosse. — Hélas! bégaya-t-elle, vous cherchez votre
enfant, moi je cherche mes parents.

— Rends-moi ma petite Agnès! poursuivit Gudule. —
Tu ne sais pas où elle est? Alors, meurs! — Je vais te
dire. J'étais une fille de joie, j'avais un enfant, on m'a
pris mon enfant. — Ce sont les égyptiennes. Tu vois bien
qu'il faut que tu meures. Quand la mère l'égyptienne viendra te réclamer, je lui dirai : La mère, regarde à ce gibet! — Ou bien rends-moi mon enfant. — Sais-tu où elle
est, ma petite fille? Tiens, que je te montre. Voilà son
soulier, tout ce qui m'en reste. Sais-tu où est le pareil?
Si tu le sais, dis-le-moi, et si ce n'est qu'à l'autre bout de
la terre, je l'irai chercher en marchant sur les genoux.

En parlant ainsi, de son autre bras, tendu hors de la
lucarne, elle montrait à l'égyptienne le petit soulier brodé.
Il faisait déjà assez jour pour en distinguer la forme et les
couleurs.

— Montrez-moi ce soulier, dit l'égyptienne en tressail-
lant. Dieu! Dieu! Et en même temps, de la main qu'elle

avait libre, elle ouvrait vivement le petit sachet orné de verroterie verte qu'elle portait au cou.

— Va! va! grommelait Gudule, fouille ton amulette du démon! Tout à coup elle s'interrompit, trembla de tout son corps, et cria avec une voix qui venait du plus profond des entrailles : — Ma fille!

L'égyptienne venait de tirer du sachet un petit soulier absolument pareil à l'autre. A ce petit soulier était attaché un parchemin sur lequel ce *carme* était écrit :

> Quand le pareil retrouveras,
> Ta mère te tendra les bras.

En moins de temps qu'il n'en faut à l'éclair, la recluse avait confronté les deux souliers, lu l'inscription du parchemin, et collé aux barreaux de la lucarne son visage rayonnant d'une joie céleste en criant : — Ma fille! ma fille!

— Ma mère! répondit l'égyptienne.

Ici nous renonçons à peindre.

Le mur et les barreaux de fer étaient entre elles deux. — Oh! le mur! cria la recluse. Oh! la voir et ne pas l'embrasser! Ta main! ta main!

La jeune fille lui passa son bras à travers la lucarne, la recluse se jeta sur cette main, y attacha ses lèvres, et y demeura, abîmée dans ce baiser, ne donnant plus d'autre signe de vie qu'un sanglot qui soulevait ses hanches de temps en temps. Cependant elle pleurait à torrents, en silence, dans l'ombre, comme une pluie de nuit. La pauvre mère vidait par flots sur cette main adorée le noir et profond puits de larmes qui était au dedans d'elle, et où toute sa douleur avait filtré goutte à goutte depuis quinze années.

Tout à coup, elle se releva, écarta ses longs cheveux gris de dessus son front, et, sans dire une parole, se mit

à ébranler de ses deux mains les barreaux de sa loge, plus
furieusement qu'une lionne. Les barreaux tinrent bon. Alors
elle alla chercher dans un coin de sa cellule un gros pavé
qui lui servait d'oreiller, et le lança contre eux avec tant
de violence, qu'un des barreaux se brisa en jetant mille
étincelles. Un second coup effondra tout à fait la vieille
croix de fer qui barricadait la lucarne. Alors avec ses deux
mains elle acheva de rompre et d'écarter les tronçons
rouillés des barreaux. Il y a des moments où les mains
d'une femme ont une force surhumaine. Le passage frayé,
et il fallut moins d'une minute pour cela, elle saisit sa
fille par le milieu du corps, et la tira dans sa cellule. —
Viens! que je te repêche de l'abîme! murmurait-elle.

Quand sa fille fut dans la cellule, elle la posa doucement à terre, puis la reprit, et, la portant dans ses bras
comme si ce n'était toujours que sa petite Agnès, elle allait
et venait dans l'étroite loge, ivre, forcenée, joyeuse,
criant, chantant, baisant sa fille, lui parlant, éclatant de
rire, fondant en larmes, le tout à la fois et avec emportement.

— Ma fille! ma fille! disait-elle. J'ai ma fille! la voilà.
Le bon Dieu me l'a rendue. Et vous! venez tous! Y a-t-il
quelqu'un là pour voir que j'ai ma fille? Seigneur Jésus,
qu'elle est belle! Vous me l'avez fait attendre quinze ans,
mon bon Dieu, mais c'était pour me la rendre belle. —
Les égyptiennes ne l'avaient donc pas mangée! Qui avait
dit cela? Ma petite fille! ma petite fille! baise-moi. Ces
bonnes égyptiennes! J'aime les égyptiennes. — C'est bien
toi. C'est donc cela que le cœur me sautait chaque fois que
tu passais. Moi qui prenais cela pour de la haine! Pardonne-moi, mon Agnès, pardonne-moi. Tu m'as trouvée
bien méchante, n'est-ce pas? Je t'aime. — Ton petit signe
au cou, l'as-tu toujours? voyons. Elle l'a toujours. Oh!
tu es belle! C'est moi qui vous ai fait ces grands yeux-là,

mademoiselle. Baise-moi. Je t'aime. Cela m'est bien égal,
que les autres mères aient des enfants ; je me moque bien
d'elles à présent. Elles n'ont qu'à venir. Voici la mienne.
Voilà son cou, ses yeux, ses cheveux, sa main. Trouvez-
moi quelque chose de beau comme cela ! Oh ! je vous en
réponds qu'elle aura des amoureux celle-là ! J'ai pleuré
quinze ans. Toute ma beauté s'en est allée, et lui est venue. Baise-moi.

Elle lui tenait mille autres discours extravagants dont
l'accent faisait toute la beauté, dérangeait les vêtements
de la pauvre fille jusqu'à la faire rougir, lui lissait sa chevelure de soie avec la main, lui baisait le pied, le genou,
le front, les yeux, s'extasiait de tout. La jeune fille se laissait faire, en répétant par intervalles, très-bas et avec une
douceur infinie : — Ma mère !

— Vois-tu, ma petite fille, reprenait la recluse en entre-
coupant tous ses mots de baisers, vois-tu ! je t'aimerai
bien. Nous nous en irons d'ici. Nous allons être bien heureuses. J'ai hérité quelque chose à Reims, dans notre pays.
Tu sais, Reims ? Ah ! non, tu ne sais pas cela, toi, tu étais
trop petite ! Si tu savais comme tu étais jolie, à quatre
mois ! Des petits pieds qu'on venait voir par curiosité d'É-
pernay, qui est à sept lieues ! Nous aurons un champ, une
maison. Je te coucherai dans mon lit. Mon Dieu ! mon
Dieu ! et qui est-ce qui croirait cela ? j'ai ma fille !

— Oh ! ma mère ! dit la jeune fille trouvant enfin la
force de parler dans son émotion, l'égyptienne me l'avait
bien dit. Il y a une bonne égyptienne des nôtres qui est
morte l'an passé, et qui avait toujours eu soin de moi
comme une nourrice. C'est elle qui m'avait mis ce sachet
au cou. Elle me disait toujours : — Petite, garde bien ce
bijou. C'est un trésor. Il te fera retrouver ta mère. Tu
portes ta mère à ton cou. — Elle l'avait prédit, l'égyptienne !

La sachette serra de nouveau sa fille dans ses bras.

— Viens, que je te baise ! tu dis cela gentiment. Quand
nous serons au pays, nous chausserons un Enfant-Jésus
d'église avec les petits souliers. Nous devons bien cela à
la bonne sainte Vierge. Mon Dieu ! que tu as une jolie
voix ! Quand tu me parlais tout à l'heure, c'était une musique ! Ah ! mon Dieu Seigneur ! J'ai retrouvé mon enfant !
mais est-ce croyable, cette histoire-là ? On ne meurt de
rien, car je ne suis pas morte de joie.

Et puis elle se remit à battre des mains et à rire, et à
crier : — Nous allons être heureuses !

En ce moment la logette retentit d'un cliquetis d'armes
et d'un galop de chevaux, qui semblait déboucher du pont
Notre-Dame, et s'avancer de plus en plus sur le quai. L'é-
gyptienne se jeta avec angoisse dans les bras de la sachette.

— Sauvez-moi ! sauvez-moi ! ma mère ! les voilà qui
viennent !

La recluse redevint pâle.

— O ciel ! que dis-tu là ? J'avais oublié ! on te poursuit ! Qu'as-tu donc fait ?

— Je ne sais pas, répondit la malheureuse enfant; mais
je suis condamnée à mourir.

— Mourir ! dit Gudule chancelante comme sous un coup
de foudre. Mourir ! reprit-elle lentement et regardant sa
fille avec son œil fixe.

— Oui, ma mère, reprit la jeune fille éperdue, ils veulent me tuer. Voilà qu'on vient me prendre. Cette potence
est pour moi. Sauvez-moi ! sauvez-moi ! Ils arrivent ! sauvez-moi !

La recluse resta quelques instants immobile comme une
pétrification, puis elle remua la tête en signe de doute,
et tout à coup partant d'un éclat de rire, mais de son rire
effrayant qui lui était revenu : — Oh ! oh ! non ! c'est un

rêve que tu me dis là. Ah! oui, je l'aurais perdue, cela aurait duré quinze ans, et puis je la trouverais, et cela durerait une minute! Et on me la reprendrait! et c'est maintenant qu'elle est belle, qu'elle est grande, qu'elle me parle, qu'elle m'aime; c'est maintenant qu'ils viendraient me la manger sous mes yeux à moi qui suis la mère! Oh! non! ces choses-là ne sont pas possibles. Le bon Dieu n'en permet pas comme cela.

Ici la cavalcade parut s'arrêter, et l'on entendit une voix éloignée qui disait : — Par ici, messire Tristan! Le prêtre dit que nous la retrouverons au Trou-aux-Rats. — Le bruit des chevaux recommença.

La recluse se dressa debout avec un cri désespéré. — Sauve-toi! sauve-toi! mon enfant! Tout me revient. Tu as raison. C'est ta mort! Horreur! malédiction! Sauve-toi!

Elle mit la tête à la lucarne, et la retira vite. — Reste, dit-elle d'une voix basse, brève et lugubre, en serrant convulsivement la main de l'égyptienne plus morte que vive. Reste, ne souffle pas! il y a des soldats partout. Tu ne peux sortir. Il fait trop de jour.

Ses yeux étaient secs et brûlants. Elle resta un moment sans parler; seulement elle marchait à grands pas dans la cellule, et s'arrêtait par intervalles pour s'arracher des poignées de cheveux gris, qu'elle déchirait ensuite avec ses dents.

Tout à coup elle dit : — Ils approchent. Je vais leur parler. Cache-toi dans ce coin. Ils ne te verront pas. Je leur dirai que tu t'es échappée, et que je t'ai lâchée, ma foi! Elle posa sa fille, car elle la portait toujours, dans un angle de la cellule qu'on ne voyait pas du dehors. Elle l'accroupit, l'arrangea soigneusement, de manière que ni son pied ni sa main ne dépassassent l'ombre, lui dénoua ses cheveux noirs, qu'elle répandit sur sa robe blanche pour la masquer, mit devant elle sa cruche et son pavé,

les seuls meubles qu'elle eût, s'imaginant que cette cruche
et ce pavé la cacheraient. Et quand ce fut fini, plus tranquille, elle se mit genoux, et pria. Le jour, qui ne faisait
que de poindre, laissait encore beaucoup de ténèbres dans
le Trou-aux-Rats.

En cet instant, la voix du prêtre, cette voix infernale,
passa très-près de la cellule en criant : Par ici, capitaine
Phœbus de Châteaupers! A ce nom, à cette voix, la Esmeralda, tapie dans son coin, fit un mouvement. — Ne bouge
pas! dit Gudule.

Elle achevait à peine qu'un tumulte d'hommes, d'épées
et de chevaux s'arrêta autour de la cellule. La mère se
leva bien vite, et s'alla poster devant sa lucarne pour la
boucher. Elle vit une grande troupe d'hommes armés, de
pied et de cheval, rangée sur la Grève. Celui qui les com-
mandait mit pied à terre et vint vers elle. — La vieille,
dit cet homme, qui avait une figure atroce, nous cher-
chons une sorcière pour la pendre : on nous a dit que tu
l'avais.

La pauvre mère prit l'air le plus indifférent qu'elle put,
et répondit : — Je ne sais pas trop ce que vous voulez
dire.

L'autre reprit : — Tête-Dieu! que chantait donc cet effaré d'archidiacre. Où est-il?

— Monseigneur, dit un soldat, il a disparu.

— Or çà, la vieille folle, repartit le commandant, ne
me mens pas. On t'a donné une sorcière à garder. Qu'en
as-tu fait?

La recluse ne voulut pas tout nier, de peur d'éveiller
des soupçons, et répondit d'un accent sincère et bourru :
— Si vous parlez d'une grande jeune fille qu'on m'a accrochée aux mains tout à l'heure, je vous dirai qu'elle m'a
mordu et que je l'ai lâchée. Voilà. Laissez-moi en repos.

Le commandant fit une grimace désappointée

—Ne va pas me mentir, vieux spectre! reprit-il. Je m'appelle Tristan-l'Hermite, et je suis le compère du roi. Tristan-l'Hermite, entends-tu? Il ajouta en regardant la place de Grève autour de lui : — C'est un nom qui a de l'écho ici.

— Vous seriez Satan-l'Hermite, répliqua Gudule, qui reprenait espoir, que je n'aurais pas autre chose à vous dire, et que je n'aurais pas peur de vous.

— Tête-Dieu! dit Tristan, voilà une commère. Ah! la fille sorcière s'est sauvée! et par où a-t-elle pris?

Gudule répondit d'un ton insouciant : — Par la rue du Mouton, je crois.

Tristan tourna la tête, et fit signe à sa troupe de se préparer à se remettre en marche.

La recluse respira.

— Monseigneur, dit tout à coup un archer, demandez donc à la vieille fée pourquoi les barreaux de sa lucarne sont défaits de la sorte.

Cette question fit rentrer l'angoisse au cœur de la misérable mère. Elle ne perdit pourtant pas toute présence d'esprit. — Ils ont toujours été ainsi, bégaya-t-elle.

— Bah! repartit l'archer, hier encore ils faisaient une belle croix noire qui donnait de la dévotion.

Tristan jeta un regard oblique à la recluse.

— Je crois que la commère se trouble!

L'infortunée sentit que tout dépendait de sa bonne contenance, et, la mort dans l'âme, elle se mit à ricaner. Les mères ont de ces forces-là. — Bah! dit-elle, cet homme est ivre. Il y a plus d'un an que le cul d'une charrette de pierre a donné dans ma lucarne et en a défoncé la grille. Que même j'ai injurié le charretier.

— C'est vrai, dit un autre archer, j'y étais.

Il se trouve toujours partout des gens qui ont tout vu. Ce témoignage inespéré de l'archer ranima la recluse, à qui cet interrogatoire faisait traverser un abîme sur le tranchant d'un couteau.

Mais elle était condamnée à une alternative continuelle d'espérance et d'alarme.

— Si c'est une charrette qui a fait cela, repartit le premier soldat, les tronçons des barres devraient être repoussés en dedans, tandis qu'ils sont ramenés en dehors.

— Eh! eh! dit Tristan au soldat, tu as un nez d'enquêteur au Châtelet. Répondez à ce qu'il dit, la vieille.

— Mon Dieu! s'écria-t-elle aux abois et d'une voix malgré elle pleine de larmes, je vous jure, monseigneur, que c'est une charrette qui a brisé ces barreaux. Vous entendez que cet homme l'a vu. Et puis, qu'est-ce que cela fait pour votre égyptienne?

— Hum! grommela Tristan.

— Diable! reprit le soldat, flatté de l'éloge du prévôt, les cassures du fer sont toutes fraîches!

Tristan hocha la tête. Elle pâlit. — Combien y a-t-il de temps, dites-vous, de cette charrette?

— Un mois, quinze jours, peut-être, monseigneur. Je ne sais plus, moi.

— Elle a d'abord dit plus d'un an, observa le soldat.

— Voilà qui est louche! dit le prévôt.

— Monseigneur! cria-t-elle toujours collée devant la lucarne et tremblant que le soupçon ne les poussât à y passer la tête et à regarder dans la cellule; monseigneur, je vous jure que c'est une charrette qui a brisé cette grille. Je vous le jure par les anges du paradis. Si ce n'est pas une charrette, je veux être éternellement damnée et je renie Dieu!

— Tu mets bien de la chaleur à ce jurement! dit Tristan avec son coup d'œil d'inquisiteur.

La pauvre femme sentait s'évanouir de plus en plus son assurance. Elle en était à faire des maladresses, et elle

comprenait avec terreur qu'elle ne disait pas ce qu'il aurait fallu dire.

Ici, un autre soldat arriva en criant : — Monseigneur,
la vieille fée ment. La sorcière ne s'est pas sauvée par la
rue du Mouton. La chaîne de la rue est restée tendue toute
la nuit, et le garde-chaîne n'a vu passer personne.

Tristan, dont la physionomie devenait à chaque instant
plus sinistre, interpella la recluse : — Qu'as-tu à dire à
cela ?

Elle essaya encore de faire tête à ce nouvel incident : —
Que je ne sais, monseigneur, que j'ai pu me tromper. Je
crois qu'elle a passé l'eau en effet.

— C'est le côté opposé, dit le prévôt. Il n'y a pourtant
pas grande apparence qu'elle ait voulu rentrer dans la
Cité, où on la poursuivait. Tu mens, la vieille.

— Et puis, ajouta le premier soldat, il n'y a de bateau
ni de ce côté de l'eau ni de l'autre.

— Elle l'aura passé à la nage, répliqua la recluse, défendant le terrain pied à pied.

— Est-ce que les femmes nagent ? dit le soldat.

— Tête-Dieu ! la vieille ! tu mens ! tu mens ! reprit Tristan avec colère. J'ai bonne envie de laisser là cette sorcière, et de te prendre, toi. Un quart d'heure de question
te tirera peut-être la vérité du gosier. Allons, tu vas nous
suivre.

Elle saisit ces paroles avec avidité. — Comme vous voudrez, monseigneur. Faites, faites. La question. Je veux
bien. Emmenez-moi. Vite, vite ! partons tout de suite. —
Pendant ce temps-là, pensait-elle, ma fille se sauvera.

— Mort-Dieu ! dit le prévôt, quel appétit du chevalet !
Je ne comprends rien à cette folle.

Un vieux sergent du guet à tête grise sortit des rangs,
et s'adressant au prévôt : — Folle en effet, monseigneur.
Si elle a lâché l'égyptienne, ce n'est pas sa faute, car elle

n'aime pas les égyptiennes. Voilà quinze ans que je fais le
guet, et que je l'entends tous les soirs maugréer les femmes bohèmes avec des exécrations sans fin. Si celle que
nous poursuivons est, comme je le crois, la petite danseuse
à la chèvre, elle déteste celle-là surtout.

Gudule fit un effort et dit : Celle-là surtout.

Le témoignage unanime des hommes du guet confirma
au prévôt les paroles du vieux sergent. Tristan-l'Hermite,
désespérant de rien tirer de la recluse, lui tourna le dos,
et elle le vit avec une anxiété inexprimable se diriger lentement vers son cheval. — Allons, disait-il entre ses dents,
en route ! remettons-nous à l'enquête. Je ne dormirai pas
que l'égyptienne ne soit pendue.

Cependant il hésita encore quelque temps avant de monter à cheval. Gudule palpitait entre la vie et la mort en le
voyant promener autour de la place cette mine inquiète
d'un chien de chasse qui sent près de lui le gîte de la bête
et résiste à s'éloigner. Enfin il secoua la tête et sauta en
selle. Le cœur si horriblement comprimé de Gudule se di-
lata ; et elle dit à voix basse en jetant un coup d'œil sur
sa fille, qu'elle n'avait pas encore osé regarder depuis qu'ils
étaient là : — Sauvée !

La pauvre enfant était restée tout ce temps dans son
coin, sans souffler, sans remuer, avec l'idée de la mort debout devant elle. Elle n'avait rien perdu de la scène entre
Gudule et Tristan, et chacune des angoisses de sa mère
avait retenti en elle. Elle avait entendu tous les craque-
ments successifs du fil qui la tenait suspendue sur le gouffre ; elle avait cru vingt fois le voir se briser, et commençait enfin à respirer et à se sentir le pied en terre ferme.
En ce moment, elle entendit une voix qui disait au prévôt : — Corbœuf ! monsieur le prévôt, ce n'est pas mon
affaire, à moi homme d'armes, de pendre les sorcières. La
quenaille de peuple est à bas. Je vous laisse besogner tout

seul. Vous trouverez bon que j'aille rejoindre ma compagnie, pour ce qu'elle est sans capitaine. — Cette voix, c'é-
tait celle de Phœbus de Châteaupers. Ce qui se passa en
elle est ineffable. Il était donc là, son ami, son protecteur,
son appui, son asile, son Phœbus! Elle se leva, et, avant
que sa mère eût pu l'en empêcher, elle s'était jetée à la
lucarne en criant : — Phœbus! à moi, mon Phœbus!

Phœbus n'y était plus. Il venait de tourner au galop
l'angle de la rue de la Coutellerie. Mais Tristan n'était pas
encore parti.

La recluse se précipita sur sa fille avec un rugissement.
Elle la retira violemment en arrière en lui enfonçant ses ongles dans le cou. Une mère tigresse n'y regarde pas de si
près. Mais il était trop tard. Tristan avait vu.

— Eh! eh! s'écria-t-il avec un rire qui déchaussait
toutes ses dents et faisait ressembler sa figure au museau
d'un loup, deux souris dans la souricière!

— Je m'en doutais, dit le soldat.

Tristan lui frappa sur l'épaule : — Tu es un bon chat!
— Allons, ajouta-t-il, où est Henriet Cousin?

Un homme qui n'avait ni le vêtement ni la mine des
soldats sortit de leurs rangs. Il portait un costume mi-
parti gris et brun, les cheveux plats, des manches de cuir,
et un paquet de cordes à sa grosse main. Cet homme accompagnait toujours Tristan, qui accompagnait toujours
Louis XI.

— L'ami, dit Tristan-l'Hermite, je présume que voilà
la sorcière que nous cherchions. Tu vas me pendre cela.
As-tu ton échelle?

— Il y en a une là sous le hangar de la Maison-aux-Piliers, répondit l'homme. Est-ce à cette justice-là que nous
ferons la chose? poursuivit-il en montrant le gibet de
pierre.

— Oui.

— Ho hé! reprit l'homme avec un gros rire plus bestial encore que celui du prévôt, nous n'aurons pas beaucoup de chemin à faire.

— Dépêche! dit Tristan, tu riras après.

Cependant, depuis que Tristan avait vu sa fille et que tout espoir était perdu, la recluse n'avait pas encore dit une parole. Elle avait jeté la pauvre égyptienne à demi morte dans le coin du caveau, et s'était replacée à la lucarne, ses deux mains appuyées à l'angle de l'entablement comme deux griffes. Dans cette attitude, on la voyait promener intrépidement sur tous ces soldats son regard, qui était redevenu fauve et insensé. Au moment où Henriet Cousin s'approcha de la loge, elle lui fit une figure tellement sauvage, qu'il recula.

— Monseigneur, dit-il en revenant au prévôt, laquelle faut-il prendre?

— La jeune.

— Tant mieux! car la vieille paraît malaisée.

— Pauvre petite danseuse à la chèvre! dit le vieux sergent du guet.

Henriet Cousin se rapprocha de la lucarne. L'œil de la mère fit baisser le sien. Il dit assez timidement : — Madame...

Elle l'interrompit d'une voix très-basse et furieuse : — Que demandes-tu?

— Ce n'est pas vous, dit-il, c'est l'autre.

— Quelle autre?

— La jeune.

Elle se mit à secouer la tête en criant : — Il n'y a personne! Il n'y a personne! Il n'y a personne!

— Si! reprit le bourreau, vous le savez bien. Laissez-moi prendre la jeune. Je ne veux pas vous faire de mal, à vous.

Elle dit avec un ricanement étrange : — Ah! tu ne veux pas me faire de mal, à moi!

— Laissez-moi l'autre, madame; c'est monsieur le prévôt qui le veut.

Elle répéta d'un air de folie : — Il n'y a personne !

— Je vous dis que si! répliqua le bourreau; nous avons tous vu que vous étiez deux.

— Regarde plutôt! dit la recluse en ricanant. Fourre ta tête par la lucarne.

Le bourreau examina les ongles de la mère, et n'osa pas.

— Dépêche! cria Tristan, qui venait de ranger sa troupe en cercle autour du Trou-aux-Rats, et qui se tenait à cheval près du gibet.

Henriet revint au prévôt encore une fois, tout embarrassé. Il avait posé sa corde à terre, et roulait d'un air gauche son chapeau dans ses mains. — Monseigneur, demanda-t-il, par où entrer?

— Par la porte.

— Il n'y en a pas.

— Par la fenêtre.

— Elle est trop étroite.

— Elargis-la, dit Tristan avec colère. N'as-tu pas des pioches?

Du fond de son antre, la mère, toujours en arrêt, regardait. Elle n'espérait plus rien, elle ne savait plus ce qu'elle voulait, mais elle ne voulait pas qu'on lui prit sa fille.

Henriet Cousin alla chercher la caisse d'outils des basses-œuvres sous le hangar de la Maison-aux-Piliers. Il en retira aussi la double échelle, qu'il appliqua sur-le-champ au gibet. Cinq ou six hommes de la prévôté s'armèrent de pics et de leviers, et Tristan se dirigea avec eux vers la lucarne.

— La vieille ! dit le prévôt d'un ton sévère, livre-nous cette fille de bonne grâce.

Elle le regarda comme quand on ne comprend pas.

— Tête-Dieu ! reprit Tristan, qu'as-tu donc à empêcher cette sorcière d'être pendue comme il plait au roi.

La misérable se mit à rire de son rire farouche.

— Ce que j'y ai ? C'est ma fille.

L'accent dont elle prononça ce mot fit frissonner jusqu'à Henriet Cousin lui-même.

— J'en suis fâché, repartit le prévôt, mais c'est le bon plaisir du roi.

Elle cria en redoublant son rire terrible : — Qu'est-ce que cela me fait, ton roi ? Je te dis que c'est ma fille !

— Percez le mur, dit Tristan.

Il suffisait, pour pratiquer une ouverture assez large, de desceller une assise de pierre au-dessous de la lucarne. Quand la mère entendit les pics et les leviers saper sa forteresse, elle poussa un cri épouvantable ; puis elle se mit à tourner avec une vitesse effrayante autour de sa loge, habitude de bête fauve que la cage lui avait donnée. Elle ne disait plus rien, mais ses yeux flamboyaient. Les soldats étaient glacés au fond du cœur.

Tout à coup elle prit son pavé, rit, et le jeta à deux poings sur les travailleurs. Le pavé, mal lancé (car ses mains tremblaient), ne toucha personne, et vint s'arrêter sous les pieds du cheval de Tristan. Elle grinça des dents.

Cependant, quoique le soleil ne fût pas encore levé, il faisait grand jour ; une belle teinte rose égayait les vieilles cheminées vermoulues de la Maison-aux-Piliers. C'était l'heure où les fenêtres les plus matinales de la grande ville s'ouvrent joyeusement sur les toits. Quelques manants, quelques fruitiers allant aux halles sur leur âne, commençaient à traverser la Grève ; ils s'arrêtaient un moment devant ce groupe de soldats amoncelés autour du Trou,

aux-Rats, le considéraient d'un air étonné, et passaient
outre.

La recluse était allée s'asseoir près de sa fille, la couvrant de son corps, devant elle, l'œil fixe, écoutant la pau
vre enfant, qui ne bougeait pas, et qui murmurait à voix
basse pour toute parole : Phœbus! Phœbus ! A mesure que
le travail des démolisseurs semblait s'avancer, la mère se
reculait machinalement, et serrait de plus en plus la jeune
fille contre le mur. Tout à coup la recluse vit la pierre
(car elle faisait sentinelle, et ne la quittait pas du regard)
s'ébranler, et elle entendit la voix de Tristan qui encou-
rageait les travailleurs. Alors elle sortit de l'affaissement
où elle était tombée depuis quelques instants, et s'écria,
et, tandis qu'elle parlait, sa voix tantôt déchirait l'oreille
comme une scie, tantôt balbutiait comme si toutes les ma-
lédictions se fussent pressées sur ses lèvres pour éclater à
la fois : — Oh! oh! oh! mais c'est horrible! Vous êtes des
brigands! Est-ce que vous allez vraiment me prendre ma
fille? Je vous dis que c'est ma fille ! Oh! les lâches! Oh!
les laquais bourreaux! les misérables goujats assassins !
Au secours! au secours! au feu! Mais est-ce qu'ils me
prendront mon enfant comme cela? Qui est-ce donc qu'on
appelle le bon Dieu?

Alors s'adressant à Tristan, écumante, l'œil hagard, à
quatre pattes comme une panthère, et toute hérissée :

— Approche un peu me prendre ma fille! Est-ce que tu
ne comprends pas que cette femme te dit que c'est sa
fille? Sais-tu ce que c'est qu'un enfant qu'on a? Eh! loup-
cervier, n'as-tu jamais gîté avec ta louve? n'en as-tu jamais eu un louveteau? et si tu as des petits, quand ils
hurlent, est-ce que tu n'as rien dans le ventre que cela
remue?

— Mettez bas la pierre, dit Tristan; elle ne tient plus.

Les leviers soulevèrent la lourde assise. C'était, nous

l'avons dit, le dernier rempart de la mère. Elle se jeta
dessus, elle voulut la retenir; elle égratigna la pierre avec
ses ongles; mais le bloc massif, mis en mouvement par
six hommes, lui échappa, et glissa doucement jusqu'à
terre le long des leviers de fer.

La mère, voyant l'entrée faite, tomba devant l'ouverture en travers, barricadant la brèche avec son corps, tor-
dant ses bras, heurtant la dalle de sa tête, et criant d'une
voix enrouée de fatigue qu'on entendait à peine : Au secours!
au feu! au feu!

— Maintenant prenez la fille, dit Tristan toujours impassible.

La mère regarda les soldats d'une manière si formidable, qu'ils avaient plus envie de reculer que d'avancer.

— Allons donc, reprit le prévôt. Henriet Cousin, toi!

Personne ne fit un pas.

· Le prévôt jura : — Tête-Christ! mes gens de guerre!
peur d'une femme?

— Monseigneur, dit Henriet, vous appelez cela une
femme!

— Elle a une crinière de lion! dit un autre.

— Allons! repartit le prévôt, la baie est assez large.
Entrez-y trois de front, comme à la brèche de Pontoise.
Finissons, mort-Mahom! Le premier qui recule, j'en fais
deux morceaux!

Placés entre le prévôt et la mère, tous deux menaçants,
les soldats hésitèrent un moment, puis, prenant leur parti,
s'avancèrent vers le Trou-aux-Rats.

Quand la recluse vit cela, elle se dressa brusquement
sur les genoux, écarta ses cheveux de son visage, puis
laissa retomber ses mains maigres et écorchées sur ses
cuisses. Alors de grosses larmes sortirent une à une de
ses yeux; elles descendaient par une ride le long de ses
joues, comme un torrent par le lit qu'il s'est creusé. En

même temps elle se mit à parler, mais d'une voix si suppliante, si douce, si soumise et si poignante, qu'alentour
de Tristan plus d'un vieil argousin qui aurait mangé de la
chair humaine s'essuyait les yeux.

— Messeigneurs! messieurs les sergents, un mot! C'est
une chose qu'il faut que je vous dise! C'est ma fille, voyez-
vous? ma chère petite fille que j'avais perdue! Ecoutez; c'est
une histoire. Figurez-vous que je connais très-bien messieurs
les sergents. Ils ont toujours été bons pour moi dans le
temps que les petits garçons me jetaient des pierres, parce
que je faisais la vie d'amour. Voyez-vous! vous me laisserez mon enfant, quand vous saurez! je suis une pauvre
fille de joie. Ce sont les bohémiennes qui me l'ont volée.
Même que j'ai gardé son soulier quinze ans. Tenez, le
voilà. Elle avait ce pied-là. A Reims! la Chantefleurie! rue
Folle-Peine! Vous avez connu cela peut-être. C'était moi.
Dans votre jeunesse, alors, c'était un beau temps, on passait de bons quarts d'heure. Vous aurez pitié de moi, n'est-
ce pas, messeigneurs? les égyptiennes me l'ont volée! elles
me l'ont cachée quinze ans. Je la croyais morte. Figurez-
vous, mes bons amis, que je la croyais morte. J'ai passé
quinze ans ici, dans cette cave, sans feu l'hiver. C'est dur,
cela. Le pauvre cher petit soulier! j'ai tant crié, que le
bon Dieu m'a entendue. Cette nuit, il m'a rendu ma fille.
C'est un miracle du bon Dieu. Elle n'était pas morte. Vous
ne me la prendrez pas, j'en suis sûre. Encore si c'était
moi, je ne dirais pas; mais elle, une enfant de seize ans!
Laissez-lui le temps de voir le soleil! — Qu'est-ce qu'elle
vous a fait? rien du tout. Moi non plus. Si vous saviez
que je n'ai qu'elle, que je suis vieille, que c'est une bénédiction que la sainte Vierge m'envoie. Et puis, vous êtes
si bons tous! Vous ne saviez pas que c'était ma fille; à
présent vous le savez. Oh! je l'aime! Monsieur le grand
prévôt, j'aimerais mieux un trou à mes entrailles qu'une

égratignure à son doigt! C'est vous qui avez l'air d'un bon
seigneur! Ce que je vous dis là vous explique la chose, n'est-
il pas vrai? Oh! si vous avez eu une mère, monseigneur!
vous êtes le capitaine, laissez-moi mon enfant! Considé-
rez que je vous prie à genoux, comme on prie un Jésus-
Christ! Je ne demande rien à personne; je suis de Reims,
messeigneurs; j'ai un petit champ de mon oncle Mahiet
Pradon. Je ne suis pas une mendiante. Je ne veux rien,
mais je veux mon enfant! Oh! je veux garder mon enfant! Le bon Dieu, qui est le maître, ne me l'a pas rendue pour rien! Le roi! vous dites le roi! Cela ne lui fera
déjà pas beaucoup de plaisir qu'on tue ma petite fille! Et
puis le roi est bon! C'est ma fille! c'est ma fille, à moi!
Elle n'est pas au roi! elle n'est pas à vous! Je veux m'en
aller! nous voulons nous en aller! enfin, deux femmes qui
passent, dont l'une est la mère et l'autre la fille, on les
laisse passer! Laissez-nous passer! nous sommes de Reims.
Oh! vous êtes bien bons, messieurs les sergents! je vous
aime tous. Vous ne me prendrez pas ma chère petite, c'est
impossible! N'est-ce pas que c'est tout à fait impossible?
Mon enfant! mon enfant!

Nous n'essayerons pas de donner une idée de son geste,
de son accent, des larmes qu'elle buvait en parlant, des
mains qu'elle joignait et puis tordait, des sourires na-
vrants, des regards noyés, des gémissements, des soupirs,
des cris misérables et saisissants qu'elle mêlait à ses paroles désordonnées, folles et décousues. Quand elle se tut,
Tristan-l'Hermite fronça le sourcil; mais c'était pour cacher une larme qui roulait dans son œil de tigre. Il sur-
monta pourtant cette faiblesse, et dit d'un ton bref: —
Le roi le veut!

Puis il se pencha à l'oreille d'Henriet Cousin, et lui dit
tout bas: — Finis vite! Le redoutable prévôt sentait peut-
être le cœur lui manquer, à lui aussi.

Le bourreau et les sergents entrèrent dans la logette. La mère ne fit aucune résistance, seulement elle se traîna vers sa fille et se jeta à corps perdu sur elle. L'égyptienne vit les soldats s'approcher. L'horreur de la mort la ranima :—Ma mère! cria-t-elle avec un inexprimable accent de détresse, ma mère! ils viennent! défendez-moi! — Oui, mon amour, je te défends! répondit la mère d'une voix éteinte, et, la serrant étroitement dans ses bras, elle la couvrit de baisers. Toutes deux ainsi à terre, la mère sur la fille, faisaient un spectacle digne de pitié.

Henriet Cousin prit la jeune fille par le milieu du corps sous ses belles épaules. Quand elle sentit cette main, elle fit : Heuh! et s'évanouit. Le bourreau, qui laissait tomber goutte à goutte de grosses larmes sur elle, voulut l'enlever dans ses bras. Il essaya de détacher la mère, qui avait pour ainsi dire noué ses deux mains autour de la ceinture de sa fille; mais elle était si puissamment cramponnée à son enfant, qu'il fut impossible de l'en séparer. Henriet Cousin alors traîna la jeune fille hors de la loge, et la mère après elle. La mère aussi tenait ses yeux fermés.

Le soleil se levait en ce moment, et il y avait déjà sur la place un assez bon amas de peuple qui regardait à distance ce qu'on traînait ainsi sur le pavé vers le gibet; car c'était la mode du prévôt Tristan aux exécutions. Il avait la manie d'empêcher les curieux d'approcher.

Il n'y avait personne aux fenêtres. On voyait seulement de loin, au sommet de celle des tours de Notre-Dame qui domine la Grève, deux hommes détachés en noir sur le ciel clair du matin, qui semblaient regarder.

Henriet Cousin s'arrêta avec ce qu'il traînait au pied de la fatale échelle, et, respirant à peine, tant la chose l'apitoyait, il passa la corde autour du cou adorable de la jeune fille. La malheureuse enfant sentit l'horrible attouchement du chanvre. Elle souleva ses paupières, et vit le bras dé-

charné du gibet de pierre étendu au-dessus de sa tête.
Alors elle se secoua, et cria d'une voix haute et déchirante : — Non! non! je ne veux pas! La mère, dont la
tête était enfouie et perdue sous les vêtements de sa fille,
ne dit pas une parole; seulement on vit frémir tout son
corps, et on l'entendit redoubler ses baisers sur son enfant. Le bourreau profita de ce moment pour dénouer vivement les bras dont elle étreignait la condamnée. Soit
épuisement, soit désespoir, elle le laissa faire. Alors il prit
la jeune fille sur son épaule, d'où la charmante créature
retombait gracieusement pliée en deux sur sa large tête.
Puis il mit le pied sur l'échelle pour monter.

En ce moment la mère, accroupie sur le pavé, ouvrit
tout à fait les yeux. Sans jeter un cri, elle se redressa
avec une expression terrible; puis, comme une bête sur sa
proie, elle se jeta sur la main du bourreau et le mordit.
Ie fut un éclair. Le bourreau hurla de douleur. On accourut. On retira avec peine sa main sanglante d'entre les
dents de la mère. Elle gardait un profond silence. On la
repoussa assez brutalement, et l'on remarqua que sa tête
retombait lourdement sur le pavé. On la releva, elle se
laissa de nouveau retomber. C'est qu'elle était morte.

Le bourreau, qui n'avait pas lâché la jeune fille, se remit à monter l'échelle.

II

LA CREATURA BELLA BIANCO VESTITA. (Dante.)

Quand Quasimodo vit que la cellule était vide, que l'é-
gyptienne n'y était plus, que pendant qu'il la défendait on
l'avait enlevée, il prit ses cheveux à deux mains et trépi-

gna de surprise et de douleur; puis il se mit à courir par
toute l'église, cherchant sa bohémienne, hurlant des cris
étranges à tous les coins de mur, semant ses cheveux rouges sur le pavé. C'était précisément le moment où les archers du roi entraient victorieux dans Notre-Dame, cherchant aussi l'égyptienne. Quasimodo les y aida, sans se
douter, le pauvre sourd, de leurs fatales intentions; il
croyait que les ennemis de l'égyptienne, c'étaient les
truands. Il mena lui-même Tristan-l'Hermite à toutes les
cachettes possibles, lui ouvrit les portes secrètes, les dou-
bles fonds d'autel, les arrière-sacristies. Si la malheureuse
y eût été encore, c'est lui qui l'eût livrée.

Quand la lassitude de ne rien trouver eut rebuté Tristan,
qui ne se rebutait pas aisément, Quasimodo continua de
chercher tout seul. Il fit vingt fois, cent fois, le tour de
l'église, de long en large, du haut en bas, montant, descendant, courant, appelant, criant, flairant, furetant, fouillant, fourrant sa tête dans tous les trous, poussant une
torche sous toutes les voûtes, désespéré, fou. Un mâle qui
a perdu sa femelle n'est pas plus rugissant ni plus hagard.
Enfin, quand il fut sûr, bien sûr qu'elle n'y était plus, que
c'en était fait, qu'on la lui avait dérobée, il remonta lentement l'escalier des tours, cet escalier qu'il avait escaladé
avec tant d'emportement et de triomphe le jour où il l'a-
vait sauvée. Il repassa par les mêmes lieux, la tête basse,
sans voix, sans larmes, presque sans souffle.

L'église était déserte de nouveau, et retombée dans son
silence. Les archers l'avaient quittée pour traquer la sorcière dans la Cité. Quasimodo, resté seul dans cette vaste
Notre-Dame, si assiégée et si tumultueuse le moment d'auparavant, reprit le chemin de la cellule où l'égyptienne
avait dormi tant de semaines sous sa garde. En s'en approchant, il se figurait qu'il allait peut-être l'y retrouver.
Quand, au détour de la galerie qui donne sur le toit des

bas côtés, il aperçut l'étroite logette avec sa petite fenêtre
et sa petite porte, tapie sous un grand arc-boutant comme
un nid d'oiseau sous une branche, le cœur lui manqua,
au pauvre homme, et il s'appuya contre un pilier pour ne
pas tomber. Il s'imagina qu'elle y était peut-être rentrée,
qu'un bon génie l'y avait sans doute ramenée, que cette
logette était trop tranquille, trop sûre et trop charmante,
pour qu'elle n'y fût point, et il n'osait faire un pas de
plus, de peur de briser son illusion. — Oui, se disait-il
en lui-même, elle dort peut-être, ou elle prie. Ne la trou-
blons pas. — Enfin il rassembla son courage, il avança
sur la pointe des pieds, il regarda, il entra. Vide! la cellule était toujours vide. Le malheureux sourd en fit le tour
à pas lents, souleva le lit et regarda dessous, comme si
elle pouvait être cachée entre la dalle et le matelas, puis
il secoua la tête et demeura stupide. Tout à coup il écrasa
furieusement sa torche du pied, et, sans dire une parole,
sans pousser un soupir, il se précipita de toute sa course
la tête contre le mur et tomba évanoui sur le pavé.

Quand il revint à lui, il se jeta sur le lit, il s'y roula,
il baisa avec frénésie la place tiède encore où la jeune fille
avait dormi, il y resta quelques minutes immobile comme
s'il allait y expirer; puis il se releva, ruisselant de sueur,
haletant, insensé, et se mit à cogner les murailles de sa
tête avec l'effrayante régularité du battant de ses cloches,
et la résolution d'un homme qui veut l'y briser. Enfin il
tomba une seconde fois, épuisé; il se traîna sur les genoux hors de la cellule et s'accroupit en face de la porte,
dans une attitude d'étonnement. Il resta ainsi plus d'une
heure sans faire un mouvement, l'œil fixé sur la cellule
déserte, plus sombre et plus pensif qu'une mère assise
entre un berceau vide et un cercueil plein. Il ne prononçait pas un mot; seulement, à de longs intervalles, un
sanglot remuait violemment tout son corps, mais un san-

glot sans larmes, comme ces éclairs d'été qui ne font pas de bruit.

Il paraît que ce fut alors que, cherchant au fond de sa rêverie désolée quel pouvait être le ravisseur inattendu de l'égyptienne, il songea à l'archidiacre. Il se souvint que Dom Claude avait seul une clef de l'escalier qui menait à la cellule; il se rappela ses tentatives nocturnes sur la jeune fille, la première à laquelle, lui, Quasimodo avait aidé, la seconde qu'il avait empêchée. Il se rappela mille détails, et ne douta bientôt plus que l'archidiacre ne lui eût pris l'égyptienne. Cependant tel était son respect du prêtre, la reconnaissance, le dévouement, l'amour pour cet homme, avaient de si profondes racines dans son cœur, qu'elles résistaient, même en ce moment, aux ongles de la jalousie et du désespoir.

Il songeait que l'archidiacre avait fait cela, et la colère de sang et de mort qu'il en eût ressentie contre tout autre, du moment où il s'agissait de Claude Frollo, se tournait chez le pauvre sourd en accroissement de douleur.

Au moment où sa pensée se fixait ainsi sur le prêtre, comme l'aube blanchissait les arcs-boutants, il vit à l'étage supérieur de Notre-Dame, au coude que fait la balustrade extérieure qui tourne autour de l'abside, une figure qui marchait. Cette figure venait de son côté. Il la reconnut. C'était l'archidiacre; Claude allait d'un pas grave et lent. Il ne regardait pas devant lui en marchant; il se dirigeait vers la tour septentrionale, mais son visage était tourné de côté, vers la rive droite de la Seine, et il tenait la tête haute, comme s'il eût tâché de voir quelque chose par-dessus les toits. Le hibou a souvent cette attitude oblique. Il vole vers un point et en regarde un autre. — Le prêtre passa ainsi au-dessus de Quasimodo sans le voir.

Le sourd, que cette brusque apparition avait pétrifié, le vit s'enfoncer sous la porte de l'escalier de la tour septentrionale. Le lecteur sait que cette tour est celle d'où l'on voit l'Hôtel-de-Ville. Quasimodo se leva et suivit l'archidiacre.

Quasimodo monta l'escalier de la tour pour savoir pourquoi le prêtre montait. Du reste, le pauvre sonneur ne savait ce qu'il ferait, lui Quasimodo, ce qu'il dirait, ce qu'il voulait. Il était plein de fureur et plein de crainte. L'archidiacre et l'égyptienne se heurtaient dans son cœur.

Quand il fut parvenu au sommet de la tour, avant de sortir de l'ombre de l'escalier et d'entrer sur la plate-forme, il examina avec précaution où était le prêtre. Le prêtre lui tournait le dos. Il y a une balustrade percée à jour qui entoure la plate-forme du clocher. Le prêtre, dont les yeux plongeaient sur la ville, avait la poitrine appuyée à celui des quatre côtés de la balustrade qui regarde le pont Notre-Dame.

Quasimodo, s'avançant à pas de loup derrière lui, alla voir ce qu'il regardait ainsi. L'attention du prêtre était tellement absorbée ailleurs, qu'il n'entendit point le sourd marcher près de lui.

C'est un magnifique et charmant spectacle que Paris, et le Paris d'alors surtout, vu du haut des tours de Notre-Dame aux fraîches lueurs d'une aube d'été. On pouvait être, ce jour-là, en juillet. Le ciel était parfaitement serein. Quelques étoiles attardées s'y éteignaient sur divers points, et il y en avait une très-brillante au levant dans le plus clair du ciel. Le soleil était au moment de paraître. Paris commençait à remuer. Une lumière très-blanche et très-pure faisait saillir vivement à l'œil tous les plans que ses mille maisons présentent à l'orient. L'ombre géante des clochers allait de toit en toit d'un bout de la grande ville à l'autre. Il y avait déjà des quartiers qui parlaient et qui faisaient du bruit. Ici un coup de cloche, là un coup de marteau, là-bas le cliquetis compliqué d'une

charrette en marche. Déjà quelques fumées se dégorgeaient
çà et là sur toute cette surface de toits comme par les fissures d'une immense solfatare. La rivière, qui fronce son
eau aux arches de tant de ponts, à la pointe de tant d'iles,
était moirée de plis d'argent. Autour de la ville, au dehors des remparts, la vue se perdait dans un grand cercle
de vapeurs floconneuses à travers lesquelles on distinguait
confusément la ligne indéfinie des plaines, et le gracieux
renflement des coteaux. Toutes sortes de rumeurs floltan-
tes se dispersaient sur cette cité à demi réveillée. Vers
l'orient le vent du matin chassait à travers le ciel quelques
blanches ouates arrachées à la toison de brume des collines.

Dans le Parvis, quelques bonnes femmes, qui avaient en
main leur pot au lait, se montraient avec étonnement le
délabrement singulier de la grande porte de Notre-Dame,
et deux ruisseaux de plomb figés entre les fentes des grès.
C'était tout ce qui restait du tumulte de la nuit. Le bûcher allumé par Quasimodo, entre les tours, s'était éteint.
Tristan avait déjà déblayé la place et fait jeter les morts à
la Seine. Les rois comme Louis XI ont soin de laver vite
le pavé après un massacre.

En dehors de la balustrade de la tour, précisément au-
dessous du point où s'était arrêté le prêtre, il y avait une
de ces gouttières de pierre fantastiquement taillées qui hé-
rissent les édifices gothiques; et, dans une crevasse de
cette gouttière, deux jolies giroflées en fleur, secouées et
rendues comme vivantes par le souffle de l'air, se faisaient
des salutations folâtres. Au-dessus des tours, en haut, bien
loin au fond du ciel, on entendait de petits cris d'oiseaux.

Mais le prêtre n'écoutait, ne regardait rien de tout cela.
Il était de ces hommes pour lesquels il n'y a pas de matins,
pas d'oiseaux, pas de fleurs. Dans cet immense horizon qui
prenait tant d'aspects autour de lui, sa contemplation était
concentrée sur un point unique.

Quasimodo brûlait de lui demander ce qu'il avait fait de
l'égyptienne; mais l'archidiacre semblait en ce moment
être hors du monde. Il était visiblement dans une de ces
minutes violentes de la vie où l'on ne sentirait pas la terre
crouler. Les yeux invariablement fixés sur un certain lieu,
il demeurait immobile et silencieux; et ce silence et cette
immobilité avaient quelque chose de si redoutable, que le
sauvage sonneur frémissait devant et n'osait s'y heurter.
Seulement, et c'était encore une manière d'interroger l'archidiacre, il suivit la direction de son rayon visuel, et de
cette façon le regard du malheureux sourd tomba sur la
place de Grève.

Il vit ainsi ce que le prêtre regardait. L'échelle était
dressée près du gibet permanent. Il y avait quelque peuple
dans la place et beaucoup de soldats. Un homme traînait
sur le pavé une chose blanche à laquelle une chose noire
était accrochée. Cet homme s'arrêta au pied du gibet. Ici
il se passa quelque chose que Quasimodo ne vit pas bien.
Ce n'est pas que son œil unique n'eût conservé sa longue
portée, mais il y avait un gros de soldats qui empêchait de
distinguer tout. D'ailleurs, en cet instant le soleil parut,
et un tel flot de lumière déborda par-dessus l'horizon,
qu'on eût dit que toutes les pointes de Paris, flèches, cheminées, pignons, prenaient feu à la fois.

Cependant l'homme se mit à monter l'échelle. Alors Quasimodo le revit distinctement. Il portait une femme sur
son épaule, une jeune fille vêtue de blanc; cette jeune fille
avait un nœud au cou. Quasimodo la reconnut. C'était
elle.

L'homme parvint ainsi au haut de l'échelle. Là il arrangea le nœud. Ici le prêtre, pour mieux voir, se mit à genoux sur la balustrade.

Tout à coup l'homme repoussa brusquement l'échelle
du talon; et Quasimodo, qui ne respirait plus depuis quel-

ques instants, vit se balancer au bout de la corde, à deux
toises au-dessus du pavé, la malheureuse enfant avec
l'homme accroupi les pieds sur ses épaules. La corde fit
quelques tours sur elle-même, et Quasimodo vit courir
d'horribles convulsions le long du corps de l'égyptienne.
Le prêtre, de son côté, le cou tendu, l'œil hors de la tête,
contemplait ce groupe épouvantable de l'homme et de la
jeune fille, de l'araignée et de la mouche.

Au moment où c'était le plus effroyable, un rire de démon, un rire qu'on ne peut avoir que lorsqu'on n'est plus
homme, éclata sur le visage livide du prêtre. Quasimodo
n'entendit pas ce rire, mais il le vit. Le sonneur recula de
quelques pas derrière l'archidiacre, et tout à coup se ruant
sur lui avec fureur, de ses deux grosses mains il le poussa
par le dos dans l'abîme sur lequel dom Claude était penché. Le prêtre cria : — Damnation ! et tomba.

La gouttière au-dessus de laquelle il se trouvait l'arrêta
dans sa chute. Il s'y accrocha avec des mains désespérées,
et, au moment où il ouvrait la bouche pour jeter un second cri, il vit passer au rebord de la balustrade, au-dessus de sa tête, la figure formidable et vengeresse de Quasimodo. Alors il se tut.

L'abîme était au-dessous de lui. Une chute de plus de
deux cents pieds, et le pavé. Dans cette situation terrible,
l'archidiacre ne dit pas une parole, ne poussa pas un gé-
missement. Seulement il se tordit sur la gouttière avec des
efforts inouïs pour remonter ; mais ses mains n'avaient pas
de prise sur le granit : ses pieds rayaient la muraille noir-
cie, sans y mordre. Les personnes qui ont monté sur les
tours de Notre-Dame savent qu'il y a un renflement de la
pierre immédiatement au-dessous de la balustrade. C'est
sur cet angle rentrant que s'épuisait le misérable archidiacre. Il n'avait pas affaire à un mur à pic, mais à un mur
qui fuyait sous lui.

Quasimodo n'eût eu, pour le tirer du gouffre, qu'à lui
tendre la main; mais il ne le regardait seulement pas. Il
regardait la Grève. Il regardait le gibet. Il regardait l'é-
gyptienne. Le sourd s'était accoudé sur la balustrade à la
place où était l'archidiacre le moment d'auparavant; et là,
ne détachant pas son regard du seul objet qu'il y eût pour
lui au monde en ce moment, il était immobile et muet
comme un homme foudroyé, et un long ruisseau de pleurs
coulait en silence de cet œil qui jusqu'alors n'avait encore
versé qu'une seule larme.

Cependant l'archidiacre haletait. Son front chauve ruis-
selait de sueur, ses ongles saignaient sur la pierre, ses
genoux s'écorchaient au mur. Il entendait sa soutane, accrochée à la gouttière, craquer et se découdre à chaque
secousse qu'il lui donnait. Pour comble de malheur, cette
gouttière était terminée par un tuyau de plomb qui fléchis-
sait sous le poids de son corps. L'archidiacre sentait ce
tuyau ployer lentement. Il se disait, le misérable, que quand
ses mains seraient brisées de fatigue, quand sa soutane serait déchirée, quand ce plomb serait ployé, il faudrait tomber, et l'épouvante le prenait aux entrailles. Quelquefois il
regardait avec égarement une espèce d'étroit plateau formé,
à quelque dix pieds plus bas, par des accidents de sculpture,
et il demandait au ciel, dans le fond de son âme en détresse,
de pouvoir finir sa vie sur cet espace de deux pieds carrés,
dût-elle durer cent années. Une fois il regarda au-dessous
de lui dans la place, dans l'abime; la tête qu'il releva fermait les yeux et avait les cheveux tout droits.

C'était quelque chose d'effrayant que le silence de ces deux
hommes. Tandis que l'archidiacre, à quelques pieds de lui,
agonisait de cette horrible façon, Quasimodo pleurait et regardait la Grève.

L'archidiacre, voyant que tous ses soubresauts ne ser-
vaient qu'à ébranler le fragile point d'appui qui lui restait,

F14

avait pris le parti de ne plus remuer. Il était là, embrassant
la gouttière, respirant à peine, ne bougeant plus, n'ayant
plus d'autres mouvements que cette convulsion machinale
du ventre qu'on éprouve dans les rêves quand on croit se
sentir tomber. Ses yeux fixes étaient ouverts d'une manière
maladive et étonnée. Peu à peu cependant, il perdait du
terrain, ses doigts glissaient sur la gouttière; il sentait de
plus en plus la faiblesse de ses bras et la pesanteur de son
corps. La courbure du plomb qui le soutenait s'inclinait à
tout moment d'un cran vers l'abime. Il voyait au-dessous
de lui, chose affreuse, le toit de Saint-Jean-le-Rond petit
comme une carte ployée en deux. Il regardait l'une après
l'autre les impassibles sculptures de la tour, comme lui
suspendues sur le précipice, mais sans terreur pour elles
ni pitié pour lui. Tout était de pierre autour de lui : devant
ses yeux, les monstres béants; au-dessous, tout au fond,
dans la place, le pavé; au-dessus de sa tête, Quasimodo qui
pleurait.

Il y avait dans le Parvis quelques groupes de braves curieux qui cherchaient tranquillement à deviner quel pouvait
être le fou qui s'amusait d'une si étrange manière. Le prêtre
leur entendait dire, car leur voix arrivait jusqu'à lui claire
et grêle :

— Mais il va se rompre le cou !

Quasimodo pleurait.

Enfin l'archidiacre écumant de rage et d'épouvante comprit que tout était inutile. Il rassembla pourtant tout ce qui
lui restait de force pour un dernier effort. Il se roidit sur
la gouttière, repoussa le mur de ses deux genoux, s'accrocha des mains à une fente des pierres, et parvint à regrim-
per d'un pied peut-être; mais cette commotion fit ployer
brusquement le bec de plomb sur lequel il s'appuyait. Du
même coup, sa soutane s'éventra. Alors, sentant tout
manquer sous lui, n'ayant plus que ses mains roidies et dé-

faillantes qui tenaient à quelque chose, l'infortuné ferma les yeux et lâcha la gouttière. Il tomba.

Quasimodo le regarda tomber.

Une chute de si haut est rarement perpendiculaire. L'archidiacre, lancé dans l'espace, tomba d'abord la tête en bas et les deux mains étendues, puis il fit plusieurs tours sur lui-même; le vent le poussa sur le toit d'une maison où le malheureux commença à se briser. Cependant il n'é-tait pas mort quand il y arriva. Le sonneur le vit essayer encore de se retenir au pignon avec les ongles; mais le plan était trop incliné, et il n'avait plus de force. Il glissa ra-pidement sur le toit comme une tuile qui se détache, et alla rebondir sur le pavé. Là il ne remua plus.

Quasimodo alors releva son œil sur l'égyptienne, dont il voyait le corps, suspendu au gibet, frémir au loin sous sa robe blanche des derniers tressaillements de l'agonie, puis il le rabaissa sur l'archidiacre, étendu au bas de la tour et n'ayant plus forme humaine, et il dit avec un sanglot qui souleva sa profonde poitrine : — Oh! tout ce que j'ai aimé!

III

MARIAGE DE PHOEBUS.

Vers le soir de cette journée, quand les officiers judiciai-res de l'évêque vinrent relever sur le pavé du Parvis le ca-davre disloqué de l'archidiacre, Quasimodo avait disparu de Notre-Dame.

Il courut beaucoup de bruits sur cette aventure. On ne douta pas que le jour ne fût venu, où, d'après leur pacte, Quasimodo, c'est-à-dire le diable, devait emporter Claude

Frollo, c'est-à-dire le sorcier. On présuma qu'il avait brisé le corps en prenant l'âme, comme les singes qui cassent la coquille pour manger la noix.

C'est pourquoi l'archidiacre ne fut pas inhumé en terre sainte.

Louis XI mourut l'année d'après, au mois d'août 1483.

Quant à Pierre Gringoire, il parvint à sauver la chèvre et il obtint des succès en tragédie. Il paraît qu'après avoir goûté de l'astrologie, de la philosophie, de l'architecture, de l'hermétique, de toutes les folies, il en revint à la tragédie, qui est la plus folle de toutes. C'est ce qu'il appelait *avoir fait une fin tragique*. Voici, au sujet de ses triomphes dramatiques, ce qu'on lit dès 1483 dans les comptes de l'Ordinaire : « A Jehan Marchand et Pierre Gringoire, char-
« pentier et compositeur, qui ont fait et composé le mystère
« fait au Châtelet de Paris à l'entrée de monsieur le légat,
« ordonné des personnages, iceux revêtus et habillés ainsi
« que audit mystère était requis ; et pareillement d'avoir fait
« les échafaudages qui étaient à ce nécessaires : et pour ce
« faire, cent livres. »

Phœbus de Châteaupers aussi fit une fin tragique : il se maria.

IV

MARIAGE DE QUASIMODO.

Nous venons de dire que Quasimodo avait disparu de Notre-Dame le jour de la mort de l'égyptienne et de l'archidiacre. On ne le revit plus en effet ; on ne sut ce qu'il était devenu.

Dans la nuit qui suivit le supplice de la Esmeralda, les
gens des basses-œuvres avaient détaché son corps du gibet
et l'avaient porté, selon l'usage, dans la cave de Montfaucon.

Montfaucon était, comme dit Sauval, « le plus ancien
« et le plus superbe gibet du royaume. » Entre les faubourgs
du Temple et de Saint-Martin, à environ cent soixante toises
des murailles de Paris, à quelques portées d'arbalète de la
Courtille, on voyait au sommet d'une éminence douce, insensible, assez élevée pour être aperçue de quelques lieues
à la ronde, un édifice de forme étrange qui ressemblait
assez à un cromlech celtique, et où il se faisait aussi des
sacrifices humains.

Qu'on se figure, au couronnement d'une butte de plâtre,
un gros parallélipipède de maçonnerie, haut de quinze pieds,
large de trente, long de quarante, avec une porte, une
rampe extérieure et une plate-forme; sur cette plate-forme
seize énormes piliers de pierre brute, debout, hauts de trente
pieds, disposés en colonnade autour de trois des quatre côtés
du massif qui les supporte, liés entre eux à leur sommet
par de fortes poutres où pendent des chaînes d'intervalle
en intervalle; à toutes ces chaînes des squelettes; aux alen-
tours dans la plaine, une croix de pierre et deux gibets de
second ordre qui semblent pousser de bouture autour de la
fourche centrale; au-dessus de tout cela, dans le ciel, un
vol perpétuel de corbeaux : voilà Montfaucon.

A la fin du quinzième siècle, le formidable gibet, qui
datait de 1328, était déjà fort décrépit; les poutres étaient
vermoulues, les chaînes rouillées, les piliers verts de moi-
sissures; les assises de pierre de taille étaient toutes re-
fendues à leur jointure, et l'herbe poussait sur cette plate-
forme où les pieds ne touchaient pas. C'était un horrible
profil sur le ciel que celui de ce monument; la nuit surtout,
quand il y avait un peu de lune sur ces crânes blancs, ou

quand la bise du soir froissait chaînes et squelettes, et remuait tout cela dans l'ombre. Il suffisait de ce gibet présent
là pour faire de tous les environs des lieux sinistres.

Le massif de pierre qui servait de base à l'odieux édifice
était creux. On y avait pratiqué une vaste cave, fermée d'une
vieille grille de fer détraquée, où l'on jetait non-seulement
les débris humains qui se détachaient des chaînes de Montfaucon, mais les corps de tous les malheureux exécutés aux
autres gibets permanents de Paris. Dans ce profond char-
nier, où tant de poussières humaines et tant de crimes ont
pourri ensemble, bien des grands du monde, bien des in-
nocents, sont venus successivement apporter leurs os, depuis
Enguerrand de Marigny, qui étrenna Montfaucon et qui
était un juste, jusqu'à l'amiral de Coligni, qui en fit la clô-
ture, et qui était un juste.

Quant à la mystérieuse disparition de Quasimodo, voici
tout ce que nous avons pu découvrir.

Deux ans environ ou dix-huit mois après les événements
qui terminent cette histoire, quand on vint rechercher
dans la cave de Montfaucon le cadavre d'Olivier-le-Daim
qui avait été pendu deux jours auparavant, et à qui Charles VIII
accordait la grâce d'être enterré à Saint-Laurent en meilleure compagnie, on trouva parmi toutes ces carcasses hideuses deux squelettes dont l'un tenait l'autre singulière-
ment embrassé. L'un de ces deux squelettes, qui était celui
d'une femme, avait encore quelques lambeaux de robe
d'une étoffe qui avait été blanche, et l'on voyait autour de
son cou un collier de grains d'adrézarach avec un petit sachet
de soie, orné de verroterie verte, qui était ouvert et vide.
Ces objets avaient si peu de valeur, que le bourreau sans
doute n'en avait pas voulu. L'autre, qui tenait celui-ci
étroitement embrassé, était un squelette d'homme. On remarqua qu'il avait la colonne vertébrale déviée, la tête
dans les omoplates, et une jambe plus courte que l'autre.

Il n'avait d'ailleurs aucune rupture de vertèbres à la nuque, et il était évident qu'il n'avait pas été pendu. L'homme auquel il avait appartenu était donc venu là, et il y était mort. Quand on voulut le détacher du squelette qu'il embrassait, il tomba en poussière.

FIN DE NOTRE-DAME DE PARIS

TABLE.

LIVRE X.

LIVRE XI.

Ch. Lahure, imprimeur du Sénat et de la Cour de Cassation,
rue de Vaugirard, 9, près de l'Odéon.

TYPOGRAPHIE DE CH. LAHURE
Imprimeur du Sénat et de la Cour de Cassation
rue de Vaugirard, 9